21
世纪
年 度
散文选

2 0 2 3 散 文

21世纪年度散文选

2023 散文

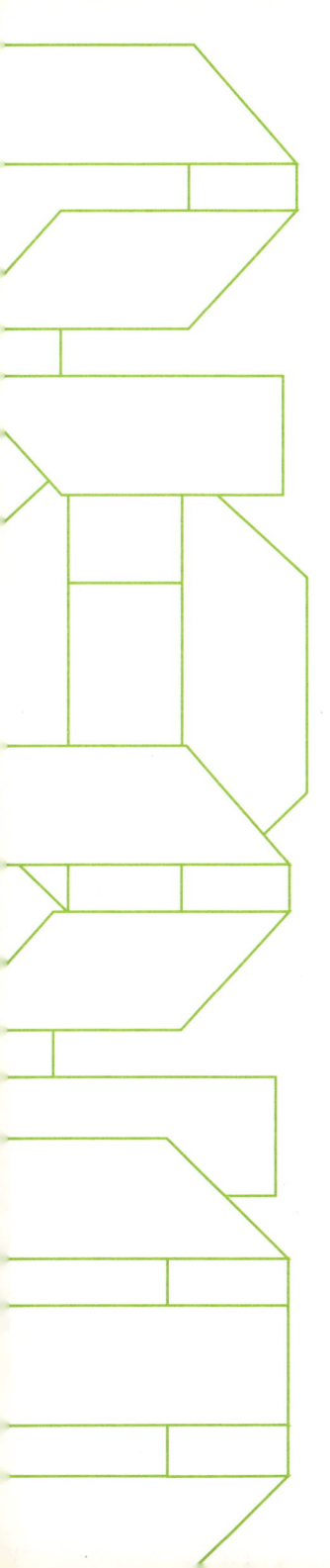

人民文学出版社编辑部 编

人民文学出版社

图书在版编目（CIP）数据

2023散文／人民文学出版社编辑部编．——北京：人民文学出版社，2024
（21世纪年度散文选）
ISBN 978－7－02－018636－5

Ⅰ.①2… Ⅱ.①人… Ⅲ.①散文集－中国－当代 Ⅳ.①I267

中国国家版本馆CIP数据核字（2024）第077716号

责任编辑　杜　丽　李修业
装帧设计　李思安
责任印制　张　娜

出版发行　人民文学出版社
社　　址　北京市朝内大街166号
邮政编码　100705

印　　刷　三河市鑫金马印装有限公司
经　　销　全国新华书店等

字　　数　315千字
开　　本　880毫米×1230毫米　1/32
印　　张　13.25　插页3
印　　数　1—3000
版　　次　2024年5月北京第1版
印　　次　2024年5月第1次印刷

书　　号　978-7-02-018636-5
定　　价　56.00元

如有印装质量问题，请与本社图书销售中心调换。电话：010－65233595

出版说明

我社自1980年起,曾经编选和出版过《1980—1984年散文选》《1985—1987年散文选》《1988—1990年散文选》和《1991—1993年散文选》,受到文学界和广大读者的好评。1994年后,这项工作一度中断。进入21世纪,散文创作仍然欣欣向荣、气象万千,成为文学园地一道亮丽的风景。为了及时总结年度散文创作的实绩,向读者集中推荐优秀的散文作品,进而为新世纪的文学积累做出我们的贡献,我社决定恢复年度散文的编选和出版工作。

恢复出版的散文年选总冠名为"21世纪年度散文选",每年编选一册。编选范围为当年全国各报刊上发表的散文作品,入选篇目以发表时间顺序排列。此项工作得到了许多著名文学评论家和编辑家的支持和帮助,并且提出了很好的编选意见,我们在广泛阅读的基础上,充分参考专家们的意见,严格进行编选。在此,谨向诸位专家深表谢忱。

我们希望读者通过这个选本,不仅能了解本年度散文创作的总体概貌,而且能集中欣赏和阅读这一年里出现的最优秀的散文作品。我们的努力是否达到了这样的效果,真诚地期望得到文学界和读者的批评和建议。

人民文学出版社编辑部

目录

- 001 · 《河山传》后记　贾平凹
- 003 · 田中禾散文二题　田中禾
- 021 · 关于王跃文《家山》的读解　阎晶明
- 028 · 驶往浪漫的夜航船　丁帆
- 039 · 邦尼布古河　贾志红
- 068 · 驯鹿之语　艾平
- 103 · 瘦骨依然带铜声　叶文玲
- 111 · 他让文学如此值得　刘宏伟
- 123 · 新鲜风景与故人山河　张莉
  　　　——纪念孙犁诞辰110周年
- 140 · 故乡的烙印　陈彦
- 147 · 山影奔腾　张锐锋
- 157 · 走在西藏的路上　裘山山
- 168 · 铁方佛与船　沈念

- 178 · 我的苏海图　刘惠春
- 190 · 谨以此文,纪念《四个春天》中的那位父亲　陆庆屹
- 210 · 时光碎片　连金娟
- 219 · 孙犁名作及插图背后的故事　刘运峰
- 233 · 幸福的玉米　谭成举
- 249 · 晚饭花开了　庞余亮
- 253 · 万物格我记　李修文
- 261 · 总有人持莲而来　韩松落
- 268 · 进入死亡的缓慢过程　王恺
- 298 · 裸露的家　黄灯
- 325 · 失散的鱼会重逢　傅菲
- 332 · 魔术师和失明症观众　包倬
- 350 · 光在遥远处波动　胡学文
- 365 · 明月山的北麓　苏沧桑
- 373 · 铅字之忆　宋曙光
- 387 · 克兰河畔　巴燕·塔斯肯

《河山传》后记

贾平凹

屋外一棵大树,从窗子里望出去,就是一堆绿。这绿浑厚,有疏有密,或浓或淡,每股枝条的伸出,枝条上每片叶子的生成,都组织得那么合理,风怀其中。

从2022年春季到2023年的夏天,我就在这窗子里进行着《河山传》的写作。

写作着我是尊贵的,蓬勃的,可以祈祷天赐,真的得以神授,那文思如草在疯长,莺在闲飞。不写作,我就是卑微、胆怯、慌乱,烦恼多多,无所适从。我曾经学习躲闪,学习回避,学习以茶障世,但终未学会,到头来还是去写作。这就是我写作和一部作品能接着一部作品地写作的秘密。

《河山传》依然是现时的故事,我写不了过去和未来。故事里写到了西安,那只是一个标签,我的老家有个叫孝义的镇子柿饼有名,十里八乡的柿饼都以"孝义"贴牌。我出门背着一个篓,捡柴禾,采花摘果,归来,不知了花果是哪棵树上的,柴禾又来自哪个山头。藏污纳垢的土地上,鸡往后刨,猪往前攻,一切生命,经过后,都是垃圾,文学使现实进入了历史，它更真实而有了意义。

因出生于乡下，就关心着从乡下到城市的农民工，这种关心竟然几十年了，才明白自己还不是城市人，最起码不纯粹。

理性和感性如何结合，决定了人的命运。《河山传》中的角色如此，我也如此。写作中纵然有庞大的材料，详尽的提纲，常常这一切都作废了，角色倔强，顺着它的命运进行，我只有叹息。深陷于泥淤中难以拔脚，时代的洪流无法把握，使我疑惑：我选题材的时候，是题材选我？我写《河山传》，是《河山传》写我？

这样写行吗？这是我早晨醒来最多的自问。如果五十年，甚至百余年后还有人读，他们会怎么读，读得懂还是读不懂，能理解能会心还是看作笑话，视为废物呢？这使我警惕着，越发惊恐。

写作的乐趣在于自在，更在于折磨。这如同按摩，拍打疼痛后的舒服。《河山传》的进度并不快，每日写几千字或几百字，或写了几百字几千字后，又在第二日否决了，拿去烧毁，眼看着灰飞烟灭。除却焦虑是坐在马桶上的时候，要么，去睡吧，闭上眼，看到更多更清晰的山川人物，鱼虫花鸟。

《河山传》写完了，我给我的孩子说："作品署了我的名字，那是假象。人民币是流通的，钱在我手里，是钱经过了我。"

就在立夏的这个早晨，窗外大树上众叶摇曳，极尽温柔，传来鸟鸣，而我却想象了那个苏轼，为了心绪，为了生计，在东坡上开垦的一块地里的身影。

2023年5月7日于西安
秋涛阁书房

（选自2023年9月21日《收获》微信公众号）

田中禾散文二题

田中禾

我与家乡的戏

吃罢饭来没啥事儿
三三两两哼曲子儿
小弦子一拉开了板
唱一个年方二八小佳人儿
……

秋冬之交，地里庄稼收割完毕，五谷都已入仓，乡下农民开始享受农闲季节的安乐时光。晚饭过后，牛屋里点起棉油灯。堂兄和我的几个侄子围聚在灯下。堂兄抱一把自制的弦子。长长的弦柄，两根丝弦，蛇皮扣成的弦鼓，马尾做成的弦弓。剧团里叫曲胡，乡下人叫大弦。这弦子的好处是没有音准把位，指头在弦上可以自由抹动，发出柔滑的声音。他自拉自唱，没有剧本，没有台词，可以随便编排，自由发挥，显露自己的才气。"老包放粮下陈州，回头嘱咐老母牛，多吃草来少吃料，今年不收黑黄豆……"最逗笑的是他把日本鬼子的话编成戏词："八格雅鲁是混蛋，米稀米稀是吃饭……"

这样的戏，几乎每个村都有人会唱。

庙会或年节里，有人出钱请戏班子，我才能在舞台上看到曲子戏。南门大街有个绅士自称"曲子仪"，他拿了善事簿到各家商号去募捐，然后在南门大街搭台子，请戏班演出。南门大街人潮涌动，城里商铺都关了门。我很小，店里的伙计把我架在脖子上往人堆里挤。我远远看到戏台上花花绿绿模糊的人影，只记得攒动的人头，像发大水时河里漂浮的泡沫，至于戏台上唱什么戏，一点儿印象也没有。我猜想台下拥挤的人也不一定能看出什么名堂。

我长大些的时候，县城有了戏园子。那儿从前是火神庙，离我家不算太远。串戏园，成了我童年最有趣的游乐。只要戏园有戏，我天天都去。白天演出，观众稀少，小孩子能给园子增添人气。把门的老头儿把我当成捧场的熟客，对我很好。他在横放的木头座位边给我找位置，嘱咐我，开演后不要乱跑。这个戏园把我培养成了一个小戏迷。我在这儿看了小叶兰的越调、陈花娇的二簧（汉剧）。城里人钟爱这些有名角的戏班，他们演的剧目多是帝王将相，不像曲子戏只会演《大上吊》《杀子报》这些苦情戏。我看得很上瘾，回家对母亲讲剧情，引得店里伙计来看夜场。然而，他们究竟演了什么戏，如今我却记不起来了。这个戏园留给我的最深刻的记忆是两件事：一是二簧戏的"老缸"。正戏开场前，他穿一身官服，手拿扇子，上场口念两句道白，在戏台正中椅子里坐下。小锣半天敲一下，当——他随着小锣的声音念一句台词。正襟危坐，面对空空的园子。直到观众陆续进场，后台演员化好了装,他才站起来,唱四句戏,绕台走一圈,道白说:"今日天气晴好,待我出府走动走动啰——"老缸下场,锣鼓敲起来,乐器奏起来,正戏开演。我经常坐在我家的大椅子里装老缸。眼睛直视,一动不动。待母亲进屋,我站起来说:"今日天气晴好……"惹得母亲哈哈大笑。再一件是从宛西县城来的"靠山讴"。我记住了他的一句唱腔:"卢俊义——嗯啊嗯啊嗯啊嗯啊嗯啊嗯啊——"能记住这句唱腔,是因为这一连串"嗯啊"。假嗓、尖厉、嘹亮,像公鸡打鸣儿,谁看了这戏,都会学几腔。现在人们叫它宛梆,号称天下独一味的剧种。前几年看了一场,"嗯啊"虽然保留了,却找不到火神庙戏园里那种亲切的韵味了。

　　战争中,火神庙戏园被废弃,剧团不见了踪影。

　　我进入小学时,学校东边的天爷庙盖起一座新戏园。这座戏园气派多了。它不再露天,有草苫的屋顶、木板钉成的排座,座位外面加了栏杆,站票可以站在栏杆外。

　　铁路边过来的戏班,使我的家乡县城第一次出现了梆子戏(现在叫豫剧)。调子新鲜好听,戏目多,文武戏都很好看,城里人乡下人都很喜欢。新戏园的夜场天天满座。乡下人喜欢买站票,省钱,能自由走动。累了,斜靠在栏杆上,胳膊担着横栏,比坐票还舒服。店里的伙计们喜欢去看下午场的"溜票戏"。戏园的规矩,每到一场戏的后半段,不再卖票(也没人再买),园门敞开,人们随便出入。这就是溜票戏。正是商店即将关门的时候,伙计们给掌柜说一声(有时候掌柜也跟着),把店门关了,到戏园来看溜票戏。这时,我也刚好放学。我像店里的伙计一样,放了学直奔戏园。这里成了我放学后的乐园。

　　新戏园轰动是因为新来了一个小生。他扮相俊秀、大方,嗓门洪亮、干净,文武戏都演得很精彩。他唱《张廷秀私访》连台戏,演了半个月。日场、夜场，场场爆满，站票也很难买，溜票戏都要拼命往里挤。我对这位"新小生"入迷。他那嘹亮的假嗓（现在的行话叫二本腔），利落的身段、招式，让我非常羡慕。我搬了凳子，在院子的影壁墙上写下几个大字——人民唱戏处。放了学，不去看戏的时候，我拿出心爱的木刀，在"人民唱戏处"唱、舞，学着新小生踢腿、玩花翎。

那时候，我完全想不到，这位新小生会成为我家的一员，与我家结下深厚情谊，成为我终生的亲人和好友。

有一天，梆剧团拉弦子的老蔡到我家来（他经常到我家店里买松香、滑石粉和一些剧团需要的东西），他坐在长凳上，嘴里嚼着烟袋。母亲给他倒茶、拿烟。他不紧不慢地说："老太太，我们团里最近来了一对年轻人。新小生的戏，你看了吗？"母亲说："看了，看了，演得好。""他们两口从外地过来，离家远，没亲没故，很孤单。老太太你人好，又喜欢看戏，新小生两口认到你膝下，他们一定会很高兴。你认个干女儿，他们也有亲戚走动走动。你看好不好？"母亲随口说："好啊，好啊。"当时她并没认真。没想到第二天新小生两口就带着礼品上门来认亲。小两口非常恭敬、诚恳，备的礼也很重。他俩和母亲很投缘，一见面便亲热地叫"妈——"，像闺女回娘家见到了亲娘。母亲也很喜欢他们。她拉着干女儿的手，把她带进堂屋，让店里伙计到外面馆子里叫菜，招待他们吃饭。她坐在堂屋大椅子里，接受小两口的跪拜。新小生的爱人叫小莲，我很高兴有了一位"莲姐"。新小生叫法印。母亲喜笑颜开，像待亲生女儿、女婿一样待他们。每天晚上演出结束，法印两口卸了装，就回家来。母亲等他们回来，给他们做夜宵。法印说："妈，你不用费事。下两碗甜面片就行了。"母亲和面，擀面片，烧火，下面。看他们吃得很如意，母亲脸上浮出欣慰的笑容。甜面片，就是把手擀的面片下在锅里，不放油盐，不放青菜，什么调料也不放。法印这个爱好更像我家人。父亲生前喜欢吃甜面片，哥哥、姐姐也喜欢，我也喜欢。更得母亲看重的是法印的稳重、家常。在台上威风八面、生龙活虎，下了台却很腼腆。出于爱护嗓子的习惯，说话少、声音低，待人随和。不管是家人、伙计，还是邻居，他都满面带笑，礼貌相待。他这些举止很合我家家风，深得母亲赞赏。

从此以后，母亲就成为剧团和戏园的座上宾。她去看戏，有人替她安排座位，一般是在第三排正中。有人送茶水。天热时有人送扇子，半场时有人送热毛巾。散场时，有人招呼她离座、出戏园、回家。我这个小戏迷也受到特殊招待。我独自到戏园看戏，剧团打梆子的顺喜给我找一把椅子，让我坐在侧幕乐队后面。我可以看演员出场、入场，看乐队怎样随着演员的动作、唱腔变换曲子。坐在这里看到的景象和台下完全不同。演员在后台很随便，摘下口条（胡须），解开衣领，说说笑笑，相互开玩笑。夫妻俩吵架，一直吵到上场。乐队奏了过门，他在帘子背后唱一句："有为王……"回头再骂一句，然后，挂上胡须，提整衣领，走出帘子，摆出捋须甩袖的招式，走着台步，接着唱"出京来呀——"，俨然变成了威武的皇上。

莲姐的孩子出生时，戏园搬到了火神庙对过。这座新园子更气派，座位正规，设施齐全，还有舞台灯光。这里离我家很近。法印随剧团到外地演出，母亲去照料干女儿的月子，做晌饭，帮她给孩子换尿垫、洗屎布。孩子满月，莲姐抱孩子回娘家。母亲邀了亲朋好友和剧团上的朋友，为孩子摆满月宴。襁褓里的孩子很可爱，母亲为她取名小敏。

那时，我们谁也不知道新小生法印就是早已驰名铁路两侧和豫中、豫南一带的"小垫窝"刘法印，生角行里顶尖的角色。因为莲姐的家人反对他们结亲，两人不得不背井离乡来到唐河。我的家乡因为新小生的到来，迎来了地方戏曲的新时代。乡下人农闲时还会唱唱曲子戏，一帮喜欢汉剧的人还会哼哼二簧，但它们都成了民间剧种。豫剧占据县城舞台，成了长期驻扎在戏园的主人。政府对地方剧团整顿改革，豫剧团成了唯一的县剧团。随着刘法印被调去南阳，豫剧又成了南阳盆地最兴旺的剧种。

莲姐生了第二个孩子。因为不在身边，母亲无法去照料。母亲让店里的伙计担了担子去给莲姐送喜面。两个箩筐，一头装着母亲为孩子做的衣服、准备的垫片，还有给莲姐的衣料；一头装着挂面、红糖、米花。

第二年，母亲转让了生意，带我离开家乡，到省城与哥哥同住。我进入省城学校，与法印来往少了，家乡的戏也变得疏远。

有一天，法印与莲姐突然出现在我家。像以往一样，他以低沉的声调说："妈，我到省里参加会演，明晚在大会堂演《黄鹤楼》。"他拿出两张戏票，"买不到好票，只买了两张偏座。妈和大哥来看看吧。"

那晚大哥有事儿，我很高兴陪母亲去看戏。翻看手里的报纸，头条显眼位置刊登着"河南省名老艺人座谈会在省会郑州隆重召开，豫剧流派调演在河南人民剧院演出"。那时才知道，原来刘法印是豫剧沙河调流派传人，他是参加座谈演出的沙河调唯一代表。回想起来，他在县城演《黄鹤楼》《提寇》《长坂坡》，让全城人痴迷。持续演了很多天，园子里天天爆满，站票也买不到。我对这几出戏印象深刻。它们展示了沙河调的魅力，展现了刘法印文武兼备，唱、念、做、打功夫出色。

那次相聚之后，我到外地读书，母亲常年住郑州，与法印一家的联系渐渐稀少。直到后来，我落泊回到故乡，母亲也回到县城。我下放到祖辈生活的小村，做了一名光荣的公社社员。有一次，大队抽派劳力到南阳去拉水泥线杆，我积极争取，得到批准。一辆大车，十几个人,边走边说笑,高兴时唱两腔。我给大家唱了一段"周公瑾在黄鹤楼上喜笑颜开……",三顺说:"这是刘法印《黄鹤楼》的段子啊!你唱得还真像。"我说:"那是我哥。他爱人是我干姐。""真的吗?""真的。"他的话勾起我对法印的牵挂,心里动起去看他的念头。"咱们在南阳能不能停一下?"拉车的人都想在南阳玩玩,大家决定在南阳放半天假,晚上集合,赶到水泥场,夜里装车往回走。

找到法印的家,费了不少周折。在剧团门口,一位门卫毫不客气地说:"你找不到他们。"我谦恭地说:"我是他的亲戚,他家在哪儿住,您知道吗?"他头一摆:"不知道。"在我转身要走的时候,他又说:"他家在王府山附近。你到那儿去问问。"王府山周围聚集了许多市民杂院,大多是草苫的小门楼、碎砖砌的院墙,面目相似。小路曲曲弯弯,纵横交错,走一阵就会迷路。问了很多人都不知道刘法印家在哪儿。当我灰心丧气准备返回时,一个过路人问我:"你找刘法印家?"我说:"我是他的亲戚,从外地来。"他把我带到一个小路口,指着一座小院说:"那儿就是。"

大门开着,几个女孩在院里跳皮筋。我走进去,站在她们身边看了看,然后走到正在起劲跳的女孩面前:"你是小敏吧?"她诧异地抬起头,那张脸让我看到法印和莲姐的影子。我弯下腰,看着她的眼睛:"我是舅舅,唐河的舅舅。"小敏羞怯地垂下头。

"爸爸妈妈呢?"旁边的女孩抢先回答:"他们在黄石庵。""什么时间回来?"小敏摇摇头。我从口袋里掏出一把水果糖给几个女孩分吃。刚才抢先回话的女孩是莲姐的二女儿淑玉(这名字也是母亲取的)。她一边剥水果糖,一边小声说:"他们在林场'斗批改',不准回家。"我安慰她俩:"没事儿,过几天会开完,他们就回来了。"

那些天,母亲不断通过县剧团的人打听法印的消息。听说他们两口从"斗批改"班里解放出来，分配到工厂去劳动，母亲说："你去看看他们吧。"

从唐河到南阳，班车票一元二角，我决定骑自行车去。早晨五点出发，中午在路边买碗茶，掏出兜子里的黑面馍当午饭。下午老早就到了南阳。找到法印家，小敏告诉我："爸爸在木器厂，妈妈在机械厂。劳动期间，他们不能回家。"

我找到木器厂。门卫很热情，把我带到法印劳动的地方。他的任务是把库房里的方木搬运到车间里去加工。看起来，他和工人们相处得很好。我走进去的时候，他们正有说有笑，看法印在库房空地上翻跟头。他的武功在这儿成了很受欢迎的技艺。

"我在这儿很好。工友们不让我干重活儿，对我很照顾。你莲姐在机械厂也很好，对咱妈说，别让她老人家挂念。"他满脸轻松。看得出，走出"斗批改"班，他的心情很好。

过了些日子，县剧团的人给母亲捎信，说法印回剧团了，重新登台，在剧院演出《艳阳天》。这消息让母亲很兴奋，她马上给我收拾行装，让我去南阳看法印演出。那时，我们全家刚刚被落实政策回到县城。母亲托人，给我太太找了一份代课的工作，每月有二十四元钱的收入。我则成了无业游民，不仅不能代课，打小工都没门儿。母亲让我去看戏，也有让我散心的意思。

听说我回到县城没活儿干，法印说："你在我这儿住下吧。团里要我整理个人材料，你帮我整整。"莲姐替我收拾了床铺，我就在法印家西屋住下来。

法印在《艳阳天》里演肖老大，只有几句台词、两句唱腔。他对这两句戏很用心。"'这是咱艰苦奋斗的功劳簿，这是毛主席带来的福。'这两句词，唱起来很别扭。"

我说:"这是姑苏韵,撮口呼,你没法行腔。"

"台下叫好,净是瞎叫。"

"你按你的沙河调走。下句加上'啊'字,问题就解决了。"

从此以后,他把后面一句唱成"这是 —— 毛主席带来的福啊 ——",那嘹亮、高亢的拖腔震动了剧场,全场立刻爆发出热烈的掌声。这对刘法印是个巨大鼓舞,让他认识到传统流派唱腔仍然深受观众喜爱。

每天中午,法印打二两散酒,买一包熟菜,我们俩边喝边聊,聊得兴起,他会站起来比画比画。他把从小进崇利桥科班学艺,不断挨师父打骂,九岁登台,因为个子小,被观众称为"小垫窝",为了偷戏,蹲在漯河剧场的角落里,找民间艺人学艺,把杂技动作融入武打……种种挫折和细节讲给我听,使我弄清了沙河调的源流、剧目和唱腔特点。我帮他纠正唱词里的谬误,分析沙河调如何在兼容别的流派时不失自己特色。

我和法印成了忘年交、知心朋友。当我说要回家时,莲姐说:"你哥这么多年没有这几天说的话多。你走了,他和谁说话呀?"这时已近月底,我看见法印打借条,让小敏去剧团会计处预支工资。法印恢复工作以后工资很低,养活四个正在上学的孩子,我在这儿,增加了他们的负担。

看我执意要走,法印说:"再住几天吧。我已经跟张团长讲了你的情况,叫他把你留在团里做合同工。最近几天他打算找你谈谈。"他拿出一本手抄的《豫剧传统资料》,"这是乐队老荆从'文革'要烧的书里拣出来的,已经失传。我跟他借过来,你看看,明天必须归还。"

我上街买了一本稿纸、一瓶蓝墨水,用了一夜工夫,把这本笔记抄下来。这个抄本至今仍然是我书柜里一份宝贵的秘籍。遗憾的是,天亮了,稿纸用完了,众多游场曲牌只能记下目录,没法抄下曲谱。

这本书对我帮助很大,见到张团长时我的底气更足。那时年轻气盛,求职心切。张团长问:"你到剧团来,能做什么?"我说:"我可以做编剧、导演,可以谱曲、搞音乐设计,也能到乐队做伴奏,搞舞美、画布景也行。如果台上临时缺角,我还可以上台顶一角。"过后张团长问法印:"你这个亲戚是不是神经病?我问他能干啥,他说他啥都会,剧团的活儿全拿。"法印说:"他说的是实话。我这个弟弟真的什么都拿得起。"张团长说:"那就让他先写个剧本让我看看吧。"那年头儿,剧本不能乱写。我到书店买一本连环画《雁翎队》,把它改编成九场豫剧。前两场谱了曲,标出板式,标示了锣鼓点。

张团长看了剧本,什么也没说。法印去催问,他回答:"合同工指标还没批下来。"从此泥牛入海,再无消息。

不久后,剧团恢复上演古装戏。刘法印在《逼上梁山》中饰演林冲,重回舞台主角位置。省里搞第二次豫剧名老艺术家流派会演,刘法印作为沙河调唯一代表参加演出。中国唱片社为他录制了唱片,河南电视台录制了《黄鹤楼》全场。他的沙河派介绍、艺术分析和相关材料,都是我为他整理的。

母亲去世的时候,法印两口从南阳回来守灵。在母亲遗体旁,法印默坐无语,泪流不止,依依不舍的样子让在场的人动容。

刘法印去世时,我已调到省城工作。收到电报,连夜赶回南阳,为他主持葬礼。又到相关部门去办理他的抚恤、丧葬费和各项手续。之后,写了两篇悼念文章,在报刊发表。法印去世后,莲姐和她的孩子们至今与我家保持着联系。偶尔相聚,席间,我为他们唱"周公瑾在黄鹤楼上……",莲姐笑着,抹着泪说:"你唱得还真像。"

是刘法印把我带入家乡戏的深处,不只让我了解了戏剧,还让我领略了艺术,领略了一个艺术家的人生和为人。尽管法印为后人留下的遗作很少,但他的艺术并未泯灭。近几年,戏剧爱好者不断在网上追索他的艺术足迹,播放他演出的视频。漯河市成立"豫剧沙河调研究会",请我做艺术顾问。某剧团重排刘法印的代表作《黄鹤楼》,特意请我去观看指导。当他们重播刘法印演出的视频时,不由得连声感叹,那身段、做派、唱腔……让他们由衷钦佩。

家乡的戏,证明了艺术的力量,引导我在艺术的道路上探索前行。

我与家乡的河

天上星还在明亮地闪烁,通向码头的长长的街筒黑乌乌一片,商号的门廊里点着灯笼,人影幢幢,连说话声也像唧唧哝哝的梦呓。石砌的埠头湿漉漉地伸到河下,通向一个幽冥的世界。河上晨雾弥漫,茫茫一片。灯笼、人影、船桅、呼喊的号子声、沿埠头抬上来的笨重的货物,这一切构成一个浑厚神秘的画面。

不知什么时候,天忽然亮了。码头上的一切好像突然从一团乌云里钻出来,清晰、明艳地出现在早晨的阳光下。于是,我看见清亮的唐河,蜿蜒着,从天的一头,绕进绿色的丛莽中。我看见密密的桅杆像树林一样高高插在天幕上。拱着舱篷的大船,头挨头浮漾在码头下,船底涌溅起泡沫。我看见窄窄的木板桥上,乡下人担着担子、牵着小孩,三三两两从河西走过来。

《花儿与少年》中这段文字是我对河的最初记忆。一个四五岁的孩子,早晨醒来找不到妈妈,我知道妈妈到西河码头去买货了。我既孤单又倔强,沿着长街走过黎明前的黑暗,走到货栈林立的码头上,在纷乱的人影中找到妈妈,悄悄拉着她的手。那时,我惊奇地看到家乡的河在夜色朦胧和太阳初升时的美丽、幽远、神秘和壮观。这情景成为我生命中无法抹去的家乡的记忆。

此后我时常跟在母亲身后到西河码头转悠。母亲与货栈的老板们挑选货物、讨价还价的时候,我站在高高的河岸上。这条令人留恋、让人向往的河,在我脚下平静、安详地流淌,粼粼清波在阳光下时而变幻出色彩绮丽的飘带,时而推出一层层耀眼的银浪。对岸绿森森的林木把河水映衬得宽阔、辽远。河面上的船张着风帆,轻盈地在波浪间漂行,悠然自得,像飞翔的小鸟。眺望着河水流去的地方,我盼望有一天乘上这轻巧的船儿,随着河水漂向远方,看看河的那一头儿是个怎样的世界。

没想到这个坐船、游河的愿望很快实现了。三月三,是祖师爷的生日,母亲、婶婶和邻居好友相约,备齐香、表、供奉,挎上香包,雇一只船,到叟刘村去赶祖师庙会。几家孩子乘兴跟随大人赶庙会。这是我童年记忆中最快乐的特殊节日。

去时,船顺流而下。撑船的艄公只用掌稳舵,船身就会平稳行进。回来时是逆水,他挥舞一根粗大的竹竿,沿船舷从船头走向船尾,把船篙提出水面,再回到船头,插入水中,一步一步走回来。那雄健有力的步伐、身体向河面倾斜的姿势,像在表演一种古老的舞蹈,使我既崇拜又羡慕。船在他脚下平稳前行,船头卷起波浪,激起哗哗的水声。船舷外微波涟漪,河面仿佛被碾碎的镜子。那时候,母亲大声提醒:"别往船尾看,往后看会晕。"

放眼望去,春天的河岸阳光明媚,绿意盎然。辽阔的田野在远处旋转,苇丛、树影、村庄缓缓地迎面而来,在不知不觉间飘向船尾,退向远方,变成一抹黑色的影子。母亲、婶婶和她们的女友在船上快活地说笑，拿男女之间的趣事互开玩笑。人生第一次坐船的记忆淹没了祖师庙会的印象，似乎有烧香、拜神、看戏、吃水煎包。唯一记得的是庙会周围的赌桌。一个人起劲地把色子盒摇得哗哗响，下注的人紧张地看着庄家手里的盒子。在孩子眼里，这种黑红宝、押色点的简单赌博没多大意思，更像是成年人疯狂的游戏。

回到县城才明白，赶祖师庙会只是走了很短一段航程。无论向前看还是向后看，都无法看到河的尽头。家乡的河其实很长。据说它发源于方城县的某座山，上游的源潭、社店都是繁忙的码头，生意兴隆，街市繁华。经过唐河县城，走襄阳、樊城，与白河交汇，流入汉水，进入长江，通向武昌、汉口、汉阳三镇。这条河与我家的生意紧密相连，西河码头关系到全城人的吃穿。母亲的身影经常在码头进出。她天不明就要披上披风、围上围巾，冒着风寒，到河边等待新到的货船卸货。在儿时的印象里，这条河就是母亲的河。它使每一天生动、丰富，给城里人的生活带来生机，给我家带来希望和温暖。

夏日午后，人潮退去，热闹的集市冷落下来。午饭让人慵懒，牌坊街各家商铺只留一人看店。伙计们脱下号服，脖子里扎一条毛巾，成群结队、互相呼喊，打闹着说笑着走向河边。脱下衣服，赤条条站在岸上。撒泡尿抹一下肚脐，拍着光溜溜的屁股，大声喊叫着跃进河里，游水、扎猛、打水仗，尽情嬉闹。这是牌坊街店铺的伙计和孩子们每年夏天能够享受的最惬意的避暑休闲时光。我和哥哥跟在伙计群里，肩上搭着毛巾，穿过西关、北阁，一路唱着、叫着、蹦跳着。除了撒尿，牌坊街的孩子们还会在河岸上选择一处斜坡，泼上水，用脚反复打磨，做成滑梯。从高处坐上滑梯，在泥水中滑过河坡，咣——嘭！跌落水中的一刻，身下溅起高高的浪花，孩子们爆出一片欢呼。

洗澡的人群一般都去北泉。在唐河高高的岸上，有两处从城里流出的地下水。尽管守着一条河，城里人仍然把这两处泉水看得很珍贵。上千年历史的古老县城，井水全都带着咸味。靠近码头的南泉流出的却是甜水，被城里人看作是上天送来的圣水，商家富户以饮用南泉水为骄傲。不知从哪个年代开始，依附于南泉的水贩成为县城人不可或缺的人。他们每天从这里接了泉水，肩挑、驴驮、车拉，送到用水户的家里。我家一直用老阎头的水。他脖子上围着垫肩，扁担担着两只大木桶，从河坡里上上下下，扁担颤颤悠悠，桶里的南泉水溅荡在牌坊街的大街小巷。南泉像圣地一样被修建得规整美观，砖石砌就的泉壁上伸出一个石雕龙头，泉水从龙口流出，基座围在堰池里。相比之下，北泉就显得荒芜原始。它从城基下渗出，流过杂草、野树丛生的坡岸，像一条小溪，曲曲折折流进河里。北泉流出的水甜不甜我不知道，它受到的冷落却显而易见。这里处于县城上游，离码头较远，游人稀少，没有货栈、商行，河边长着茂密的苇丛，很适合人们脱光衣服嬉戏、撒野。夏天的午后，北泉附近的河面人头攒动，肉虫似的身体一直挤到河心，点点滴滴游过对岸。

在河里，我享受了童年的快乐，也经历了惊心动魄的时刻。有一天，我们正在河里起劲打闹，突然有人大声喊："快上岸！快跑！老苍龙过来了。"河里的人纷纷扭头四望，我向北一看，暴雨果真来了。它像天上掉下的老苍龙的尾巴，灰蒙蒙地遮天蔽日，挟着风声、雨声、水声，快速掠过河面，向我们扑来。刚刚还风平浪静的河水突然竖立起来，卷起几尺高的浪头，从上游凶猛地往下奔涌。我逃上岸，抱起自己的衣服，水浪已经涌到眼前，淹没了刚刚玩耍的地方，也淹没了"滑梯"。暴雨挟着河水，河水乘着狂风，沸腾一般向岸上激荡。我们顾不上穿衣，撒腿向高处跑。直到跑进北阁，才敢站下喘一口气，接着赤裸着身子在大雨中狼狈地走过大街。

老苍龙过来，淹没沙滩，漫过北泉。如果泊在岸边的船挨得太近，锚绳不够结实，它们会在暴涨的水流中互相碰撞，碰坏船身，带来意想不到的损失。然而，在牌坊街老人们的传说里，老苍龙并不可怕，风雨过后，阳光重现，涨出河槽的水会很快回落，退回河床，河面上清波微澜，重又恢复温柔、恬静的样子。可怕的是白帐雨。不响雷，不闪电，哗哗哗哗，下个不停。人们在深夜听着雨声，不敢点灯，不敢放心睡觉，脸挨脸悄声说，西河要发大水了。

每到夏天雨季，唐河都会涨水，一般并不狂暴。按城里人说法，只是"平槽"，把河道涨满，对两岸庄稼和村庄危害很小。遇上白帐雨，几天几夜不歇不停，西河就会发大水。老人们传说，唐河发大水时，河里"起蛟"，出现一种怪兽，独角、无鳞，比龙更凶猛。它追风逐浪，把整条河搅动，让河水变成脱缰的野马，浪涛翻滚，层层推高，翻过堤岸，漫过田野，淹没庄稼，冲毁村庄。那时，牌坊街的孩子成群结队，到西河码头高处去看大水。温婉的唐河变成一眼望不到边的汪洋大海，混浊的河水打着旋儿，漂浮着杂草、麦秸垛、梁檩、箱柜。时而有猪、牛的影子随波浮动。孩子群里突然爆出一阵惊叫，顺着他们的手望去，河心里漂过一个草房屋顶，屋顶上趴伏着一个人。这个人的命运牵系着孩子们的心，大家沿河奔跑，大声呼叫，希望有人去救他。在我所经历的大水记忆里，最难忘的故事发生在一九七五年的洪灾里。上游一座水库溃坝，大水漫卷豫南数百里村庄。曾经在我家做木工的牛师傅家被冲毁。洪水到来时他妻子正怀着孕，急切中她爬上了房顶。洪水把房顶冲进水里，她在房顶上趴了三天三夜，有人把她救起时，她已把孩子生在了房顶，这孩子成了有名的"水生"。

然而，无论唐河发多大的水，县城总是安然无恙。大水淹没码头，停留在商行门前的台阶下，货栈里的货物从没遭过洪水冲击。县城人悄无声息地等待着，等待青蛙的叫声。青蛙一叫，大水就会安静下来，在县城脚下回荡，然后不动声色地慢慢向河床退去，河岸和埠石逐渐从水里显露出来。洪水过后，城里人做的第一件事是向各家商号募捐，修复被泥沙掩埋的南泉。按老人们的说法，大水不进县城，因为县城是一块船地。泗洲塔是船篙，天爷庙是船舵，码头是船头。它随水上浮，永远不会被水淹。其实，我们应当感谢先人，为县城选择了一处最佳的地势。城东是丘陵，县城占据了丘陵尽头的高地。它巍然挺立，比河面高出几百米。西岸是平川，不遇洪水，河西和沿河两岸是一片富饶的沃野。涨了水，它们就是天然的泄洪道。洪水向西、向南，在平原上漫流，攀不上县城的高位。

我有幸出生在这片船地里，伴着家乡的河成长。每年大年初二，到舅舅家走亲戚，沿河南下，从三夹河渡口过河。唐河在这里拐出一个慢弯，与支流交汇。河面漂着薄冰，两岸树木摇着灰色枝条，麦苗在冻土下显露出绿意，让我感受到春天的气息。如果是中秋节，我会在渡口边树荫下的茶棚里坐一会儿，喝一碗柳絮茶，看看河上风景，看看对岸的树木、苇林。大年初四，沿河向北，过桐河嘴，到堂姐家走亲戚。那是另一番景象。坐上一艘小船，划到对岸。然后是陡峭的河岸，有一条盘桓而上的小路。上岸之后，走过田野，走过一片丘陵、沟壑和一片荒林，才能看见堂姐家的村庄。

中学时代，我的学校坐落在唐河岸边。课余时间，我和同伴去河边游逛，感受四季不同的风光。带本书，坐在河坡上，一边读书，一边看河。日复一日，目睹着这条河悄然变化。不知从何时开始，河边船桅变得稀拉，河里不再有货船来往。社店、源潭这些繁华一时的上游码头衰落下来，热闹的街市变成荒僻的集镇。泊在河里的船逐渐向下游移动，河里看不到船，西河码头的货栈纷纷倒闭，商行向城里迁移。埠头下的号子声沉寂下去,那些腰缠布带的搬运工不见了踪影。唐河彻底安静下来。一九七五年之后,再没发过大水,夏天雨季过后,河心里出现了沙洲、浅滩。小时候去北泉洗澡,大人反复告诫,苇林下有个大深漩涡,不留心掉进去就会淹死。这个可怕的漩涡现在显出原形,不过是一个浅浅的洼坑,站在岸边,一眼能看到它的底部。

　　唐河的水日渐变少。有人说,发源地的人看到社店、源潭生意红火,他们得不到好处,就联合出钱,铸了一口大铁锅,把唐河源头的出水口堵死,让水流改向,流向了山那边。县城的人都相信这个传说。我则半信半疑。气候变暖,河流缺水而已,一口铁锅能有那么神奇吗?

　　我离开家乡时,唐河依然蜿蜒在县城脚下。水浅了,船没了,河道窄了,河滩宽了,但它那温柔、安静的样子依然是县城最美的风景。儿时的记忆没有消失,反而让我更加怀恋。家乡的河,是我写作的灵感。在我的作品里,它的影子无处不在。

　　在长篇小说《匪首》和笔记小说《落叶溪》里,我写了儿时印象中最神圣、最令人感动的情节——"鬼节"放灯。七月十五,中国传统把它叫作中元节,佛家称它为盂兰盆节。在我的家乡,它被称为"鬼节"。与清明、十月一不同,它不是为了祭祖、纪念亲人,而是专为凭吊孤魂野鬼,为它们招魂。战争、灾荒、溺水、意外、虐待、屈死、仇杀、犯罪被处决,这些鬼魂天不收地不留,在荒野间游荡。七月十五,城里举办隆重的活动,为它们超度。这一天最庄重的仪式就是放河灯。用小木板粘上松香,做成招魂灯。锣鼓游行之后,聚集在西河码头。把招魂灯点燃,放进河里,让它们顺水漂流。天地变得博大,河变成一个漂浮的世界。星星点点的小灯在河里闪烁,召唤游魂野鬼们来取灯。有了自己的灯,它们就能到阴曹地府去报到,寻求来世托生。

　　在《轰炸》里,我写了唐河码头惨烈的一幕。在抗日战争最残酷的日子，军队与日军展开襄枣会战。战事激烈的时候，一队押送支援前线军火的士兵宿营在唐河码头的货栈里，准备装船运去襄阳。据说有奸细向日军密报，引来日军飞机反复轰炸码头和河里的船只，县城、码头变成一片废墟，河里的船也被炸成了碎片。所幸军火没被炸中，夜里得以装船南运。这就是县城人记忆里世代不忘的重大事件——"三十二架飞机轰炸唐河"。"一九四一年四月十七日下午，县城遭日寇三十二架飞机轰炸。南阁到北阁，西关、码头一带几乎毁为废墟。死百余人，伤残三百多人。"这是《唐河县志》的记载。

在《模糊》里，当我写到二哥离开家乡外出求学，河上飘着蒙蒙细雨，二哥举着雨伞，走过河上的木桥……我禁不住流下了泪水。家乡的河勾起了我太多的伤感。

这些年，家乡为打造优美的环境付出了巨大努力。唐河岸边建起了湿地公园，公园里建起哲学家冯友兰纪念馆。冯友兰，唐河人的骄傲，他鼓舞我们几代人读书上进。历史文化景观受到重视，县城多处旧景都在重修。南泉、北泉已经修复。最让人欣慰的是，经过调水、补水、整修河道，唐河要重新通航。来自长江、汉水的货船像我童年时所看到的那样，经过县城，可以直达社店。唐河岸边船桅如林的情景就要重现，那是我儿时的梦。

（原载《人民文学》2023年第10期）

关于王跃文《家山》的读解

阎晶明

不知道什么时候开始改变的规矩，写评论文章必须得有一个悬置式的题目，这个题目最好是概括性的，可以一句话涵盖评论者的阅读发现和论述精髓。我们看"五四"以来中国新文学史上那些评论大家，从茅盾到李健吾，评论文章的标题，就是评论对象即作家作品的名字。多么省事，多么简洁，把一切让位给作家作品而不是突出评论家个人。之所以现在才说出这个发现和感受，是因为面对王跃文的长篇新作《家山》时，我为寻找一个合适的标题而费尽苦心却终不得。是的，面对这样一部写家乡也是写中国，写历史也是写理想，写儿女情长也是写家国情怀，既有书卷气又突出民间性，既讲究书面语言又大量使用方言俚语的作品，要想用一句话涵盖它的内容、主题、意图、艺术，道出它所描绘和叙写的环境、场景、故事线索，真的很难。而这或许正是王跃文想要达到的目的。《家山》是一部读起来容易而且耐读，复述出来又很难的作品。这正是小说的功能所在。它在简洁与复杂、清晰与混沌中呈现生活的面貌。《家山》并不构成阅读的挑战，却强迫批评家要花很大的力气才可以尝试阐释。

在我心目中，王跃文是一位讲故事的高手。上世纪90年代以来，他已经以一系列长中短篇小说证明了这一点。他可以写自己身处其中的生活，活画出看似寻常却已变异的众生相；也可以写自己生于斯长于斯的故乡，那是一种漫随流水的不变中可见波澜的生活；还可以写无论从生活的时代还是地域而言都与自己相隔甚远的人物故事。只要是通过小说可以表现的，似乎他都可以驾轻就熟。《家山》是王跃文在以往创作总和基础上的一次再出发，他将自己蓄积已久的创作力来了一次总爆发。在王跃文个人的创作史上，《家山》无疑体现了他想要达到的理想境界。他不离开出发的原点，又必须要向更远的地方出征。《家山》凝聚了他多方面的创作追求，呈现为一种复杂多重的面貌。

何为"家山"？小说的第二十三节，陈劭夫在写给父母的信中有这么一句话："喜闻父母及家中顺吉，家乡瑞雪，河山安宁。"由此也就知道，"家""山"，可以视为一种理想：家庭和家乡人顺遂吉祥，家乡山水安泰无恙。这是一个看似简单的理想，但要变为现实却真的很难。《家山》就面对着这样的难题。在一个烽火连天、动荡不定的时代，一群人为了一种共同信守的理想而坚韧地生活着，守望相助中又有通融理解，从而凝结成一种信念，将理想之花植根于现实的土壤之中，始终不让它泯灭。王跃文一定要这么写，把不可能变成可能，让看似虚幻的说辞变成坚硬的现实。在他的小说世界里，这一切都得到了真实的呈现、真切的表达。

小说里的家乡叫沙湾，看不出有任何隐喻，这也印证了"家山"的确是王跃文提升出来的一种对家乡的定义，以证明它在人心中的分量。沙湾是这么一个地方：它是湖湘之地的一个小山村，这个村子几乎是个"一姓村",因为除了一户姓朱外,其余的全部为陈姓。与它相邻的村落叫舒家坪,是沙湾人往来县城必经之地,互相交往走动自然也就十分频繁。

小说正是从这样的秩序中进入的。开头的故事像是流行小说里的故事开端,沙湾村民和舒家坪的村民展开了一场你死我活的械斗,直至出了人命。而这条人命还发生在甥舅亲缘之间,舅舅四跛子在万般无奈下将杀红了眼的外甥舒德志给"剁了"。他们本是将沙湾与舒家坪的亲缘提升为血亲的一家人,却因为"今朝没有舅舅外甥,只有陈家舒家"的疯狂理念,导致无法挽回的痛心疾首。然而无谓打杀的由来更显荒谬,只是因为沙湾独姓朱的男人朱达望一句酒后疯话,惹得舒家坪人同陈姓家族大开杀戒。这个开头故事,让小说陡然有了戏剧性。误会、凶杀、创伤、悔痛。

之后的故事围绕着如何化解这场不可化解的矛盾展开。然而,作家为读者展开的是一幅清明上河图,也是一幅千里江山图,而并非是一个械斗故事的连环画。陈家四跛子杀死自己的亲外甥舒德志,让本来的姐弟变成了不共戴天的仇人。这个死结直到小说的第十七节才完全了结。四跛子将自己的次子送给姐姐当儿子作为补偿,无论是沙湾还是舒家坪的村民,都希望两家能从此化解仇恨,姐弟和好如初。一波三折之后,这个目的终于达到了。两个村的村民又可以从容往来,一片祥和。为了实现和好,沙湾村的佑德公早已暗中去了舒家坪尽显和好态度。"骨肉就是骨肉,哪里打得散",这几乎是两村人的共识。一切似乎显得非常合理。《家山》的主题就在这打打杀杀中逐渐显影。

王跃文要写出一种大家都愿意恪守的道德,都愿意共同维护的秩序,一种斩不断的文化之根。所有这一切都可以归结为:出于善而得到和。和善之美映照着整个国家和民族,才使得生生不息成为可能,才使得艰辛之中仍然不缺少美好，纷乱之中依旧保持着公序良俗。

村斗这种"拧巴"的故事或突发事件，却非要写出完全反向的主题，但这只是小说故事的"引子"，更"拧巴"的是整个故事发生的时代背景，这是一个乱世，国家、民族处于危难之中，好男儿大都奔赴战场，一群老幼男女生活在传统的乡村里，坚守着一种共同追求的秩序。他们跟外面的世界有脱离不开的关系，同时又努力保持着自己的生活样貌。这是一种更大的冲突，也是一种更艰难的坚守。小说其实集中于一个家族即沙湾的陈姓，聚焦于父子两个人物，即佑德公和他的儿子陈劭夫。佑德公是传统公德的化身，也是智慧的集成，还是权威的象征。沙湾的大小事宜，外事内务，全都由佑德公来处理，一切规章，都由他来解释、"修订"，一切纷争，均由他来摆平。这种角色的存在，在传统中国的乡村生活中是一种常态，《家山》更显集中与权威。佑德公发挥着《红楼梦》里贾母式的作用，又更显通达和聪明。他的儿子劭夫总是为沙湾吹来一股新风。这个为国打仗的青年男子，有理想、有抱负，同时又守孝道、爱家乡，妻子儿子也都留在家乡。书来信往，问的是家事，叙的是亲情，传递的是乡情。他的回乡有如清风一缕，让沙湾生气顿生。小说写他第一次回乡时的情景："劭夫的马毛色油光水亮，马蹄踩在石板路上叭嗒叭嗒响。他把大盖帽子取下来，招呼正在薅田的乡亭叔侄，都讲班辈规矩。碰着几年不见的，个子长高的伢儿，劭夫就问：'你是哪个屋里的？'见着班辈高的伢儿，哪怕四五岁的，劭夫也要躬身招呼：'儿儿叔，我还没见过你哩！'"风度翩然，道德几近于完美。劭夫更是将现代新风带到沙湾的新生力量。他对佑德公讲述时事新变，还启蒙了妹妹贞一走上读书、参军、征战的人生新路。劭夫劝佑德公的话也很简洁："村上的人好，祖德祖风光大。整个国家要好，光是这个靠不住的。说到底，国家制度要好。"劭夫始终扮演着这样的角色,既孝敬父母、热爱家庭、关心家乡,又能够以顺应时势的姿态,引导一众亲友走上既保持传统秩序,又渐行时代新风的道路。

这是一种让理想照进历史的叙事。王跃文理想化地设置和处理人物与人物的关系。他努力通过合情合理的故事,让这一切成为妥帖自然的情境。陈劭夫、朱克文这些在沙湾成长起来的青年,不但没有在种姓氏族问题上产生隔阂,更在家国大义上显示出共同的抉择和担当。为了摒弃旧的风俗,小说专门写了妇女缠足、放足的过程。无论是县府发布的公告,还是沙湾男女老少达成的共识,这个极具象征意味的符号化风俗被终结。为了体现未来发展,小说专门写了发展水利和兴办教育两件大事。陈扬卿和陈齐峰义务兴办乡村小学,可谓功德无量。陈扬卿为全县水利竭尽全力,四处游说奔波,寻求县长的支持,也得到其父亲逸公老儿的肯定。兴修水利的动因之一,也是要传承"禹帝之德",是一种追求高尚的举动。《家山》在人物关系的设置上尽显人人恪守美德的风范。在处理陈舒两族争斗、陈朱二姓纷争时,已经展现了所有人为了达成和谐而做出的宽容大度、隐忍克制。在处理家族内部的人际关系上,一样以美为底色,以善为本色。女性人物无论是姊妹、姑嫂、妻妾、妯娌之间,都以和善为前提,以融洽为目标。读来仿佛有理想国的味道。

但重要的也必须指出的是,《家山》真正的道德之美都建立在对时代背景的铺垫之上。战争的烽火通过陈劭夫等人的行为和书信,可以让人时时感知到。小说展现的是无论前方后方,无论男女老幼,无论是否识文断字,所有的人都有一种守护家园的意识,一种保家卫国的尊荣感。在此背景下展开的乡间故事,因此就带上了历史的尘埃,成为理解和认识历史的一部分。这种传统之美、道德之美在残酷的现实面前也许有其虚幻和脆弱的一面,但正因此它们才有守护的必要,才显示出坚守中的坚韧。

前面所述,都是关于《家山》的价值追求。《家山》在艺术上最突出的特点,是书卷气与民间味道的结合,是书面语言同方言俚语的糅合。在我的观察里,近年来,尤其是进入2022年,在丰盛的长篇小说创作格局中,作家们必须尽显其能,尤其要突出自己作品的标识。让这些标识成为个性,成为展现独特性的理由。大家却不约而同地又跑到了同一个轨道,这就是:以地方性来展现独特性,以风俗文化的描写彰显文化色彩,以方言俚语的大量使用体现艺术个性。作家们不是以外来者的姿态,观赏式、好奇式地写出某种奇观和见闻,而是以故乡的理由强调自己所写的一切如何不可替代、不可模仿、不可复制。无论是介绍民情风俗,还是描写风景器物,"北方""南方"这些模糊概念已经不足以体现作者的表达,而一定要具体到一座城市,某个县、乡甚至某个自然村落才算到位。过去两三年,迟子建、刘震云、胡学文、罗伟章、林白、乔叶、邵丽等,都在他们的长篇新作里,将故事的发生地标识为故乡,突出表达带着乡愁的"故乡感",创作小说也成了作家向故乡致敬的行动。

《家山》是其中颇具代表性的作品。王跃文把方言直接带到叙述语言中,而不只体现在人物对话时。无论读者是否直接理解语言的含义,作家都从不做任何"旁白"式的注解,而是通过反复使用让读者去领悟和感知。这样的句式布满全篇,俯拾皆是。比如"长大抬阿娘抬不到"一句里,"抬"是娶,"阿娘"是媳妇。其他如"乡亭叔侄"近似于父老乡亲,"易不易得回来"相当于能不能回来。在特别的乡音里又有某种古风,这些语言因此并不是以土得掉渣来显示民俗,反而体现出某种

"现代性"。这也是个饶有兴味的话题。《家山》里，当劭夫的家信被家人展读，县府发布禁止强迫妇女缠足、兴修水利、兴办教育的公告，学校的读书声响起时，一种文白相夹杂的书面语言扑面而来，与方言俚语的大量使用形成对比和呼应，产生某种特殊效果。语言的独特使用还强化着人物性格。如四跛子被姐姐喜英当面咒骂时，当桃香虽一字不识却大量使用民间四六句到衙门里痛快陈述时，乡间女性的个性因此得到充分彰显。似乎是任何其他表现方式都不能比拟的。

《家山》是王跃文精心制作的一道大餐，有地方性但绝非"地方小吃"，突出民间色彩但不以"土气"为美，执着于传统文化之美，但同样散布着现代性。从时代背景的铺垫到传奇故事的点化，从人物关系的设置到矛盾冲突的波澜，处处可见其用心之精细。连人物名字都为价值理念的表达发挥着烘托作用。佑德公、福太婆、逸公老儿、美坨、德志、德全、齐峰、扬卿、克文、克武……不一而足，都营造着某种特别的氛围。月桂出家，修根是道士，佑德公又是儒家文化的民间象征。这些描写透露出作者的创作抱负，即在一部作品中呈现和容纳尽可能多的内涵。就此而言，《家山》无疑是一部值得深入剖析的作品，对于理解和分析当下长篇小说创作的趋势具有典型意义。

（原载2023年2月24日《文艺报》）

驶往浪漫的夜航船

丁 帆

码头即景

  1968年10月,在"知识青年到农村去"的"最高指示"尚未发布,逍遥复逍遥的无聊日子里,我们这群蜷缩在"家"的躯壳里的青少年,听说有人去农村插队了,便坐在午朝门那块大石础上指点江山,"问苍茫大地,谁主沉浮?"到农村去闯荡江湖一番,方显出少年英雄气概。那时,我们是多么渴望像《青春之歌》里的林道静那样,冲破"家"的囚笼,走入独立自主的自由自在生活。尤其是听说我们插队的地方,就是那个年代的流行歌曲《九九艳阳天》诞生之地——电影《柳堡的故事》中的"柳堡",正是我们向往的浪漫风景的流浪之地。

  在城市里长大的孩子对乡村毫无认知,认为那里最多就像南京郊区一样,与城里并无太大的区别,因为在我接触到的中外小说中,但凡描写乡村景象的作品,风景都是非常美丽的,即便是高尔基《海燕》

那样寓意着革命风暴来临的散文诗，也都是自然风景美的激情表达。

从小写作文，母亲只说过一句对的话，这句话却影响了我一生："写文章首先要描写风景。"虽然，这只是一个公务员无意中说出的一句皮里阳秋的话，却也影响了我的审美取向，以为但凡乡村风景都是美丽的，所以推断，在美丽的乡村里生活，即便再艰苦，心情也是浪漫舒畅的，那个"如诗如画"的词语，深深地浸润在我的骨血之中，于是，它促使我毫不犹豫地投入广阔天地的风景怀抱中。

深秋的清晨，南京下关码头，通往苏北宝应县的轮船前，围着大批来自白下区的"准知青"们。我背着十六岁的行囊，拒绝了家人的送行，在人堆里穿行，虽没有壮士一去不复还的气概，却真的有点"画境游"的朦胧意识在作祟。

多少年后，当我看到十七世纪最伟大的风景画家克劳德·洛兰在充满着浪漫的田园风格的调色板中，抒写出那幅充满着悲剧场景的《海港与圣厄休拉的登船》画面时，我才深深地懂得了生命之于人生的意义——初升太阳等待着圣厄休拉公主带领一万多名处女返航，画家并没有去渲染即将来临的殉难悲剧气氛，相反，洛兰用田园牧歌式的构图，衬托出的是一片轻松愉快的祥和氛围。这种风景画的表达方式，传达给我的人生哲理是异常深刻的，所以，当我在上世纪八十年代末从事乡土小说研究时，就深刻地领悟出了哈代在《德伯家的苔丝》里对浪漫主义风景画的辩证处理方法：一方面是优美浪漫的田园风光描写给人带来的巨大视觉冲击力，另一方面是人物悲惨的命运与之形成的巨大落差和反差，赋予了小说更深刻的主题表达。

我不是洛兰那样的伟大绘画艺术家，也不是哈代那样的伟大的作家，但是，从他们的作品中悟到这样的哲理，才使得我这个风景画的

"闯入者"意识到自己也是风景画里的一个人物。

我的行李上写着"宝应县夏集公社",那儿离电影《柳堡的故事》拍摄现场很近,同班的两个男生已经先期到达此处,我是去那里会合的。

汽笛长鸣,忽然,码头上一片哭泣声倾泻而来,几乎盖过了汽笛嘶吼,我从江轮的舷窗向外望去,那幅生离死别的哭场风景虽然让当时的我震惊和不解,至今却尚在记忆底片中历历在目。那时我不理解他们为什么要哭成那样,真是少年不知愁滋味,心中窃窃私语,明明是去广阔天地看人间如诗如画的风景 —— 滚滚的麦浪,千重的稻菽,河畔的大风车,白帆点点,岸柳成行……却又何故如此悲哀?

夜航船

如今从南京开车去宝应,只需两个多小时,而那时坐江轮则要两天一夜。大约是因为码头上那场哭泣,将这近四十个小时的漫长旅程,变成了人生转折的驿站,整个船舱里弥散着的悲哀气氛,让我在懵懂的人生浪漫之旅中开始迷茫。

江轮在大运河中缓行,让我想起了《青春之歌》开头那一段林道静"走出家的囚笼"时寓情于景的描写,飞驰的列车、广阔碧绿的原野、茂密的庄稼、明亮的小河、黄色的泥屋、矗立的电线杆,以及对美丽少女的肖像刻画。北戴河沿途的风景画,鼓动了几代知识青年追求革命加浪漫的理想。

可惜,缓慢的船行绝对没有飞驰的列车那样有激情。在大串联当中,尽管我们经受过火车屡遭晚点的痛苦,那种浪漫疾驶的速度快感始终是革命时代知识青年的向往,虽然我们根本算不上有知识的青年。

船舱里烟雾缭绕，画面上出现了校园里看不到的风景：平日里的男女界限一瞬间就被破防，他们一起抽烟喝酒，口吐带脏字的南京口头禅，那种破罐子破摔的行状，立马就让人产生一种同类的莫名悲哀。一个十七八岁的女孩叼着一根香烟，吞云吐雾，还不时吐出一连串的烟圈，烟技绝尘，但我却觉得她是在东施效颦地装酷，自诩为时代的零余人，大有"我是知青我怕谁"的"垮了的一代"精神。拿她与电影《英雄虎胆》中的演女主角的王晓棠抽烟的范儿来比，显然，后者的优雅和妩媚更能感动一个少年的心，虽然她扮演的是国民党女军官，但那幅身着美式军装、头戴船帽、双臂交叉、纤细手指叼烟、身体微微斜倾的美照，早已悄悄定格在每一个青少年的心中。

有人带头唱起了《拉兹之歌》，"流浪，流浪，到处流浪……"的合唱在颠簸的船体中摇荡回旋；又有人拉起了二胡，曲子是《江河水》，凄美的乐调并没有伴随着汩汩流淌的大运河水合奏，形成一种淡淡哀愁的诗画情形，而是被那"突突突"的轮船柴油机轰鸣噪声所覆盖。

无法忍受船舱里的悲哀、郁闷的沉沦气氛，我爬上了那个且为甲板的船顶，目光投向大运河的晚霞。

那时，我没有能力反思我们这一代人所处的意识形态风景画，就像许多年后看到那个发明点彩艺术风格的印象派画家保罗·西涅克的《孔卡尔诺：傍晚的宁静》里色调浓郁神秘的画面——成群结队的帆船驶往的是一个浪漫的停泊地吗？任何一个经历过自己人生的人，都会有自己的答案，尽管各有各的不同。

我开始在甲板上彷徨，流浪的歌声开始啃噬着我的心灵，先前的"画境游"的浪漫情绪渐渐在消退，未来究竟是什么样？用那个时代的流行语来说，就是小资产阶级在革命的关键时刻表现出的动摇性显露出来了。

那时我还自以为是地保有一丝廉价的清高，认为自己与"垮了的一代"不是一类人，尽管是出于一种真诚认知，然而，不到半年时间，我的清高就被失望的严酷生活彻底摧毁了。

是夜，在驶往暗夜的轮船上，一弯残月挂在清澈的夜空里，秋风把轮船烟囱里的黑烟缓缓送进了暗色的秋夜，把那个时代标志着的浪漫淹没了——所有的烟囱里冒出的白烟或是黑烟，都是艺术家对工业文明的礼赞。

岸柳婆娑，影影绰绰，杨柳依依，朦胧成行，一行，一行，又一行，无边无际，通向远方。我想，它们肯定是抵达我们的浪漫之地——柳堡，我在那里会遇到什么样的故事呢？电影里李进和二妹子在战争中建立起爱情，他们不正是我们这个年龄吗，但此时，并无月上柳梢头的浪漫意境感觉，因为那时我们的爱情还没有发育，尽管读过《我们播种爱情》和《山乡巨变》那样带着爱情味精的作品，却更青睐于《军队的女儿》中那个中性英雄人物描写。

十几年后，在一次江苏省作家会议上，我问胡石言先生：你写《柳堡的故事》时，柳堡的村庄里都是柳树吗？这个问题虽然很愚蠢，但柳树却成为我观察中国农村风景的一个重要的标志——农村到处都是柳树，它却是农民嗤之以鼻的树种。

日夜奔流的大运河，左边航道里，川流不息地驶过运输木材、水泥、石子、化肥、粮食和各种物资的船只，与我们的江轮客船擦身而过，艄公们在挂着马灯的夜间航行，仅凭着若明若暗的灯光，就能辨识出前方的航情，只有遇上大船时，才能看到探照灯把河面照得犹如白昼一般，让人恍惚。最让人讶异的是，还有一些小渔船也在优哉游哉地穿行于百舸争流中，且缓缓而行，那船上的摇桨者竟是一个十二三岁的小姑娘。于是,我便暗暗思忖,一个小女孩都能独自闯荡江湖,一个二八及冠的男儿为何不能在广阔天地里撑起一片天呢?果然,几个月后,我就和水与船结下了不解之缘。

那个月夜,是我迈向人生自立的初夜,向往浪漫,却没有浪漫,也不懂得浪漫;没有爱情,也不懂爱情,虽然手里攥着爱尔兰女作家伏尼契的《牛虻》,深深地被男主人公亚瑟那种浪漫传奇的人生所感动,但是,我并不知道自己闯荡江湖的目标是什么,是伏尼契笔下浪漫的革命,还是那革命中坚贞不渝的爱情? 我懵懵懂懂地闯进了那个自以为人生如诗如画的风景里,我将遇到的是什么样的人生境遇呢?

八年后,当我读到明人张岱的《夜航船》的时候,才懂得了我六年的苏北水乡风景生活,乃是一场人生苦旅的长歌。张岱说:"天下学问,惟夜航船最难对付。"孰料,在那里,等待着我的是多少次难以对付的夜航船之旅,《夜航船》里出现的林林总总的自然与社会的风景描写,不正是我遇见的最生动的乡村风景吗?

夜半,船过邵伯闸,听得寂静的闸门内,船与船的撞击声,艄公相互间的谩骂声,以及船舱里传出来的如雷鼾声,此起彼伏。俄而,船闸里传来了高音喇叭指挥进闸出闸的命令声,哨声忽高忽低地回荡着,清晰而遥远,惊醒了一船船的幽梦,这便是我的夜航船初夜梦境吧。

船过子婴

翌日,黄昏时分,船过子婴河,大家便纷纷议论,这就是宝应县的子婴河公社,也就是《柳堡的故事》里的柳堡,紧邻氾水镇和夏集公社,然而,轮船并没有停下来的意思,径直向宝应县城方向驶去,眼看着轮船渐渐远离我们所要抵达的浪漫之地，惊讶之余，心中便有了一种不祥的预兆。

2022年7月，我随省文史馆一帮朋友去里下河地区进行文化调研，再走昔日子婴水路，才猛然从历史中醒悟。无疑，当年的子婴河是高邮与宝应两县之间的界河。高邮的重镇为界首，宝应的重镇为汜水，两镇相峙，子婴河便成了高邮、宝应两县各个朝代不同归属的历史问题，然而，当年我们行驶的子婴河，其行政区划当属宝应县，因为有"子婴河公社"为凭。如今，我站在高邮的南关坝上，才知道我们就是从这里进入了里下河水乡风景区的，我不知道汪曾祺的作品中有无这里风景的原型。

当年我们谁也不知道宝应县名是唐肃宗年号的由来，也不知道"子婴闸"是世界灌溉工程历史遗迹，更不知道"子婴河"因秦始皇之孙子婴在此治水而得名，其闸始建于明万历年间，它见证了运河历代多少次的水患灾难，乾隆五次南巡，经过这里，曾写下了一首《阅南关车逻坝》，诗虽寡淡无味，情感还算真切。清光绪时远赴山西绛县任职的高邮籍知县夏宝晋写的《避水词》，才是真实地描写了这个水乡泽国的历史风景原貌："一夜飞符开五坝，朝来屋上已牵船。田舍漂沉已可哀，中流往往见残骸。"当然，这首诗写得也一般，却是我在进入水乡第二年，就遇上了的可哀可悲的水郭云天风景。当然，写得好的诗篇也有，那就是蒲松龄的《清水潭决口》："河水连天天欲湿，平湖万顷琉璃黑。波山直压帆樯倾，百万强弩射不息。东南戢戢鱼头生，沧海桑田但顷刻。岁岁滥没水衡钱，撑破波涛镇泽国。"我也屡屡看到了泽国风景中"帆樯倾"的险境和"鱼头生"的奇观。

遥想当年，我的行李中有唐诗宋词，却并不知道这历史的驿道上，曾经踢踢踏踏响过多少名人的马蹄声,从唐代的宰相李吉甫,到清代的魏源,无疑,他们都是运河(包括"里运河")治水史上的英雄人物,不由得让我想起了前些年奉命为全国十几位画家绘制的京杭大运河百米风景长卷写序的尴尬,至今让我心生腹诽的是,我写了运河历史上的帝王将相修大运河的史迹,以及历代治水枭雄为此运河做出的贡献,窃以为,无论他们修凿运河目的是什么,却成就了大运河历史的辉煌,英雄与人民共同创造历史似乎在观念上还说得过去,然而,序里帝王和枭雄的名字被抹去了,如今,百米画卷静静地躺在扬州大运河博物馆里,却留下了运河历史风景的遗憾。

如今,当我第一次踏进当年未能如愿以偿奔赴的柳堡镇,这里已经变成了"二妹子"民兵班的教育基地,昔日我们就是奔着《柳堡的故事》而来,亦想满足一下懵懂的浪漫风景情愫,以及更加朦胧的浪漫爱情幻想。说实话,当年"二妹子"的称呼,是知青对乡村姑娘一种带有贬义的揶揄和调侃,这一称呼在八十年代被改称为"小芳",却似乎多了一层秦香莲的文化意味了。

在风车、稻菽、麦浪、菜畦、蓝天、白云、绿野、碧波、荷花、菖蒲、苍狗、鸭群……的风景画中,那个时代往往把红扑扑的微黑脸庞和身材略显粗壮的女人,刻画成劳动人民之美,当然也不是唐代以肥为美的审美意识作祟,只有深入乡村生活的肌理之中,你才会领悟到农民对女人的审美标准,仍然是以生殖图腾为第一要义的。我们私下里却并不把《柳堡的故事》女一号演员陶玉玲想象成为时代心仪的女性偶像,倒是王晓棠在《英雄虎胆》中扮演的阿兰小姐充满着女性曲线和动人妩媚的笑靥,成为追星族喧宾夺主的大明星;其次,才是王丹凤那种上海滩上充满洋气的女演员获得青眼,上海知青从街头买来王丹凤的电影剧照,当作礼物送人,也算是那个时代的江湖艳事。

板桥霜

哪知道浪漫之地的幻觉很快就在时空的腾挪中灰飞烟灭，轮船最终在宝应县城郊一个名为"刘堡"的运河码头停靠下来，此刘堡非彼柳堡，当年属于宝应县沿河公社。

公社大礼堂里，县知青办主任在主持着分配知青进队的工作，她是一个和蔼的女干部，至今我还记得她名字叫张婉珍，大家称她为"张大姐"，这就有了几分亲近。看她手里拿着一本花名册，我便向前苦苦申诉说，我是去夏集公社的，到了这个陌生的地方，没有同班同学，就会显得孤单。她用没有卷舌音的宝应普通话和我说，这个地方的条件要比夏集公社好多了，而且离县城也很近，你就不要去夏集了，你找找看，这个名单里还有没有你的同学，我把你的名字加上去。一个看惯了那个时代城市革命暴风骤雨的少年，一俟到了一个完全陌生的乡村，也只有服从组织命令的份儿了。好在张大姐留下了一个活口：如果以后你觉得不合适，我再给你调整。

于是，我便匆匆忙忙地从花名册里寻找同学，果然，只看到一个同班同学的名字，他和同年级一班的三个同学分在一户，我便顺理成章地插入他们组成的集体户中。

几百人左右的公社大礼堂里里外外都是人，比白天的集市还要热闹多了，大礼堂里悬挂上了只有遇上大喜事才使用的两盏汽油灯，灿如白昼。在熙熙攘攘的喧闹人群里，我们终于找到了来认领我们的老生产队长，他个子不高，但敦实憨厚，两颗镶金的门牙在刷亮的汽油灯下熠熠发光，脸庞上的深刻褶皱，一直到八十年代，我才从罗中立的油画《父亲》中找到了原型。

出发了，各个生产队的队长带领着知青，率领着充当挑夫的社员，浩浩荡荡沿着新修的水渠大堤行进，知青夸张地打着三节电池的手电筒，跟在扁担上挂着一盏马灯的挑夫后面问这问那，其实，那一天的残月光亮还是能够清晰地看见路面的。蜿蜒的长龙在朦胧的月色中分流而去，远远望去，煞是壮观，不由得想起中学课本里陆定一《翻过夹金山》描写的风景。

夜深了，人群逐渐散去，万籁俱寂，兴奋被疲惫所替代，我们五人不再作声，沉默在秋夜里，堤边除了柳树，还是柳树，倒真像是个"柳堡"似的。

过桥了，那桥最高处离水面足有一丈多，桥面宽约一尺五，挑着重担上去，尚有弹性，在挑夫脚下吱呀作响，我们小心翼翼地平举双手，保持身体平衡，胆战心惊地过了河，有位L君却骑在桥上艰难寸行，最后还是老队长将他背过了桥。据说那夜许多女知青都是被社员背过桥去的，当然也不乏以裆寸行过桥的"勇士"，据说有人裆部还磨出了血泡。

其实，那夜的月色风景挺好，只是当时读书甚少，面对已惘然的月色，只有两年后与Y君坐在大溪河边，一起读到温庭筠《商山早行》时，才回忆出那夜的风景画面："晨起动征铎，客行悲故乡。鸡声茅店月，人迹板桥霜。"虽然，早春的霜与晚秋的霜并不相同，但意境和心境却是相同的。尤其是遥远而清晰的鸡鸣声，为我们的寂寞行，平添了几分欢乐且惆怅的诗意。

我们暂居的茅店，就是生产队副队长新盖的草房，俗称"砖门折子四角硬"（房子除门脸两米多宽处和四个角是立起的青砖块砌成，其他均为土坯垒成），这就是当年的富足人家了，比起《柳堡的故事》里的全土坯草房只多了几百块青砖而已。

副队长也是两颗金碧辉煌的大金牙把守在嘴巴的大门口，一笑一灿烂，虽然有点皮笑肉不笑，却也不犯嫌。他已经早早地做好了"夜顿子"：一大锅白米饭，一脸盆茨菰烧肉，一锅青菜烧豆腐，还有一盆山芋坨粉条，十二个男子汉风卷残云，顷刻之间，碗干、盆净、锅空。第一次吃到"农垦57"，那新米的清香和入口的软糯，便永远留在我的味蕾记忆之中了。

我们躺在新稻草铺就的地铺上，听着远处传来的三更鸡鸣，望着几根铁棍隔出的窗棂，户外月色朦胧，却并不撩人，想着明天将会是什么样的日子在等待我们呢？明媚的阳光将为乡村第一天拉开一幕什么样的风景呢？带着无限的浪漫遐想，我们进入了梦乡。

借着他乡的残月，睡在他人的茅店里，我梦见了婀娜的水乡风景，我撑着船篙，穿行在菖蒲芦苇荡中，汪曾祺撰写的《沙家浜》里的唱词出现在梦境里："朝霞映在阳澄湖上，芦花放，稻谷香，岸柳成行……"

东方既白，顾不上吃早饭，我就出门看水乡风景，河汊沟渠边都是大大小小的树，满心疑惑，这是什么树呢？房东则坚定地说，这是柳树。我惊呆了，这树枝叶一律是向上生长的，与城里和戏里、画里的柳树完全不一样，那都是垂杨柳，而面前满目虫洞的弯曲的柳树却毫无诗意，顿时，风摆杨柳的浪漫便死去了。

大风车呢？风车在哪儿呢？房东说风车早就没有了，我们是用脚踩的水车。我像堂吉诃德一样呆立着，没有风车，就没有了浪漫，没有浪漫，我和谁去作战？心情顿时黯淡起来。

好在身后的打麦场上还有一个巨大的草堆，两头老牛卧在场上吃草，比我当年在画报上看到的印象派画家莫奈的《干草垛》要壮观了许多，便多了一份寻觅乡村浪漫风景的信心。

（原载《当代》2023年第1期）

邦尼布古河

贾志红

一

涨水了,现在它看起来终于像一条河了。旷野湿漉漉,邦尼布古原野的雨来势汹汹,天上的水正源源不断助长着地上的水,天地苍茫,它们合谋在大地上创造河流或者复活河流。河水湍急,狠狠地拍打着乱石滩,大口大口吞噬着沿途的灌木和杂草。它曾经在这里被蒸干、败走,现在,复仇者终于等到机会卷土重来,要狠狠地撒一口气,或许因为等得太久,它显得急不可耐,莽撞又狂妄。河水浊黄,掀起的浪却是白花花的,像复仇者狂妄叫嚣时喷出的唾沫。

老张站在河岸上望着这条似乎是从天而降的河。真的是从天而降呢,一周前这里还是一片乱石岗,看不到河水的一点儿踪迹,而现在,河面已经很有些宽度了,如果此时有一条船漂来荡去,那么它看上去就更像一条真正的河了。

老张有几分得意。当初发现这条如河道一样的低地时，他还不能确认它到底是不是一条河道，那时候雨还没有降临邦尼布古原野，大地一片干涸。不仅仅是邦尼布古，整个西非大地都是焦渴的，从撒哈拉吹来的干风一阵阵掠过原野，伸手当空一抓，仿佛就能攥住一把沙子。那天，老张就那么一抓，不过不是当空一抓，而是在干得透透的河道上一抓，将一把沙土握在掌心，攥了攥，又送到鼻子下闻了闻，他判断，这是一条河道，他的鼻子如非洲大象的鼻子般能嗅到水的遥远讯息。现在，水拍打河岸的声音印证了他的判断，一层一层的浪，被水送上水的尖端，又被水一把拽下来，一起一伏，煞是壮观。老张看着眼前的河，满脸欣慰，仿佛他是这条河流的缔造者。

那会儿我也站在河边。我知道这是一条季节河，水因暴雨而来，泥沙俱下，不过对于一条荒野上的河流而言，水是它的全部意义，管它是清还是浊。老张想起当初找到它时，河道底朝天的模样，干涸的河床上裂缝纵横，风卷起沙子扑打在他的脸上，让他一度怀疑自己的判断，沟地到底是不是一条季节性河流的河道？几分钟后他果断地相信了自己的预判，这一刻，他的心脏急速跳了几下，紧张、激动、盼望、兴奋，诸多情绪交替着或者说混合着袭击他的心，好在他心脏健康，经得起敲打。他的心口住着一只神奇的小兽，当小兽发出有力而节奏渐快的敲击声时，老张便知道这是个好兆头。老张的心从来不会无缘由地快跳，每次快跳后都会有好事情发生，比如一年前拿到这项由中国政府援建的西非高等级公路的一百公里施工标段任务时，他的心就是这样怦怦怦地快跳了一阵。又比如，他快速组建了一支五十人的施工队伍，从北京起飞，经亚的斯亚贝巴到巴马科，在走下飞机舷梯之后，他的心也是这么怦怦怦了几下。那天，北纬十二度的阳光灼热得让他汗流浃背，围着他讨要小费的机场搬运工聒噪、纠缠不休，体味和汗味呛得他头发蒙。他定了定神，他的心在被汗水湿透的衬衫下嘭嘭嘭地敲了几下鼓，这熟悉的感觉使他顿时神清气爽，从口袋里掏小费的那只手便多捏了一张零钞，惹得同行的另一家中国公司的同胞直嚷嚷："张总，你不能用欧元支付小费，你破坏了机场的付费规矩。"兴奋中的老张哪里管什么规矩不规矩的，再说了，他口袋里没有西郎的小钞，欧元就欧元吧，只要有个好兆头。搬运工极少收到欧元小费，他攥住钞票，用肥厚的嘴唇亲吻钞票，开心得一个劲儿地祝福老张："谢服，你会交好运的，你会交好运的。"非洲口音的法语，与国内培训时老师教的法语听起来有很大不同，老张听得很吃力，但他明白"谢服"是长官、老板的意思，也听懂了"好运"这个词。有这个词就值了，这是他到达非洲后收到的第一句祝福，几乎可以说是用欧元买来的，初来乍到异国他乡，他变得敏感又迷信，此时的祝福使他安心、愉悦。后来，果然就有了好的开端，驻地基建出奇顺利，就连水泥和铁皮瓦也出乎意料地在几家铺子里被凑齐。要知道，在邦尼布古，几乎所有的建筑材料都是稀缺物资，在国内按吨卖的水泥，在邦尼布古像面粉似的被零卖，老张甚至做好了在海运材料到达前住茅草土坯房的准备。随后，招聘本地技术工人的事项也有了着落，有几个会操作工程车的工人竟然是从邻国布基纳法索赶过来的，开挖掘机的小伙子则从另一个邻国科特迪瓦赶来。其实也不太远，西非经济联盟成员国之间的国境线在本地人眼里不过就是地图上的一条线而已，不翻山、不越岭、不涉河，像去邻居家串个门，抬脚就走。这条线对他们几乎没有约束和限制，他们来往自由便捷，只要货币和语言是通用的，国境线不就是一条线吗？更让老张兴奋的是，海运设备的清关手续一再被简化，就像有一只手，不，不仅仅是一只手，就像有很多只手在暗中帮着他、帮着我们。从此，老张奇怪的心跳，在工地成为传奇，有好事者展开联想：看见美丽又性感的非洲姑娘，老张的心是不是得经常这么敲非洲鼓似的快速跳动了？

河流的复活或者说被发现，对老张而言，除了与风景风情有关，还有更大的意义。此时，大地上壮观的河流在他脑子里，被快速换算成赤裸裸的数字，那是工程施工用水的成本预算。现在老张终于把悬着的心放进了肚子里，他琢磨着得把河岸筑高一些，再在下游修一道拦水石坝。这样，如果降水充足，河流继续生长的话，拦水大坝就能控制下游的水量，不让季节河成为一条任性泛滥的河；而如果降水量不足，那么，一个简易的蓄水水库也能在旱季的时候解决工程用水问题。旱季找水，那可是太艰难了，而旱季恰恰又是施工的旺季，上方路段需要大量的工程用水。他计划着在雨季再找几个这样的低地，再建几个这样的蓄水库，那么整个旱季的施工用水就能妥妥地有了着落。

他在雨中兴奋地搓着双手，全然不顾自己已经是一只落汤鸡，翻译小李也成了落汤鸡，我们三个人都成了落汤鸡，雨衣雨帽在这样的大雨中不堪一击。老张的眼镜片被水汽蒙上了一层雾，他索性摘了眼镜，仰着头，让雨痛痛快快地淋湿脸。就在这时候，河中心有个影子晃了一下。那是什么？他问了一声，边问边急急地戴上眼镜，可是眼镜片依然是模糊的。他转身走回吉普车，打开驾驶室的门，把头伸进去，在副驾驶的座位上摸到一块干布，迅速地擦了擦眼镜片。这时，翻译小李大喊了一声，张总！快来看，河里好像有个人。我顺着小李的手指望过去，河中心的确有个移动的黑影，时而倒下去，时而又立起来，像是树干或树枝，也像其他的什么物件，还像是一个正在挣扎的人。天地一片混沌、灰蒙，没有边际，在天和地没有差别的时候，黑影便是我能够想象出来的任何物件。

老张哆嗦了一下，会是人吗？在这偏僻之地，又是暴雨之下，怎么会有人？我们今天开车找到这里的时候，沿途没有看见一个人。一周前也是如此，空旷的原野几乎没有任何参照物供我们记路，老张是凭着一个地质队员的脑子和鼻子记住这个地方的——都说地质队员的脑袋里安装着罗盘，鼻子里自带探测仪。提起脑子里的罗盘，老张有一箩筐的故事要往外倾倒。在秦岭的大山里，在工作装备掉下悬崖后，他硬是凭着脑子里无形的罗盘而没有迷失方向；还有在武夷山，他与队友失联，也是他的"罗盘"救了他。这些他当年找矿的故事，在邦尼布古原野的一个个黄昏，收工了、吃罢了晚饭、无事可做、网络故障、离睡觉还早的寂寥时刻，被他一件件讲起。他的狗大乔是最忠实的听众，总是最后一个离开老张的故事会现场，大乔从头听到尾，听得都快会讲了，如果大乔会说话的话。至于地质队员的鼻子，老张的故事更是被说成了传奇，以至于他儿子小时候在小朋友圈里吹牛说，秦岭的大金矿就是他老爸凭着鼻子闻出来的，急得老张一巴掌扇在儿子的小屁股上，终止了小家伙的童话编织。小家伙没有哭，他跑回家，翻箱倒柜找出老张的那枚金质奖章，上面刻有"功勋地质队员"几个字。小家伙把奖章举起来，眼神咄咄逼人。老张的妻子笑得岔了气，她边揉肚子边说，儿子，你爸不是狗，他的鼻子没有那么厉害。

老张带着他的传奇故事来到西非修公路，在野外勘查路线时，我们领教过他非凡的方向感和敏锐的嗅觉。他翕动鼻翼，说，这阵风是从撒哈拉沙漠刮来的，那阵风是从几内亚海湾吹来的，还夸张地做出撩动风的手势，那会儿，如果他穿着基地大门保安穆萨的蓝布长袍，又像穆萨一样干瘦的话，就真的像个巫师了。我说，老张，我已经快相信你儿子讲的故事了，秦岭的大金矿说不定真是你的鼻子闻出来的。我是全队唯一敢和老张开玩笑的人，谁让我是全队唯一的女同胞呢！不过，眼下，不能提脑子，也不能提罗盘，自从发生了测量偏离事件后，老张就不再讲故事了，更是闭口不提"罗盘"这个词，仿佛这个与他交往了半生的物件突然变得面目可疑。他再也不想提起它，提起来老张就觉得羞愧，邦尼布古原野的红土和沙丘、猴面包树和乳油树、烈日和干风，以及杧果树下被沙土埋了半截的土坯房，好像都在嘲笑他。他依然习惯随手抓一把沙土送到鼻子前闻，他细细地闻那把沙土，恨不得变成一只蚂蚁，钻进去，让沙土把自己埋起来。不，不，他没有资格做一只蚂蚁，蚂蚁是不会迷失自己的，不管走多远的路，蚂蚁也不会把自己走丢了。可是，我们的测量小分队，不知怎么的就把自己弄丢了，把我们的路引偏了。

这事儿说起来有些蹊跷，怎么就偏了方向呢？见过大风大浪的老张怎么就在小河沟里翻了船呢？那阵子，老张把会议室的桌子都拍散架了，他愤怒的唾沫星子像子弹，射向一帮测量工程师：你们，你们，是白吃饭的吗？坐标错误，测量放错线，复核竟然也错误，一偏就是几十公里，你们怎么不直接偏回国去、偏到你家炕头上去啊！老张的大手啪啪啪地拍着摇摇欲坠的桌子，惊得苍蝇无处落脚，惊得他的狗大乔卧在墙角大气儿不敢出。就连隔壁厨房里正在切菜的黑厨娘阿娃也被吓得不敢哼歌，不敢随着切菜的动作扭动晃悠，只低着头闷闷切菜和慢慢剁肉，间或吐吐惊诧的舌头。往常她做饭是不会安静的，她的手和嘴以及腰肢和臀部从来就是活泼的、联动的，她举着菜刀剁肉就像拿着鼓槌敲鼓，有花哨的架势和变化的节奏，咚咚咚、嘭嘭嘭，她的凹腰和翘臀更是不会闲着，像安装了弹簧，腰扭动、臀摇摆，高压锅咝咝咝地喷着蒸汽配合她，厨房里总是像小音乐会般热闹。

阿娃听不懂汉语，她不知道老张发怒的原因。谢服为什么发火？她问翻译小李。小李懒得回答她，盯着她满头花里胡哨的小辫子，心想，工程上的事情能说给你听吗？再说了，这个事情又不是什么光彩的事。小李不仅不回答，还瞪了她一眼。小李不知道，就是这一瞪眼，让阿娃一夜未眠。她在院角的小屋里忐忑不安，心想，一定是她偷偷拿回家的羊肉被谢服发现了。她浑身抖了一下，抽抽泣泣地哭，这可怎么办呢？她不想丢了工作，她想多挣钱，挣很多很多钱，然后去巴马科，去锡加索也行，或者去布古尼，反正她不想回到村子里嫁给那个好吃懒做的穷家伙。阿娃哭得动容，泪水顺着鼻翼翻过她饱满的嘴唇，又爬过她漂亮的下巴，而后滴落在她高耸的胸脯上。她伤心的样子就好像她已深陷不堪的日子，重复走在她的祖母、母亲走过的路上。她多爱这份工作啊，每月四万西郎的工资是她父母向村人炫耀的资本，况且食宿也不用花自己的钱，天天有羊肉吃、天天有鸡肉吃、天天有牛奶喝、天天有可乐喝，这简直就是天堂里的日子啊。姑娘的腰和臀在我们基地丰富的肉类与白花花的米饭的滋养下，迅速圆润成邦尼布古女人们羡慕的样子，只有有钱人家的女人、不愁吃喝的女人才能丰满成这个样子。她不仅是家人的骄傲，简直就是全村人的骄傲。

　　老张的愤怒持续了一个月，他几乎天天拍桌子，这件事太窝囊了，将成为他职业生涯的笑话。怎么就发生了偏离事故呢？他怎么就摔在"路"上了呢？老张是多么在意他的"路"啊，自从他由地质工程师改行成为道路建造师，他便总是写一些与"路"有关的好词好句什么的来装饰自己的微博或QQ空间，就像他以前热衷于赞美山峦与岩石一样。现在，他的整个身心都与"路"有关。比如他写下"每一条道路都有终点"这样废话式的句子，这句话至今依然是他的QQ签名。每每登录QQ，与国内总公司工程部的同事传完文件或报表，他都会盯着这个签名看，如今读来，真是巨大的嘲讽。我们的路没有办法抵达预定的终点，除非绕道重修，那将是巨大的人力物力的浪费。他心里的那股子气化作巴掌，啪啪啪地拍在桌子上，拍来了总公司的处分通报，名誉与金钱的双重损失一度令他怀疑自己的人生和选择，他觉得自己不该放弃找矿的老本行而大老远跑到西非来修公路。他的心情跌落到谷底，不仅仅是谷底，还把谷底砸穿了，他的人生高度瞬间成了负数，而不是归于零。

老张啪啪啪的大巴掌也拍来了天上的云朵。云朵越来越稠密，颜色也越来越深重，就像我们越来越阴郁的心情。一朵一朵的云连成一片一片，一片一片的云又滚成一堆一堆，等到云完全变了脸色，怒气冲冲地在天空横冲直撞时，邦尼布古原野的雨季如期到来。站在河道上的老张，他的心又急剧地快跳了几下，这次跳得格外激烈，若不是嗓子眼儿过于狭窄，那颗心怕是要从喉咙里直接蹦出来吧。老张却觉得格外畅快，这种畅快感似乎是久违了，五脏六腑被荡涤了的感觉，它能带来老张的好运气、带来我们工地的好运气吗？或许，会的，凡事低到足够低的时候，就会有转机出现。这不，已经有了一些端倪，在邦尼布古原野的第一场雨降落之前，总公司下发了一个文件，老张忐忑地点开文档，细细读完，陷入沉思。他的右手握着鼠标，左手在大乔的脊背上缓缓地抚摸，大乔扬起脸，讨好地望着主人，它很久没有享受主人这么安静的爱抚了。

我们于次日知晓总公司的文件内容，其实，我们已经从老张安静的表情中猜测到消息不会太坏。偏离了方向的路被要求继续修下去，路将通向一个叫作邦尼布古的村庄，那里有一个热带农业科学院玉米研究所的玉米种植示范中心，是国际组织教授当地人种植技术的援助机构。进出村子的路况太差，邦尼布古村通往外界唯一的红土路因为年久失修已经不能承受车辆和农用机械的碾压，有些路段只能供驴车行驶。我们接受的不仅仅是把新路继续修下去的命令，还有维修旧路以及在雨季过水路面修筑漫水桥的任务。看来总公司经过多方联络，终于为这条路找到了它的归宿，既避免了损失，也使我们的错误有了一块遮羞布。老张念文件的时候，声音低缓，目光始终低垂，一直不抬眼看任何人，仿佛面对的是一份悼词。在他心里，这或许就是一份体面的悼词吧，在遮蔽中葬送不堪的往事是悼词的功能之一。我们内心五味杂陈，羞耻感并没有因此而减少，我们不过是领取了一件漂亮的新衣裳，用以遮挡不雅的伤口。我们都不说话，风把破了一个洞的门吹开又关上。散会的时候老张说，他要把大家被扣掉的绩效工资和奖金再争取回来。会议室更安静了，隔壁厨房炉子上老式的高压锅发出咝咝咝的喷气声，让人替它捏着一把汗，仿佛它会随时爆炸似的。老张最后用一句口号结束了会议，他握着拳头，说，好好加油干。

那些天，院子里总有暗香浮动，气味类似于国内的梅花。我循着气味找了很久，才在一丛灌木中看见一棵正在开花的小树，白色的小花朵藏在叶子底下，像羞于见人的小姑娘，如果不是花香泄露了秘密，谁也不知道小树正悄悄谋划着繁殖大业。几只非洲白凤蝶在树枝间萦萦绕绕，白色的翅膀边缘饰有黑色斑纹，它们寂寞开放也寂寞舞蹈，互相依存也互为需要。即将到达的雨送来万物离不开的水，花的暗香以及蝴蝶翅膀无声的颤动，是生命对季节的呼应，这些都是好事情即将到来的预兆吧。

大门保安穆萨在乌云翻滚的天空下预言，今年邦尼布古的原野将迎来丰沛的雨。他干瘦的脸上皱纹舒展，他说，已经连续两个雨季，上天没有赐予邦尼布古足够的雨水，今年，神睁开了眼睛，神不忍邦尼布古遭遇荒凉和饥馑。穆萨的蓝布长袍在风中一抖一抖，像一面招展的旗。

在暴雨如注的河边，那个一闪一闪的黑影被老张判断为一个人。他说，宁可相信那是一个人。万一真是一个人呢。老张脑子里有一根兴奋的神经被挑起，他心想，天啊，终于要在这异国他乡一展自己的游泳技能去见义勇为了吗？这一身的好本事还从来没有救过人呢。老张当机立断，迅速脱雨衣、脱T恤衫、脱外裤，又把眼镜摘下来交给我，然后向浑浊的河水走去，向那个模模糊糊的黑影走去。河水由浅渐深，不过最深处也才刚刚到他的肩部，完全无法让他一展身手，这个深度也符合老张对这条刚刚复苏的河流的判断，它终究是一条因暴雨而生的季节河，也只能是这个深度了。那个闪动的黑影在浊浪中一起一伏，老张快要接近黑影时，他的近视眼判断出那确实是一个人。他的大手迅速抓住了那人的胳膊，落水者遇到了救命的稻草，拼命抓住老张的手，继而整个身体贴了过来，紧紧地坠住老张的那条胳膊上。老张喊，站起来，水不深，站起来呀！情急之下他喊的是中文，但他根本没有意识到，等到他觉察到这是在异国他乡，正打算用法语再喊一遍时，那人却已经站了起来，并大声叫着，同胞、同胞。两个人在齐肩的水中互相望着对方，果然是同胞，不仅有相同的肤色，就连身高也差不多。惊愕过后，老张大笑，那人也大笑。热带农业科学院玉米研究所的中国专家陈博士以这种方式和老张见了面。陈博士是怎么掉到季节河里的？他说他在寻找水，为邦尼布古村的玉米地寻找水。

二

我于一个雨后复晴的下午在邦尼布古的原野勘测并记录数据。这场雨并不猛烈，只是稀稀落落地洒了一层水，若有若无。雨季初始的暴雨场面再也没有重现，尽管天空依然做足了前戏，云、风、雷攒足了劲联袂上场，但是最重要的主角——雨，它像耍大牌的明星嫌弃欢迎的场面不够隆重，就是不肯露出真容。云、风、雷只好把刚刚表演过的节目又卖力地演了一遍，雨才蜻蜓点水似的飘飘洒洒，那么漫不经心。可就是这星星点点的雨，依然在每一滴水珠上折射出太阳的光彩，而更大的一抹光彩正悬在我的眼前，那是雨后必然出现的彩虹，近得触手可及，像用蜡笔画上去般不真实。彩虹这个没心没肺的傻丫头，它怎么就不在乎雨的怠慢呢？那么傲慢的雨，敷衍似的，彩虹却依然如此慷慨、如此真诚。也难怪，彩虹是阳光和雨相恋后诞下的孩子，只是这孩子的生命注定短暂，如同它父母之间一闪而逝的恋情。我望着这条宽大的彩虹手舞足蹈、大声呼喊，好像只有如此才能感受到彩虹的真实存在。农妇普拉卡看着我，她发出嘎嘎嘎的笑声，那声音极其洪亮，与她宽阔高大的身材十分相称。她的头简直石头般坚硬，顶着一大桶玉米种子，腰板坚挺、肩膀平衡、脖子笔直，头上那只蓝色塑料桶底部的直径大于她头部的直径，像一顶阔檐帽子，厚而重地压在她的头顶。在如此的负重下，她并非僵硬得目不斜视，她的眼睛还能灵巧地观六路，耳朵也捕捉着八方的动静。她能毫不费力地转身，当然连同她头上纹丝不动的大桶，她的负重不单单是头上的大桶，她的腰里还系着个娃娃呢。一块长方形的头巾牢牢地兜着娃娃，娃娃像藏在她的腰部似的，但终究藏得不严实，露出了圆溜溜的小脑袋，又在她的腰两侧各探出一只长着小蒜瓣般脚指头的小脚丫。普拉卡喊我一声 Madam 贾，便扭着她健壮的腰身走到我的全站仪前，她的小儿子在她的腰里，乖巧，不哭不闹，稳稳当当像是长在那里。普拉卡嘴里嘟囔着"复杜达、复杜达"，让我给她拍照片，她把我的全站仪当成了照相机。不仅仅是她，放羊放牛的孩子，遇见我的全站仪架在原野，也会叽叽喳喳地在全站仪的测距镜前扭捏一番。我往往假戏真做，边喊"复杜达、复杜达"，边用手指做出按快门的动作，而后看着他们哄笑着跑开。

坐在杧果树的大树枝上挑一个最中意的杧果吃，是我经常做的事情。我吃得很浪费，有时候几乎是吃一半扔一半。守着成堆的杧果，我像不认识"珍惜"这两个字似的，只挑果肉中最可口的部分下嘴，根本不会在果皮或果核附近精耕细作。非洲杧果个大、汁多、香味浓郁，一颗大杧果填饱肚子绰绰有余，难怪农妇普拉卡在附近的农田里干活的时候，既不带午饭，也不带水，有了杧果就什么都有了。她坐在树下吃杧果，几乎不需要使用牙齿，吮吸和吞咽这两个动作便足以对付一颗成熟的杧果。小儿子在她的怀里噙着她的乳头，母子俩各顾各的嘴，腮帮子做着相同的运动。我盯着普拉卡几乎垂到腰际的乳房，心想，她的乳汁也一定是杧果香型的。她的另一个大一些的儿子在附近放羊，放羊娃常常赤脚飞奔过来，一屁股坐在母亲膝前，噙住母亲的另一只乳头，猛吸几口。弟弟便用小脚丫去蹬哥哥的头，蹬一下，小哥哥不走，蹬两下，小哥哥还不走，蹬三下，小哥哥终于放开了乳头，却照着弟弟的小屁股响亮地拍一巴掌。

我经常做的另一件事情是不得不吃掉一颗因为熟透了而落下来砸中我肩膀的杧果，我总能敏捷地在杧果滑落地面前稳稳地截住它，像完成一个游戏的规定动作。我犹豫着是扔掉它还是吃掉它，普拉卡常常能看出我的犹豫，她说，Madam 贾，你不能扔掉它，那是上天送给你的。她连说带比画，指指天又拍拍嘴。

普拉卡在她家的地里播种玉米。她握着锄头，抬脚时锄头高高举起，落脚时锄头锄在地上，走一步留下一个坑。然后她弯下腰肢，臀向天、脸朝地，身体仿佛折叠起来似的，让我惊叹健壮的腰也能如此柔软。她往每个坑里撒一把种子，再用土壤把坑覆盖住。撒种子前她先把握着种子的那只手举过头顶，口中念念有词，她是在和种子说话吧，嘱咐它们要好好发芽，又或许这是播种的仪式。普拉卡锄地和播种的样子像舞蹈，这使我更加相信舞蹈源于劳动。我一直在旁边看她劳动般的舞蹈或者说舞蹈般的劳动，她的土地是她的舞台。

普拉卡牢记着中国专家陈博士的话，坑与坑的间距要小一些，种植的密度要大一些。她知道，听陈博士的话，才能有更多的收获，她和她的两个孩子才不会饿肚子。而村子里愿意听陈博士话的人并不是很多。比如说陈博士让村人们播种前先平整土地并且铲除杂草，就没有多少人照做，他们散漫惯了，什么间距、犁地、锄草、培土，他们才听不进去呢。他们种地完全是听天由命，把种子往地里一撒、一埋，就找一棵树荫浓密的杧果树，在树下燃起小炭炉，煮茶或是煮咖啡，然后铺开席子跪拜祷告，祈祷风调雨顺、粮食丰收。玉米的整个成长期，有些人甚至都不会去地里看一眼，他们不知道种玉米其实事情多着呢，并非种子一撒，单靠祈祷就能收获大玉米棒子，除草、补苗、除虫、施肥，每一个环节偷的懒、省的劲，都是在喂养日后噬咬肠胃的饥饿之虫。普拉卡和村人们不一样，她近乎虔诚地相信陈博士，她黑溜溜的大眼睛一眨不眨地盯着陈博士的嘴唇，记住他说的每一句话。陈博士熟稔的班巴拉语使他们的交流毫无障碍，她愿意按照陈博士的要求在她那片不算太大的土地上使用她这辈子没有见过的种地的新方法。其实种地这件事，在我这个外行看来，所有的新方法都抵不过"勤劳"这两个字，普拉卡做到了，她勤劳，总能见到她在她的土地上劳作早出晚归，腰里揣着娃娃。她说若是她的丈夫还活着，他们就能开垦更多的土地，就能在玉米地旁边再种一些花生。说这话时她有些伤心，用一只手抚着胸口，叹着气。

那天傍晚我结束工作回到基地，看见厨娘阿娃端着一大盘子什么东西往餐厅走。这姑娘端盘子的姿势像一位礼仪小姐端着奖牌，仪态万方，令人想到盘中食物的不同凡响。也的确不同凡响，这是一盘饺子，非洲厨娘包的中国饺子。我经常能从阿娃走路的姿态上判断当天的饭菜是否令人满意，若是她昂首挺胸、意气风发地上菜，这顿饭的菜品便是成功的，反之，若是她蔫头蔫脑、脚步拖拉，那菜可能就既不好看又不好吃。今天的这盘饺子与往日的饺子大不一样，它们不再是残次品，而是一个个有模有样、身姿端正、边角整齐，已经完全能被称为饺子。此前阿娃包的饺子，是一团团包裹着馅料的歪歪扭扭的可疑面团。阿娃终于学会了中餐中最能俘获人心的饺子的做法，看来以后纵使她偷拿了老张柜子里的法国红酒，老张大概也不会解雇她。

餐桌旁站着一位外人，不用介绍，我知道他是陈博士。陈博士这个称谓早就被我们熟知，他以及他供职的玉米种植示范中心是我们的救星，若不是有玉米种植示范中心的存在，我们的路或许就真的沦为一条半途而废的路，我们的奖金和绩效工资就会像天边的滚雷似的，轰隆隆地炸响着远去。我在季节河边见过陈博士一面，那次他落水，被老张拉上岸后，我远远地望过他一眼。那时他狼狈不堪，我是一只落汤鸡，天地一片水蒙蒙，我们便省略了自我介绍环节，只互相看了一眼，就匆匆告别，我没有看清他的模样，他呢，估计连我是男是女都没有看清楚吧。

那天的晚餐桌上有两瓶法国红酒，还有高脚酒杯，它们和饺子摆在一起，是为了实现"饺子就酒，越喝越有"的愿望。只是遗憾没有中国白酒，不过有酒就行，法国红酒配中国饺子，也算是中西合璧吧。我在心里默念了一下老张教我的、每次喝红酒必然要说的几句法语祝福。老张是个讲究仪式的人，不过也或许他是在借机号召大家学习法语，每次喝红酒他都会考我们法语，尽管他的法语发音像老乡们学说汉语似的，舌头有些僵直，但是他自认为他的发音很准确。我们便乐得奉承他，碰着高脚酒杯，在轻微的叮叮当当声中说着干杯、祝你健康之类的法语。法语和法国红酒是法国留在这片曾经的殖民地的印记。我们文雅地小口啜酒,却在吃饺子时暴露了我们的粗放,这饺子啊,一口一个,让腮帮子鼓鼓囊囊的,才是正确吃法,才能馅不外露、香不外溢。

陈博士品红酒时是个地道的绅士,吃起饺子来也属于豪放派。他的肤色和我们近似,一看就是户外工作者,热带的阳光把他的脸烤得发黑发暗,却又不是黑种人的那种均匀细腻的黑,而是像因为火力太猛、太不均匀而呈现的黄中泛黑的粗粮面包色,被帽檐遮挡得较严实的额头,则像面包的边缘似的露出火力不够时的黄种人的本色。陈博士看着我,像看见饺子一样惊喜,他终于看清楚了我是一位女士。他的眼光立刻就柔软了,也荡漾了,想必他很长时间没有看见女性同胞了。这么看了一会儿,他的眼睛竟然有一些潮湿,便掩饰似的和我握手,对站在旁边的老张说,老张,你倒是早说呀,早说你们基地有女同志呀,我不就早来了嘛。他呵呵地笑着,牙齿白晃晃。他的手粗糙、有力,握着我的手,好久不愿放开。翻译小李起哄似的也过来和我握手,我闪开身,打趣说,咱俩又不是第一次见,也不是很久不见,握什么手啊。我们哈哈哈笑着,都像看见久违的亲人似的,老张的脸上是得意扬扬的神色,就连他的狗大乔的尾巴也翘得更高了。当然,老张配有这样的神色,大乔也配翘尾巴,你看,我们的路在顺利延伸,几乎化为泡影的绩效工资和奖金将如期兑现,餐桌上日后会隔三岔五出现地地道道的饺子,美厨娘阿娃每天挖空心思学做中国菜。哎,这些事情,件件令人愉悦,像邦尼布古原野的风,不论是从撒哈拉沙漠吹来还是从几内亚海湾吹来,都吹得我们的心舒舒坦坦。只是,这个雨季的雨,除了开初的时候在原野耍了几场威风后,就慢慢气势见弱,直至后来只见乌云不见雨,眼见我们想多找几条季节河的愿望化为泡影。邦尼布古原野的雨，它们在等待什么或是在酝酿什么吗？

吃罢那顿饺子后，陈博士成为我们基地的常客。他每次来都说，这真是太好了，终于见到自己的同胞了，还有女同胞。然后他呵呵呵地笑，像一个农人看见了一地的好庄稼。今年是陈博士在邦尼布古村工作的第三个年头，也是最后一年，过了玉米收获季节，他将卸任回国。玉米种植示范中心只有陈博士一位中国人，他的两位助手都是本地人。老张问陈博士怎么解决吃饭问题，这一问才知道，陈博士正为吃饭问题而烦恼着呢。一个人，不做饭没有吃的，做了饭又准会剩下；一个人，雇个厨娘太浪费，不雇厨娘吧，又要天天操心做饭。陈博士还没有说完，老张抢过他的话头，他拍拍陈博士的肩膀，说，一个人的确是没法吃饭，老陈，来我们这里搭伙吧，大锅饭吃着才香，你看我们厨娘包的饺子，比我老婆包得还正宗呢。就这样，他们一拍即合，我们的餐桌上便有了陈博士的碗筷，不过，陈博士坚持要交伙食费，说是不收伙食费他就不搭伙。不就是添一双筷子的事情嘛，老张坚决不收，陈博士坚持要交，他们声音渐高、拉拉扯扯，急得大乔左看看、右望望，它一时无法判断它的主人是遭遇了敌人还是与朋友亲昵过度。

普拉卡家的玉米小苗在一周以后钻出地面，阳光迅速捉住了探头探脑的小家伙们，并在两天之后就给它们换上了浅绿色的衣裳，而后是更深一些的绿色外衣。陈博士常常在普拉卡家的玉米地里，他打量一株玉米苗的眼光就像老张端详一条路。不同的是，筑路者老张在盯着一段路看的时候，并不抬头看天，一条路对阳光雨露的依赖不像庄稼那么强烈。陈博士却需要时时抬头望天，天空中住着一位君王，它把控着阳光雨露的分配大权，大地上所有的农人都仰望它、敬畏它，所谓的新技术、新方法在它的首肯下才能发挥作用。看地与望天，这也是普拉卡常有的姿势，是她劳动舞蹈的必做动作，是自古以来耕种者必有的姿势，不论在中国还是在外国，也不论是博士还是目不识丁者。

普拉卡家的玉米地是陈博士在邦尼布古村推广新技术的第一块土地，那时普拉卡的丈夫还活着。普拉卡的丈夫是邦尼布古村见过世面的人，他在外面闯荡过，据说他交代过普拉卡，要听中国专家的话才不会饿肚子。当然了，不想饿肚子，还需要勤劳。勤劳是陈博士教给普拉卡的。

陈博士和他的两位助手在邦尼布古村，调查土壤，选种，调整株距、行距，几乎手把手教农户们除草、补苗、灌溉。邦尼布古村土壤自然肥力的供给算是充足的，但是近两年降水不足，尤其是玉米的拔节期、抽穗期和灌浆期的降水不足，影响了使用新技术农户的产量，这些农户摇摆不定，若是今年的产量再不提高，他们将回归至昔日广种薄收、听天由命的状态。普拉卡家的玉米地是陈博士手里的一面旗帜，村人们都盯着它呢。

"普拉卡、普拉卡，我一定让你的玉米结出最壮硕的穗，穗上有最密集、最结实的粒。"玉米种植专家陈博士在我们的餐桌上发出了他的誓言。他一口一个饺子，鼓动腮帮子，大口咀嚼，深深吞咽，像是把自己的誓言嚼碎、吞下并牢牢记住。他说，普拉卡是邦尼布古村最勤劳的农人，如果普拉卡没有好的收获，那么邦尼布古村以后就再也不会有人相信勤劳。说这话时，他的牙齿依旧闪着白光，像一颗颗饱满的白玉米粒。

有一段时间，筑路工程队餐桌上的谈话主题一直被玉米占领着。我们都相信陈博士一定能实现他的誓言，他是玉米种植专家，普拉卡是勤劳的农人，不就是种一块玉米地嘛，能比修路更复杂吗？播种、施肥、除草能比测量、土建、摊铺更难对付吗？我心里对种地是有一些轻视的,老张或许和我有相同的看法,看他那张挂着满不在乎表情的脸就知道。在他心里,筑路才是最艰难也最神圣的,当然此前他心目中最了不起的职业是找矿,作为他的同事和下属,我理解他并与他观念一致。不过,陈博士的誓言听起来那么美,像读一首诗歌,在餐桌上谈论玉米比谈论红土更令人愉快,我乐得鼓励陈博士并把他的誓言像读诗一样念叨出来。我说,你一定行,陈博士,邦尼布古村最勤劳的农人普拉卡家的玉米一定能结出最壮硕的穗,穗上有最密集、最结实的粒。

陈博士呵呵呵地笑着离开餐桌,站到院子里,看着夜色中的天空,脸色开始变得忧虑。几盏路灯发出昏昏黄黄的光,像他此时黯然的心境。他说,今年的雨季怎么雷声大雨点儿小呢?怎么就在开头的时候来了几场暴雨然后就没有后劲呢?眼看玉米就到拔节期了,需要水呀。老张也说,是啊是啊,头几场雨,天河决堤似的,后来就星星点点,浇花一样,穆萨的预言怎么就不灵了呢?他们正说着话,恰巧夜班保安穆萨蓝袍一闪,从大门口飘过来。老张喊住他,穆萨、穆萨,说好的今年的丰沛雨水呢?那质问的口气,倒像是穆萨偷偷藏起了什么,而穆萨则神色歉疚,好像他真的把雨藏进了蓝布大袍,又莫名其妙地弄丢了它。

这番关于雨的谈话,使得老张迅速想起了那条季节河。他早已派人加固了河堤,也在下游筑了一道大坝,这样,季节河就成了一个水库。若是今年的雨季依然没有充沛的降水,那么季节河里储存的水该是多么珍贵。老张琢磨着该给季节河取个名字了,不能总叫它小河,它得有属于自己的名字。老张乐于给一切事物命名,比如不知名的村庄、不知名的大树、不知名的红土路,当然都是不知名的,知道名字就不必再费心命名了,它们本该有的名字一定总是最贴切的,只是那名字如走失的孩子，一时没有被找到。老张想，河流属于邦尼布古原野，邦尼布古村又给我们的路带来了转机，那么这条河就叫邦尼布古河吧。

三

邦尼布古村的猴面包树，远远望去好像是两棵，走近细看，仍然是一棵，树干的下半部分轻微相触，上半部分完全相拥。或许原本是两棵树，天长日久，它们慢慢合体，盘根错节、骨肉相连、枝叶交汇，再也分不出彼此，一棵树吸纳了另一棵树的肉体和灵魂，它们合二为一，因而具有更大的力量、更强的神性。树在村口，俯视全村，没有谁能躲过猴面包树的眼睛。树身的截面像宽阔的墙，十个人，哦，不，二十个成年人拉着手也不能合抱住它。它有多少岁了？巫师似的穆萨不知道，普拉卡也不知道，反正很多年了，猴面包树比邦尼布古村还要老。邦尼布古村的祖先赶着牛羊经过这片土地，看见了枝繁叶茂的猴面包树，决定在此安家。这是生命之树，也是长寿之树，活百年千年是寻常的事情。如今，它依然树叶葱茏，仿佛正把一堆厚厚的绿云送上天空。绿云的怀中，尚未成熟的椭圆形果子坠在一根根如脐带般的藤条上，像淘气地荡着秋千的顽童，而花事并没有结束，第二茬花蕾正在孕育，在某一个暗夜，白色的大花朵将盛开如树间的月亮。

村人们称猴面包树为"宝宝树"，这个叫法很奇特，我用我的汉语思维联想到的是他们对猴面包树的珍惜、热爱，后来我才知道完全是发音的缘故，猴面包树也叫波巴布树，本地人读起来就成了"包波布"，我们听起来可不就是"宝宝树"了嘛。不过，不管它的叫法是什么，对猴面包树的膜拜心理早就根植于他们的灵魂，不仅是因为树的古老和葱茏成为村民们精神的寄托，也因为它的的确确具有博大的用途而被人们热爱。比如说它的果实吧，在庄稼没有好的收成时，椭圆形的、外壳坚硬的猴面包果能够帮助乡亲们抵御灾年。砸开果皮，一粒粒果肉酸酸的，虽然味道不是很好，但是它的营养却很丰富，一点儿也不逊色于正儿八经的粮食，若是用于泡水，只要加足够多的糖，那就甜爽得像一杯真正的饮料了。再比如说它的树叶，还能当作治疗疟疾的药物呢，虽然效果不是很强，但是在缺医少药的非洲，这也是上天对乡亲们的恩泽。在中国医疗队来到非洲之前的漫长时间中，在治疗疟疾的特效药青蒿素被中国人研制出来之前，猴面包树叶和金鸡纳树皮是非洲人治疗疟疾的药物。这样一种树，它不是神树还能是什么？

老张和陈博士的正式相见是在猴面包树下，河里的那次不算，那次太狼狈，他们在树下正式地握了握手。那时，猴面包树正俯视着村庄周围大片大片的玉米地，它大概也望见了正在往这里延伸的公路吧，那是一条误打误撞闯进邦尼布古村的公路。

去邦尼布古村挨家挨户通知爆破的事情是老张交给我的任务，我需要向村民们说明一个情况：如果他们听到巨大的爆炸声，不要害怕、不要逃跑，那不是战乱和恐怖分子的袭击，而是我们公司的爆破队在爆破附近的一座石山，我们需要足够的石料来修建公路。这么复杂的意思用班巴拉语来表达，对我来说有难度。村民们大多没有上过学，他们不会这个国家的官方语言，他们有自己的班巴拉语。我在一张纸上写下这个任务的中文，陈博士用汉字的谐音帮助我标注了班巴拉语的读音，我握着这张纸走向巨大的猴面包树覆盖的村庄。

村庄周围的农田，玉米苗即将进入拔节期，有三三两两的农人在田间除草。玉米叶子被太阳晒得无精打采，像人面露病容。

那天，猴面包树下，人声鼎沸，弹琴的、敲鼓的、唱歌的、跳舞的，男人、女人、大人、孩子，几乎全村的人都集中在这里，像过节一样。邦尼布古村的人就是这样，他们能把每一件事情都弄得像音乐会，不论快乐或是忧伤，快乐的时候就唱快乐的歌，忧伤的时候就唱忧伤的歌，反正就是要唱出来、舞起来。这棵猴面包树见证了邦尼布古村无数的歌舞，它洞悉每一个人的喜怒哀乐，它看着活着的人们在它巨大的树冠下载歌载舞，它也收藏死去的人的灵魂，比如穆萨的爸爸、穆萨的爷爷，以及邦尼布古村很多人的爷爷。这些爷爷们的子孙将一块石头放入猴面包树巨大的树洞内，就像安放爷爷们的灵魂，这样，当子孙们唱歌跳舞的时候，这些累积起来的石头，这些爷爷们的灵魂，就在树洞内和猴面包树一起听着子孙们的歌声。

穆萨在跳舞的人群中，他依然穿着蓝布袍子，头上顶着羽毛帽子，手里握着木质长矛。村人们都围着穆萨转圈，他俨然是活动的中心人物。穆萨挥舞手中的长矛，指向天，指向地，指向猴面包树。音乐声越来越激昂，敲非洲鼓的小伙子细长的手指控制着歌舞的节奏，当他完成一段令人发狂的敲击之后，猛然将双手停住，音乐声戛然而止，舞蹈的人们停止旋转，齐刷刷地面向猴面包树，双手合十并低头闭目，然后男人们依次进入树洞，又依次出来，祖先们大概已将神秘的力量赋予这些男人。我猜想这是一场祈福仪式，因为有穆萨在场领导着整个仪式，我便几乎能肯定地判断他们是在祈雨。其实，穆萨已经多次悄悄地在我们基地的院子里向上天祈求过，夜班保安穆萨在发电机停止运转后的一些夜深人静时刻，所有的灯都灭了，只有星光和月光，有时候连星月都没有，他披挂着这身行头，向着天空和大地做过类似的动作。他的长袍在夜幕中失去神秘之蓝，只剩一团黑影，而他本人被这团黑影裹挟着，仿佛正在与一种神秘的力量对峙或交流。

然而，依然没有雨。这个雨季的雨大概是走到半路被神奇的力量劫持了吧，它没有跟随在风或者云的后面来到邦尼布古原野。玉米刚刚长出的叶片被毒辣的太阳烤得卷曲，就连耐旱的野燕麦也像枯草般失去光泽。猴面包树下祈雨的那个夜晚，刮了一场大风，邦尼布古村的每一个人都竖起耳朵听着这场风。风呼啸着穿过普拉卡家的院子，穿过很多人家的院子，杧果树被风势压弯了腰，院子外的乳油树被狂风卸掉了一条臂膀，咔嚓咔嚓断裂的声音把普拉卡的小儿子吓得缩在母亲怀里，蜷成一团，恨不得重新躲回到妈妈的肚子里。她的大儿子也被吓得紧闭双眼，普拉卡则睁着忧心忡忡的眼睛看着自家的茅草屋顶，担心狂风把屋顶掀翻。她想，她要用猴面包树皮搓很多很多绳子来加固茅草屋顶，这件事天亮以后就要抓紧干。不过，这会儿，她盼着狂风过后有大雨倾盆，她的玉米苗正等待着一场降雨。一想到她的玉米苗将在雨后嗖嗖嗖地往上拔节，叶片也将舒展、油绿，她的心就止不住地激动。可是，雨还是没有下来，风在邦尼布古原野肆虐够了后，只有薄薄的雨应付似的洒落了一层，风便驾着云去了另一个地方。

天空依然无动于衷，季节河成为邦尼布古村人关注的目标。季节河，哦，不，邦尼布古河，现在它的名字是邦尼布古河，老张为它命了名。自从它有了名字，它的水量便小了很多，日渐萎缩，仿佛名字是它的负担，一条原野上忽然出现也必将消失的季节河，是不是无法承受正式命名的重载？它失去了自由也失去了野性，其实我知道失去野性和它是否有名字之间不存在任何关联，也明白造成水量急剧减少的原因是再也没有像样的大雨来补充它。雨季初始时，它几乎就是一条真正的河，如果大雨持续，它将有更大的水量，而如果它具备足够的耐心沿着直线奔腾的话，它就能在邦尼布古村后面的那片原野留下足迹。可是，季节河就是充满不确定性的，它不遵守原野的规矩，它由着性子随意更改行程，它绕过了邦尼布古村，它只忠实于季节。雨季和旱季交替着统治河流，时而泛滥，时而干涸。泛滥的时候它诱惑寻水者进入它的身体并预谋扣留活蹦乱跳的生命；干涸的时候，风沙弥漫，令人怀疑撒哈拉沙漠不声不响疾行几百公里南迁至此。

这个雨季，河水瘦弱，但烈日并不会放过瘦弱的水，日渐蒸发使邦尼布古河将要失去一条河流的形态。邦尼布古村人没有更多、更大的取水工具，一桶桶取水，再走好几公里路往返于自家的玉米地，不过是杯水车薪。

陈博士也把他的眼光投向了邦尼布古河。自从知道我们的工程物资中有炸药和雷管后，他便建议老张炸掉邦尼布古河的河坝，让河水顺着西高东低的地势奔流而出，去浇灌邦尼布古村的玉米地。老张拒绝得很坚决。老张指指河、指指大坝，又指指邦尼布古村的方向，他认为玉米种植专家陈博士虽然能让邦尼布古村的玉米产量由每亩四十多公斤增长到每亩两百多公斤，但是他在水文、水利工程方面的建议简直就是幼稚，好不容易修建的拦水大坝，怎么能说拆就拆呢？竟然还用了"炸"字，这位书呆子真是不知道我们的炸药库管理得有多严格，每一公斤炸药和每一根雷管都登记在册，使用在哪里、使用多少不仅要在国内总公司报备，还要在当地政府机构报备，陈博士竟然用一个轻飘飘的"炸"字，就完成了他天真的设想。再说了，万一大雨再次袭击邦尼布古原野呢？失去控制的邦尼布古河岂不是要泛滥成灾，尽管它原本就是一条不受控制和制约的季节河，但是既然已经把老虎关在了笼子里，岂有再放出来让它为所欲为的道理。

穆萨领着全村的男女老幼把祈雨仪式在我们基地的大门口又表演了一次。木质长矛在他手里被舞得呼呼生风，他的蓝布长袍也像一股蓝色的旋风，吓得我们院子门口那棵乳油树上鸟巢里的鸟妈妈，睁着惊恐的眼睛把雏鸟紧紧地护在翅膀下。随后穆萨唱歌般吟出了祈语，我们是听不懂的，除了陈博士，我们都听不懂。不过猜也能猜出来，无非就是请求老张派人员、派水车帮忙把邦尼布古河水运送进邦尼布古村干渴的玉米地。全村人默默地望着老张。男人们站在前排，女人们站在后排，他们右手抚在心口，腰身微微前倾，就那么站了很久。

　　这个场景我们并不陌生，不是第一次见识，几个月前，邦尼布古村的人曾经在我们的大门口做过类似的表演，那是他们知道我们的路最终将通向他们的村庄，他们来表达感谢，更重要的是想让村庄的年轻人来我们工地干活。领头的穆萨就为自己寻得了个夜班保安的美差。

　　这一次，老张却有些吃惊也有些愠怒。我们只有一台水泵和一辆水车，每天马不停蹄地奔走在邦尼布古河与土场之间，哪里顾得上往玉米地送水？老陈啊老陈，你这不是道德绑架嘛。老张认为准是陈博士策划和导演了这场演出，不是策划和导演的话，至少也是引导或怂恿。

　　我是理解老张的，老张也有老张的难处，老张是有错误"前科"的人，他若是不能按期把这条路修好，将无颜向总公司交代。他以当初那个耻辱的错误为挡箭牌来拒绝陈博士的建议，老张痛心地回顾自己犯下的"方向性"错误，把不愿意提及的往事又翻出来陈述一遍，像揭开将要愈合的伤疤。他说，老陈，邦尼布古河水对我们的路很重要，若是没有河水，我们现有的土场会因为土质太干燥而无法施工，而寻找新的干湿度合适的红土场会造成更大的成本支出，也可能造成工期的延误。那样的话，以前的全部努力或许就会化为泡影。

　　那些天，陈博士精神萎靡，起初我们都以为造成他茶饭不思的原因是他没有能够说服老张，后来才知道，陈博士是病了，他得疟疾了。这个雨季，邦尼布古原野虽然没有预期的丰沛雨水，却依然迎来了预期的蚊子，星星点点的雨或许更适应蚊子的繁殖，它们身大而敏捷，翅膀闪烁，长腿收缩自如，像一架架战斗机从各个方向包围我们。偷吸我们血也就罢了，留下奇痒无比的包块也罢了，这两点，我们都能饶了它们，只是它们不该把可恶的疟原虫种植在我们的血液中，这顽强的寄生虫喜欢居住在人类的肝脏中并发展壮大，而后进入我们的红细胞兴风作浪。

老张那会儿不知道陈博士病了，据说他们在邦尼布古河畔争论得很激烈，老张磨破了嘴皮子，书呆子陈博士依然固执己见。陈博士再次念起了他的碎碎念，那句诗歌一样美的话被他读诗般又一次说起。他越讲越激动，他说，他用了两年的时间来转变邦尼布古村人广种薄收的观念，教他们运用中国的新技术和新方法，可是，干旱能让他所有的努力毁于一季，农户们种地的积极性将遭受打击，如果勤劳的人与懒惰的人收获一样少的玉米，谁还会相信勤劳呢？谁还会坚持使用费时费力的新技术和新方法呢？陈博士越说越激动，他被阳光烤得像粗粮面包似的脸颊上竟然浮出了两朵黑红色的云。那时我们都不知道高烧正在炙烤他，疟原虫正让他的红细胞成批地破裂，轰轰隆隆的声音或许正在他的血液中如雷声响彻原野。

陈博士的话有没有打动老张，我不知道，但他的话或许打动了上天吧，那天的天空飘洒了一阵太阳雨。随后，彩虹现身。彩虹从不缺席于雨后的天空。

这是老张和陈博士之间第一次发生激烈的争吵，大乔完全蒙了，它不知道该站在谁的立场上，它早已经把陈博士当成了另一个主人。直到老张答应先用我们的水车拉几车水浇灌普拉卡家的玉米地以及她家周边几户最焦渴的土地，陈博士的情绪才恢复正常。平静后他立刻感觉到了剧烈的头痛，摸摸自己的额头，竟然烫手，身体像根软面条似的，只想往墙上靠。他打摆子了，也就是得了疟疾，我们沿用着国内古老的叫法，把得疟疾叫作打摆子。以后的几天，高烧和腹泻折磨得他连说话的力气都没有，发抖、浑身像蚂蚁噬咬般痛苦。老张说，老陈，去锡加索的中国医疗队住几天院吧？我派车送你去。陈博士虚弱地一笑，说，哪里有那么娇气，又不是没有打过摆子，锡加索离这里一百多公里，太不方便。陈博士便住在了我们基地，附近没有医院，好在我们库房有治疗疟疾的特效药青蒿素，整箱整箱的，从国内海运过来，像宝贝似的锁着，还有静脉输液、肌肉注射的一次性针头针管，这些医疗物资比什么都重要，老张亲自掌管。老张还学会了扎静脉针，他粗笨的手指在陈博士的手背上揉、搓、拍，把那条最粗的静脉血管给折腾出来，然后，牙一咬、心一狠，针头戳了进去。一针见血肯定是做不到的，往往需要三针四针才能成功，但是陈博士没有喊疼，陈博士甚至还喊了一声"痛快"，他说这叫疼痛转移法，手背上的疼痛转移了浑身骨头的噬咬痛、头部的炸裂痛以及肚子的坠胀痛。老张听了，苦笑一声，他抬眼瞥见了倚靠着门框的我，我正锁着眉、咬着牙在替陈博士疼痛呢。老张瞪我一眼，说，你个女同志，心细手轻，你就不能学学扎静脉针吗？他的口气充斥着无奈、委屈、不满、恼怒、责怪，他把最近这段时间遇到的麻烦迁怒于我，就连他的狗大乔也用类似于它主人的眼神瞪着我，倒像我是造成这一切麻烦的起源似的。我飞起一脚，把心中的怨气撒在大乔身上，它嗷地叫了一声，低着头、耷拉着尾巴，往大门口逃去。

依然烈日高照，没有雨的迹象，任凭云飘来飘去地诱惑，雨连装样子这样的事情也懒得敷衍。挂着输液吊瓶的陈博士坐在一面朝南的墙壁前，披着毯子，他说屋里太冷，他想晒晒全非洲最热的太阳。四十多摄氏度的气温也不能阻止他缩在毯子下的身体发出一阵一阵剧烈的寒战。

四天过去了,陈博士依然高烧不退。在这四天中,与他同时感染疟疾的小李已经痊愈。小李的痊愈让陈博士看到了希望,小李痊愈的次日,陈博士的精气神果然就好了一点儿,他便让我给他扎针。他说,来,女同志,在我手上练练你的手,要不然等我好了,你就没有机会练了。说完他勉强地一笑,我才想起,我已经很久没有看见陈博士笑了,很久没有看见他露出白玉米粒似的牙齿了。

我们都相信再过一两天他就会好的,谁也没有太把疟疾当回事,同事们人人都反复感染过疟疾,尽管疟疾是当地的主要致死疾病,但是,我们有特效药青蒿素啊。有青蒿素就死不了人,无非就是高烧几天、腹泻几天、寒颤几天、生不如死几天,青蒿素最终总能把疟原虫打败。与得疟疾相比,被老张扎针似乎更令人恐惧。

可是,第七天的上午,陈博士在那面全非洲最热的墙壁前狂躁地一把拔下老张好不容易才给他扎上的静脉针,老张惊愕地大喊一声,不好,快,去锡加索。

我们都不是医生,但我们都知道这是个不好的兆头,陈博士这两天一改往日的做派,他的神情时而呆滞、时而焦躁,甚至谵妄,这都是可怕的脑疟的迹象。该不是那该死的疟原虫没有被青蒿素镇压住,它们在陈博士的血液中繁殖到了足够的浓度后,开始猖狂地向陈博士的中枢神经系统进攻了吧?我们在心里忐忑地这样猜测,却又不敢说出来,害怕那担忧一旦出口,就会一语成谶。

汽车在公路上奔驰,窗外几朵云一直跟着我们的车飞跑。这条毗邻科特迪瓦的公路,由于邻国动乱、边境关闭而车辆稀少。近乎昏迷的陈博士躺在放倒的车座上,胳膊软软地搭着扶手,我一手扶着吊在车厢顶上摇晃不定的输液瓶,一手轻轻地按着陈博士的另一只手,以防止他狂躁发作去拔静脉输液针头。老张开着车,一言不发,我努力地去听药液一滴一滴地流进陈博士血管的声音，希望这个虚构的声音能冲淡我内心的焦虑和慌恐。

原野枯黄，虚妄的、没有雨的雨季与旱季实在是没有什么区别，它是天空布下的骗局，它骗了陈博士、骗了穆萨、骗了普拉卡，还骗了玉米，骗了原野上一切需要水的生命。

有那么一刻，我仿佛陷入虚幻，我看见天空那一大朵白云越来越黑，直到黑如墨汁，而后，又眼见它撕开了一道口子，一道闪电像一把刀劈向原野，接着，大雨滂沱，河流滚滚，陈博士在河流上健步如飞，像神话中的身怀异术之人。

直到一个高分贝的声音向我砸过来，我才逃脱恍惚。

那个声音在我耳边炸响，像雷一样。那声音来自一位清秀的女医生，若不是亲耳所听，我怎么也不会相信那么响亮的声音出自文弱的女性。是惋惜和愤怒让中国医疗队的女医生驱动了仿佛她的柔弱身材无法驾驭的大音量嗓门。她把我们训了个体无完肤。她说，愚蠢啊愚蠢，得了疟疾为什么不来医疗队化验？你们知不知道先要排除脑疟？只有间日疟和三日疟才能自行治疗，恶性疟引发的脑疟病死率高达百分之三十啊，你们知不知道？

她痛心疾首的样子像是陈博士的亲人，像是陈博士的姐妹或是妻子。可是，她不是陈博士的什么人，她根本就不认识陈博士。

我又何尝真正认识陈博士呢？我一口一个陈博士地喊着，却连他的全名是什么都不知道。倒是问过他，他说了两个生僻的字，他的广东口音又把这两个字引向了歧途，我便没有记住他的名字到底是哪两个字，心想，反正眼下只有他一个陈博士，又没有与他同姓的另一个博士，那就权当陈博士这三个字就是他的名字吧。就那么陈博士、陈博士地喊着，喊了好几个月。

然而，谁又能说我不认识陈博士呢？他和我们同桌吃了那么久的饭，他的誓言、他的希望、他的失望，我都懂。而最后，最后，他是握着我的手离开这个世界的，像初次见我时那样，他握着我的手，一直不舍得放开呢。

　　他也握着老张的手，像第一次在邦尼布古河里，也是紧紧地，如抓住一根救命的稻草。

　　老张的嘴巴一直闭着，他用身体代替嘴巴说话，他的身体一直在颤抖。

　　几天以后下了一场大雨，就像那天我陷入恍惚中看到的大雨一样。我们都说那是天哭了。上天把积攒了几个月的雨痛痛快快地倾倒在邦尼布古的原野上，这场雨被天空孕育得太久，以至于当黑墨似的乌云终于扯开一道大口子，雨像婴孩般落地时，带着浓烈的腥味。老张说那是血的气味，我相信老张灵敏的嗅觉，他说是那就是。

　　屹立在邦尼布古村口的猴面包树喜欢这样的雨，它抖抖身子，全身的每一个毛孔都张开，用力地储备水。它巨大的树洞中又多了一块石头，是穆萨捧着送进去的，穆萨说邦尼布古村要珍藏陈博士的灵魂。

　　邦尼布古河在暴雨中又一次浊浪滚滚，如一条真正的河，狂野的浪冲击着堤坝，堤坝束缚了它打算任性的冲动。

　　老张已经做出决定，若是这场雨之后再没有新的降水，而玉米又到了抽穗期和灌浆期的话，他将让我们的工人们加班修一条灌溉渠，引导邦尼布古河水流向邦尼布古村的玉米地。做出这个决定的时候，老张心口的小兽强烈地撞击了一下他的心脏。

（原载《人民文学》2023年第1期）

驯鹿之语

艾 平

一

我是驯鹿,生存在泛北极圈苔原和泰加林地域。

你们一定认识圣诞老人,在他身前,拉着他给孩子们送礼物的动物,你们称之为红鼻子鲁道夫和它的八个兄弟,那就是我们,驯鹿。

你们一定见过中国人的吉祥物神兽麒麟。在甲骨文中"麟"是指一种特殊的鹿,其神异之处在于"择土而践、不入陷阱""善避患而有智",说的正是我们驯鹿长于迁徙、生存智慧高超的生命禀赋;古文献记载麒麟的形象是"戴两角而共觝",意思是头上生两角,如拱手护着前出的矮角。你来看看我的头顶,不正是这样吗?耳朵上边,两只大角长出一米多高,其分叉犹如两只张开的手掌,微微向中间伸探着,似乎在护卫着额上的一只或两只矮角。

时光徐徐,麒麟作为一种吉祥的象征物,其形象由你们人类按照自己的愿望不停演绎，早已千变万化，脱离了原初的样子，但是当你具有一定的浏览量之后，你就会发现，很多麒麟造像的头顶或保留着矮矮的三只鹿角，或仅保留着向前伸着的独角，其大多并不尖利，恰似圆润的鹿茸状。《尔雅》《说文解字》中都描述道——麒麟"角端有肉"。我们头顶年年生长的驯鹿茸，有丰富的血管和柔软的皮层，不正是"角端有肉"吗？于是你们这样说——麒麟所有的神异，都可以在一种北方动物身上找到完美的对应。告诉你吧，那种北方动物就是我，驯鹿。

你问我是什么时候出现在地球上的，是谁造就了我原初的生命？

请不要问我时间之前的事情，遥远，太遥远了。听你们人类说过，四十一亿年前，原始的生命来自单细胞生物。或许，我就曾经是浩瀚海洋中的某种单细胞，没有眼睛，没有口鼻，没有耳朵，微弱得不及一个渺小的气泡。我的进化就是分裂，一个一个、一团一团，随波漂沦，四处黏沾，徐徐繁衍。当地心的熔岩突然向上推涌，地球的脊背从海里耸起，北极圈地域群山华诞，万物生发，蔓草葳蕤，松桦扶摇，苔藓凝固般地铺遍荒原，我或许正在大雪覆盖的苔原上沉睡，正在长啸的北风中飘荡，正在不冻河的石头缝里伸展腰身……当你们从灵长动物的胎衣中一步步脱颖而出，在亦人亦猿乃至使用简单石器的阶段，偶然发现我的时候，我已然成为一个飞奔的躯体，在广袤的冻土带，在亚寒带的针叶林里，成群结队，绵延子嗣，与天地万类一起存在。

说到底，进化的方向依循自然的意志，生命被大自然分门别类地精雕细刻，因此异彩纷呈，不一而足。我只能这样说，你们人类是进化大军中的幸运儿，你们的智慧出类拔萃，竟然懂得了在实践中创造更高级的实践，直到某一天手指一动，便在高辐射分辨仪器中解析了我们祖先的遗骸化石，做出一个关于我们的结论——大约二百万年前，驯鹿已生成无数群落，精灵一般游荡在北方大自然的母体中。至于在更久的从前，我们是怎样一点点演变进化的，你们的探索正未有穷期。

泰加林的夏日让我们感到炎热难耐，极地冬季的厚厚的冰雪又让我们难以觅食，因而，寻觅着赖以生存的苔藓而行，从山地到苔原，穿过无边的泰加林，横跨三个半纬度的迁徙，成为我们每年往返的生命之旅。踏过不可预知的激流险滩，登爬崎岖的冰雪山路，在风都无法走进的密林中穿梭，在暗藏陷阱的雪壳子上开路——坚硬的雪粒冰碴儿从不留情，像无数小钢刀，往我们肌肤深处搅动，似乎要揭开我们的皮毛，切碎我们的躯体；牛虻蚊蝇笼罩我们的全身，吞噬我们的鲜血，然后在我们的伤口上产卵做蛆；猛兽随时会咬断我们的脖子，掏出我们的脏器，甚至吸尽我们的骨髓。作为食草动物，我们必须拼命保命，必须时刻小心翼翼，眼观六路耳听八方，奔跑和躲避，是我们终生的功课。

生存的需要让我们生就了四只独特的蹄子，每一只蹄子都由两个倒扣小碗样的脚趾组成，脚趾上的蹄鞘坚硬，脚垫富于弹性，更重要的是，我们的脚掌面积很大，受力面积可以达到一平方尺。如果其他食草动物的四肢像四根坚实的柱子，而我们的四根柱子，又增加了四个结结实实的底座。所以我们背上可以负载和身体相同的重量，行走起来平稳笃实，不畏崎岖或泥泞，也保证了我们每小时四十八公里的飞奔速度。我们天生一身浓密油润的长毛，其中每一根毛都是空心的，在寒冷中会自然膨胀，为我们保温，这一身毛针，也是我们自带的游泳圈，让我们轻松泅渡过宽阔的河流。

你们人类有许多伟大的生态学家和历史学家，其中那个叫阿诺德·约瑟夫·汤因比的英国老先生，就说过这样的话："生物圈之所以能够栖泊生命,是因为它的诸种要素的互补,具有一种自我调节的关系。"的确,生物圈之母就是如此妙不可言,它用无数只手在缔造着时光之网,每一只手缔造出的生命都各有千秋,恰恰是这些看似互不相干的生命,互为依托,互为营养,构成了一个巨大的有机世界。

就拿我们驯鹿的生存来说吧,我们以苔藓为主食来维持生命,这些苔藓在北方被称为鹿蕊或者地衣,在植物志上叫作赤茎藓、曲尾藓、毛叶藓、沼泽皱蒴藓。这些苔藓含有丰富的不饱和脂肪酸和花生四烯酸,可以为我们驯鹿提供丰富的抗寒热量和肌体能量。在寒冷的北方高山冻土地带,苔藓就像一件灰绿的衣服一样铺在地面上,因为苔藓的下面只有浅浅的腐殖层,再往下就是冻土或石头,所以苔藓不可能发育出深根,每年只能依靠有限的光合作用长高三至五毫米,最高长不过十厘米。你还别小看这十厘米,那可是百余年时光养育的结果。苔藓被过度啃食、焚烧、践踏,通常需要几十年才能恢复过来。

在北极圈泰加林区域,我们从早到晚,除了奔跑,就是在吃苔藓。我不知道,大自然之母是为我准备了苔藓,还是为苔藓准备了我;是少汁而柔韧的苔藓造就了我独一无二的消化系统,还是我的消化系统寻找到了独一无二的苔藓。当我张开嘴去吃苔藓,你或许以为我会通过上牙下牙的咬合,从腐殖层里薅出一株苔藓,然后入口咀嚼,完成吞咽。事实完全不是你想象的那个样子,我天生没有上牙,单凭下牙,根本不可能完成这道工序。我的秘密武器是我的上唇和下唇,它们就像两块厚重又有弹性的高品质塑胶,集力量和灵巧于一体。我的两唇轻轻一夹,恰好采摘下苔藓的嫩尖,继而,在舌头和下牙的助力下,我将进口的苔藓尖头初步咀嚼,咽下。苔藓在我的胃肠里发酵后,我会进行反刍,充分吸收其营养。因此,在我们走过的地方,生长中的苔藓不会被连根拔掉,而是继续生长,我们走过的苔原完好如初。你看那雨过天晴之时，遍地的苔藓，吸吮饱了水分，蓬勃舒展着，那灰绿色的光泽，仿佛丝绒般美丽。我们也以同样的方式面对针叶林地的所有食物，我们总是和自己的食物相得益彰——苔藓繁厚，灌木葳蕤，我们硕壮。

你们说我们是一个北方的奇迹。我说我们是天生地养的结果，一个大自然的宠儿。

遗憾的是，你们在旷日持久的觅食路上，一直站在食物链的上端，以猎人对待猎物的姿态，睥睨下视，只是关注我们的肉体是否肥硕，毛皮是否丰美，头上的鹿茸是否充盈饱满。所以，你和我，本支百世，彼此从没有像今天这样温情脉脉、手足相依，成为天人合一的典范。

二

山林混沌，你强壮而野性。你头上缭乱的长发和堰松斜横逸出的枝条纠缠着，花栗鼠沿着这枝条，爬上你的肩头，草原蜱虫纷纷如雨，在你的眼睑面颊上流过，你无暇顾及，甚至都没有晃一晃身子，因为那一刻你发现了我，还有我们的群落。在茹毛饮血的时代，你时刻走在饥肠辘辘的觅食路上，所以立马知道盛宴即将开始。然而，那时你的手里还没有被石斧削出的棍棒，也没有百步穿杨的弯弓，你的工具只有俯拾皆是的石块，尽管你已经直立起身体，嘴里可以发出稀奇古怪的呐喊。

石块的流弹来了，大多功亏一篑，胡乱地打在周边的树干上，换来一阵咔咔的响声以及零乱剥落的松针桦皮，仅有几块石头击伤了我的一个同伴。鲜血的气味搅动了安谧的林地，不可名状的惊恐浮云般晃动，八叉犄角的驯鹿王惊叫着一跃，驯鹿群撒腿就跑，状若一条左右腾挪的烟云，瞬间消失。而你们一时间惊呆无语，就像个被抛弃的故事那样，无力地熄灭了自己。后来，你们窃喜于小小的得逞，将那头受伤的驯鹿饕餮而尽，从而完成了对一种新食物的舌尖记忆。同时，这无端的戕害让我们懂得，又一个天敌已经崭露头角，他们似乎来自神秘的天堂，身上有一种奇异的邪恶，他们居然可以抓物，可以抛物，可以利用身体以外的东西延长自己的前肢。

原本我和你们之间的较量，并没有什么悬念，我必胜。我是在环北极圈恶劣环境中进化而成的生命，我的每一寸血管、每一根筋骨、每一个微小的细胞，都是天造地设的生存武器。

就说我的眼睛吧，你们人类常常这样描述——饱满硕大、明亮清澈，犹如来自深海的琥珀，玲珑剔透地映照着斑斓的野花，闪耀在幽幽丛林之中。是啊，我的眼睛不仅漂亮，还会根据气候和环境的需要变幻色温，夏天黄色，冬季蔚蓝。我的眼睛所能看到的，并不是你们眼里那个简单的世界，我们可以看见波长短至三百二十纳米的一切细节。如果你进了森林，附近的灌木丛中出现了一头根据季节将毛色变浅或变深的野兽，你的眼睛很难发现，因为你的眼睛只能看到波长三百九十纳米，除非野兽离你已经很近，近得让你猝不及防；而我甚至可以在一团乱草落叶中，区别不同动物尿液的颜色，辨识各种动物留下的毫发，分辨每一种脚印的新迹旧痕，从而知道自身处境是否有潜在的杀手出没，是否可以寻找到洁净的水源，是否可以找到我们离不开的盐碱土或者盐碱性植物。我的眼睛可以在嗅觉的引导下，透过雪地上斑驳的光影，发现不为人知的苔藓和石蕊，然后，使用前蹄拨开积雪，找到美味，一路饱食。还有，我眼睛的复杂结构中存在一种生物神器，那就是薄如蝉翼的反光膜，它将视野中微弱的光线反射到我的视网膜上，即使行走在北极圈的暗昼里，我也可以迅速找到迁徙之路，绕过冰窟窿和陷阱。那潜伏在一片洁白之中的大雪雕和北极熊，早已被我看到，它们利剑一样的喙、巨斧一样的熊掌，是大自然恩赐给它们的无敌杀手，每每令我们胆战心惊，但是我们总能逃之夭夭，仓皇之中我们会痛失几个兄弟姐妹，但是我们庞大的团队会很快恢复镇定，继续前行。

我们的队伍粗放而有序，像一朵云的影子，时而舒展，时而聚拢，时而飞奔，时而漫游，在身后留下大片喧腾的雪雾。如果你拥有一架摄影直升机，镜头里出现的场景，会让你眼前一亮。首先，你看到的是一条棕褐色的大船，稳健地航行在洁白的雪海上，不同的是它巨大的身躯可以自由伸缩摆动，盘旋成离心状的旋涡，久久地围着一块空地缭绕，又爬上陡峭的山地，就像大船被波涛推到顶端……当阳光倾泻而来，这条大船的色温会骤然变暖，犹如古董乍现一般熠熠生辉。镜头下推，你又会发现，那大船的龙骨，是由一头头驯鹿的脊背组成。如果你驱动一台雪地摩托，跟在我们群体的身旁，你的特写镜头可就更丰富多彩了，你将发现我们会巧妙地使用拉伸肢体、转动头颅、低频喘息、轻轻跳跃等手段，像导体中的电子那样依次传递信息、前后呼应，使几千头的大队伍，在漫长的行程中，万众归一，进退有余，畅行无阻。

从蒙古高原北部向北，在北纬五十度到六十度之间，是浩瀚的泰加林和茫茫的冰雪苔原，年平均气温极低，最冷可以达到零下六十摄氏度。冬天来临，大气变成了坚硬的冰雾，这对于动物的呼吸系统来说，是致命危险。得益于大自然亿万年的鬼斧神工，赐予了我们一个非凡的鼻子。

我还真有一个常常红得浓郁红得火热的鼻子，当然常常并不是意味着每天。我的鼻子独特而卓越，从外面看它并不像鲁道夫的鼻子那么醒目，在我不显凸起的鼻梁下端两侧，有两条细细的斜缝，那就是我的鼻孔，由于我脸上的绒毛和鼻毛密接为一体，将其遮盖严实，叫人一时难以发现。如果说鲁道夫的鼻子有一千七百年的悠久历史，是文化的结果，那么我的有二百万年以上历史的鼻子，则是大自然的杰作。我的鼻道很长，隐匿在纵深的头骨内部。透视我鼻腔两翼鼻甲的剖面，你就会发现，里面各有一个卷莲花叶状连续打弯儿的软骨，正是这两个奇妙的软骨为我守卫着鼻孔的大门。这两个软骨卷了四圈，把我的鼻腔分成四个层次，冷空气进入，要一道道通关。我没有汗腺，血液里富含氧气和热能，鼻腔里的血管密集如数字电路，笼罩着软骨，迅速地源源不断地散发出热能，在每个层次抚暖一次冰冷的空气，冷空气过了四道关，变得温暖湿润，最后抵达我的肺部。这就是为什么，越是寒冷，我的鼻子越是鲜艳夺目的原因。老于经验的猎人在极寒的森林里，手冻得握不住猎刀，就会把手放在我的鼻孔上，他们说我鼻子散发的热气，就像吊锅下面的篝火一样可以融化冰块。

三

虽然我们生存的本事令人叹为观止，可我们还是成了你们人类唾手可得的食物。经过长期的攀缘生活，你们落地，开始了直立行走，你们的智慧因此大开，前肢更加灵活，大脑不断扩容，眼界日益开阔，还创造了神秘莫测的语言，语言又把个体的聪明，变成了群体的智慧，于是你们拥有了无所不能的双手，手中有了千变万化的工具，而工具又不断创造出更高级的工具，你们变得如神如魔，势不可当。虽然在凶猛的老虎和棕熊面前，你们依然可能成为食物，常常被残杀吞噬，但是你们已经领悟到什么叫趋利避害，什么叫弱肉强食。于是你们聚众而来，寻觅我们脱落的毛团，找到了我们栖息的位置。你们选择下风口藏起身体，只露出一双狡黠的眼睛。我们看不到你们，也闻不到你们的气味，毫无设防地沉溺在遍地的嫩草青枝和蘑菇中，吃得津津有味。这时候，你们一动不动，眼里绽放着贪婪的凶光，双手紧攥一根被石刀削掉枝杈的桦木杆，瞅准我某个离群的同伴，突然从四面围起来追打它……

我们走到哪里，你们就会追杀到哪里，从森林到苔原，到处都成了你们的猎场。尽管我们的奔跑速度令你们自叹不如，但是你们的陷阱常常出现在我们始料不及的脚下，你们手里的弓箭会出其不意地落在我们的肩胛骨或者额头上，你们用我们的皮和筋编成结实的绳子，一次又一次将我们高高的鹿角套住……你们因此大快朵颐，笑逐颜开。

在某一次雷劈火的灰烬里，你们发现了一具被烧熟了的驯鹿肉身，放在嘴里一尝，竟然感到前所未有的绵软喷香。于是你们想到保留火种，笨拙地将一根干树枝插进尚未熄灭的灰堆，当树枝被点燃后，你们竟然把这根树枝插在一个树洞里，结果引起了铺天盖地的大火，也留下了遍地烧熟的野兽。虽然你们自身也在劫难逃，但毕竟有所幸免，因此你们领略了火，渐渐地学会了保留火种，你们的美食史又有了划时代的跳跃，从此开启了对茹毛饮血的告别。

人类以驯鹿为食物的岁月，在历史的长河中长达七八千年。

四

丛林的法则冷酷无情，尽管我们那些威风凛凛的雄性头上长着八叉大角，也只能用于交配前的决斗，尽管我们的雌性也非同凡响地长着双角，那也只能用于保护小鹿崽，抵御势均力敌的侵犯者。我们必须小心翼翼地活着。在林地休息的时候，要躲避树顶随时跳在我们身上撕咬的猞猁；在河边饮水的时候，要躲避突然从水中抬起头来的棕熊，它会丢掉手里的鱼，转身扑向我们的小驯鹿崽；分娩的时候，我们要把驯鹿宝宝生在腐殖层丰厚的残雪窝里，不能让在天空盘旋的老雕看到，它们会把我们的孩子叼起来升空，然后重重地摔下；如果风传递出了胎衣和羊水的气味，森林狼就会闻风而来……我们连践踏一只野兔的胆量都没有，甚至对整天在我们头上施虐的虻蚊团都无法驱赶。到了冬天，我们的角也无奈地脱落了，面对种种危险，我们只能逃，飞快地奔逃，每小时四十八公里，极致时可达每小时六十公里。然而，这并不能躲开我们宿命般的厄运，那就是遭遇你们——聪明绝顶的人类，当然，这是指你们野蛮的远祖。

正因为味道鲜美，便于擒获，你们经久地赖以为食的驯鹿，在弓箭和子弹登场之际纷纷倒下，日益减少。你们的狩猎工具倚在江畔的大树上沉默，躺在湿冷的林地里生锈。春天的某一个清晨，大地上凸起的冰包正迅速破裂，你在饥寒交迫中东张西望，透过林子的缝隙，你隐约地看见，有一头母驯鹿正带着蹒跚学步的小驯鹿走动，小驯鹿稚嫩的叫声让你想起了什么——家中的桦树皮帐篷里挂着一个桦树皮摇篮，妻子的手正推动着摇篮，摇篮中的婴儿正在甜睡，间或芬芳地微笑，喃喃咿呀，似乎有许多花儿在他的梦中绽放……你静静凝视着驯鹿母子，并没有动手，只感觉眼睛里的冰霜汩汩融化。你在想什么？是否有过些许的自责，或者莫名地生出一些想象——假如我和我的孩子是驯鹿，是动物世界的一员……

至暗的幽林，静谧的夜晚，杜香和樟子松的油脂一起燃烧，你们娴熟地使用大自然恩赐的火种，并且控制有度，生活质量愈发提升。

你们的文献中这样写着——从发源地第二松花江到大兴安岭北部原始森林，游猎的鄂温克人，几百年来，从没有因生火引起过火灾。火微微氤着，烤鱼的芳香四溢，野生蓝莓和红豆发酵的浆汁醉了一片苍茫。此时是何年何月，是谁开启了一个忧伤的故事，是谁第一个唱出了这首民歌：

"有一天清晨，苏瓦扬莫日根到林子里打猎。他看见一头母鹿，带着一头小公鹿吃草。苏瓦扬莫日根下马，轻手轻脚地摸去，母鹿闻到了气味，抬起头，竖起耳朵，东张西望。苏瓦扬莫日根拉开弓箭嗖地射出一箭，射中了母鹿。母鹿纵身一跳，流着鲜血，带着箭逃入林中。

"受了重伤的母鹿对小公鹿唱道：

> 有一个人哪，乌黑的头发，
> 有一双圆圆的眼睛，
> 两脚是弯弯的，
> 就是他射中了我。
> 我的儿呀，
> 快吃妈妈的最后一点奶吧，
> 不要拔下这支箭，
> 那样我就会死去。

"小鹿一听哭了起来。

"小鹿哭了一阵后，向大山那边奔去，越过三十道山梁，越过十四道河流，终于找到三根人参，小鹿叼着三根人参，一口气跑到母亲身边，母亲已经奄奄一息了。母鹿对小鹿嘱咐道：

孩子你要记住,
山上那个脑袋黑黑、弯弯脚的人,
他很厉害,计谋多端,
你一定要住在山顶上,
不要待在山沟和山坡上,
孩子你要记住,
你外出时,
不要只顾看前面,
那人可能在你后面摸上来,
你睡觉时,
要时常回头看,
对着自己的脚印。
白天你不要离开林子,
就在林子里转悠,
吃草时要有伴,
你不要走在前面,
也不要走在后面,
……

"母鹿说完就咽气了,小鹿悲伤地听从母亲的嘱咐,从此以后不再离开大山。"

这首民歌,被鄂温克猎民的子孙唱了一年又一年,传了一代又一代,就像森林里潮湿的雾,一点点运化成温情的雨,慢慢地滋润季节,滋润岁月,滋润了万物的眼睛和身心。你们日益开明,懂得了在大森林母体中,你和我——人类与驯鹿,原本都是被哺育的儿女,天地给了你和我相同的恩泽，让我们繁衍生息，永续繁荣，我们只有互相支撑、互相给予，达到你中有我、我中有你的境界，才是找到了生物圈共生共荣的法则。在丛林时代，你们凭借傲人的头脑和武器，曾经不可一世，直到发现山野可能寥落，猎物可能远遁的时候，你们才感觉到了什么叫唇亡齿寒，什么叫失魂落魄。你们无意中唱出了这样一首歌，或许是一种郁闷心绪的自然流露，结果有意无意地表达了你们对猎物的珍惜。这首歌告诫狩猎人的儿孙要用猎物的眼睛，反观自己的所作所为。你们就这样超越了物种的本能，与万类生灵和解，最终和我们驯鹿一样，选择谦卑敬畏，用小心翼翼的方式面对大自然。你们不打怀孕的母兽，不打动物的幼崽，把受伤的小动物带回家照顾，养好再放归山林……你们拒绝砍树烧荒，拒绝挖矿掘金，不掏鸟窝，反对竭泽而渔，对于大自然，你们只要维持自己生命的那一点点。

五

我们在林中怅然若失，几度徘徊，虽然肚子咕咕直响，可见到苔藓和树叶，一种本能的厌食感却立马涌上食管。盐碱的味道久违了，我们急需补充盐碱，才能保证身体的运化平衡。事出貌似偶然，其实隐含着孕育已久的必然。我们在某一个晨曦载曜的时刻，靠近了猎人的营地。人类的炊烟里，盐的气味似有似无，让我们灵敏的嗅觉难舍难离。这时候，一个女人出场了，她身姿壮硕，面色褐红，走起来像一只生育期的母兽。我们四散躲开，但并没有胆怯，因为女人的身上没有使我们闻风丧胆的铁器和火药的气味，相反，她的出现，使空气里盐的气味有所加重。于是，我们悄悄向她靠近。我们不怕，女人也没有惊恐，她下意识地伸出手抚摸了一头驯鹿高高的鹿茸，居然没有遭到任何反抗。就这样，一个物种与另一个物种，就像擦肩而过的两个人，同时停下了脚步，深深地对视了良久。

太阳的一道道光芒斜射入林，林雾消弭，万物变得熠熠楚楚，女人呆呆地目送我们隐入密林。然后，猎人发现驯鹿需要不停补充盐，便经常在营地的周边为驯鹿撒下一些盐。我们面对你们人类，一改往日的望风而逃，甚至有点趋之若鹜。我们每每带着乞食的眼神在人前出现，继而满足地离去，时隔数十日，当得到身体内的信号再次提醒，我们又大摇大摆地来到人类营地。周而复始，猎人甚至忘记了自己原本是狩猎者，特意给我们准备一些盐碱、一些青嫩的灌木枝叶和蘑菇，同时也准备了松杆围栏，那就是驯鹿圈的前身。有了这些，我们就有了一种回家的感觉，驯鹿的半野生时代开始了。

八个鄂温克猎民和六头小驯鹿的故事，在一代代的口口相传中已然有了不同的版本。情节不同，叙述使用的语种也已经是因地而异，唯一没有更改的是，时至今日，这个故事还在勒拿河流域的苔原森林里，在俄罗斯远东地区的雪原上，在黑龙江以南的大兴安岭北部林区，在额尔古纳河右岸的敖鲁古雅鄂温克使鹿部落传颂。如今，正像你们的儿孙绕膝一般，当我们驯鹿的幼崽，仰接着额尼（母亲）手里的奶瓶，进食生命第一餐的时候，额尼会用她那松树皮一般布满岁月沧桑的手，抚摸着驯鹿崽儿的小脑袋，低低地唱起歌 —— 吃吧，吃吧，小驯鹿，你们是猎人从山间抱回来的，你们是猎人从野狼嘴里夺回来的……这个故事很符合游猎民族的气质性格，质朴简洁到不足五十个字 —— 从前，八个鄂温克猎手在山上打猎，看到六头小驯鹿崽，就带回来饲养，从此鄂温克人开始饲养驯鹿。

我们蹦蹦跳跳地离开营地，在森林里任性遨游，我们的所在，是从未采伐过的中国大兴安岭北部原始森林。大自然悠久的信息，依旧根植在树木的年轮里，沉淀在布满落叶残枝的地面上。我们走着走着突然感觉脚底一软，四蹄就像陷入深洞一样，被厚厚的腐殖层埋进去，朽木枯叶发酵后的醇香旋即醉了我们的身心；一场大雨过后，我们便不敢在嶙峋的石山上踩踏了，因为石头上长满了黝黑的石耳，石耳很像你们人类喜欢的黑木耳，经雨一泡，甚至比黑木耳还要滑润，即使我们有惯于攀登的四蹄，也很难在上面站稳。石耳是我们非常喜欢的美食，高密度脂肪酸的含量极为丰富，可以帮助我们抵御严寒。只不过这里的石耳长得过于丰繁，我们在饱食终日的情况下，对它没有太大兴趣……这生机勃勃的景象亘古如初，激发出我们大脑沟回里隐约的印象，我们敏锐的嗅觉也被触动，基因记忆开始苏醒。我们触及了什么？草窠中并未随风而去的祖先躯体的气味，祖先簌簌前行的四蹄开拓出来的纵深鹿道，祖先咀嚼蓝莓果和柴胡时的香气，经由祖先的胃肠代谢过的树籽繁衍而成的林荫……所有的生命的痕迹都是岁月的精华，都是在物竞天择中轮回，生态的深处珍藏着大自然的慈悲，此刻就像博大的天空那样拥抱我们。

春寒料峭，晨曦冉冉，丛林幽幽，无始无终。

当初的情景渐渐复原——正艰难陟行的八个猎人听到了一声声凄厉的叫声。猎人们原本已经满载而归，他们的肩头扛着被分解的动物胴体，这是猎民在青黄不接之季必需的食物。他们已筋疲力尽，但还是驻足聆听，即刻分辨出耳边的声音是驯鹿在哀鸣，他们便放下行囊，细心查找。林地的残雪上布满动物厮杀过的痕迹，一串森林狼的脚印渐远，断断续续的血迹通向灌木丛中。猎人们进入灌木丛，果然发现了一头母驯鹿，瘫倒在白雪和鲜血的上面，它的后颈已经被咬断，破裂的鹿茸鲜血淋漓，它气息奄奄，眼神灰暗，仿佛已经死去。猎人知道它已经没救了，刚刚离开的森林狼很快会招来群狼，将它撕碎吞噬。

母驯鹿看到猎人，毫不畏葸，用力撑着身体，好像要站起来的样子。猎人们细看，原来这是一头正在分娩的母驯鹿，胎儿正在母亲的拼力中一点点露头。猎人明白了原委——这头母驯鹿逃到灌木中，是为了在死去之前生出胎儿，给自己的孩子一个活下去的机会。

未等小驯鹿的身子完全娩出，母鹿泄出了最后一口气。猎人们知道森林狼会很快回来取它们的囊中之物，小驯鹿在劫难逃，便抱起了小驯鹿。那时候你们人类并没有饲养驯鹿的打算，但是已经清楚地知道，小驯鹿是一个孩子，和你们桦树皮摇篮里的孩子没有区别，而孩子，就是森林的未来。

虽然小驯鹿出生后很快就可以跟在驯鹿群里奔跑，但是落地之时，身子还很虚弱，它颤抖地站起来，本能地寻觅着母亲的乳房。母驯鹿没有了声息，一双不肯闭合的眼睛渐渐暗淡，四个乳房开始僵硬，身体一点点地没有了温度。猎人们无奈地丢弃了一些猎物，抱着小驯鹿离开了险境。事实证明猎人的经验没错，这片林子存在一个森林狼家族，它们已经圈定了这群驯鹿，准备随时猎杀蚕食，只不过它们现下已经饱餐了驯鹿肉，每一只狼的肚子都装了七公斤左右的食物，达到了胃肠的极限，正在倦怠地反刍消化，所以对于唾手可得的猎物，暂时没有兴趣，只待再一次需要果腹时信手拈来。果然没有走出多远，猎人又看到了两头一岁大的小驯鹿。这两头小驯鹿，非常清楚自己的处境，噤若寒蝉地躲在岩石下，由于闻到驯鹿崽身上的气味，不由自主地跟上了猎人们。

猎人一路救助收捡，最终带回了六头小驯鹿。从此，猎人们即使在不出猎的日子，也不能整日悠闲地躺在白桦树下，用树叶吹美妙的乐曲，撩动姑娘心中的激情，他们必须进入林中或者湿地，为小驯鹿采集青嫩的灌木枝叶和鲜美的苔藓、蘑菇。有了人类的供养，我们在松软温暖的松针土上,在防范猛兽的桦木栏杆的围护中,无忧无虑地和营地的猎犬一起成长。但是,驯鹿毕竟具有不可遏止的野性,只要鹿圈的栅栏一开,我们就奔放而出,冲向远方,消失在林中。猎人们也不追捕,只是默默祈祷我们免遭厄运,有吃有喝。人类认为大森林原本就是百兽的家园,没有想到的是,我们已经记住了营地给予的一切,时而回来寻觅盐碱,时而回来簇拥着营地烟火和人类参差坐卧,以躲避蚊虫。

生物链并非简单的食物链,它错综繁复,是一张立体的动物智慧地图。在丛林里,不仅有弱肉强食的猛兽,还有讨巧藏身的小动物。比如,我们驯鹿和狍子就喜欢躲在驼鹿身边活动,因为狼和猞猁一般情况下对"林中巨人"驼鹿退避三舍。驼鹿平时与世无争,像一个厚道的大叔那样,从不欺负比它弱小的动物,但是如果谁敢对它施恶,它就会秀一秀那一脚可踏碎狼头的膂力。黑嘴松鸡是森林里的大鸟,其雄性可以长到一米大小,羽毛华丽,声色招摇,习惯在有松子的林间空地活动。黑琴鸡长相有点像雄性黑嘴松鸡,其个头不足黑嘴松鸡的一半,黑琴鸡惯于混在黑嘴松鸡中寻求自我保护,因为黑琴鸡知道,在猞猁、貂熊、赤狐的眼里,黑嘴松鸡才是它们想要的猎物,有黑嘴松鸡在,它们完全看不上矮小的自己。不知道始于何时,我们的本能很快上升为生存经验 —— 靠近人类我们就可以得到保护,你们人类已然成了我们眼里的驼鹿大叔。

每当你们谈起我们驯鹿,总是说我们性情温顺,你们不知道的是,我们的野性、我们的不羁,皆在你们的厚待中化作了慢慢流淌的溪水。我们听懂了你们敲击木头的声音,那是提醒我们不要远走;听懂了你们摇晃盐袋子的声音,那是召唤我们回家。后来你们把一个清脆的巧尔然(铜铃)系在我们颈前,继而又把一个桦树皮摇篮,绑在我们的脊背上,摇篮里婴儿的啼哭,慢慢在我们有节奏的巧尔然声中变成了咯咯的笑声。群山浩瀚,游猎之路没有尽头,我们和你们相濡以沫,以命运共同体的姿态,走出了驯鹿的野生时代,走进了人类文明的帙卷。

这是你们的先祖留下的文字记录——《食货志》说驯鹿:"……用呼之即来,牧则纵之即去。性驯善走。德同良马,亦美物哉。"

《新唐书》:"拔野古东北五百里,六日行至其国,有树无草,但有地苔,无羊、马,国畜鹿如牛马,驯鹿牵车可乘,人衣鹿皮,食地苔,其俗聚木为屋。"

《黑龙江外记》:"四不像,亦鹿类,鄂伦春役之如牛马,有事哨之则来,舐以盐则去。部人赖之,不杀也。国语谓之'俄伦布呼',而《异域录》称之为角鹿。"

六

我们跟随着鄂温克使鹿部落的先人,从遥远的贝加尔湖东岸维季姆河流域苔原地区启程,向东,向南,在额尔古纳河左岸的大鲜卑山密林中,在阿金斯克草原的沼泽地边,在外兴安岭的群山褶皱里,在布满白冰和红毛柳的林缘地带,在每一个前面没有路的地方,跋山涉水,寻觅有松林和苔藓的地方落脚,一路狩猎为生,一走就是将近三百年的时光,直至回归额尔古纳河右岸的乞颜山下落脚。

乞颜,这个地名是一个古老的北方民族部落的名字。作为动物,我已经把那里美丽温馨的景象铭刻在基因记忆中了。此后跟随猎人游猎,每当来到这里,看见那两座遥相对应的山,看见那山间谷地里的葱绿,看到那婉转在葱绿上的白河,我们就会激动得又跑又跳,即使你们发出"奥伦（鄂温克语，驯鹿）……奥伦……"的呼唤，我们也会一反常态地不听话起来。我们不是因为贪恋食物的鲜美，也不是因为感到了难得的凉爽，这样说吧，你如果曾经像我们一样，爬上山顶，你一定会为俯瞰中的景象深深感动。曾几何时，蒙古先民乞颜部的男儿在陡峭的山上挖地穴，覆盖羊皮遮挡雨雪，终日负隅坚守，以抵御外敌进攻。数伏酷夏，他们年复一年持之以恒，只因为山下的谷地里，牧羊女和羊群的身影在游动，蒙古包的缕缕炊烟在飘移，婴儿的啼哭和悠扬的民歌此起彼伏。如今虽然换了景象，有我们群落中刚刚生产过的母鹿、满地撒欢的小驯鹿崽，还有那些再也生不出结实的鹿茸、四条腿跪在地上难以直立的老驯鹿，栖息在山下白河谷地，那里有最芳香的白树毛和甜如甘饴的蘑菇。古时候，这里有守护妻儿老母的乞颜勇士，今天也有负重前行的驯鹿，我们跟随着猎人翻越大山，寻找生存的落脚点。殊途同归的是，人与动物都在为永续苍生用力地活着。

一九六五年，鄂温克使鹿部落迁居敖鲁古雅，中国政府专门为猎民建立了猎民乡，成立了集体狩猎队。敖鲁古雅这个小小的村落，背依群山，有贝尔茨河和敖鲁古雅河环绕流过，有茂密的森林荫翳蔽日，美丽而安谧。惯于风餐露宿的猎民拥有了木屋、医院、学校。虽然生活舒适安逸，但是却没有哪个猎民甘愿囿于这个小小的村庄，你们首先想到的是驯鹿需要苔藓、石耳、蘑菇，驯鹿眷恋的地方即是你们搭建桦树皮帐篷的生活地标。从此，鄂温克猎民的家，有了双重的含义——敖鲁古雅村庄和大森林里的狩猎营地。一年四季，你们仍然住在森林里，村庄里的家，只留给老人和上学的孩子。敖鲁古雅的婴儿，往往就像我们的小驯鹿那样，诞生在森林的怀抱里。人类，在森林里一边哺育着自己的孩子，一边饲养着年年如期降生的驯鹿。

七

冬天来了,在黄叶和白雪构成的画面上,你会看见公驯鹿的犄角七零八落,那些古铜色的枝干光泽如釉,经阳光的涂抹,有几分武士折戟的悲壮。作为激情又疯狂的雄性,我们倾泻尽一年里蕴积的力比多,复归了安然,任由新鹿茸的萌芽在头骨深处痛痒,兀自从容踱步。而另一些我——一头头腰身滚圆的母鹿,多日来温情地孕育着金秋时纳于腹中的生命种子,它还不大,但是日夜不停地获取我身体的热量,那个跟随我的心脏跳动的胎心日渐成熟。大雪没过了我的悬蹄和膝盖,厚度已经到达我的肋骨处。晨起放晴,太阳妈妈的手,带着秋日的余温,抚化了大地表层的积雪,却不愿多作停留,转瞬跌入群山的背后,大地立马变成了厚厚的冰壳子,这就是白灾。我们使尽洪荒之力刨冰,震裂的蹄甲洇出血来,眼睁睁看着冰下的苔藓,却吃不到嘴里。白灾威胁着我们的生命,我们太饿了,瘦得肋骨凸显,只剩薄薄的肚皮紧紧地裹着胎儿。由于身体缺少了抗御严寒的热量,我们不知不觉倒在雪地上睡着了,一开始还有梦境,后来一切都融入了冰雪。当残雪融化,凛冽的春风扫过森林,你们最先看到的就是我们一粒粒冻僵的眼睛,它们像宝石那样凸现,愈发乌黑晶莹,慢慢地就和冰雪一起融化成混沌的水。

突然,仿佛有千万只手在推动满山的林涛,把幽谷里的声音从远处推来,四面八方响起了回音:"哎嗨——奥伦——哎哎——奥伦。"绝望的我们立马竖起耳朵全神贯注地聆听着,不敢有片刻的疏忽。真是喜从天降,我们听到了呼喊中夹杂着摇动盐口袋的声音,这哗啦哗啦的声音对我们来说就是救命的曙光!我们循声觅去,果然,看见了那两个从天而降的人 —— 你和你的妻子站在冰壳子上，就像两棵被雷火燎过的树，浑身沾满了深褐色的风尘。看不清你们的神情，看不清你们嘴角的血渍、面皮上的爆裂、眼眉和头发上的霜雪，唯一看得清的是，你们呼喊我们的时候，嘴里冒出一团团白哈气。

我们已经在林海雪原里游荡好久了。记得那是个暗如夜晚的早晨，我们靠一双夜视镜一样的眼睛，在昏天黑地里奔跑。我们发现了第一片苔藓，接着是第二片，食物一次次招手，我们就一步步远行。此时，我们不知道自己离开那座会冒烟的桦树皮帐篷已经多远，在听到你们的声音时，越发感到体内饥渴难耐。雪地已经冻成了冰场，几个昼夜里，你们在滑雪板上栽栽歪歪地滑翔，在雪窝里深一脚浅一脚地边步，声嘶力竭地喊着我们，这一切我们并不关心，我们迷恋的是你们手里的桦树皮盐桶。我们使出最后的力气，站起来或者勉强地拖动身躯，舔着你们撒下的星星点点的盐粒，有了一些能量之后，我们乖乖地跟着你们走出了冰壳子。苔藓显现，我们得救了。不久，我们脖子上出现了巧尔然，那是一个带皮套的铜铃铛，只要我们活动，它就会发出叮叮当当的响声，你们老远就会知道我们在哪里。你们允许我们保持半野生的状态，隔一段时间，就要把我们带回营地，补充营养，治疗疾病。从此，你们的年历，依据进山找驯鹿的次数计算。年年岁岁，我们依恋着大森林，也依恋着你们。

雪依然下着，老额沃（祖母）抓起一把雪在手里一攥，那雪变成细长一条，不再像砂糖粒那样支支棱棱。她接着拨开地面的雪层，闻到了一缕潮湿的气味，冰凉的腐殖层中，已经呈现微微的绿意，她知道这是春天透露的信息，该把怀孕的母鹿召回家待产了。

森林里最忙碌的季节来到了。一个冬天蕴积的冰包、雪堆、冰壳子日渐酥软，找鹿的小道被昼融夜冻的泥泞覆盖着，为迎接新的生命季来临,你和你的妻子,还有默默无语的老祖父,用猎刀在密林中重新砍下路标,踏雪蹚水,勘察了方圆几十里的林地,终于找到了一个最理想的地方。这里背靠阳坡山根儿,前面是一条清澈的河流,温暖又洁净。只要进入春暖,一夜之间会暴露满地苔藓,长出我们爱吃又补益身体的蓝莓枝叶、塔头、棉花莎草、草间荆。你们安置好桦树皮帐篷,搭建好鹿圈,把那几头讨厌的公驯鹿圈起来,以免它们肆无忌惮地野跑,撞到我们的身子。其实,在我受孕的那个月里,就被你看出了端倪。你们早就不让我驮运重物了,让我远离冰水,还单独用苔藓加上一些草籽喂我们。虽然,你们知道我会自己去选择合适的地方产子,但是你们还是在我的颈部拴上了一根绊脚的木棒,以免我走得太远,让我们始终活动在你们视野里,随时可以得到你们的关照。森林狼和猞猁近在咫尺,它们闻到了你们手中的猎枪和子弹味儿,不敢越雷池半步。

营地的喧闹声此起彼伏,然而新生命带来的并不都是欢喜。有的小驯鹿在林地里受伤,有的小驯鹿是羸弱的早产儿,有的小驯鹿失去了妈妈。老祖母和猎人妻子从早到晚在鹿圈里忙碌着,掰开这头小驯鹿的嘴,把草药的汤汁灌进去;用奶嘴去刺激另一头小驯鹿的嘴唇,让它学会裹奶。她们知道,人工饲养永远赶不上原生态的亲子哺育,便把母驯鹿和小驯鹿拴放在一起,不停地摇动母驯鹿的巧尔然,让小驯鹿记住母亲的铃声,那么在它进入苍茫的大森林后,就不会丢失自己。

一只挂在鹿圈木杆上的桦树皮摇篮在晃,里面的婴儿在啼哭,猎人的妻子回头看看摇篮中自己的孩子,晃了晃摇篮,一边把苔藓和豆粕送到小驯鹿和母驯鹿跟前,倒出手来又给另一头淘气的小驯鹿解了套——它不知道什么时候把拴绳绕上了脖子,弄不好会勒死自己。一边对自己的孩子说着话:"哎呀呀,我的肯阿刊(小鹿崽),肯阿刊,你会把你自己勒死的……哎呀呀,小闹昆(小男孩),小闹昆,你是一个小伙子,你再等一会儿,我照看一下驯鹿,就来喂你,我知道你饿了,我知道你又撒尿了……哎呀呀……哎呀呀……"

森林里的母亲,是万物的母亲。你路过草窝里的鸟巢,会给鸟蛋盖上一把干草,你在灌木丛中看到一头被钢丝套勒断了腿的小狍子,会把它抱回桦树皮帐篷,给它喷酒敷药,让它和小猎犬一起长大。你把头鹿的笼头攥在手心里,把自己孩子的摇篮放在驯鹿脊背上,领着我们走在沧桑的岁月里。我们一天天长大,成为翻山越岭的林中精灵,你的孩子也长大了,成为狩猎人的希望。驯鹿的长队穿过灌木丛和白桦树林,用清脆的巧尔然声召唤着沉睡的群山,把时光的段落一个个留在了足迹里。每当你们的孩子呼喊"合克"(祖父)、"额尼"、"阿敏"(父亲)、"额沃",我们也会停止嘴里的咀嚼,跟着你们的回答仰起头,和你们的孩子一起,迎接一场亲昵和爱抚。

驯鹿找到了自己的亲人。

八

伊曼达额尼哭了,她哭的时候,手里端着一罐啤酒。她的眼泪和啤酒哩哩啦啦地洒落,流下了一条长路。我沿着这条路追赶伊曼达额尼。伊曼达额尼的额尼睡过去了,在那座洁白的墓碑下面凝固了,再也不会醒来了,林子和驯鹿,留在她不肯闭上的眼睛里。伊曼达额尼心里难过的时候,就要来这里和她的额尼说话。她给她的额尼敬上酒,把那些说了一万遍的话,捡起来从头说。伊曼达额尼一个人长年累月地住在林子里,她的丈夫走了以后,她额尼曾经给她找过三个对象,第一个男人很善良，白天和她一起养驯鹿，晚上和她一起喝酒，谁知道，竟不幸失足落水，像激流中的倒木似的漂走了；第二个男人不会过日子，你让他买点鸡蛋，他会一下子买好几箱，被额尼的额尼打发走了；第三个男人不地道，竟然偷偷卖了家里的驯鹿，伊曼达额尼不要他了。

"额尼，额尼，能听到吗？你这一去啥也不管了，留下我和驯鹿。我明白你为啥老是给我找对象，你是想找个男人来帮我养驯鹿，你说我不喝酒的时候是一个好姑娘，你说我喝完酒不听话，额尼你睁开眼睛看看吧，山里的人都走了，就剩下我守着林子、驯鹿，额尼你应该说一句，你的伊曼达喝了酒也是好姑娘……"

天空写满了伊曼达额尼的话，仿佛有谁时而高歌时而低吟，地上是无边的雪。大兴安岭的黄昏走进了一片靛蓝。

伊曼达额尼爱喝酒，爱喝酒的伊曼达额尼一个人把养驯鹿的事情扛了起来。她在自己额尼的墓前睡着了，我这一夜就侧卧在她身边，她说过我的毛皮像电褥子，她说过早年她阿敏打猎时就搂着驯鹿的脖子睡。清晨，我用嘴唇去推伊曼达额尼，伊曼达额尼没有醒，我用脚拨动她的身子，她揉揉眼睛说，啥时候大兴安岭的黄昏变得这么亮……

她趔趄着站起来，亲吻我的脸颊，悄声在我耳边说，奥伦啊奥伦，你能陪着我，就是我儿子，有一天我要是站不起来了，你就带着驯鹿群，到森林里去吧，你要记得躲开狼、躲开熊、躲开钢丝套，要是看见河里漂着死鱼，别喝水，那水里有炸药的毒，你要知道你的蹄子不是靴子，你的脚丫已有缝儿，不能走砂石铺的新公路……

伊曼达额尼，额尼，我的好额尼，岁月是我和你之间的一道桥，有时候你往我这端走，有时候我往你那里去，这座桥被我们走得越来越短，我走进了你的心，你走进了我的命。我们相依为命，在林中的故事里做主角。

九

每当篝火一样的落日挂上树梢，老额沃点燃桦树皮，然后不停地往上覆盖杜香、柳条和蒿子。浓烟起，我们从四面八方围过来，老额沃的手里拿着一根拨火的树枝，嘴里流淌着一条古往今来的河：

"合克是一个神枪手，对……对……每一个合克都是一个神枪手"——额沃的故事里，总是会提起老合克。提起老合克，我的记忆就被唤醒，显得比月光下的林子还清晰——很久以前，我跟着老合克出猎，一走十天半个月，回家的时候，我的脊背上从来就没有空过。我是一头强壮的公鹿，野猪肥硕，沉重得像一座山，我也能驮起来飞跑，四个大熊掌搭在我背上，颠簸中那些尖利的爪子把我的肩胛出血，我也能抗得住。我要是累得塌了腰，老合克就会把猎物的头蹄下水都丢弃，只留下给孩子和女人吃的排骨和后鞧。记得那一次很奇怪，我们走啊走，随身带的列巴（面包）全都吃光了，只剩下一块风干野猪肉，始终也没有碰见大猎物，只收获了一只在地上开屏的黑嘴松鸡。原本上冬时候不是黑嘴松鸡求偶的季节，它却突然变得又傻又慌乱，一个劲地在地上转。后来我们才弄清楚，原来它觅食的堰松林被淘金的盲流挖成了沙坑，找不到它喜欢的堰松子了，它找啊找啊，吃了一嗉子沙子，沙子沉甸甸地往下坠，让它飞不起来，只能栽栽歪歪地转圈跑，让我们觉得它好像在跳舞求偶。曾经的野兽乐园里，如今树木横倒，烟尘四起，到处是人类的汗臭和噪声，好好的狩猎场成了金矿，驼鹿和马鹿泅渡过宽阔的河流，隐藏到大江彼岸的森林里，小动物瑟瑟发抖,成为淘金人的下酒菜。合克的眉头拧出一个桦树泪般的大疙瘩。

死去的黑嘴松鸡耷拉在我的脊背上。合克坐在倒木上默默地嚼口含烟。两个疲惫不堪的陌生人出现了,他们声音嘶哑,衣衫褴褛,一看就是头一次进林子的外来者。他们有气无力地说快要饿死了,合克随手取下了那只黑嘴松鸡,交给了他们。他们饿疯了,连一句客气话都没说,找了一堆干枝拢起火来,就开始烤鸡吃。一只黑嘴松鸡,瞬间就被他们吃得只剩下骨头了,就连黑嘴松鸡的肠子嗉子也没放过。合克起身要离开,却被这两个人拦住了。原来他们在黑嘴松鸡的嗉子里发现了梦寐以求的沙金。

吃饱了的魔鬼更可怕,他们一个劲儿逼问合克黑嘴松鸡是在哪里打到的,合克说你们问这个干什么,他们说找金矿,你给我们带路,找到了金子分你一半。合克说没有犴肉我要金子干什么,金子又不能填饱我老婆孩子和驯鹿的肚子。魔鬼们说,你不告诉我们,我们就一直跟着你。合克说,别做得罪白那恰(掌管兽类动物的山神)的事,不然早晚受惩罚。你们带上我仅有的这块野猪肉往南走,愿你们在啃光最后一根肋条骨的时候,平安回到家。合克解下我背上的野猪肉,放在地上,飞身上了我的脊背。合克带我出猎,是为了驮猎物,从来没有把我当坐骑,他不心疼自己的两条腿,却心疼我的身子骨。在林子里他总是滑雪橇,上山的时候还会把我背上的东西分一些自己扛。合克一坐上我的身子我就明白了,合克这是心里急,那我的腿就一定要跟上他的心。我一阵风似的蹚过冒白烟的不冻河,进入了密密的大森林。合克长出一口气,躺到松软的落叶上嚼口含烟,我不抬头地吃干蘑菇、冰冻的红豆和蓝莓。那两个找金子的魔鬼已经远远地落在了山后面。

一九五六年,国家在大兴安岭进行林业勘探。大山里没有路,密密匝匝的树，就像一片绿色的海。合克和阿敏向我们招招手，我们你追我赶地跑过来，合克和阿敏把我们排成四个小分队，每队十五头。我们的脊背担起了为国家运输建设物资的重任，山间的坎坷鳞次栉比，林地险象环生，我们任劳任怨，一走就是几个月，圆满完成了运输任务。一个记者报道了这件事，在他的文章里，我们有了一个很美的称号叫"林海之舟"。

到了一九六九年，铁道兵进入大兴安岭深处修铁路，合克和阿敏又带着我们七十头驯鹿整装出发，运送设备和补给，七十吨设备和补给全靠我们的脊背和四蹄，运送到施工现场。铁路开工的那一天，合克和阿敏回到狩猎场，看见我已经衰老到膝盖再也支撑不起身子，再也不能翻山越岭给合克和阿敏驮猎物了，只好把我留在鹿圈里。大雪纷纷扬扬落下来，额沃和额尼，用柔软的干草盖在了我腿上。我想说，额沃，你们赶紧把我卖给山下的食堂吧，我走的时候你们不要哭，驯鹿群中还有很多结实的小鹿在成长，可是我说不出来。

十

秋天来临。

作为一头正值壮年的雄性驯鹿，在这个季节我简直无处可以安放自己的冲动。母鹿们袅袅娜娜地走着，安静又妩媚，似乎在等待一个旷世英雄的出现。我跳起来，到处寻找挑战的对象，甚至，把一双尖利的大角，插进了长满枝丫的黑桦树，再也拔不出来。我摇晃着头颅，企图脱身，结果折断了一只犄角，走路变得一瘸一拐，脑袋里一阵阵虚空，丧失了继续争雄的底气。这时林中的求偶大戏已经开始，一头头疯疯癫癫的公驯鹿，开始了孤注一掷的鏖战。每头公鹿都要做所向披靡的那一个，变得气势汹汹、虎视眈眈，结果是那些拥有巨大头颅和硕壮犄角者屡战屡胜，而初出茅庐的小年轻，头破血流地退到了一边。两头雄性驯鹿，四只乌溜溜的大眼睛，以其宽广的视角看到了密林中正在觊觎着自己的森林狼和猞猁。秋天的森林残阳如血，强壮的公鹿非死即伤，只有少数王子得以在土地里深耕，播种生命的密码。

或许你们会说，这就是冷酷无情的物竞天择，听之任之即可。显然你们不知道，我们驯鹿在正常情况下虽然可以活十五到二十年，事实上因为白灾，因为被狼和熊、猞猁、狼獾猎杀，或患传染病，或在争雄时死战，大多短命不能善终。一八九二年初冬，一场疥癣症袭来，大兴安岭北部的驯鹿在正需要毛针保暖的时候，全部脱毛冻死。一连几年，漫山遍野找不到驯鹿的身影。失魂落魄的猎人，爬冰卧雪出猎，最后用驼鹿皮和灰鼠皮从他乡换来二十多头驯鹿，我们才重新落脚大兴安岭家园。生态环境的陡变，更是让我们避之不及——森林里出现了不择手段的偷猎人，他们把钢丝套暗藏在布满落叶的树根旁、通向河边的兽道上、长满地衣和蘑菇的石砬子下，我们的蹄子经常踏入这些钢丝套，越是挣脱，钢丝割得越深，一直切到我们的骨髓里。群山的大门以开发的理由被打开之后，我们的生存环境再次受到挑战，丧生在汽车轮子下的情况屡屡发生。

自打我由你们的食物变为你们的家人，你们一直在想方设法保卫我们的生命。你们的努力有时很笨拙，有时很高妙，未必科学，但是咬定青山不放松，千百年来从未放弃。在狩猎时代，每当冬眠的棕熊出仓，狼崽出生，你们耳朵上面就长出了眼睛，眼睛上面也长出了耳朵，树上挂着的风，脚边倒下的草，都在你们的警惕中。你们手持猎枪出发了，为了我们平平安安过日子，你们在林子里来了个大威慑。一只来掠食小驯鹿崽的公狼毙命，你们的枪声久久回响，子弹散发的气味缭绕在空中，再没有哪个傻瓜敢来袭击我们。为了不让我们自戕而死，你们想到了给公驯鹿去势……为了治疗我们的肺结核，你们尝遍百草，历经千辛万苦找来一剂稀奇的药——将蝙蝠晒干，磨成粉，兑成水剂。我们驯鹿，一辈子喝山林里甜滋滋的干净水，让我们对这又臭又黑的汤汁怎么张口？于是营地里的老少爷们齐动手，把我们按在地上，从鼻孔把黑药汤硬给我们灌进去。后来，我们的病好了，乡亲们全都被传染，得了和我们同样的病。

那是难忘的一九八二年，额尼从医院归来，脸上像春风里的芍药花一样带着喜悦，原来是经过 X 光透视，她多年来因饲养驯鹿患上的肺结核痊愈了。她抚摸着我的脖颈，含着眼泪说，奥伦小子，要是也能给你透透视就好了……你们都好了，使鹿部落的人们也就都好了，再也不用吃那烧心的异烟肼，不用往医院跑了……

那一天还真的来了。一辆大汽车在青绿色的雨中开到山上，你们忙忙碌碌地搭建桦树皮帐篷，从车上卸一个个白色的大箱子，还在林地上搭起了一个木头架子。这是在给我们安装透视机，可是我们并不知道。我走过去闻一闻，没有什么怪味，我用大茸角触一下，它居然一声不吭。阿敏说，过来，过来，顺手把我牵到木架子上，没等我回过神，已经被阿敏捆在了架子上。另有一只不知道从哪里来的手，往后拽我的脖子，我仰起头，挺着胸，没有心跳的石头块在我胸前嗡嗡响，穿着白大褂的人说没问题，阿敏就把我放开了。

好消息来了，使鹿部落的驯鹿大部分都很健康。于是你们熬茶煮肉斟酒，招待辛苦的兽医。你们围坐在老合克的身边，和远来的客人对酒当歌，一直唱落了北斗七星，唱落了漫天的夜色，唱着唱着你们却不知为啥开始抹眼泪。合克、阿敏、额沃、额尼哭，乌娜吉（姑娘）和闹昆（弟弟）、古黑（舅舅）、额基（婶婶）都在哭，你们反反复复说着这样的话——那些眼睛还能看见雪地上的雪橇印,那些蹄子还能登上奥克里堆山……后来,我们跟着阿敏和古黑出猎了,把几头病恹恹的伙伴,留在营地里吃豆粕、吃蘑菇,我真羡慕它们的好口福,那香香的气味,走出半里地,我们还能闻得到。

不能在一只羊的面前杀另一只羊,这是你们让我们进山的原因;杀牛的时候要让它的灵魂先走,那样它就不会感到痛了,这是你们专门到呼伦贝尔草原请来老牧人的原因。驯鹿两只茸角的正中,是一个致命的穴位,一旦被刺入,它不会做任何挣扎就没有知觉了。我的那些身患绝症的兄弟就这样被送回了大地的襁褓中,阿敏说它们很快就会回来的,不过没有谁知道它们回来的时候是一只乌林鸮还是一只花栗鼠,是一棵松树还是一棵杨树,额沃说每一条命都不会消失,只不过在斗转星移中变着模样。

十一

巧尔然清脆的声音伴着百鸟的歌唱,日夜回荡在茫茫的森林里。我们从来没有如此生机勃勃,子嗣兴旺,体魄茁壮,步履矫健,身上的毛皮油润丰厚,高高的犄角犹如结实的小树,给大森林带来了生机和希望。谁知有些事情来得那么快,快到让人不敢相信自己的眼睛。老合克眉头里的忧虑变成了现实,当年的淘金魔鬼转世重来。蒙古栎下的灵芝,桦树上的树泪,林中的飞禽走兽,河里的哲罗鱼、细鳞鱼,朽木上的木耳,林地上的蘑菇、榛子、蓝莓、堰松子,在他们眼睛里都变成了闪闪发光的金子。他们的魔掌无处不在,简直就要把整个大兴安岭掏空。我在山中走着走着,突然觉得自己的足音格外响,像被村里的广播喇叭放大了好几倍——苍鹰那铁一样的翅膀拨开云雾滑向远方,树上的松鼠担心地上的夹子,不敢落地收捡松塔,从一棵树的树梢跳跃到另一棵树的树梢,一去不回头。紫貂在哪里——在黑市的暗箱里变为一条华丽的披肩;棕熊在哪里——在铁笼子里哀号着,它的身上插着一个通向胆囊的管子,每天截取它的胆汁……眼看着大森林的生物链就这么断裂了,只有我们驯鹿因为你们的庇护还活着。

大山沉默。

谁来拯救森林的明天?正当此时,国家出手了,坚决而敏捷,实施天然林保护工程,让生态恢复元气。这是人类历史中的破天荒——猎人为了拯救猎物,集体放下了猎枪。

你们手里紧攥着我们的笼头缰绳,乘一辆长厢汽车走下高高的大兴安岭,走向城市的郊外。我们在车厢的缝隙里张望着陌生的世界,沿途欢送的队伍在扭秧歌放鞭炮,我们的眼睛随着锣鼓和鞭炮的节奏不停抖动。没有密林的屏障,这个世界变得空旷而不可知。现代化的生活,让猎民的孩子拥有了一个崭新的世界,他们忙着学习、工作、恋爱或者不辞远行去寻求崭新的日子。我们无精打采,在散发着莫名气味的围栏里徘徊,豆饼和草料是那么枯燥乏味,期待好久才能吃上一顿人们千辛万苦从山里采来的苔藓。可是眼前的苔藓变了样,让我们难以下咽,那是一些不懂森林的人连根拔下来的苔藓,其根部和茎叶完全干枯,粗糙而无味。我想象着森林里苔藓坡斑秃的景象。

只有老额沃像屹立千年的樟子松,守在林子里,她说,我在山里等着你们归来。她老人家真是料事如神,很快人们就认识到驯鹿还是应该回到森林去。

狩猎的诗歌已经绝版,致富的路上一个都不能少。于是我们的名字后面加上了产业两个字——驯鹿产业。记得第一次割鹿茸的时候,人们把我的头固定在木架子上,一条白晃晃的锯条在我的茸角根上吱吱作响,我的两条腿像面条一样软下去,额沃啊额尼啊,你们都到哪里去了?为什么不来救救我?猎民们站在远处看着我,额尼的眼里噙着泪水,她终于忍不住冲上来推开那把小钢锯,紧紧抱住我的头。有见识的人们说,山上没有猎物了,我们吃什么喝什么?你看看这饱满的驯鹿茸,长在驯鹿的头上,过几天就会变成干角掉下来,到时候当烧火柴都没有人要,锯下来就是钱,就可以换来彩电和自行车,可以换来猪肉和大米,我们的驯鹿每年长出新鹿茸,我们的孩子每年长大一岁……

游客出现了,他们来到山间的桦树皮帐篷跟前,管这里叫景区。景区的脚下是沼泽和草甸,背靠满是苔藓的林子,景区很寒凉,阳光只在下午的时候打过来。景区是没有边界的林地,走在景区里,看不到四面八方,也找不到回头的路,我们驯鹿走出去可以自己找回来,游客走着走着就回不来了。有人说,还是城郊暖和些,要不咱们搬过去?额沃说,让驯鹿到光秃秃的地方去吃自己的脚印吗?

后来景区有了围墙,把我们也给围在了景区里。游客一拨接一拨,带来了南腔北调的语言,带来了稀奇古怪的化妆品味儿,带来了大油大糖的食物,这一切就像一床热气烘烘的大毯子,劈头在我们的头上蒙下来,我们吓蒙了,退缩在栅栏边,看到有人打开了门,立马火急火燎地跳起来,撒腿就往大山里跑,游客在后面嗷嗷叫,我们愈发逃得快。

我们想念景区的盐,想念阿敏和额沃喊我们的声音,说来很奇怪,我们还有点想念游客喂到我们嘴前的苹果、面包和巧克力。于是我们开始往回返,回到了景区又感到郁闷,于是再次出走,走了又再次回来,慢慢地我们也就不出走了,每天散漫在景区里,不逍遥,不寂寞,饱食终日,每一个动作都成了炫人眼目的风景。

我出生的时候，额头上有一块五分钱大的白毛，额沃给我起了个名字叫"小五分"。我长着一对饱满漂亮的大茸角，身上灰褐色的皮毛就像一匹闪光的金丝绒，我的性子很温和。一个电影摄制组，租我去当演员。到了摄制组，人人都喜欢我，可是他们不知道我在想什么。我要去到山里喝泉水，找苔藓，我要吃新鲜的蘑菇和青叶，他们却总是把我拴在水泥地面的院子里，给我吃盒饭，动不动还忘了我的存在，几天不给水。没过多久我就蔫巴了，吃不动食，每天在地上打盹，一遍又一遍地在心里喊，我要回家找额沃，我要回家找额沃……额沃好像听到了我的心声，突然间出现在摄制组驻地，一看见我，心疼得直发火——你们这些人懂不懂，驯鹿也是妈妈生的呀……可怜啊，我可怜的奥伦小五分，要是连命都要没了，当明星又有什么用……

额沃老了，腿脚和眼神都不好使了。阿敏把我带回了他的景区，他的景区靠近城市，有位兽医每天给我输葡萄糖，点消炎药，很快我就想喝水了，慢慢咀嚼起了细豆饼和新鲜苔藓，四条腿终于站了起来。说心里话，阿敏的景区再好也留不住我，我每天都想着我们山里的清泉和森林。我站在大门口看看忙碌的阿敏，看看这个熙熙攘攘的新景区，顾不上虚弱的身子，一个冲动便开始向北跑起来。我记得那条路，阿敏带我来的时候正在施工，洁白的砂石路面在山间很显眼。

阿敏循着公路找到了疲惫不堪的我，我累趴在推土机即将开拓的道路上，推土机因此停止工作数小时。阿敏从此日夜把我带在身边，炎热的夏天里他喝啤酒，也给我倒上一小盆，吃列巴也要分给我一个。阿敏三杯小酒下肚，总是给我讲起林子里的往事，他说我的父亲叫"飞龙"，是当年跑得最快的公驯鹿，后来被一个盗猎的当成马鹿打死了。他说我父亲的儿子有好多，父亲儿子的儿子也越来越多。我就这样生活在阿敏父亲般的厚爱里，只要阿敏一喊"小五分"，无论在景区的哪个角落,我就会停止嘴里的咀嚼,屁颠颠地跑到他跟前。游客要是想和我照个相,只有阿敏亲自牵着我过去,我才会高高兴兴扬起头。

实在是由于太漂亮、太上镜,阿敏决定带我到北京,到长沙,演出歌舞剧,宣传鄂温克使鹿部落的文化。额尼在我的茸角上系了一条条五彩丝带,在我的额头上戴上了太阳花,我肩上的鞍子更漂亮,五红大绿闪着缤纷的光芒。我很乖,让我上车就往上跳,让我排练我就跟着演员昂首阔步向前走。我感觉自己就像一个漂亮的小姑娘,抑或一只咩咩撒娇的小羊羔。

然而我毕竟是一头来自北方泰加林的驯鹿,原本习惯寒冷,在低温的森林里如鱼得水,而今走上了一条越来越炎热的路,真是越想越奇怪。阿敏的眼神很坚定,他见我烦躁地用角挑倒了一米多高的大电扇,立马在屋里安装上了大功率的空调,他身上穿着厚衣服,一直陪着我。就在关键时刻,从山里带来的水被我喝光了。只有我们驯鹿才能嗅出来,城市里自来水的气味多古怪,总是叫我想起老母熊洗过澡的泡子水,我便紧紧闭上了嘴。人们连忙送来了矿泉水、纯净水,我还是想念贝尔茨河的沿流水,只有那松枝、柳条和桦树茸泡出来的水,才是我生命的源泉。我渴着饿着瘦下去,急坏了导演和演员,急坏了心疼我的阿敏。还是阿敏知道我要什么,火急火燎往回打电话,终于收到了大兴安岭运来的天然水,我这棵久旱的小树才活过来。

首都的剧场灯光就像北极雪亮的夜晚,南方的舞台像是林中的早晨,老额沃和我是主角,一起走上台。灯光聚焦 —— 老额沃唱起了古老的《奴乐给》民歌:"…… 松鼠来到的时候,冬天就到了,为了狩猎,我们开始迁徙,从这片密林搬到那片树林,当温暖的春天来到的时候,我们又回到原来的地方,去找一条河流,让可爱的小驯鹿安全降生,让可爱的小驯鹿健康地长大 ……"额沃唱歌的时候如一座老树桩,一动也不动。她的声音里，风在摇撼群山，棕熊在吼叫、雪貂在跳高、鹿在奔跑、鹰在翱翔，樟子松松塔一颗颗落下，峡谷里的河流被大冰块挤涨，弱弱的是狍子崽在低语，铿锵的是黑嘴松鸡在求偶。额沃的声音就像天和地在合唱，观众的欢呼就像远处吹来一阵烫人的风……我晃晃头上的茸角，稳稳地迈开四条腿，就像走在暄腾的林子里，身上的五彩绸飘呀飘起来……演出成功了，观众这样说——看到了冷极世界的驯鹿，就像走进了自己心中沉睡的前世，那里是人类不可忘却的家园。

阿敏的汽车一路飞驰不停留，水千条，山万座，通通一掠而过，径直把我送回了遥远的故乡。大兴安岭漫天的林海碧涛，涤荡着我心田，我在母亲的怀抱里撒欢，在父亲的世界里奔跑。阿敏走在我身旁的密林里，我能闻到他身上的气息，他可以透过树荫的缝隙看到我。

我们还要一起走很远的路。

（原载《人民文学》2023年第2期）

瘦骨依然带铜声

叶文玲

人,作为单独的个体,总是有独一无二的存在。

不是吗?芸芸众生,男男女女,大家一起走过来走过去,看似都只不过是普普通通、地地道道的一个老百姓,没有什么特别的不同。

但,若是说到他 —— 尽管他个子不高,身材瘦小 —— 只要一提他的这些头衔:"作家、画家、书法家、美术家、雕塑家",人们对他的敬佩,往往总会归结为一句话:他,就是最独特的,很难让人用一句话来概括。

说真的,要细细对他来一番说道,委实太不容易。因为,他太丰富了,对人生、对生活,他太热情太真挚……

先说他的大名 —— 哦,还是按他自己最喜欢让别人叫他的:美林!

第一次见到美林,是1978年秋,在"船艇破浪,美妙快意的蓝天碧海间"。现在想来,第一次见面的奇妙之处在于:大家在彼此意想不到的情况下聚在一起，真的是太大太大的缘分了！

那一次，尚在河南工作的我不辞辛劳，先后换了数种交通工具 —— 火车、汽车、轮渡 —— 来到老伴的故乡青岛，直奔开会的地点：黄岛。

而让我们能聚在一起开会的召集人，就是文坛老前辈 —— 当时中国作家协会的领导之一、当年的《人民文学》主编张光年先生。那一次，应邀的作家不多，跟张老一起来的，还有三位年长的评论家。

大家在船上坐下后，光年老师指着坐在我边上的一位年轻而瘦瘦的男同胞说："他叫韩美林！……嗯，以后，他就'归'在中国作协啦！……"

这一个"归"字，让我多少有些错愕……似乎是被安排的结果，又因为之前没有听说过他的名字，有些神秘的意味。

经历浩劫的人初次见面，话虽不多，脸上大都带着几分"两世为人"的沧桑感。但初次见面的美林，却多少有些与众不同：矮矮的个头，圆圆的脸庞，不加修饰的衣裤，特别是两只眼睛 —— 又黑又亮！这是一双对周围的世界充满好奇，却又充满信赖的大眼睛。

美林听到光年老师亲切又特别的介绍之后，马上朝我点点头，又朝我坐得更近一点。他轻轻地说："真没想到呀，我们都是山东人……"

我想和他解释，我是山东媳妇，但老家是浙江的。没想到他的第二句话更让我大吃一惊："刚才没有吓着你吧？我这只（右）手已被人撅断了……所以，刚才大家握手的时候，我都没有伸手……"

我心里"咯噔"一下，不由一酸，而美林却很平静地说着，他是前几天刚刚"平反"，从安徽的一个监狱里出来回到北京："……就是光年老师要了我，要不，我都不知道到哪里去上班……是他让我的心都活起来了！让我来到了一个新天地！我十三岁参了军，但只是个小不拉子的勤务兵。我到部队第一次穿了军装，第一次吃了九个大包子！……小时候家里太穷了，母亲很疼爱我，我从参军开始就想着以后我要努力学习，报答辛苦的母亲！……我和母亲的眼睛最像，我的长相，完全是母亲遗传！"

就这样他一直都在滔滔不绝，尽管是初见并又在船上，但是，他就像见到了多年未见的兄弟姐妹，毫无遮拦地把心灵的"底牌"和盘托出！

虽然只在船上一起待了短短的一两个小时，但他向我诉说的一切，一直深深镌刻在我心里。

我没有想到的是，这第一次的相逢，只不过是我们之后几十年的缘分的开端。1983年春，我和美林都被选为第六届全国政协委员，而作家、画家、书法家都编在一个组，于是，美林和我们谈天说地的机会就更多了。他经常挂在嘴边的一句话便是："咱们都是'铁哥们儿'！"

政协会议五年一届，一晃几十年过去了，从第六届直到第十届，我和美林都是一起在全国两会中度过。这些年来，每个人的生活都发生了翻天覆地的变化，但美林的性情，从始至终都没有什么改变。每次小组讨论结束后的休息时间，往往是他最忙的时候——他画着、写着，并认真地写下落款"历下美林"。

尽管他的个人生活跌宕起伏、充满波折与辛酸，但是在他的笔下，你从来不会看到那些苦难与沉重，永远都是充满了天真的童趣与想象力——他所写所画的一切，岂是一个"妙"字了得！

我经常会有点为他担心：美林受过那么多罪，身边却没有可以照顾他、为他分忧的人。那时他在北京，住在1982年"落实政策"后搬进的"小洋楼"里,美林轻轻跟我们说:"明天大家休息,你们到我那里看看 —— 那可是在王府井啊!"

在一个黄昏,刚刚落过一场丰沛大雪后,我们终于一起去了他的新家。

去之前我听闻,前些日子他刚刚又经历了一次婚变,只得自己一个人带着小女儿过日子。尽管内心充满伤痛,但他还是一如既往地风趣幽默,跟我们说:"我就是'老母鸡带着小鸡'也很快乐啊!哎,我们家里好多'人',还有'张富贵''李秀英',它们都跟我很亲热!""张富贵""李秀英"其实是他喂养的两只小狗的名字。

即便是身处逆境,他也从来都是这样乐观。看样子,是我杞人忧天了。

我们从王府井的这条深巷走进去,啊,果然是这样一个美妙的新世界 —— 在雪地中迎门而立的,就是后来耸立在通州"韩美林美术工作室"的那尊大佛头像!眼前,这一片了无尘俗的白雪,似乎是在预示我们将要进入一个浑朴自然、纯洁无瑕的新天地!

真是太美妙、太叫人目不暇接了!一到楼梯的拐弯处,我们就看见门口、走廊、画室、卧房、客厅都摆满了他所画的、烧的、雕刻的各种各样的艺术品,它们无论大小,都是形形色色的动物。大的,巍然耸立,彪形大汉都难以扛动;小的,又只是盈盈一握,可堪把玩。

且慢,这些明明只是铜浇、铁铸、泥雕、陶烧、木雕、竹刻的物件,原本人们最熟悉不过的牛马鸡狗猴虎熊狐形象,到了这里,仿佛全都活了过来,有着千奇百怪、教你从未得见而极难言表的形态和神采。这一套套烧绘得或令人忍俊不禁,或勾你无限遐想的脸谱、头像,这些活泼泼地恣肆在大大小小的陶盘、瓷盘上的鱼、龙、虫、鸟,这一个个在有限的方寸中被无限夸张又无限骄矜的世间生灵,在这里,都有一种令你看不够道不尽的生趣和神韵。这一帧帧看似随意涂抹又随便装裱的画,把艺术的空间拓展得那么自由,那么辽阔,教你觉得艺术世界的表现力真正是浩大如苍穹,深邃而雄浑!

"艺术宫"的主人对我们的夸赞并没有露出丝毫得意之色。他只是一边微笑着,一边让我们慢慢细细地看。

主人在此展出的仅仅是近年来的部分作品,只是他创造的千百分之一。这一晚,我们只能匆匆地浮光一掠。但这一掠,却让我了解到美林是怎样一天一天地生活着和工作着;这一掠,让我更明白了,艺术的灵思之所以如此丰赡华彩而源源不断,其根源就在于艺术家本人!在于他走上艺术道路之始,就将自己的风骨摆得极为端正,锻铸得极其坚挺!

当内心震撼到默默无语的我要离开时,美林笑着对我说:"你可千万别夸我!……你知道的,有人说我是雕塑界里的'杂牌军',我就'杂'给大家看看……"

回去的路上,我的眼里、心里始终回荡着刚才所看到的一切,包括他让我们抚摸的"二黑"——"张富贵"和"李秀英",还有他称之为"患难小友"的小狗。他用自己的血汗打出了一片天地,镌着"韩氏印记"的天真世界……苦尽甘来的韩美林,是真正受到缪斯青睐的人!

无怪,赵朴初老为他题词:善哉韩子,得大自在。

无怪,张光年老师为他吟诗:时将狂草写奔马,每从童心弄小猴。纳天为画画风健,治土成诗诗意稠。

无怪,为人淡泊的吴作人先生也为他心爱的弟子韩美林题写了"牌名"……

美林是个"工作狂",每天每日不停地画、写,他的"家",简直就是一座让人看不尽的卢浮宫!

而朋友遍天下的美林从来没有一点架子，对自己的作品更是慷慨，但凡有人开口向他索要，不管对方是大人物还是服务员，他都一点不吝啬地送给对方。美林每年都会带给大家特别的惊讶和快乐，而我们共同的老朋友，从年长的启功、丁聪到谢晋、黄苗子、郁风，再到裴艳玲、姜昆……都是他家的常客。

他旺盛的生命力和创作才华似乎从来不曾枯竭。时光的流逝，好像从来不曾带给他丝毫影响：一次又一次，他让大家惊喜而心动……

美林在1998年出版的小书《闲言碎语》里说得很明白，人生要不停前进，不时追求换个活法："人这一生，就怕画上句号。"所以，他在各种场合总有与众不同的灵光闪现。他与烧制小品的工人合影，谦逊地说"这也是我的师傅"。出外旅行的时候，从风雪满地的贺兰山到美丽的亚特兰大，他说"嗬，真厉害"，接着就是"真过瘾"！虽然只是短短的两三个字，但每次看到，我都能会心一笑，仿佛看到了他诙谐幽默的神情。

那本小书的最后一句话是："我还要往下走下去，目标在中国！"

人生无常，往往会经历许多意外。这一点我和美林一样，都是因为病，而经受了大风大浪。我自己的事情似乎已经说过不少次，而现在，我想说的是美林。

2001年春节前，美林因为操劳过度得了心脏病，做了一次大手术。用他自己的话说，是"在阎王殿前逛了一圈"！那次我刚刚从敦煌回到杭州，知道这事后，我马上跑到北京去看望他，祝贺他"大难未死"。美林依旧乐观开朗，笑呵呵地说："我就是因为舍不得朋友们，才从死神掌中'溜'了回来！"

那次在住处，美林很开心地打开一张大纸，画了一匹很大的奔马，铺满整张，又以李贺的《马诗二十三首·其四》题词道："此马非凡马，房星本是星，向前敲瘦骨，犹自带铜声。"落款是"文玲吾兄法正"。

以往，我也曾不止一次得到他馈赠的炭笔画作，但这回特别不一样，这是他病愈后的第一张画，又是极有气势的水墨，自然令我倍感珍惜。依然是狂放的韩氏笔触，依然是恣肆不羁的美林神态，我再次体味到他以奔马为我壮行的诚挚心意。他知道我的属相，我也常以此自勉，但在美林这个"心态不老、永远不老"的"大孩子"面前，在他一直宣扬的"人这一生，就怕画上句号"的人生哲理和信条面前，真正无愧于奔马形象的，实在还是韩美林自己。

这些年，我长长短短不止一次地写到过美林，他和我的友谊，真是用几天几夜也说不完……

2002年秋，"大象人物聚焦书系"主编李辉打电话给我，他听说了我刚完成关于常书鸿老的传记文学，但他这次致电的目的，除了想把《敦煌铸就五字碑 —— 常书鸿》收录进丛书以外，还有就是想让我把有关韩美林的作品再浓缩一下寄给他。初听之下，我一愣：对于美林，我要怎样"浓缩"出来才好？但是好友的托付，还是无论如何也要完成的。正像袁鹰老师所说，我写常书鸿的时候，使用的是逗号，而对于美林，每次都是写不完、道不尽的感叹号！

2003年秋，我终于写出了我们心中的韩美林 —— 由大象出版社出版的"大象人物聚焦书系"《瘦骨犹自带铜声》。没想到的是，这本书刚一面世，就立即被抢购一空！其中自然有着不少我和美林共同的好友。

这本书的书名，我原来想过好几个：《特别的人》《让人快乐每一天的人》《永不停歇的人》……啊，我真傻，他不就是我一扭头、一转身就能看见的人吗？不就是一个我身边最亲近的人吗？

我最喜欢美林画的各种各样的马，他为我画过好几次马，还为我的三个孩子的属相——兔、羊、牛都一一专门作画，装裱好再送给我们。只有他这样为朋友披肝沥胆的人，才会这样有心，做这样的事！

后来，美林多次来到杭州——2001年后，他终于在杭州觅得一位知心爱人，那就是和他"像兄妹又有夫妻相"、为他"红袖添香"、令他在婚姻中大喊"幸福万岁"的周建萍。

《瘦骨犹自带铜声》完成后，不少朋友让我写一写关于美林和建萍的生活，因为大家都知道，我在他们相识、相知的过程中起了一点小小的作用。其实我想，对于幸福的人来说，这些都是多余的——只要两个人相互扶持，一起走好人生剩下的路，那就足够了，本也无须他人评说。

现在，只要有朋友到家中来小坐，我就会把美林为我题写的一幅牌匾指给他们看："书犹药也，善读可以医愚——文玲共勉"。

不是吗？对写作，我常常很愚钝；对于书，我永远看不够！所以我能做到的，就是秉承风骨、保持初心、不断前行，就像美林一样，即便年纪渐老，即便越来越瘦弱，依然有着铮铮硬骨——瘦骨嶙峋的他，就像桀骜不驯的奔马，早已带有铜声，永远，带着铜声！

（原载《当代》2023年第2期）

他让文学如此值得

刘宏伟

"同学们,应该是三十六座坟茔……"

在当代中国文坛,如果说军队作家群如同一方庞大的鹰阵,那么,徐怀中就是这方鹰阵中的头鹰。长久以来,徐怀中以他独有的姿态振翅飞翔在漫漫文学之旅,他披星戴月,他风雨兼程,他无惧任何阻碍,从不曾停下过他的飞翔。他的飞翔激情四溢,那气势磅礴的俯冲动作,那丝柔如水的滑行姿态,总是令人震撼,惹人着迷,更引人追随。

对徐怀中的大规模追随发生在二十世纪八十年代中期,正式的叫法是——受命创办解放军艺术学院文学系。

那时节,全军各部队的青年创作者已人数众多,他们在各自的岗位上单打独斗,许多人虽才气过人却"囊中羞涩",缺乏必要的知识储备与文学视野,若不及时完成补给,很难说他们还能写多久,而新时期军事文学的发展,又很需要年轻一代的深度参与。就是在这样的情境下,解放军艺术学院文学系因军队文化发展的需要应运而生了。

这是中国人民解放军高等院校序列中第一次出现讲授文学的专科系别,考生面向全军及武警部队文学创作骨干,且须是年轻干部。初试内容是报送曾发表过的文学作品;若初试通过,须参加全军高等教育文化考试,且达到平均分数线后,方能被录取。

消息传来时,我正蜗居在总政歌剧团的小宿舍里,应邀将我的获奖中篇小说《白云的笑容,和从前一样》改编成一部歌剧,每日的生活状态就是苦思冥想如何才能写出像样的咏叹调与宣叙调,还要去啃那些浩如烟海的戏剧理论书籍,钟爱的小说创作早就无暇顾及。我看着桌面上一沓又一沓的修改稿,心中惶惑至极,不知道自己还能不能完成那部歌剧,也不知道若是将小说创作长久搁置会不会令自己的文学灵感渐趋枯竭;最要命的是,歌剧创作极难,最成功的歌剧作家耗尽毕生心血也不过只有一两部作品可以搬上舞台,有些甚至一辈子都颗粒无收。说白了,歌剧创作就是在筑造奢华的宫殿,而小说创作则是在搭建可繁可简的民居,那时的我,心下非常清楚,我这块材料,离宫殿很远,离民居挺近。

于是我第一时间报了名。不久后收到一纸通知——报考作品通过,请参加全军文化课考试。

显然,作品通过只是拿到了通往军艺的路条,而只有文化课考试通过,才能跨进军艺的大门。可对于十四岁就参军入伍的我来说,根本就没上过系统的数理化课程,就算我文史考得再好,也很难拿到足够的总分。抱着试探的心理打去电话询问,只听徐怀中主任斩钉截铁地回答说:"虽然你的作品已经通过,但是文化课考试必须总分达到及格以上!"

只好横下心来全力以赴地复习功课。挺长一段日子里,我找来一份《中学生高考大纲》,又借来朋友家孩子的高中课本,将各课程的知识点抄写成册,将必须背诵的内容写成纸片,贴满宿舍各处。我让那些概念与定理走出书本,以便我随时随地就能看到它们,而总政歌剧团旁边那段清静的护城河,便是我实施死记硬背的好去处。

我这副拉开架势复习文化课的样子不知怎么传了出去,忽然有一天,著名作家李存葆出现在我面前。他说是徐怀中老师让他来找我的,说我在完成文化课复习上有好办法。我指着满墙的纸片对他说,瞧,这就是我的好办法。

李存葆摇头感叹,你这么个搞法,很难复制……

后来在全军文化课考场上,我完成了一门门考试,让自己的总分远超了分数线。

我几乎是怀着一种朝圣的心态走进军艺文学系的。我知道自己将在徐怀中老师的近身引领下正式开始文学创作,而我从前的那些作品,不过就是准备长跑前的几下热身运动,不过就是品尝大餐前的几碟开胃瓜子。

很快,入学联欢晚会上爆出的精彩画面,将我的这种神圣感夯到了实处——

那个晚会上,系主任徐怀中带着他的教员团队与我们正式会了面,而我们三十五名学员也完成了第一次集体亮相。晚会进入尾声,有位同学套用李存葆同学的著名小说《山中,那十九座坟茔》的标题,提议说,我们三十五名同学要为军事文学献身,要不惜成为"三十五座坟茔"。此言一出,众人大声击掌并大声响应。

只见徐怀中主任从座位上站起身,语气认真地说:"同学们,应该是三十六座坟茔……"

全场气氛顿时凝重,大家会意地泪眼互望。那一刻,徐怀中主任言简意赅地完成了对我们这三十五名新学员的开学动员令。

晚会将尽时,不知是谁起头唱起了《我们是共产主义接班人》。这支儿时的歌曲恰逢其时地被唱起,再次强调了"三十六座坟茔"的内在意象。我们个个都在放声高唱,脸上带着笑,眼中含着泪。大家蓦然发现,徐怀中主任也在跟我们同声齐唱着,也在含泪微笑着……

入学晚会上这些极富仪式感的环节完全都是即兴而起,没有事先策划,也没有刻意安排,就那么水到渠成般地出现了。事后有人解读说,这是徐怀中和他的三十五个弟子之间"堪称默契的心灵共振"。

成为首届军艺文学系学员,最值得骄傲的事情之一就是 —— 二十世纪八十年代首都各高校的精英教授们,无论是泰斗级的还是新锐级的,我们都当过他们的学生;而遍布全国的许多著名作家与评论家,甚至是那些颇有争议的作家,都曾走进我们的课堂,用他们的学识开启我们,引导我们看见一个更大的世界。

而这一切,全在于徐怀中主任的个人魅力与极强的行动力。

外人很难想象,那些前来为我们授课的老师们,先是一个个地接到了徐怀中主任打去的电话,授课那天又是由徐怀中主任带车上门去接。那时节,徐怀中主任每天清晨六点早早地就出了门,然后赶在八点上课之前将授课老师送进我们文学系的教室里。

这是一种很大的能量和付出,除了徐怀中,很难再有第二人。

多年之后说起此事,徐怀中主任对采访他的记者说,把老师们送进课堂后我与学生们一起听课,我不是也受益嘛!那时只想着为学生们服务,乐此不疲,高兴得很!

其实不只是徐怀中老师乐此不疲,那些前来授课的老师们也都乐此不疲。有位北大教授曾在讲台上对我们感慨地说,我在北大中文系上课,每堂课丢下两个硬核内容就足够让听课的学生们两眼发亮了,但在你们军艺文学系,我得丢下五个以上,才能让你们听课时的表情生动起来!

时至今日我都觉得,这位来自北大的著名教授貌似是在夸我们,其实是很享受军艺课堂所给予他的那么一种滋味新鲜的施教成就感。

说到底,二十世纪八十年代中国文坛上最醒目的文风就是"八面来风",许许多多过去不曾知晓的思潮蜂拥而来,而我们的系主任徐怀中之所以费尽心力地为我们在整个文坛网罗授课老师,就是为了要让我们感受"八面来风",包括学会去跳交谊舞。

这一回,与徐怀中主任一起出现在课堂里的授课老师,是他美丽优雅的夫人。于增湘老师是总政歌舞团的专职舞蹈老师,她教过的学生全都亭亭玉立,舞姿绰约且青春年少,现在面对着一群胳膊腿儿都僵硬的大龄"舞盲",着实考验她的教学耐心。但见于老师神情笃定,从交谊舞的起源讲起,再讲到交谊舞的发展历史,一直讲到交谊舞的现状。当然更多的教学时长放在了动作要领的讲解方面,一招一式还都辅以标准的示范动作。看着于老师挺拔的身姿与优美的舞步,再加上她极富效果的讲解与鼓励,原先抱着胳膊一动不动的我们开始脚步轻移,开始肢体摇动,开始跃跃欲试了。快下课时我们惊喜地发现,自己竟然也能踩上乐点了!

这还不算完。几天之后,徐怀中主任让一辆大轿车把我们三十五个学员送到了一个非常正规的内部舞会上。大轿车驶近时,我瞪大了眼睛——我们要去的地方是一个外观敦实的石砌建筑,建筑门前耸立着两根巨大的方形石柱,徐怀中主任就站在左侧石柱前,手中握着满满一把舞会入场券!他伫立在寒风中等我们随他一起入场的情景,至今令我唏嘘不已……

"近者亲,远者也亲"

军艺读书期间的一个跨年夜,是在徐怀中主任家里度过的。那满满一大桌子美味佳肴,传达着浓浓的节日仪式感,为我们带来了家人式的新年祝福。我们这一大帮学员将他家所有的凳子椅子悉数坐满,又从邻居家里借来一些凳子,最终才得以全部落座。

那个新年家宴上的美味佳肴很多,于老师还时不时地从厨房里端出一些新菜,每每引出一阵咂舌与欢呼。我们这副饕餮之徒的样子似乎很让徐主任兴奋,到最后,他以剧透似的口吻告诉我们:"还有一个大菜,云南汽锅鸡!"

这下子,咂舌与欢呼更热烈了。却见于老师从厨房里走出来,满脸歉意地说:"原先是有这道菜的,后来因为忙,给忘掉了。"

其实我们早已酒足饭饱,但徐主任明显很过意不去的样子,仿佛亏欠了我们似的。

这样的场面略显尴尬,我灵机一动,脱口而出:"徐主任,咱这汽锅鸡是先务个虚吧?"

大家全都会意地笑了。

按说,徐怀中主任的职责是领导文学系的教学工作,但他花费时间最多的,却是对我们新作品的写作指导。那时的我们,若有新作品完成,会第一时间拿去请教他。记忆中,他有一个又大又厚的黑皮笔记本,里面写满了对我们新作品的价值评判与修改意见。在校期间我创作了中篇小说《又见黑山羊》,那是我第一次尝试着从人性的角度去刻画一位军队里的模范人物。好几万字的手稿上,被徐怀中主任仔仔细细地画了许多标记,当面谈稿时,又不厌其烦地向我列出所有的优劣之处。他一一指出我小说中哪一页上的哪个词句有哪里不贴切以及怎样的词句才贴切，还向我指出我小说中的那位政治部主任为什么会显得聚焦不准以及现实中的政治部主任通常会是什么样子的。

那个下午，我望着徐怀中主任和他那个装满了爱徒之心的黑皮笔记本，感动得不知该说些什么才好；而令人尊敬的徐主任，带着他那标志性的敦厚笑容，站起身来，拿着他的黑皮笔记本，又找他的下一个学生谈稿去了……

与学生们这样一对一地谈稿，是徐怀中主任的独门教授之方，没有了理论课上的泛泛而谈，每个知识点都直接作用于具体的作者与作品本身。这是我们首届文学系学员的大幸运，人人都因这种切实有效的引领而获得了成长。

成长最快的当数莫言同学。但见他很快便作品频出且佳作连连，国内各文学奖项一路斩获到手，直至拿下了诺贝尔文学奖。莫言在获诺奖后告诉世人："没有徐怀中就没有莫言。"

有关的报道很多，都说到了当初年轻的莫言拿着一篇名为《民间音乐》的短篇小说报考军艺文学系，是如何被徐怀中慧眼识珠的。《民间音乐》发表在一家不起眼的地区级刊物上。徐怀中主任曾课上课下不止一次对我们说过，《民间音乐》是非常好的一个短篇小说，假如我能及时看到，一定会为它争取当年的全国短篇小说奖。因此，当莫言很快写出新作品《透明的红萝卜》后，徐怀中主任立即张罗着为莫言召开作品讨论会。首都各路评论家因徐怀中的召集闻风而动，纷纷前来观赏在军艺文学系土壤里长出的那一根"透明的红萝卜"……

记得《透明的红萝卜》刚刚长大成形的时候，有个大风夜，我从操场跑步回来，看见莫言裹着棉衣顶着风沙站在文学系门口，说他正在等待徐主任来跟他谈稿。我知道他刚刚写出了一篇据说很牛的小说，但无论如何，这么个风沙夜，总不该让徐主任跑这一趟呀？！莫言解释说，是徐主任说风大天黑，而我对去他家的路不熟，还是他骑车来找我比较好。

莫言说这些话时神情怔怔的。我们都知道徐主任的心脏不大好。一个五十多岁心脏有病的老师，顶着风沙骑着单车赶夜路，只因为他的学生写出了一篇好小说，他迫不及待地要过来助上一臂之力！

生命中所有的好日子总是过得很快，转眼之间我们就要毕业了。这时，徐怀中主任开始操心起他这三十五个学生毕业后的去向问题。那是一番很费周折的安排，我们这些学员来自各大军区及二炮，徐主任希望他的每一位学生都能各得其所。由于宋国勋同学的牵线搭桥，我和另外三名同学的意愿是去八一电影制片厂就职。

按照教学大纲，最后一个学期的重头课程是"下生活，找创作素材"，待寒假过后，学员们各自直接前往"下生活"的点，不必再返校。寒假过半时，我在遥远的湘西大山里接到了一封来自军艺文学系的信，打开一看，竟然是徐怀中主任的亲笔信！徐主任叮嘱我，寒假过后暂不要去"下生活"，务必先回北京，说他已与八一厂有关领导联系好了，对方将安排我们与具体业务部门的人见面谈话。在信中，徐主任详细介绍了八一厂的电影文学部、军教片部、纪录片部的工作性质与任务，说这三个部门都要进新人，问我愿意去哪个，让我考虑好后速回信告诉他，以便他与八一厂方面做好沟通。

接信那天是我结婚四周年的日子，正与分居两地的丈夫在他服役的空军场站里团聚。丈夫说，这是送给咱们最好的纪念日礼物呢！

那个白天，身在湘西大山里的两个人，幸福得跟什么似的。

当然要立刻回信！于是展开信纸，先简单汇报了毕业作品的进度情况，然后明确表示，我只想去八一厂的文学部，我会为八一厂拍出更多的好电影而尽心尽力!

将信投进邮箱后,心头的风帆便高高地扬了起来,似乎当真走进了八一电影制片厂的大门,似乎那些令我敬仰的导演和演员们已经在向我走过来……

寒假一过,我们四个想去八一电影制片厂就职的同学几乎是同时赶回了文学系——他们每个人都接到了与我同样内容的来自徐怀中主任的亲笔信!

"近者亲,远者也亲。"张俊南同学对徐怀中主任的这一赠言经典至极,短短几字却胜似千言万语。

那赠言写在一块空白的油画布中。毕业晚会上,众老师与众学员人手一块,彼此间写上一句赠言以作毕业纪念。在我的那块油画布上,徐怀中主任亲笔写下的赠言是:"希望你永远站在白云里向世界微笑"。

我知道这赠言的来路取自我的军艺考学作品《白云的笑容,和从前一样》,但我从中读出了徐怀中老师对我未来创作的期盼所在,诸如站位,诸如视野,诸如文风……

我一定是被徐怀中老师的那句赠言给一锤定了音!不然的话,为什么我后来的创作越来越迥异于大多数女性作家惯常的写身边人与事的路数,且直到今天都乐此不疲呢?

当那部全景式地表现地震灾难的长篇小说《大断裂》出版后,《解放军报》评论版的记者前来采写我,我两只眼睛一眨都不眨地对他说,我的路数就是"在宏大叙事中听闻浅吟低唱";后来我又写出了表现中国地产经济中各方力量大博弈的长篇悬疑小说《地产魅影》;而我刚刚出版的长篇悬疑小说《气候幽影》,则将视野投向了全球气候变化以及中美关系,花费十年时间就这一国际重大话题发了个声……

有关始祖鸟蛋的那些事儿

那只始祖鸟蛋,我是在军艺文学系就读的第三个学期里看到它的。它来自遥远的侏罗纪时期,那么古老却那么光鲜,浑身上下青春得看不到一丝皱痕。它被存放在一位故宫老人幽暗的书房里,身子下面垫着一小块样式古旧的丝绒布。看到它的第一眼我就被震慑住了。始祖鸟早已在地球上绝迹了一亿多万年,如今世界上仅存有三枚始祖鸟蛋,而我有幸看到了其中的一枚,而且是存放得最为私密的那一枚,这样的相遇绝对不会是无缘无故的!

几个月后,在天寒地冻的寒假里,在远离京城的湘西大山里,对那枚始祖鸟蛋的魂牵梦萦,让我写出了短篇小说《始祖鸟蛋》。

新学年到了,刚返校,我立刻拿着《始祖鸟蛋》去见朱向前同学。彼时的朱向前,已正式入行文学评论,报刊上若再出现他的名字,其身份不再是作家,而是评论家。从他那里近水楼台地得到一些来自评论家的忠告,就是我那天的"小九九"。我屏息站立一旁,看他一行行地读着我的新小说,觉得自己很像是在"立等可取"。

其实我是在惴惴不安。《始祖鸟蛋》迥异于我的创作风格,我想改变一下自己,可又担心这种改变会让自己落入滑稽可笑的地步。好不容易挨到他读完了,他抬起眼睛对我说:嗯,开篇第一句就很有味道,大有一种要去拿全国短篇小说奖的劲头!

一颗提着的心这才放了下来。然后,朱向前问我是在哪里见过始祖鸟蛋的,又提了一些修改建议,我满心欢喜地接受下来,飞快跑回宿舍改稿去了。

不久,《青年文学》发表了我的《始祖鸟蛋》。年底,《始祖鸟蛋》

获得了当年的"青年文学奖"。奖品是一个陶土制作的脸谱面具，那斑斓的色彩与夸张的造型都极有寓意，至今被我挂在家中垭口的正上方，以作门神之用。

后来不断听到有人用赞赏的语气说到我的《始祖鸟蛋》。曾经有一次，我在作协大楼的电梯里邂逅了一位早闻其名却从未谋过面的著名评论家，同行者将我与他互相做了介绍。当我崇拜地睁大眼睛望向他时，他却以疑惑的眼神打量着我的一身军装说："你就是那个写《始祖鸟蛋》的刘宏伟？！"

大名鼎鼎的评论家肯定是觉得，我的外在与我的小说所传达出的感觉极不匹配，似乎站在他面前的我，是个假冒的刘宏伟。

军艺毕业后，我如愿以偿地走进了八一电影制片厂文学部担任电影文学剧本的责任编辑。既然曾经信誓旦旦过，便一直对本职工作不敢掉以轻心，每年都花不少时间到全国各地去组稿，很少坐在办公室里。有次我从南京军区组稿回来，见办公桌上放着一封寄自总政文化部的信，拆开一看，是徐怀中老师写来的！徐老师说上海文艺出版社要出版一本由作家、评论家、编辑家推荐的当年全国优秀短篇小说集，而作为推荐者，他选了我的短篇小说《始祖鸟蛋》。徐老师说他打电话找不到我，便写了这封信，叮嘱我见信后务必尽快给人家寄去一份小传和一张近照。

我惊愕复惊叹。此时的徐怀中，位居总政文化部部长，领导着全军的文化艺术工作，脑子里和案头上都有数不尽的事务需要处理，却为了我的一个短篇小说又是打电话又是写信，费心劳神，仅仅因为他是我的老师，而他打算将老师这个身份持续下去……

《一九八六年全国优秀短篇小说集》如约出版了。当出版社寄来赠书时，我再一次被震惊了：在我的短篇小说《始祖鸟蛋》前面，带有一篇评论文章《刘宏伟小说的蜕变》，署名竟然是"徐怀中"！

  那个下午，我眼含热泪一个字一个字地读着那篇专门为我写的文学评论，只觉得天地间无比广阔。在那个崇尚文学的年代里，这是我的老师徐怀中给予一位学生的最珍贵的礼物。

  尤为可贵的是，这一切都是在我完全不知情的状况下按部就班地运行着的，就如同山林间的一条溪水，不需要刻意费神地去筑堤垒坝，也不需要算计着如何开凿河床，一切都依着河道原本的阵势，自然而然地流淌着。这是一种温润而纯粹的提携，是一次真挚到骨子里的课堂激励 —— 喂，这位同学，老师知道你还可以写得更好！

  此情此状，在当今的中国文坛罕见，说出去都没人信……

  细细想来，这又何尝不是另一种形态的始祖鸟蛋呢？！

  我们被徐怀中老师带领着，将生命化作一只鹰，在一片叫作文学的天空中恣意飞翔，这样的岁月，很值得！

（原载《解放军文艺》2023年第3期）

新鲜风景与故人山河

—— 纪念孙犁诞辰110周年

张 莉

"别开生面"

1936年，二十三岁的孙犁离开家乡安平，在安新县同口镇教书一年，虽然只在那里生活了短短的一年，但白洋淀的生活让他难以忘怀。1939年，在太行山深处的行军途中，孙犁将白洋淀记忆诉至笔端，写成长篇叙事诗《白洋淀之曲》。诗的故事发生在白洋淀，女主人公叫"菱姑"，丈夫则叫"水生"。他们和《荷花淀》中的年轻夫妻一样恩爱，但命运不同。在这首诗中，水生牺牲了，菱姑丧夫后拿起了枪："热恋活的水生/菱姑贪馋着战斗/枪一响/她的眼睛就又恢复了光亮"。《白洋淀之曲》写得并不成功，只能说是孙犁对白洋淀生活的尝试写作。那一年，孙犁二十六岁。他热情洋溢，但文笔青涩。——白洋淀的生活如此刻骨铭心，可是，怎样用最恰切的艺术手法表现？此时年轻的孙犁还未做好准备。

孙犁重写白洋淀故事，是在延安。1944年，孙犁来到延安工作，他听说了故乡人民经历了空前残酷的"五一大扫荡"。1945年，他遇到了来自白洋淀的老乡。他们向孙犁讲起了水上雁翎队利用苇塘荷淀打击日寇的战斗故事，孙犁的记忆再次活起来。多年后，孙犁回忆起当年听到老乡讲故事的心情："我离开家乡、父母、妻子，已经八年了。我很想念他们，也很想念冀中。打败日本帝国主义的信心是坚定的，但很难预料哪年哪月，才能重返故乡。""《荷花淀》等篇，是我在延安时的思乡之情，思亲之情的流露，感情色彩多于现实色彩"。因为雁翎队队员们的讲述，也因为孙犁本人对家人的思念，孙犁连夜写下短篇小说《荷花淀》。

《荷花淀》中的人物依然叫"水生"，故事依然发生在白洋淀，依然有夫妻情深和女人学习打枪的情节，但小说的语言、立意、风格和早期的《白洋淀之曲》迥然相异。题目"白洋淀之曲"改成了"荷花淀"，用"荷花淀"来称呼"白洋淀"显然更鲜活灵动，读者们似乎马上就能想到那荷花盛开的图景——这个题目是讲究的，借助汉字的象形特征为读者提供了想象空间。《白洋淀之曲》中死去的水生在《荷花淀》里活了下来。故事情节的重大改动是否因为他对妻子与家人的挂念，是否因为他渴望传达一种乐观而积极的情绪？

完成《荷花淀》那年，孙犁刚刚三十二岁。哪一位丈夫愿意打仗，哪一位妻子希望生离死别？但是，当战火烧到家门口时，他们不得不战。当作家想到远方的妻子儿女，想到家乡人民时，他要怎样书写生活本身的残酷？没有人知道战争哪一天结束，这位小说家/年轻的丈夫唯一能做的就是在纸上建设他的故乡、挂牵和祝愿。于是，小说家选择让水生成为永远勇敢的战士，而水生嫂，则可以在文字中享受属于她的安宁和幸福，哪怕，这幸福只是片刻。

时任延安《解放日报》副刊编辑的方纪后来回忆说，读到《荷花淀》的原稿时，他差不多跳起来，"大家把它看成一个将要产生好作品的信号。"谈到孙犁作品给延安读者带来的惊喜时，他多次使用了"新鲜"："那正是延安文艺座谈会以后，又经过整风，不少人下去了，开始写新人——这是一个转折点；但多半还用的是旧方法……这就使《荷花淀》无论从题材的新鲜，语言的新鲜，和表现方法的新鲜上，在当时的创作中显得别开生面。"把《荷花淀》视作孙犁创作生涯的分水岭是恰当的，此前，他是作为战地记者和文学工作者的孙犁；此后，他是当代中国独具风格的小说家。

1945年5月，《荷花淀》先在延安《解放日报》首发；紧跟着，重庆的《新华日报》转载；各解放区报纸转载；新华书店出版单行本；香港的书店出版时，还对"新起的"作家孙犁进行了隆重介绍。——这篇不仅写给自己，也写给亲人、写给"理想读者"的小说有如长出了有力的"翅膀"，安慰着战乱时代离乡背井的人们，也安慰着那些为了和平不得不战的战士们。而尤其令人心生喜悦的是，《荷花淀》发表三个月后，1945年8月15日，日本军队宣布投降，水生和水生嫂们对安宁日常生活的愿望终于不再是愿望。自此，中国文学的版图上，有了名为"白洋淀"的文学故乡，自此，那里成为新的"中国风景"。

冀中新景

《白洋淀纪事》是孙犁影响广泛的一部作品集，收录了他从1940年到1948年间的小说散文及纪实性作品共计26万字，先后在1958年、

1962年出版过两个版本,到1964年,印刷了六次共计18万册。今日重读,有许多角度可以讨论《白洋淀纪事》的魅力。但无论从哪个角度,你都不得不承认,孙犁以《白洋淀纪事》构建了一种新的中国文学风景。在孙犁笔下,冀中平原的自然、风光与人民相互映照,成了中国文学史的标志性所在。

《白洋淀纪事》勾勒了冀中平原四季风光,生动、真切,有如临其境之感。春天来了,"春天过早挑动了小桃树,小桃树的嫩皮已经发紫,有一层绿色的水浆,在枝脉里流动。"(《正月》)"太阳照着前面一片盛开的鲜红的桃树林,四周围是没有边际的轻轻波动着就要挺出穗头的麦苗地。"(《游击区生活一星期》)"这一带沙滩,每到春天,经常刮那大黄风,刮起来,天昏地暗人发愁。现在大雨过后,天晴日出,平原上清新好看极了。"(《光荣》)到了夏天,"滹沱河在山里受着约束,昼夜不停地号叫,到平原,就今年向南一滚,明年往北一冲,自由自在地奔流。河两岸的居民,年年受害,就南北打起堤来,两条堤中间全是河滩荒地,到了五六月间,河里没水,河滩上长起一层水柳、红荆和深深的芦草。"(《光荣》)秋天,"满天满地霜雪,草垛上、树枝上全挂满了。树枝垂下来,霜花沙沙地飘落。河滩里白茫茫什么也看不见。"(《正月》)到了冬天,"村里村外,只有些小小的莜麦秸垛,盖着厚雪。街道上,担水滴落,结了一层冰。全村只有一棵歪把的老树,但遍山坡长着那么一丛丛带刺的小树,在冰天雪地,满挂着累累的、鲜艳欲滴的红色颗粒。"(《蒿儿梁》)

孙犁所使用的词语是家常的,他喜欢用逗号和句号,句子短而凝练,有一种奇妙的音乐性和节奏感。所写当然是自然风光,但在书写自然时,他有意写下明亮之色,厚雪与结冰的世界里,突然看到一丛丛累累的红色果实;大黄风之后紧接着是大雨过后天晴日出,即便是陈述所见，但风景并不给人荒芜、孤独之感。在他的笔下，风景从不只是自然风景，风景里包含了平原上农民们的耕耘与劳作。"田野里，大道小道上全是忙着去种地的人，像是一盘子好看的走马灯。"（《"藏"》）"常常发水，柴禾很缺，这一带的男女青年孩子们，一到这个时候，就在炎炎的热天，背上一个草筐，拿上一把镰刀，散在河滩上，在日光草影里，割那长长的芦草，一低一仰，像一群群放牧的牛羊。"（《光荣》）

"要问白洋淀有多少苇地？不知道。每年出多少苇子？不知道。只晓得，每年芦花飘飞苇叶黄的时候，全淀的芦苇收割，垛起垛来，在白洋淀周围的广场上，就成了一条苇子的长城。女人们，在场里院里编着席。编成了多少席？六月里，淀水涨满，有无数的船只，运输银白雪亮的席子出口，不久，各地的城市村庄，就全有了花纹又密、又精致的席子用了。大家争着买：'好席子，白洋淀席！'"（《白洋淀》）

劳作的人与自然在一起，构成了冀中平原上的最为日常的乡土生活。他写人如何在自然面前生存，同时也写人如何创造环境。战争对日常风景进行了破坏，大地上突然出现了炮楼，像"阔气的和尚坟"，"再看看周围的景色，心里想这算是个什么点缀哩！这是和自己心爱的美丽的孩子，突然在三岁的时候，生了一次天花一样，叫人一看见就难过的事。"战争对生活进行了摧毁，"自从敌人在白洋淀修起炮楼，安上据点，抢光白洋淀的粮食和人民赖以活命的苇，破坏一切治渔的工具，杀吃了鹅鸭和鱼鹰；很快，白洋淀的人民就无以为生，鱼米之乡，变成了饿殍世界。"（《采蒲台》）"生活史上的大创伤是敌人，在炮楼'戳'着的时候，提起来，她们就黯然失色，连说不能提了，不能提了。那个时候，是'掘地梨'的时候，是端村街上一天就要饿死十几条人命的时候。"（《织席记》）他写炮声就在不远处，"东西北三面都有了炮声,渐渐东南面和西南面也响起炮来,证明敌人已经打过去了。"甚至,炮声来到了家门口,"当大娘正要转身回到屋里的时候,在河南边响起一梭机枪,这是一个信号,平原上的一次残酷战斗开始了。"(《正月》)但是,乡村并没有被真正摧毁,人们拿起了枪,"这一村的自卫队往大场院里跑步,那一村也听到了清脆的口令。"

《白洋淀纪事》里,孙犁将笔触延伸到战争年代的"毛细血管",写下战争对每个人、每个家庭的毁灭,更写下冀中村庄的勇气和反抗。当然,尽管站在百姓角度感同身受,但是,他毕竟不是农民,而是革命干部,他有作为革命者的自觉。事实上,《白洋淀纪事》里的叙述人,是一位渴望改造世界、对未来有着必胜信念的写作者。于是,从他的自然风景里,你能清晰听到一位革命作家的声音,意识到小说里的风景某种意义上是革命者的心理映射。"在外面的大地里,风还是吹着,太阳还是照着,豆花谢了结了实,瓜儿熟了落了蒂,人们还在受着苦难,在田野里进行着斗争。"(《"藏"》)"许多高房,大的祠堂,全拆毁修了炮楼,幼时记忆里的几块大坟地,高大的杨树和柏树,也砍伐光了,坟墓暴露出来,显得特别荒凉。但是,村庄里的血液,人民的心却壮大起来了,一种平原上特有的勃勃生气,更是强烈扑人。"(《嘱咐》)

这样的视角和眼光,带着改造和建设一种新世界的信念,也影响了其所见。风物常常是希望的隐喻:"太阳刚刚升出地面。太阳一升出地面,平原就在同一个时刻,承受了它的光辉。太阳光像流水一样,从麦田、逍沟、村和树木的身上流过。这一村的雄鸡接着那一村的雄鸡歌唱。""我望一望那明亮的三星,很像一张木犁,它长年在天空游动,密密层层的星星,很像是它翻起的土花、播散的种子。"雄鸡,星星,翻起的土花和播散的种子,都来自一位战士的心灵风景,是主观化的自然。在这里,贫穷是暂时的,饥饿是暂时的,恐惧也是暂时的,信念感在每个人心中。对必胜信念的确认与确信,成为《白洋淀纪事》一书的灵魂,也是打动万千读者的隐秘动因。

战争、自然、人与时代如何在孙犁笔下构成风景? 以《荷花淀》里的故事为例:"后面大船来的飞快。那明明白白是鬼子! 这几个青年妇女咬紧牙制止住心跳,摇橹的手并没有慌,水在两旁大声哗哗,哗哗,哗哗哗!"与之前轻划着船"哗,哗,哗"不同,鬼子来之后,"水在两旁大声哗哗,哗哗,哗哗哗!""哗"已经不再只是象声词,它还是情感和动作,是紧张的气氛,是"命悬一线":

"往荷花淀里摇! 那里水浅,大船过不去。"
她们奔着那不知道有几亩大小的荷花淀去,那一望无边际的密密层层的大荷叶,迎着阳光舒展开,就像铜墙铁壁一样。粉色荷花箭高高地挺出来,是监视白洋淀的哨兵吧!

"铜墙铁壁"和"哨兵"是比喻,但也是所处风景的态度。荷花荷叶和人一样,都是有生命、有气节的,成为作品中不可缺少的角色。——孙犁笔下的风景是心灵风景。景色当然是真实的存在,更是白洋淀人民不屈意志的投射。"一切景语皆情语",他要写下的是反抗的决心,胜利的决心。

"所谓风景,乃是一种认识性的装置。"柄谷行人说。这句话用在孙犁小说的风景上也是合适的。《荷花淀》的色调是明朗和乐观的,那是作家对战争前景认识。而这种认识早已渗透在他血液里。早在1939年《论通讯员及通讯写作诸问题》中,他就谈起过一种必胜的信念。"我们可以写我们要胜利,因为我们一定能胜利。""我们的通讯里,应当流露着乐观，兴奋，顶多是悲壮；因为实际上是这样的。""要使自己感觉到并训练为一个民族解放斗争火焰之发动者。"从青年到晚年，这是孙犁不断重申的写作职责："我的职责，就是如实而又高昂浓重地把这种感情渲染出来。"但这样的职责并不意味着某种高蹈。孙犁作品之所以深入人心，成为解放区文学的优秀代表，在于作家"所见者大"而"所记者实"，而着墨于细微，在于他朴素、日常、切实的美学观。即使他深知要用高昂、渲染的笔墨，但落在笔端时，他依然从"小"着眼，写身边所见之人，所见风物。于是，枣树，野花，桃树，荷花，苇子地，呼呼的从远方刮来的风构成了冀中平原富有生命力的大自然之景，既是故事的发生地，也与主人公的命运和精神、情感相互交织。正是他笔下这些真切的花草、真切的天地、真切的人事，最终构成了他魂牵梦萦的土地和家园，构成了他终生热爱的"中国的幅员"。

写作时的孙犁，将"自我"完全浸入了革命战士的角色之中。作为抒情者，他与作为革命战士的"自我"和后方百姓的"自我"融为一体。正如研究者们都认识到的，《荷花淀》之所以拥有如此多的读者，在于它在壮烈的抗日故事里含有迷人的柔软的情感内核，即夫妻之情，天伦之乐。与其说《荷花淀》是一个故事，不如说是孙犁以小说形式写就的一封充满思念之情的家书，这封信里有着一位丈夫/战士最深沉的情感。

新现实与新人

"不应该把所谓'美'的东西，从现实生活的长卷里割裂出来。即使是'风景画'吧，也应该是和现实生活、现实斗争，作者的思想感情，紧紧联系在一起。"一次，谈到风景画时，孙犁这样说。这样的"不割裂",也贯穿在他的作品里,他之所以构建了新的风景,就在于这个新风景里有新的现实与新的人,在他的作品里,人物和时代长在了一起,从而他才能为那个时代画下新的风景。早在1941年创作《文艺学习》时,孙犁就敏感地意识到,作为一位作家,要意识到自己将面对一种迥异于传统中国的"新的现实"。要看到新的人,也要意识到人和人之间新的关系;要看到社会风俗习惯的改变,伦理道德观念的改变;要看到新环境和新景物,也要听到了新的语言和词汇。所以,一位优秀作家,要用笔记下,用笔画下,要用笔刻下时代的"复杂的生活变化的过程"。《荷花淀》里出现的少年夫妇,《白洋淀纪事》中美好的少女和正派善良的老人们,其实都是孙犁所理解的新人。尤其是他看到了那些作为文学风景的女性形象,她们早已被无数研究者反复讨论。事实上,孙犁也坦言:"我在写她们的时候,用的多是彩笔,热情地把她们推向阳光照射之下,春风吹拂之中。"

水生嫂们成为孙犁笔下新风景的重要构成——她们与以往小说中围着锅台转的、呆板而麻木的农村妇女迥然不同。她们怎么可能只是柔弱的被保护对象,怎么可能是只会干家务?孙犁笔下,她们开朗、明媚、乐观,有胆识,也有承担。"她们轻轻划着船,船两边的水哗,哗,哗。顺手从水里捞上一棵菱角来,菱角还很嫩很小,乳白色。……后面大船来的飞快。那明明白白是鬼子!这几个青年妇女咬紧牙制止住心跳,摇橹的手并没有慌,水在两旁大声哗哗,哗哗,哗哗哗!"——每一位读者都能在小说中听到她们爽朗的笑声,感受到她们的力量,而就在水生们去抗日的那年秋季,"她们学会了射击。冬天,打冰夹鱼的时候,她们一个个蹲在流星一样的河床上,来回警戒。敌人围剿那百顷大苇塘的时候,她们配合子弟兵作战,出入在那芦苇的海里。"这是能独当一面的女性,她们和男人一样有责任感,是时代的新生力量。

孙犁以一种有情的目光打量着这些农村女性,他凝望她们,目光中充满了赞赏和疼惜。要写下她们的善良、勤劳、爽快。一如浅花,"这个女人,好说好笑,说起话来象小车轴上新抹了油,转的快叫的又好听,这个女人,嘴快脚快手快,织织纺纺全能行,地里活赛过一个好长工。她纺线,纺车象疯了似的转;她织布,挺拍乱响,梭飞的象流星;她做饭,切菜刀案板一齐响。走起路来两只手甩起,象扫过平原的一股小旋风。"还有那位硬朗的大娘,也是如此令人难忘,"大娘受苦,可是个结实人,快乐人,两只大脚板,走在路上,好象不着地,千斤的重担,并没有能把她压倒。快六十了,牙口很齐全,硬饼子小葱,一咬就两断,在人面前还好吃个炒豆什么的。不管十冬腊月,只要有太阳,她就把纺车搬到院里纺线,和那些十几岁的女孩子们,很能说笑到一处。她到底赶上了好年头,冀中区从打日本那天起,就举起了革命的红旗!"(《正月》)

她们是"别开生面"的人物形象,这些女性农民形象在以往的文学作品里几乎是被视而不见的,现在,她们来到了他的笔下。我们得以看到新时代里她们的生活。环境塑造着她们,她们也改造着环境。她们就这样与新的环境互相映照着,呼应着。不是谁的妻子,不是谁的女儿,她们在逐渐长成她们自己,这是解放区女性身上所发生的重要变化,被孙犁捕捉到了。比如吴召儿,她在险峻的风光里成长,但是却有着战胜险峻的勇气。她勇敢美好得如有精灵。"吴召儿笑着,一转眼的工夫,她已经把棉袄翻过来。棉袄是白里子,这样一来,她就活像一只逃散的黑头的小白山羊了。一只聪明的、热情的、勇敢的小白山羊啊!她登在乱石尖上跳跃着前进。那翻在里面的红棉袄,还不断被风吹卷,像从她的身上撒出的一朵朵的火花,落在她的身后。当我们集合起来,从后山上跑下,来不及脱鞋袜,就跳入山下那条激荡

的大河的时候,听到了吴召儿在山前连续投击的手榴弹爆炸的声音。"(《吴召儿》)

谁能忘记《铁木前传》呢？那里的现实带给读者新的惊喜。这是新中国成立之后孙犁写下的代表作。他写下铁匠傅老刚和木匠黎老东的友谊与疏远,也写下许多年轻人的精神面貌,写下钻井队到来的新变化,写下社会变革对人与人之间关系的巨大影响。儿时定亲的九儿和六儿的情感也因时代巨变发生了改变,女青年九儿发现,爱情的结合,和童年的玩伴意义不同,"爱情,可以在庄严的工作里形成,也可以在童年式的嬉笑里形成。那分别就像有的花可以开在风平浪静的水面上,有的花却可以开在山顶的岩石上,它深深地坚韧地扎根在土壤里,忍耐得过干旱,并经受得起风雨。"九儿没有陷在情感的旋涡里,她看到了更广大的天地和世界。

《铁木前传》写的是时代,其中有时代的影子,但更多的是人的处境,人的艰难和人的欢乐。那个小满儿,今天看起来也依然那么可爱！我们看到她一个人走到路上,"她忽然觉得很难过,一个人掩着脸,啼哭起来。在这一刻,她了解自己,可怜自己,也痛恨自己。她明白自己的身世：她是没有亲人的,她是要自己走路的。过去的路,是走错了吧？"我们听到她对那位干部说："你了解人不能像看画儿一样,只是坐在这里。短时间也是不行的。有些人,他们可以装扮起来,可以在你的面前说得很好听；有些人,他就什么也可以不讲,听候你来主观的判断。"——孙犁带领我们看到了小满身上的弱点和缺陷,看到她性格上的冲突,但并不试着擦去、抹平。他的作品忠直地保留着那个时代人身上的不和谐。他记下那些性格冲突的人物,这些人物使我们感受到爱、恨、怀疑、惊讶、忧伤、不安,还有难以名状的同情。这些人物带给我们新异和刺激。这些人物的诞生,使人们注意到,孙犁笔下，有多种多样的女性，她们身上潜藏着人之所以是人的复杂性。

《铁木前传》是明朗的，明亮的，带有一点点忧伤的气息。这部深具浓郁诗意气质的小说在《人民文学》发表后引起广泛影响，也被后代读者传诵至今。即使历史条件已经变迁，那热火朝天的气象，人与人之间的真挚情谊，青年人之间的情愫暗生依然有着穿越时光的魅力。我们能跨越时空和他们相遇，我们能从这些文字里辨认出每个人的痛苦和热爱，以及悲喜。

孙犁在历史特殊时刻，总能准确感应并描绘出大变革时代普通人民的心理期许。那属于一位革命作家的敏锐。无论是在《白洋淀纪事》还是《铁木前传》，他的小说内在里有一个怀抱美好期待的抒情主人公形象，他渴望以自己的方式和他的时代同频共振，他渴望以个人声音写出一代人的心之所向。换言之，孙犁作品里有专注于情感抒发的"个我"，他所要表达的情感是发自内心的；与此同时，这个"个我"也是一个"公我"，他的声音同时又是广大中国人民的心之所愿。"个我"与"公我"情感与价值取向的高度契合是优秀革命抒情作品成功的关键，也是孙犁作品历久弥新的原因所在。

故人山河

我喜欢孙犁年轻的那张革命青年的照片，羞涩诚恳，朝气蓬勃，那时候，这位青年响应时代的召唤，投入抗日的大潮中去；当然，我也喜欢晚年的他在书桌前面对窗外沉思的那张。与前一张相比，后者场景日常而普通，可是，在那平静的面容之下，却埋藏着一颗终生致力于自我完善、自我守持的心灵。——孙犁经历了那么多世事沧桑，他是从枪林弹雨中摸爬滚打活下来的人。他从那里走过，并不让黑暗和丑恶沾染他。这位写作者自然看到了世间的灰暗，人性中的晦暗，但是，不让自己与它们同流。世界和人的关系到底应该是怎样的？这是孙犁在作品中一直渴望探索的。"但愿人间有欢笑，不愿人间有哭声"是他的文学愿景。——看惯了生离死别与鲜血淋漓，最终这位作家希望在文字中展现世界的"应然"，展现世界应该有的样子，人应该有的样子。

所以，要记下所遇到的那些珍贵的人，那些故人与山河，那位穿着鲜红衣服的有着爽朗笑声的姑娘，那田间地头间顶着破帽子的农人们的脸，那辽阔无垠的大淀里突然出现的渺茫的歌声……冀中庄稼的样子，平原上曲曲折折的小路，路边盛开的杏花和梨花，青水与黄土，田野上呼呼刮过的风，都是美，都是值得人间馈赠，都最终变成了他笔下的好风致。

抒情性是孙犁作品的重要特质。这一特质也使他的写作进入了中国抒情传统的脉络里。写作之于孙犁而言其实是抒发自己对世界的深厚情感。不过，在晚年，他的作品风格开始发生变化。《芸斋小说》里的他，冷静而几近客观，与当时流行的"伤痕文学"风格并不相近。对"恶"的描写，并不单纯地呈现，而是进行艺术性的处理，其中蕴含了作家的思考和对人性的审视。谈到《芸斋小说》的创作时，他说："我有洁癖，真正的恶人、坏人、小人，我还不愿写进我的作品。……一些人进入我的作品，虽然我批评或是讽刺了他的一些方面，我对他们仍然是有感情的，有时还是很依恋的，其中也包括我的亲友、家属和我自己。"《芸斋小说》里，他喜欢在每篇小说结尾处设置一段"芸斋主人曰"，以简洁的文字记录下对所见之人、所遇之事的感悟、感慨和思考。这与新笔记体小说的形式追求极为趋近。某种意义上，笔记体小说是他另外一种意义上的抒情写作。

写作对于晚年孙犁意味着什么？是一场漫长的疗愈。修复难以修复的情感伤口，治愈那些不吐不快的心结。他的叙述视点发生了位移。他开始记下那些深藏在记忆深处的故里乡亲。包括"乡里旧闻"在内的大量回忆性文字，构成了孙犁晚年散文的代表作。这些散文，少了亮色，多了微苦。此时，情感依然是他散文的内趋力，情感也依然有浓度，但那是被高度浓缩过的，更接近于一种情感的结晶体。篇幅不长，但字字句句都见情谊。他带我们看到那位叫"干巴"的穷苦人。"冬天，他就卖豆腐，在农村，这几乎可以不要什么本钱。秋天，他到地里拾些黑豆、黄豆，即使他在地头地脑偷一些，人们都知道他寒苦，也都睁一个眼，闭一个眼，不忍去说他。他把这些豆子，做成豆腐，每天早晨挑到街上，敲着梆子，顾客都是拿豆子来换，很快就卖光了。自己吃些豆腐渣，这个冬天，也就过去了。"（《干巴》）如果说，早期的写作里他喜欢使用彩笔，那么，在这些追怀旧时光的文字里，他更喜欢使用简笔，寥寥数语勾画出普通人的鲜活。

那位叫小杏的青年女性，长得俊俏，眉眼秀丽，但是，"小杏在二十几岁上，经历了这些生活感情上的走马灯似的动乱、打击，得了她母亲那样致命的疾病，不久就死了。她是这个小小村庄的一代风流人物。在烽烟炮火的激荡中，她几乎还没有来得及觉醒，她的花容月貌，就悄然消失，不会有人再想到她。"（《小杏》）他叹息她的离去，伤感她的生不逢时，写下遗憾和同情，以及同情的理解。但并不居高临下，他看到她生不逢时："贫苦无依的生活，在旧社会，只能给女孩子带来不幸。越长得好，其不幸的可能就越多。她们那幼小的心灵，先是向命运之神应战，但多数终归屈服于它。在绝望之余，她从一面小破镜中，看到了自己的容色，她现在能够仰仗的只有自己的青春。"（《小杏》）

旧社会村子里的那些穷苦人，可怜人，那些命运不济之人，他忘不了他们。他在纸上纪念这些人。穷困是外在的，他最终写下的是人们的活着、人们生命中曾经有过的光泽。在很多人的故事之后，他喜欢写上一句"祝他幸福"。那是浸润在文字中的深情厚谊。当然，还有他的家人。尤其是那篇令无数读者难忘的《亡人逸事》。他写下与妻子的第一眼相见，记下记忆中的点点滴滴。并没有直接抒发与妻子情感，但情感却贯穿在字里行间。尤其是结尾：

> 她对我们之间的恩爱，记忆很深。我在北平当小职员时，曾经买过两丈花布，直接寄至她家。临终之前，她还向我提起这一件小事，问道："你那时为什么把布寄到我娘家去啊？"
> 我说："为的是叫你做衣服方便呀！"
> 她闭上眼睛，久病的脸上，展现了一丝幸福的笑容。

时间虽然流逝，但场景却历久弥新。这是刻刀般的记述。同样给人鲜明记忆的，是《母亲的记忆》里那朵明艳而美丽的月季："抗日战争时，村庄附近，敌人安上了炮楼。一年春天，我从远处回来，不敢到家里去，绕到村边的场院小屋里。母亲听说了，高兴得不知给孩子什么好。家里有一棵月季，父亲养了一春天，刚开了一朵大花，她折下就给我送去。父亲很心痛，母亲笑着说：'我说为什么这朵花，早也不开，晚也不开，今天忽然开了呢，因为我的儿子回来，它要先给我报个信儿！'"（《母亲的记忆》）从古至今，写母子亲情的文字数不胜数，可是，将母子之间久别重逢的喜悦用月季来表达的，恐怕只有在孙犁笔下。以淡笔写浓情，孙犁将这样明亮的、喜气洋洋的母子情深永远镌刻在我们的散文名篇里。

读《乡里旧闻》，会看到世间众生。他的字里行间有沧桑孤寒之意，但清冷中有热闹，寂寞中有欢乐。很多人说孙犁的作品有清新之美，那自然是对的，但《乡里旧闻》里的清新是沧桑之后"本来"犹在的清新，是水流过乱石荒野之后的清澈凛冽。好似历经酷寒的山野里的风，包含着暖意，裹挟着质朴。人们都说晚年孙犁发生了重要的变化，的确如此，他的语言风格和审美都在改变，但内在里他有他的不变——他终生怀念冀中平原的风景和乡亲，挂牵那些贫苦和卑微的姐妹弟兄。某种意义上，孙犁将他的革命生涯、将他在中国幅员上的行走，最终浓缩成了独属于他的文学意义上的有情天地。

革命者的有情

孙犁有一篇关于契诃夫的评论，在他眼里，作为作家的契诃夫，"真正拥抱了他那国土上的全部事物，表现在他对人的美和善良的品格的发扬和维护，对于弱小的和不幸的抚养和同情。他常常为美丽的东西被丑恶的东西破坏而痛心，即使是一棵小小的花树，一只默默的水鸟或一处荒废了的田园"，某种意义上，这些评价用在孙犁身上也是合适的。

今天想到孙犁时，我们当然会想到清新、严肃、澄澈，也会想到沉郁。会想到中国文脉中的"无邪"。"无邪"是形容中国诗歌的——尽管孙犁并不是诗人，但是，他用中国诗一样的意境写出了好的作品。孙犁将现实主义写作美学、中国抒情传统与一种雅正的汉语之美结合在一起，在他那些最著名的篇什里，有属于中国美学的清新、留白与写意。

当然，想到孙犁，我们也会想到那永远的"荷花淀"：绿色的芦苇一望无际。如果是七八月间，你将看到荷花盛开，鲜明纯净，像梦一样。有渔船从水面上倏忽划过，半大孩子们一下子就跃进了水中。这是白洋淀最自然、最日常的风光，它们仿佛从大淀出现就一直在，一直这么过了那么多年。想当年，白洋淀里曾经有过许多抗战传说，但只是口耳相传。直到有一天，这些故事被孙犁写成小说，永远刻在纸上。

想来，真是没有比这更好的相遇了。——白洋淀风光滋养了这位作家的成长，这位作家也以自己独具一格的文字构建成了名为白洋淀的文学故乡。

（原载《人民文学》2023年第5期）

故乡的烙印

陈 彦

文学是什么？对于我，她是生活与阅读相互刺激、发酵的产物，是对过往生活储存的持续开发整理。无论走到哪里，我都会在一闪念或梦中，复现曾经生活与居住过的乡村、城市，有时半夜醒来，会突然发蒙，这是睡在什么地方？

我是一个一生更换过好多次故乡的人，命运注定是个行者。当我在西安以南的大山深处镇安县出生时，其实离县城还很远，那里许多人甚至一辈子都没进过城。我的出生地是松柏乡，那时叫松柏公社，父亲在那里当公务员。随后，父亲又调动到了红林、庙沟、余师、东风、柴坪等几个乡镇，我是从父母、亲戚和山民背上移来搬去的。那时觉得世界好大，今天看来，也都只是一二十公里的路程。我在那里获取了对大山的绝对概念和印象，至今描写起来似乎仍然近在咫尺。记忆中的山民，忠厚与善良不仅表现在宽阔的脊背上，更表现在木讷的脸庞与心肠里，你不需要设防，他就能把迷路的你，指引到山重水复的大路旁。如果说那是第一故乡，在我心头，其实还细细划分着松柏坳、老庵济、庙沟口、余师铺、冬瓜滩、柴家坪这些不容混淆的更小地标。十几年前，我又把这些地方走了一遍，许多老路已经不在，竹林茅舍、山间小溪也甚稀罕，更寻访不到了好多故旧，一打问，都说出去打工了。至今，我也常回去——因为父亲长眠在了那里——但已是匆匆过客。

后来我终于进了县城。那时进城的交通并不发达，很多次都是骑自行车"上县"。中途要翻一个高高的土地岭梁。自行车得顺小路驮到梁顶才能继续骑。遇见下雨下雪天，还需掏钱雇当地的"冰上走"往上扛。自己也得给脚上绑了"铁稳子"或草绳做爬行状。一旦折腾上梁，幸福的日子可就来了！那简直就是"一骑绝尘"般的野马脱缰。不过也有好几次，畅美得跌进排水沟里半天爬不起来。后来这条路越修越好，竟然只有四十八公里，而我那时常常是要骑大半天的，还不算栽进排水沟里揉胳膊揉腿、找鞋找钱包的时间。

县城生活恰恰是我最具青春朝气的时期。那时街上流行红裙子。男士们多穿喇叭裤，且长发飘飘，我都有具体操作实践。并且喇叭裤口不比别人小，扫进裤管的灰尘也不比别人少。飘飘长发永远深深埋藏着耳朵，手表却是要露出来的。即使知道太阳当顶是正午，也会不时抬起胳膊把表细看一二，那不是时间问题，而是"表现"问题。

小城那时才一万多人口，是聚集在一口大瓮一样的底部，瓮盖即蓝天。一条河流顺着山脚蛇入蛇出，形成了回水湾一样的弓背，街道、单位、住家户，就像点进沙窝的落花生，越生越多，地盘也越洇越大，有些端直就洇到坡上去了，又有了些山城风貌。老县志上说，清代乾隆年间有个从湖南来的知县叫聂涛，好不容易考中进士，却分到穷乡僻壤来做官，很是不乐意。全县当时一共才七百多户人家，满打满算四千张吃饭的嘴,还吃不饱,监狱的犯人却多得关不下。他就特别灰心地想回老家当乡绅去。他爹是个老中医,接到儿子颇有怨言的家书,及时从湖南把家眷给他送来,而且还一边帮老百姓看病,一边到牢房里给那些饥寒起盗心的囚徒把脉。同时也从中医理论角度帮儿子探索"知县"之道,说只要把这满当当的"监狱病"治得没人可关了,就算没白考一趟进士。官做多大是个够? 与老百姓一毛钱关系没有,再大顶啥? 聂涛由此在镇安一干八年,离任时,户口与人丁都成倍增长。监狱也"十室九空",都回去打猎、垦荒、筑路、养蚕、缫丝、吊酒、办学堂去了。随后,聂涛果然从山乡小县调到关中大县凤翔高就。那是苏东坡官场起步的地方。但他很快选择了"挂冠离去",他觉得此生能治好一小县足矣。这个故事,对家乡的人文影响颇大。老百姓也一成二百多年地念叨传唱。这是小城"史记"中最温暖励志的篇章。

我进县城时,全县已有二十七万人口,二百九十公里外的西安,是小城全部生活的风向标。有人从西安带回无尽的新潮玩意儿,包括新的生活方式,让小城心脏加速跳动起来。歌舞厅一夜之间开出三十多家。录像厅、镭射影厅里的武打枪战声穿街过巷、不舍昼夜。台球几乎街面上能放下一桌的地方,都仄仄斜斜摆满了。凡临街的墙面,一律掏空或凿洞,陈列出色彩斑驳的各种电器与时装。夜半总会被摔碎的啤酒瓶声惊醒,那是要延续到凌晨三四点的夜市在骚动。我印象最深的是这个县城的阅读活动和文学写作热潮,很多青年在无尽的文学杂志带动下,建立起了一个文学梦,并竞相书写起身边的变化来。也不知什么时候,这群人又随着社会大潮的新涌动,各奔前程,进西安、去深圳、下海南、包矿山、跑生意地分崩离析了。只有少数人坚持下来。我也由散文小说创作爱好转向编剧。随后,就以专业编剧的身份调进了西安。

我始终把镇安县城称为第二故乡。因为此前的六个乡镇，无论如何也只能打包成一个故乡了，虽然在我心中那仍是六个不同的小故乡。尤其在儿童和少年时期，那简直是魔方的六个面，哪一面都呈现出非常新奇与独特的"超大"样貌。今天看来，它们的确都十分靠色、相似、狭小，但对于当时的我，那就是"走州过县"的行万里路了。从地理上把那六小块"魔方"与县城拉近后，我又翻越秦岭，走进了十三朝古都西安。那时对西安的唯一了解，就是我姥爷是那个地方的人。姥爷生在西安郊区一个叫等驾坡的地方，西安周边类似等驾接驾护驾的地名很多。因家口太重，又逢战乱，十五岁时，姥爷即成游民，漫无目的地翻过秦岭，无意间"流窜"到了镇安县的柴家坪。幸喜他有商业头脑，发现这里街面上卖的小商品，比西安贵好几倍，有的甚至十几倍、几十倍，而山货又便宜得要命。他就弄了些兽皮、火纸、药材返回西安，换了仁丹、手电筒、发卡、顶针、五色线之类的"零末细碎"，折回柴家坪卖出。一来二往的，姥爷最后再过秦岭时，就能雇起八个"脚子（脚夫）"挑东西，还有扛鸟枪、拎铜锤吓唬土匪的护卫。做到全国解放时，家产已是柴家坪的半条街。后来公私合营，让姥爷做经理，他觉得自己没文化，不会开会，不会讲话，不会念报纸文件，就选择给公家做饭去了。倒是让全家都吃了商品粮。他一直安安生生生活到去世。那时他是柴家坪唯一的西安人。我进西安时，他已作古。每每翻越秦岭时，我都会想到姥爷雇的那八个"脚子"，据说他自己也是挑夫中的一个。难以想象，那时姥爷他们走一单趟需要半个月。而我进西安时，坐车只需八小时，下雨下雪天另讲。可现在，十八公里秦岭隧道一通，已经把镇安到西安的距离缩短到一小时了。

我在西安生活了近三十年，那是真正的第二故乡。但我心里还是把它定为第八故乡。因为，那六个儿时走过的乡镇，还有县城，是太刻骨铭心了。

西安之大,是因秦川八百里骤显阔绰疏放。我有幸住在古城墙下的端履门外,门里不远处,就兀立着两千多年前的大儒董仲舒墓。墓旁的街道叫下马陵,皇帝到此都得下马的。其余入城者,自是皆需整好衣帽,绑好鞋带,呈端方肃虔状。三十年,我始终就住在这个地方。从我家进到端履门,只有八分钟路程。一进门,迎面就是举世闻名的碑林博物馆。即使吃完午饭,溜达着去看几通碑刻,回去稍事休息,也能赶上下午班。如果要上城墙,进门左拐就是阶梯。上到顶端,从城垛豁口看内城,脚下是一千三百多年的唐槐数棵,根须裸露,瘦骨嶙峋,树冠却枝叶繁盛,那才是真正的大唐遗株,依然生命葳蕤,雄强向天。再朝远处瞧,古城就尽收眼底了。昔日的皇城,如今多是寻常百姓住,竹笆市、案板街、炭市街、五味什字,都曾是漫卷的烟火气。尤其是钟鼓楼旁的回民坊,日夜人潮涌动,那更是我常去吃羊肉泡的地方。羊肉泡是西安名吃,有时为抢到一个座位,会在人后站立许久,看人家细嚼慢咽,直到两腿相互转换重心数次,才能挨上半个臀尖。

从城墙朝南看,一眼就能瞟见我家窗户。再远,便可悠然见终南山了。那是一个充满了诗情画意的山脉。说到诗,我常常不是一下想到大唐长安的那些千古名流,而是想到一个叫陈学俊的今人,他是中国科学院院士,作为我国热能工程学科创始人之一,业余时间却爱写诗。我为创作一个舞台剧,曾在西安交大住了很长时间,数次拜访青年时代举家从上海"西迁"西安的陈院士。他们夫妻却更愿意给我吟诵自己创作的诗歌,每每让我这个晚辈坐着,他们站着朗诵,不时还配合以抒情动作。诗中充满了对故土与西部的眷恋。斯人已作古,诗情满长安!这座城市不知孕育催生了多少诗意的人文星斗,华灯初上时,你站在城墙上,仿佛还能听到或正在听到许多超强心脏的跳动声。当然，这里还夹杂着一种特别浑厚的声音，那就是城墙根下的古老秦腔。这是来自民间的腔调，大苦大悲、大欢大爱，它给这个城市铺上了厚厚一层普通生命的精神路基，让大小雁塔一样耸立的地标，似乎都有了坚实而可靠的沉雄底座。

故乡的牵挂是激情澎湃，也是愁肠百结、绵绵不绝的，更是剪不断理还乱的。在京城，常常一觉醒来，以为是睡在西安的老房里。而在西安，又常常梦见镇安和那六个乡镇的硬板床与土炕。前些年，回老家是常有的事，现在离得远了，已日渐不便。2021年清明节，我回去给父亲扫墓，算是最近一次回第一故乡。每次回去都能听到很多故事，它们是我创作素材的重要来源和补充。有喜兴的，也有揪心的，这次听到的就是一个很揪心的故事。我打听了好多年的玩伴牛娃子，突然有了消息。那是儿时的"铁杆"，但已死去十几年了。他是开拖拉机摔死的，为一家老小奔日子，拉一车山货，连人带拖拉机扭麻花一般扣到了沟底。他的生命定格在三十几岁，而他的音容笑貌在我心中终止于十一岁，后来再没见过。那时他上树、攀岩比猴子更利索。我是吃过他掏的鸟蛋，在青石板上煎成的蛋饼。家乡人为过上好日子，可是要比山外人多付出成倍甚至好几倍的代价，但他们依然在朝前奔突着。

故乡如果抽象地说，既是山川、风物，也是亲情、友情与祖宗的灵魂所在。总有人出走，到天下去闯荡，也总有人回来或固守。我大伯父的儿子就把祖坟守了一辈子。我祖爷爷是武昌战乱与发大水时，沿汉江而上，企图寻找"世外桃源"而来到了柴家坪。可柴家坪也不安定，他就又攀到对面一个叫上阳坡的酷似母亲怀抱的山洼地带安顿下来。由此繁衍生息，坡前坡后就都是了陈姓人家。我爷爷是读书人，做过柴家坪中心小学的校长，也自是要求儿女识文断字。我父亲和二伯父都给公家做事。大伯父文化程度最高，却选择了"耕读传家"。过年时，我见他给人写对联，红纸能铺满碾麦的大道场。他已作古，可他的长子已然"钉"在了上阳坡的老宅子里。我们都叫他大哥。大哥也识字，能读《水浒》《三国》和《七侠五义》。但职业却是犁地的犁匠。那把木犁我抚摸过，儿时也试着犁过，犁铧却扎不进土地的深处，总是让两头牛顺地皮拖得飞跑。而在大哥的手上，扶犁简直是一种享受，只单手握把，另一手执鞭，留下嘴跟牛说话。有时一面坡上就他和两头牛，却能说一天，像是骂，但更多的是指引与鼓励。大嫂子也是犁地的一把好手，大哥累了，她就接过犁把，把牛吆喝得麻利而顺溜。他们有个共同爱好：喝酒，喝自己吊的苞谷酒或甘蔗酒。度数不高，不上头，说很解乏。家乡有句俗语：早晨二盅，一天威风！他们不仅早上起来一人一壶，中午也是一人一壶，晚上回去还一人一壶。吵架不多，打架稀疏，一辈子过得还算和美。最痛苦的事，是大儿子出门挖矿挣钱，塌断了腰，后来到底去世，两口就越发地爱喝。有时还划拳、猜宝、打老虎杠子地喊几声。晚辈让到河边镇上去住，他们说太闹腾，就守在离祖坟一百多米远的地方，早出晚归地对牛弹琴歌唱。山前山后的土地，在他们的耕耘中，还始终保持着我儿时记忆中的生机。他们都已是七十多岁的人了，但仍能吃能喝能干，日子也殷实消停，灶头的腊肉吊着几百块，瓮里的自酿酒囤着上千斤。我总想，大哥才是故乡和土地的最忠实守望者。我们走得再远，大哥都像定盘星一样死死扎根在真正的故土上。我的文学也从这里生长起，并努力想在故乡以外有所收成，但根本还是想把那么多故乡的烙印，也可以说是时代与历史律动的微声，以发酵过的方式，传递给更广大的世界。

（选自《散文·海外版》2023年第5期，

原载2023年3月1日《光明日报》）

山影奔腾

张锐锋

巨大的山鹰从地上起飞,它有不可阻挡的力量,翅膀张开,尖利的鹰喙撕开了夜空,它的影子的轮廓线上被银辉包围,银辉好像来自它自身,实际上来自另一面大海的反光。一颗佛头露出了群山,他从高处俯瞰人世,却看不见他的面孔。他不是来自遥远的佛国,而是来自人间,来自巨石的阴影,同样是大海的反光,雕刻着他的形象,让他的暗影边沿镶嵌了一圈光晕。这里的每一座山都有着自己独特的样貌,都有着对人间的事物的暗指,有着大自然深邃的寓意。它们在夜晚的星空下排列,似乎呈现各自的灵魂。这些山峰奇特、奇异、奇绝,我们从它们的身边走过,石头铺筑的走道不断提醒人们要抬头仰望,仰望不断出现的身边的山的奇迹。

是的,它们一直保持着沉默,却用另一种声音发声,用另一种眼光审视世界。它们有着各种树木的喧哗,有着草木的沙沙沙的波动,有着星光下的晦暗不明的深沉,有着一种用巨大的形象组合起来的无边力量。天空被连峰分割，似乎群山不安于地上的生活，要用这样的幻象般的姿态从夜晚飞向白日，白日是灿烂的、明亮的、充满了斑斓的色彩，但现在的夜晚用深情挽留它们，用手牢牢地抓住了它们的脚踝，并用鲜花的香气诱惑它们，让这里的一座座山峰在这暗夜的香气中翩翩起舞。仔细观看它们的每一个舞姿，都带着地上的欢欣或忧伤，带着几千万年、几亿年前的痛苦的孕育中的彷徨，也带着最原始的大自然的巫术一样的有力扭动和自我祝愿。一切都在变化中生成，又在变化中成长。

山峰连着山峰，它们都不是笔直的，而是微微倾斜，这在夜色中尤其明显。这样的倾斜赋予了山峰以运动的姿态，它们都是奔跑者，从一个基座上向着自己的方向奔跑，而山脊线上的辉光将这样的动感进一步推向极致。它们有着同样的幽暗服饰，却有着完全不同的身姿。它们自动形成了一定的间隔，好像彼此为了同行而彼此靠拢，甚至在很多时候几座山峰的身影叠加在一起，我们只有从着身影的浓淡中分辨它们的层次，确认它们不是同一座山峰。山峰之间的间隙被夜空填充，它们共同构建了一个有界而无限的宇宙，类似于物理学家对宇宙的理解。因为山峰的形象，广袤的夜空也有了自己的形象，它不仅点燃无数的亮星，也用一弯残月装饰着黑暗，这样，一个完满辉煌的天穹完成了与大地山影的拼合对接。

它们完全是梦幻组合，奇特的夜景在可能与不可能之间，就像一幅构思精妙的木版画，没有豪华的彩色，却能够引发观赏者无限的遐思。它似乎违反我们的日常经验，颠覆了我们对山的认知，却在真实和虚幻之间建立起不朽的连接。它的层次错落和高峻挺拔，它的变化莫测和惊险陡峭，它的穹崖巨壑和奇峰飞扬，它的超绝大气和平地惊雷般的撼人心魄，它的高低比例中蕴含的视觉风暴和美学合理性，乃是出于大自然的精心缔造。它的非凡的哲学暗示和丰富寓意，它的对人世的俯瞰身姿，它的层层构筑的边沿光感，乃是人间圣者光辉的显耀。它的一切一切，消解了我们内心所有的主观判断和雄浑主题，却将所有可能的判断和宏巨的或微小的主题尽收其中。

这是古代书法家怀素曾来过的雁荡山，他是不是发现了自己的狂草原型？山势蜿蜒、山峰飞动、连峰奔呼、草木飞扬、飞瀑直下而雄奇、流水日夜喧哗、奇石旁逸横出，这不是他所追求的自由吗？这不是他所向往的狂放不羁吗？这是旅行家沈括曾来过的雁荡山，他发现了深藏不露的奇峰，发现了飞奔的河流，他发现了万山回应的自己的声音——雁荡经行云漠漠，龙湫宴坐雨蒙蒙，瞰望大海而背靠大地，山巅雁湖而芦苇丛生，诗人谢灵运不曾见过的奇山奇景，他看见了，谷中大水冲激而沙土尽去，唯有巨石岿然挺立，他的目光里，无论是大小龙湫，还是水帘初月，无论是水凿之穴还是高岩峭壁，都被深谷林莽遮蔽，古人不曾看见的，他看见了。他是一个真正的观赏大自然的美学家，是一个用双眼扫视大自然的伟大旅行家，一个在大自然中独享自由的人。有大自然的美景相伴，还有什么寂寞和孤独？还有什么惆怅和虚无感？

这是清代思想家黄宗羲曾来过的雁荡山。他思考土地和税赋，思考朝代的兴衰，思考经史和地理，思考圣人之说和人民的权利，也思考天文历算和教育，却在这里找到了置身于世外桃源的人生审美理想。盈天地皆心也，他也意识到大自然和人的心性之间联系。他写道——千峰瀑底挂残灯，雾障云封不计层。咒赞模糊昏课毕，乱敲铜钵迎归僧。他看着瀑布和残灯，云雾挡住了远眺的视线，晚间的佛课已经完毕，归去的僧众敲打着铜钵，这是一种怎样超然的生活！然而这样的生活不能代替世间的生活，真正的生活仍需要思考。但是在这样的环境中，人间的一切似乎变得遥远和渺茫，而大自然给予的启示录却将转化为人间的智慧和思想的源泉。

这是无数人来过的雁荡山。因为它意味着地球演化和漫长历史的在场。它包含着过去、现在和未来。中国近代文学家和翻译家林纾精于文辞，以文言文意译域外小说著称于世。他还是一位山水画家，其画作精细灵秀而美趣淋漓。他在《记雁宕三绝》中以一个画家的细腻观察记录了他眼中的雁荡山。他用自己熟悉的古色古香的言辞写下了雁荡山的惊险和雄浑，他笔下雁荡山乃是绝壁四合、天地纯绿的雁荡山，是空立而隆、危云积雨、行客惊骇、万竹梗道而不知所穷的雁荡山。是连云叠嶂、涧水寒碧、石亭久圮的雁荡山。而同样的景观在著名思想家和政治家康有为看来，则有另一番趣味。他毕竟有着更大的视野架构，先历数自己所见的印度的须弥山、美国的洛基山以及欧洲的比利牛斯山和阿尔卑斯山等山岳，然后将雁荡山放到了世界山景的坐标系中，以作比较认定。他的结论是——上则群峰峭壁，与青天白云相摩，目相接于奇石之色，丘壑之美，以吾足迹所到，全球无比，奚独中国也。而另一位著名学者、教育家蔡元培也得出了同样的结论——域中山岳之至奇者，尽于此矣！

1934年4月，黄炎培从天台经临海到海门，坐长途汽车行半小时到黄岩的路桥，又乘坐汽船经过两个多小时的行程抵达温岭的大溪，还要坐轿三个小时到乐清的大荆。他夜宿大荆，第二天经灵峰到灵岩寺，接着经马鞍岭观看大龙湫……他写下了一副对联：未必道可道，来寻山外山。这一对联说出了山与道的联系，也许没有道可以说出，但却可以找到山外山。因为山外有山的景象说出了变化和无穷，那么真正的道也在这变化和无穷之中。许多山看起来是相似的，但却有着各种不同的差别。没有完全一样的山，就像没有两片相同的树叶，甚至没有完全相同的两片雪花——有一本书中统计了两千四百多种雪花，但这也仅仅是一个更大数字中微不足道的一部分。当黄炎培用对联说出自己的感悟时，就已经告诉我们，宇宙的道也许就在我们眼前的山影中，尤其是雁荡山梦幻般的变化和静止、蜿蜒和精微、沉重与飘逸、风轻云淡和草木浩荡、单一和无穷、危石悬空和巧妙的平衡稳定，已经是道的显形。老子说水接近于道，而山又何尝不是道的化身？

对才华横溢的现代作家郁达夫来说，印象最深的乃是雁荡山的秋月——海水似的月光，月光下只是同神话中的巨人似的石壁，天色苍苍，只余一线，四周岑寂，远远地也听得见些断续的人声。奇异，神秘，幽寂，诡怪，当时的一种感觉，我真不知道用些什么字才能形容得出！起初我以为还在连续着做梦，这些月光，这些山影，仍旧是梦里畸形；但摸着石栏，看着那谁也要被它威胁吓倒的天柱石峰与峰头的一片残月，觉得又太明晰，太正确，绝不是梦里的神情……是的，郁达夫如痴如醉地望着雁荡山的秋月，"竟像疯子一样一个人在后面楼外的露台上呆对着月光峰影，坐到了天明，坐到了日出"。这一切，符合他的性格和气质，符合他的柔弱和刚强，符合他的忧郁和惆怅，也符合他面对大自然的心境。那么漫长的夜晚，那么寂寞的月光，他究竟对自己说什么呢？是失落的爱？是残月暧昧的暗示和意味深长的温柔和冷漠？是人世的虚无和命运的不测？还是融化于神奇诡异的异梦里的幸福、愉悦和哀伤？这是内心充满了矛盾冲突的、剧情复杂的戏剧，是一个人独自与世界的对话，是自我的发现和重新理解，是被月光的一次完全的洗涤，是一次与熟悉的月亮和陌生的月亮的邂逅与重逢，也是一次与自我相约的会聚。平原上的秋月和山间的秋月是不同的，河边的秋月和乡村的秋月也不相同，林中的秋月和荒沙中的秋月有着更大的差异，同一轮秋月，在我们的眼里望去，将有完全不同的诗意和寓意。而此时的雁荡山的秋月，乃是郁达夫的秋月，他的心中的秋月和雁荡山的秋月完全重合了。

他在白天看见的，是大龙湫的壮丽——一幅真珠帘，至上至地，有三四千丈高，百余尺阔……立在与日光斜射之处，无论何时都可以看得出一道虹影。凉风的飒爽，潭水的清澄，和四围山岭的重叠，是当然的事情了。更重要的是，他看见了瀑布近旁的摩崖石刻，但没有一幅刻字题铭可以写出大龙湫的真景。是的，这样的瑰丽和生动，这样的雄浑和壮观，这样的变幻和震慑，什么样的诗句和语词可以概括和提炼呢？但这些摩崖石刻，毕竟代表了前人的观感，毕竟代表了一段消失了的时光，毕竟在追寻前人内心不朽的渴念。这是历史光阴的雕刻，是文人面孔的镶嵌，是诗情的突然爆发中显现的灵感，然而这又怎能替代高山流水的真景？这时，他也和这瀑布所伴随的幽深的历史场景融为一体，和这瀑布旁边的铭刻融为一体，和高处落下的流水融为一体，感受到了瞬间的永恒。

文学家看到了远古以来的明月的忧愁和孤独，科学家看到了群山的巨大体量和山石的纹理精微，并试图从中发掘事物的原理，而在画家眼中，雁荡山乃是美的化身，它不仅是它自身，还是均衡、稳定、奇异、偏离、惊危、充满了变化的非凡、似梦非梦的真实、天然的布局严谨和线条隐含的力量以及不可能的可能，面对一座座高低参差的排列组合，面对四季变异的色彩，面对山顶的劲松和飞度的烟云，也面对万涧激荡的奇景，胸中的波澜汹涌而起，大自然的笔墨远甚于宣纸上的人工画痕。近现代画家黄宾虹曾居住在灵岩寺，他经常面对眼前的大山凝视。天柱峰、双鸾峰、展旗峰等众峰耸立、各呈姿态，又互相照拂、彼此辉映，他渐渐发现了静止中的运动，发现了山峰的变化之中含有生龙活虎的跳跃。他对别人说，我懂得了什么叫万壑奔腾。

雁荡山的静中之动启发了他笔墨的变化。他在《雁荡仰天窝图卷》中充分展示了自然变化精髓，让笔墨酣畅淋漓地行走于构图之中，草木与农舍、奇石与山势的绝妙配置，远山的淡影和空白对距离的暗示，笔锋与浓墨的变化莫测和自由舒展，给我们呈现出画家激情四溢、难以抑制的感受以及中国画飞扬跋扈的精神延展于无限的审美胜景。而他的《雁荡山色图》同样用极少的笔墨展示了雁荡山的神奇。山岩的变化乃是在树影的变化之中，墨色的运作展示了奔放不羁的才华和造化的奇迹，这种静止中的飞动是对雁荡山神韵的非凡领悟。在画家看来，一切灵感和技巧都深藏于这些神奇的山影里，画家仅仅是用一支画笔将其从空白处挖掘出来。

黄宾虹在雁荡山居留期间，曾冒雨翻过谢公岭以观赏东外谷的老僧岩。明代诗人王守仁曾在老僧岩写下自己的感受：老僧岩下屋，绕屋皆松竹。朝闻春鸟啼，夜伴岩虎宿。这样的诗歌是朴素的，却说出了老僧岩的野性的环境和置身自然中的惊险体验。可是对于画家来说，这正是寻求视觉冲击的好地方，只有这样原始的野性之中才有着能够捕捉绝世画稿的可能。为了能够找到孤绝的自然摹本，他浑身被雨淋湿，却因看见了雨中的奇峰怪石而获得了内心超凡脱俗的欣悦。这是一次难得的观赏，他对大自然的虔敬之心，获得了山川神的入驻，并不断得到提升画境的秘诀。雁荡山让他痴迷，让他沉醉其中。一天夜里，黄宾虹独自走出寺院，很晚没有回来，寺院的僧人生怕在这深山出现意外，就去找寻他，结果看见他在夜路上一个人入迷地观看暗夜中的山影。

在这里，一个画家可以从千姿百态的山峰启示中看见绘画的局限。大自然的神工鬼斧和精微设计远胜于人在纸质平面上展现的笨拙的细腻和精工描画。可是人必须从自己的精神世界中获取属于自己的自然景象，也必须从一个二维世界里找到传导三维世界真实感的经验力量，这必定和一个真实的立体世界有着难以克服的差距，这就需要一个优秀的国画家运用充分的笔墨和色彩营造一种非凡的视错觉效果，以便让阅读绘画的人从这样的视觉差中重建内心的真实。这一点，没有比在夜幕中感受的山影变化更接近我们内心真实的了。这些山影的模糊性增强了阅读的歧义，也触发了我们展开想象的逻辑枢纽。这些山影让我们看见了人间万象。一个个或远或近的影子里既有稳重厚实的性格力量，也有飞扬、跃动、喧哗的青春气息。既有危险的倾斜，也有几座山峰之间的吸引和靠拢。既有双手合掌的祈祷也有抬头仰望的形象。既有万物狂奔的山巅幻象的奇迹，也有绝对的宁静和孤寂。总之，这些变化无穷的山影，处处充满了暗示，每一个形象都意味着一个寓言、一个故事，都和人世的一切相关。人们通过这些自然形象看见了自己，看见了自己的内心世界，看见了自己的追求、自己的审美理想和哲学思想，看见了自己已有的文化精神以及对自我的种种理解，并试图将这一切放在自己的绘画之中。这样的绘画之中，外貌的相似已经不是十分重要，重要的是精神意义上的描摹，是移步换景、昼夜交变、奇峰环拱和雕镂迷离的物象和自我的吻合，因为万物之貌中含有的乃是元气淋漓的自然之性和内涵之神，画家对自我灵魂的认知要从其中汲取。

　　一张上世纪三十年代以雁荡山为背景的老照片中，一排八人的手持礼帽的游客中就有著名画家张大千先生。这是一群画家，他们都被奇诡的雁荡山峰迷醉，合掌峰、天柱峰、展旗峰拔地而起、直耸云霄，浑然天成的观音洞以及水铺珠帘、飞流直泻的大小龙湫，让画家们目光迷离、神魂颠倒。张大千凝视铁城嶂峰深褐色的横波水纹，对同行者说，我断定雁荡山在几千万年至一亿多年前原是火山地带，后来沉没海中，岩石受到海水的侵蚀，再后来逐渐露出海面，再再后来又遇到冰河期，遭到冰川洪水的侵袭，岩石又进一步崩解和剥蚀，形成了现在怪异巍峨的绮丽山貌。张大千不仅对雁荡山峰的形成作了科学的猜测，也在这瑰丽奇特的山景中沉醉，饥渴般地将这纷繁复杂的山貌纳入记忆。这一次游山的成果之一，是同行者一起合作了一幅流彩飞逸、泼墨成影、丘壑跃动的雁荡山色图。其中一人方介堪飞刀刻章一方：东西南北人，对同行者的来历作了高度概括。这是一个优雅的赏山画山现代典故，一段绝美的雁荡山文人佳话，一个和雁荡奇峰相匹配的人间趣事。多少年后，方介堪根据记忆创作了一幅雁荡山色画，好友谢稚柳忆起当年同行共画雁荡的情节，题诗一首：曾揽浓光雁荡春，萍浮暂聚旧交亲。画图犹认当年屐，已散东西南北人。

民国名媛陆小曼的老师贺天健曾说，世界上有三个山水境地：一是人间的山水实境，一是唐宋历代诗里的山水境地，一是画里边的山水境地。在中国文化中，这三个境地何曾有过分割？实境乃是存在于虚境，虚境乃是实境的幻化，实境和虚境的叠加乃是山水诗的灵魂，山水诗的灵魂又在山水画中显现。著名画家潘天寿在五十年代前往雁荡山写生，他试图将更多的民族性灌注到自己的山水画中，从而完成诗境到画境的转化和重生。雁荡山的景观和中国化的形式是多么契合。他的雁荡写生图将水墨晕染和轮廓勾勒进行了优雅的、有力的融合，在山水实境、诗境和画境之间完成了互相转换、彼此组合和互生，工笔与写意结合呼应，设色明媚而层次分明，景致清雅而浓淡相宜，传统笔墨的丰富性和真实景物之间的巨大张力，以及线条走势与苔草皴擦和前后景布设的气势神韵，在一气呵成之间再现了佛国山水浑然一体的古刹钟声、落花流水的自然禅意。

正如张大千的推断，雁荡山起源于几亿年前的地质变迁。那时洪荒时代的巨变在恐怖的意象中呼啸,海潮推起了一个个巨浪,雷霆在咆哮,闪电一次次从高不可攀的天穹贯穿了乌云,地火从岩层下突然升起,浓烟和火焰笼罩了大地,暴雨和飓风交相摩擦,漫长的时间沉浸于暗夜,星月晦暗,大地在翻天覆地的痛苦中叫喊,冰川在凝结,在消融,在运动,在漂移,河流在溶蚀,在冲刷,在奔腾。火焰在冷却,在冷凝,在重新提炼形象。岩石在形成,在崩解,在重新组合,在锻造诡异和奇景。一场颠覆乾坤的、伴随着阵痛的孕育和自我改造,席卷了世界。这一切,都是为了几亿年后诞生的人类,都是为了拥有灵魂的人类预备浩渺纷繁、山影变换和奇峰迭起的视觉盛宴。而尚未出现的诗人、画家、旅行家、游客、农夫、樵夫和所有的对雁荡山的渴望者,在遥远时光的另一端,耐心地等待。

(原载2023年5月6日《人民日报·海外版》)

走在西藏的路上

裘山山

二〇二二年底,我和大多数人一样被病毒攻击,之后迟迟不能复原,最大的症状就是心慌气短,走几步就喘,感觉上不来气,有时候不得不做深呼吸。这让我不断地想起西藏,想起在西藏的夜里一次次被憋醒的时候。我猜想,是老天爷在提醒我不要忘记西藏吧?或者,西藏已经在我的心脏上刻下了深深的烙印。

时常有人问我,你去西藏没有高原反应吧?我连连摇头。怎么可能没反应呢?准确地说,年轻时没反应,去了还敢借辆自行车去逛八廓街,还敢爬楼梯去朋友家玩儿,还敢去拉萨河玩儿。跟在成都一样。后来就不行了,年龄越大反应越大,也曾光顾过军区总医院,还狼狈地一路狂吐,倒在连队沙发上吸氧。

即使如此,我依然非常怀念那些在西藏的日子;怀念气喘吁吁走在高海拔哨所的日子;怀念同甘苦共患难的伙伴;怀念辽阔透彻的天空,亘古沉默的山脉,还有比山更高的树,比阳光更炙热的笑脸,以及放飞的心情。所以每年规划下部队时,我总是会想,我再去一次西藏吧。

留在记忆里的西藏时光,几乎都在路上。西藏太辽阔,高山大河,无边无际。从一处到另一处,经常需要一整天。有时候翻一座山就需要好几个小时。尤其是二十世纪九十年代,路况差,车也差,仅仅从拉萨到林芝,都得十二个小时,天不亮出发,天黑透了才到。

头几次,我们坐的还是老旧的北京吉普,其中还有方屁股那种,横着坐。路大多是搓板路,很颠,车子四面透风,所以即使坐在车里,也需要用纱巾把脸蒙住(那时除了医院没人戴口罩),不然鼻子嘴巴头发里全是沙土。后来,车越来越好了,但路依然是问题。不是不修,而是修得不如坏得快。风雪时时刻刻肆虐,一座座没有植被的大山说塌就塌。没有哪条路可以一劳永逸,泥石流、水漫、地陷,你得不断维修,不断疏通,不断重新开筑。似乎那里的山水都在告诉你,走西藏的路,必须付出代价。

如此,遇到危险就是常事了。曾经历过水箱漏水,拿水杯在路边舀水灌注的事;经历过轮胎爆胎,用自行车气筒打气的事;经历过开夜路时车前大灯坏了,用手电筒代替的事。也遇到过人家翻车帮忙救助,自己翻车请人救助,以及差点儿翻车等各种奇葩的事情。不过,我这个人似乎一直被老天眷顾着,数次遇到危险,数次都化险为夷。仅此我就很知足。

第一次去西藏就遇到了危险。那是一九八九年,我们五个人(海波、花小萍、曾有情、我、加上司机),坐一辆北京吉普去某边防连。越往边境开路越险峻,一边是峭壁,一边是深涧。西藏的边境公路大都这样,在峭壁上开凿。走着走着就遇到了塌方,塌下来的泥土埋了半条路。那是我第一次见到塌方,有些紧张。但给我们开车的张老兵笑眯眯地说,没事儿。他贴着山崖,慢慢将车移了过去。

不想刚移过去就发现,路中间还卧着一块巨大的石头,肯定也是从上山滚下来的,将路断成两半。我们五个人下车一起去推石头。费了九牛二虎之力,石头纹丝不动,倒是我们的心脏动得一塌糊涂。

眼看天色已暗,虽然距离边防连就二十多公里了,也没办法通知他们。等下去毫无结果,打道回府谁也不愿意。张老兵又笑眯眯地说,没事儿,你们下车到前边去等我,我开过去。万一要掉也掉我一个。

只见他上车,发动,小心地从大石头的左边,即靠深涧的那边,将车一点点开过去,左边车轮几乎是悬空的。我紧张得喘不过气来,一直到车过去了才呼出那口气。后来那块大石头,是我们到达连队后,连里派了一个排的兵才将其推开的。

这么多年过去了,我都忘不了张老兵,四川人,瘦瘦小小的。貌不惊人。却是胆大心细,很了不起。

一九九七年夏天,我和我们创作室的作家施放,去采访兰西拉(兰州 — 西宁 — 拉萨)光缆工程的施工部队。在贡嘎机场遇到了一位副旅长,我们就搭他的车前往米林。他们旅刚完成施工返回驻地。

翻越加查山时,路很烂。那段时间雨雪多,路被泡成了泥浆,又被往来的车轮蹚出两条深沟,太阳一晒成了型,深沟中间有一道小山梁。我这么费力形容,是想让大家明白我们的车在什么样的路上走。幸好副旅长的车是一辆很好的越野车,我们比较顺利地翻过了加查山。

下山后,我们继续在两条深沟里前行,山下背阴,路更烂,这时前面来了辆大货车,驾驶员朝左避让,右轮开到了"小山梁"上,大货车慢悠悠地,开到与我们差一米的时候,突然熄火了,司机下来修车,看那个架势，一时半会儿修不好。

我们的驾驶员不想等，就从大货车侧面移过去，哪知移到与大货车平行时，车子已经歪斜到无法再开了，再开肯定翻。必须等大货车走了，往右回正才能安全。忽然之间，我们就置身危险中了，越野车颤颤巍巍地斜着，用个不恰当的比喻，危如累卵。

当时副旅长坐副驾，施放坐副旅长后面，我坐司机后面，一车人都不说话。我从车窗往外看，下面是雅鲁藏布江，但路与江之间不是悬崖，而是坡，挤挤挨挨的全是嶙峋怪石，大概四十五度。我目测了一下，若我们的车侧翻下去，应该不至于掉到江里送命，但可能会撞个鼻青脸肿。我稍稍安心一些。

这时候副旅长说话了，他说，幸好今天我和施老师坐在右边，我们两个加起来三百斤好歹能平衡一下。我一下乐了，可不是，若他们两个大汉坐左边，说不定就成了车子侧翻的最后一根稻草！十几分钟后，大货车终于修好了，慢腾腾地从我们身边移了过去，而我们的车也终于回正，两个轮子重新进到沟里，如同我的心重新回到肚子里。

这种在危险边缘试探的行车，也算是可遇而不可求了。

就我的体验，拉萨到日喀则的路相对好走些。那段路的大部分是中尼公路，柏油路面，二十世纪九十年代才修建的。当然，后来不断地坏，很多路段被垮下来的山石埋掉一半，剩下的一半也经常被更多的泥石流堵塞。必须说一句，在西藏负责维修公路的武警官兵，还有道班工人，都非常辛苦。

一九九八年，我们编辑部搞了一次"喜马拉雅笔会"，邀请了全国十几个作家。军区给我们安排了一辆大客车加一辆越野车。快要结束时，我们从日喀则回拉萨。途中停下来在路边吃饭，也就是一人一碗面吧,用高压锅下的面条,有鸡蛋。饭后,小车先走了,我因为结账耽误了大概五分钟。然后上了大车,大车努力去追前面的小车。

就在尼木县路段,左边是山,右边是雅鲁藏布江。车正开着,司机小何忽然看见我们前面一辆车正在快速后退;他反应迅速,赶紧刹车,那车继续后退,他也随之后退,大约退了两百米才停住。定睛一看,前方路上正腾起黄色的烟尘,是大塌方!半座山垮下来,泥石流埋掉了整个路面。幸好我们那个小车已经过去了,而我们这辆车若不是因为结账耽误,很可能就被埋进泥石流,或者被泥石流推下去,葬身雅鲁藏布江了。

一车人都傻了,站在那儿发呆。我清醒过来后,想到刚刚路过的尼木兵站,于是跟大家说,我们回去找解放军吧。另一个作家也缓过劲儿来了,跟我开玩笑说,你不就是解放军吗?我一想也是,真的吓傻了,忘了自己正是解放军的一员。

我们全体回到尼木兵站,兵站的官兵和正在兵站住宿的西藏军区某汽车团官兵,热情地帮助我们,留我们住,给我们做饭吃,把仅有的蔬菜都给我们吃了。

但我们住了两天路也没修通,兵站也没有力量长期接待我们。这时我得知旁边有个机务站,便跑去打电话(通信兵发挥了作用),向领导报告了情况,领导很快就派车来了。车在塌方的另一头接我们,我们把行李丢在大客车上,十几个人互相搀扶着,徒步涉过泥石流,坐上军区的车回到拉萨。又一天后,驾驶员小何开着大客车回来了。

事后我最恨自己的,是竟忘了拍照片,尼木兵站没有拍,泥石流没有拍,帮助我们的汽车团官兵也没有拍。真是后悔不迭!无图无真相,好像什么都没发生过似的。

好在每个人都留下了清晰的记忆。

还有一次遇险倒是留了照片，却不是危险的照片，而是美景。

二〇〇〇年五月，我们编辑部的另一次笔会，从昌都出发。成都飞到昌都，然后坐车从昌都到米林，又从米林到山南。十几个作家和画家，坐一辆大客车。那车车况不太好，翻越加查山时，只能慢吞吞地爬。二十几个回头弯就用了近两个小时，还大喘气。眼看要到山顶了，大客车忽然坚持不住了，水箱干裂起火，一时间黑烟滚滚在车里弥漫。我们迅速跳下车。火倒是很快灭了，但一个个都惊魂不定。

就在这时，天边忽然出现了彩虹，好像要安慰我们似的，彩虹横跨天空，无比壮观，灿烂，动人心魄。所有的人都忘了刚才的危险，忘记了我们是在海拔五千多米的山上，一个个欢呼雀跃，大喊大叫，又是拍照又是合影，驾驶员把车修好后，还不想上车。

我跑了那么多次西藏，那是唯一一次看到彩虹。不经历风雨，怎么见彩虹？真是很正确。

不过，我们也只是留下了彩虹的照片，车子冒烟遇险的那一刻，仍没有拍照。

回头看自己的几次遇险，没有一次留下了照片的。显然我很缺乏记者素质，包括我自己真正遭遇车祸那次，也没有拍照——我从栽进沟里的车里爬出来时，完全傻掉了。当然，也因为是天黑，下大雨，无法拍照。尽管整个车栽进防洪沟，但车上的人都没有大碍。我除了软组织受伤也完好无损，这种遭遇属于可遇而不可求的。作家体验生活，总想什么都体验，又不想付出代价。必须说，西藏很眷顾我。

走在西藏的路上，遇到的不只是危险，更多的是让我感动的人和事，还有意外的邂逅，意外到如同小说。

记得是一九九七年，我独自进藏采访，那时已经有了写长篇的打算，想去补充素材。西藏军区创作室的冉启培就陪着我跑，一个部队一个部队地跑。有一天我们来到日喀则八医院。为了体验生活，我提出当天夜里和护士一起值班。

就在夜深人静我困得不行的时候，下面部队送来一名受伤的战士，很严重，医护人员便连夜抢救，还连夜找血源给他输血。

我帮不上忙，坐在值班室，一眼看到登记簿上写着送战士过来的那位军医的名字，心里不由得一惊。离开成都前，成都一位女性朋友曾委托我帮她找一位大学时代心仪的男生，她只知道那个男生军医大毕业后进藏了，具体在哪个部队不清楚。我当时想，西藏那么大，部队那么多，上哪儿去找啊，所以并没有放在心上。哪知就在那个夜晚，他的名字出现在我的眼前，堪称奇迹。

我连忙去病房找他，当时小战士已脱离危险入睡了，床边守护的战士告诉我，那位军医一直顾不上吃饭，饿得不行出去吃的了。我就写了个纸条，简单说了事由，写下了朋友的电话，希望他回来后能来找我。我回到值班室，熬不住困睡着了。等我醒来，军医已经走了，他也留下纸条，说部队没有其他医生，他必须马上返回，来不及见我了，但他会和女同学联系的。

我觉得好遗憾。不过，虽然我和他错过了，虽然他和我那位友人最终没能在一起，但那个夜晚如同一颗星，每次想起来就闪闪发光。我很想知道他今天怎样了，离开西藏了吗？一切都还好吗？

二〇〇四年六月，我走川藏线。返回时，在康定到雅安的途中遭遇了翻车。整个车栽进了山下的防洪沟。这个就不细说了，我想说的是翻车后的事。

当我们从车里爬出来后，大雨滂沱，四周漆黑一片，几个人不知所措在雨中发傻。这时，一辆红色小轿车路过，主动停在了我们身边，一个男人从车里探头说，需要帮助吗？

我们车上的人像遇到救星一般，上前请求他把我带回到康定去，他们留下来处理事故。我上车，发现车后已经坐着两位老人了，我全身都是湿的，有些不好意思。老人一再说没关系，朝里移，给我腾地方。坐在副驾驶的男人，就是问我们是否需要帮助的那个男人告诉我，那是他的父母。

我依然惊魂未定，便在车上给甘孜军分区的朋友打电话，当我在电话里说出名字时，坐在前面那个男人笑道，原来你是裘山山，我读过你的书。

我吃了一惊，一问，原来他是甘孜州宣传部的王部长，难怪主动停车帮助我们。他读的是《我在天堂等你》。我也真是好运气，竟然在车祸之后遇见了他。虽然正狼狈，也是不幸中的幸运。

见我吓得不轻，他半开玩笑地说，既然走不成了，就在我们康定多住两天吧，和我们的文学爱好者开个座谈会。他这么说，我真的放松了很多，我回复说我采访任务还没完成，还要去雅安。以后再来。当他得知我要投宿兵站时，便提出帮我安排条件好一点的宾馆。我自然婉拒了。当晚我住在康定兵站，医生检查后无大碍，第二天便离开了。

非常遗憾的是，我回成都后竟然没再和他联系（他给了我名片的），感觉有点儿没良心。再后来，也没再遇见他。衷心希望他一切都好。

我在机关，属于不善与人打交道的人，时常闹笑话。人家当处长了，我还叫干事，人家当部长了，我还叫处长。但是，只要我和他们在西藏遇见了，就能很快成为朋友。和那些采访过的官兵，我也能很快建立起战友情。再次相遇时，一说起西藏往事，就觉得特别亲切。也许在西藏那个地方，人与人相处更诚恳，更真挚。

也是一九九七年，我和冉启培来到一个炮团，在那里偶遇了我们军区政治部工作组，带队的是当时的副主任邓永良将军。我在机关和他并不熟，可在那里遇见了，一下觉得很亲切。

邓副主任是老西藏，后来调到成都任职，又从成都带工作组进藏。我们遇见时，他们已经进藏十多天了。别看他是老西藏，依然不会照顾自己。我和他站在招待所门口说话时，见他老用手去摸后脖子，脸上有痛苦的表情。我就问他怎么了，落枕了吗？他说不是，脖子那一块儿很疼。

原来他天天和工作组在日头下走，天天被高原的太阳暴晒，身上有衣服遮着，脸上有大檐帽遮着，唯有后脖子一直亮在外面，几天下来就晒伤了，医学名称叫"紫外线灼伤"。

我说，你怎么不擦防晒霜啊？他说我一个大老爷们儿擦什么防晒霜嘛。我就给他讲道理，防晒霜不是防晒黑的，是防晒伤的。这下他信了，可怜地说，我应该去哪里买那个东西？我马上把我的防晒霜给了他。你想我这种人，肯定是预备两瓶的，一天擦好几回呢。

晚上，我和他们一起打双扣。

这里必须说一下双扣。那个时候跑西藏，打双扣是常事。实在是太无聊了，不要说网络，电视都很少，有电视也就看个《新闻联播》。四周都是大山，别说霓虹灯，路灯都没有。打双扣是工作之余唯一的娱乐。有一回我们十几个作家坐大客车从日喀则到亚东，路途漫漫，几个人就在车上用箱子当桌子，开始打双扣。我和军报的李鑫一家，邓一光和刘醒龙一家，我们称之为军民鱼水情。中途停车方便时刚拿了一手牌，大家就揣在口袋里下车了。我在转角遇到了李鑫，他压低声音快速地说，换牌换牌，你有没有J？我缺一张就成炸弹了！我愣了一下，笑得蹲在地上，眼泪都出来了，牌也没换成。

至今想起来依然开心不已。

可以这样说，我只在西藏打双扣，在成都我不跟人打牌，去北京之类的地方出差，更不会跟人打牌。唯有在西藏。要么和同行的作家打，要么和遇见的熟人打，甚至和采访对象打。每每和他们打双扣，看他们输了钻桌子，一个个乐不可支的样子，我就开心不已。我知道他们心里有很多苦，但我希望看到他们笑。至少和他们在一起的时候，希望他们是快乐的。

那天晚上，我们在招待所找了张桌子就坐下来打。当时工作组里还有一位是我师弟。我们是大学中文系前后级的同学，他一直叫我师姐，直到今天。我自然和师弟一家，邓副主任就和工作组某部长一家。

我的双扣技术很臭，曾经有一次跑西藏，和朱苏进（南京军区创作室）、张波（广州军区创作室）、于斯（西藏军区创作室）一起打双扣，我屡屡出错，把朱苏进气得不行。他是个极聪明的人，实在无法忍受我这个蠢队友。记得我们当时住的招待所非常简陋，要端一盆水在台阶上刷牙洗脸，在我刷牙的时候，朱苏进站在旁边不停地批评我某张牌不该那样出。我很不耐烦（很不谦虚）地嘟囔说，下次不和你一家了；之后我真的换了队友，和张波一家。输是很自然的，但不再挨批了，因为张波也是个糊涂虫。

但是那天晚上，我的手气特别好，尤其邪门儿的是，总跟邓副主任作对：他如果有一对10，我必有一对K；他若有一对K，我必有一对A，还来过两次王炸。等我们赢到第三盘时，邓副主任终于脸红筋胀地叫起来了，他说，山山你怎么回事啊？我一想不对，我就是不把他当领导，也得把他当长者啊。怎么能把长者气成那样呢？这时师弟也在暗暗给我使眼色，我们俩便十分默契，也十分认真地，输掉了第四盘。邓副主任终于乐了，我们也乐。

那份儿快乐，至今想起来依然鲜活。

非常遗憾的是，四年前邓副主任离开了人世。当我得知消息时，脑海里马上浮现出了那个夜晚，他那张晒得黝黑的脸，还有和孩子一样输不起的笑容。真的是非常非常怀念。

在远离西藏九年后的今天，在疫情之后心慌气短的今天，我是多么怀念那里的山山水水，怀念在那里遇见的纯真笑容啊。

（原载《解放军文艺》2023年第6期）

铁方佛与船

沈 念

1

干涸得太厉害了。

湖床上的坼缝,没有规则的龟裂。手可以伸进地下。已经多少天没下雨了。中间预报过有雨,却只是细雨掠过,比丝线还细,比泪水还少,都不能打湿人的嘴唇。他在干坼的大地上呼喊,又吼唱起来,呜咽哽噎,撕心裂肺。我说,小点声音。我又说,唱歌的人不许掉眼泪。

有眼泪就好了,眼泪多了就好了。

我在走向这些坼裂的时候,脑海里突然冒出两句古文:"惟楚之南有水曰洞庭,环带五郡,淼不知其几百里","洞庭之远兮,亘全楚而连巨吴,路悠悠似穷塞,波淼淼而平湖"。我不是要比较记忆力的好坏,每个人都能从诗文中感受到字里行间躲着一个简单的词语:"浩大"。

那个属于洞庭湖的"浩大",在古怪极端的气候之下变了个魔术,在时空里消失了。2022年8月末，旱情张牙舞爪，往年此时正是汛期，在洞庭一湖，水波潋滟才是正常，横无际涯才是正常，防洪防险才是正常，但多地江河断流，河床裸露，船舶无法运行。水运业的噩梦。洞庭湖也不能独善其身。那座我往返过无数次的洞庭湖大桥，干涸之上的桥梁，钢筋水泥的几何图形，"浮"在刺眼的烈日下，大煞风景，庞大臃肿得甚是多余。临近河堤的桥墩完全露出水面，湖中央的桥墩露出了基座，水退到了离岸一百多米的地方。岸滩上生长些寂寞的青草，在风中和干裂的大地之上更加孤独。

人可以往湖中走得更远，河床上有晒干的死鱼，你一脚他一脚，终将化为齑粉。过去无法涉足的地方，大人孩子开始了奔跑。有几个上岸的老渔民，忧郁地走在河床上，说多少年没看到也从小没听说过这样的旱情。朋友转发来一张卫星图和数据，2022年8月18日，水体面积约为548平方公里，与7月初相比，仅一个半月时间，面积减少了约66%。真是一场风驰电掣的"减肥"运动。

我心中的大湖瘦成了"一道闪电"，瘦成了一个叫"枯槁"的词语。

又过去一个月，9月24日，中央气象台继续发布干旱黄色预警，湖南、江西多地仍持续特旱。25日8时，洞庭湖标志性水文站对外宣布：长江城陵矶水位降至19.47米。汛期反枯，这个水位值较多年同期均值偏低了7.88米，大河不满小河干，中国的母亲河尚且如此，湘、资、沅、澧四水的归宿地尚且如此，湖南全境内的河湖也早已低枯得超出想象。降水少，持续高温，蒸发量增大，还有别的原因呢，人们语焉不详。

他不唱歌了，要带我去看新发现的铁方佛，河床上的"X"。

铁方佛躺在沙石里，如果不是这场干旱，它依然会被覆没水下。我一时不知要如何描述这笨重而硕大的东西。铁方佛的两头像燕尾，中间有大孔，与旁侧的燕尾两孔呼应，造型独特，从形状上确实像古代犯人脖颈上的枷具。此前，我曾在岳阳楼西东吴鲁肃的点将台前看到过1980年发掘出来的第一枚铁方佛，长2.4米，宽1.88米，厚0.34米，中间大窍直径0.26米，外侧燕尾上的两个小窍直径0.12米，三窍都是圆孔，重约7.5吨。我看到的是刚发现的第四枚，还有最后一枚应该是藏匿在泥沙之下。

它们为何出现在这里，又为何长成这个模样？

几位省内和本地的研究专家早在故纸堆里查证，北宋范致明《岳阳风土记》记载："江岸沙碛中有冶铁数枚，俗谓铁枷，重千斤。"明万历癸未（1583年）张元忭撰《巴陵游览记》有言："城外有铁铸方佛五枚，陷沙碛中。"铁方佛之名因此而来。清光绪《巴陵县志》又记载："铁械在城西门外水次，制度甚工。凡五，其一较小。"数量在历史记录中似乎有了共同的确定。很快，它的别名都冒了出来：铁纽、铁械、铁方佛，但人们还是习惯喊它岳阳楼铁枷。

看似普通的事物，有着不寻常的来历和用途。范致明猜测："古人铸铁如燕尾相向，中有大窍径尺许，不知何用也。或云以此压胜，避蛟蜃之患；或以为石丁石，疑其太重，非舟人所能举也；或以为植木其内，编以为栅以御风涛，皆不可知。"

后来大家也众说纷纭：一是稳定岳阳楼的楼基；二是古代官府竖旗杆的铁座；三是船只泊岸的铁锚、碇石；四是司马炎为消灭东吴用铁链封锁湖面拦截来往船只而用来系铁链的铁锁；五是宋朝钟相、杨幺在洞庭湖组织农民起义时铸的阻船墩；六是岳飞征讨杨幺时系锁横江之物；七是镇水的厌胜之物。

我倾向最后一种，朋友帮我校准读音 —— 厌胜 [yā shèng]。释义是厌而胜之，即用法术诅咒或祈祷以达到压制人、物或魔怪的目的。

可以想见，铁方佛是民间辟邪祈吉的心愿与象征。

铁方佛埋藏之处，距岳阳楼老城门不远，常年隐没水下，只有11月间湖水退去才会显身。五枚铁方佛最早的一枚是1980年发现的，42年后第四枚发现，藏身处大概在一片相距不远的区域。水的冲刷和泥沙的移动，笨重的铁方佛也在发生位移。

世间万物各有其形，"X"形的铁枷，当它与"辟邪祈吉"关联起来，就有了合理的解释。古代凡水患处，皆谓之蛟龙作恶，道教神话中有一说法，"蛟龙喜燕畏铁"，一喜一畏，古人就先塑铁枷燕尾形状，吸引蛟龙，再用通体生铁将其镇压。

黑铁，生铁，像冰冷的谶语。湖上风物有太多的禁忌。战国时期出现的铸铁工艺，至汉代已非常成熟，但几千公斤的重物且是水中之物的并不多见。铁方佛是沉水之物，通晓水的语言，与湖中的鱼虾蚌螺水草为伍，斑驳锈蚀也未改其庄重敦实，在静默中用世间不能通行的语言讲述地老天荒的往事。

他看着我，又看着铁方佛，咧嘴笑了笑，又准备要唱起来。他的目光落在很远的地方。那个地方，是湖中心，是千里之外，水仍在流淌，水不会消失。

2

水的故事，洞庭湖的故事，很多是在船上发生的。船是渔民水上的家，吃饭、睡觉、流浪的家伙，也是几代人生活过的产房、校园、故乡和远方。

有一回，我去山间民宿住过一日，院子里一个石砌的水池，不知从哪里搬来了一条不再闯荡江湖的木船。船上火舱做饭，中舱休息，网具放在二舱,捕捞的鱼放在通舱。船舵全身上下不再油光发亮,横向的滚头、横牙,纵向的底板、托泥等,每一寸肌肤爬满被水咬过的伤疤。

民宿的中年老板是在外转了一圈回老家安居的,年轻时跟着木匠师傅学过艺,艺多不压身,没成为好木匠的他却当上了五星级酒店的大厨。这条从水上"搬"到山里的船,原来是他师傅的手艺。他就跟着师傅去过洞庭湖边上的村子造船。他说到"造"字时,刻意停顿,让它变得威武、严肃起来。在造船人的心里,造的是人的另一双手脚。

造船要择吉日进山采木,此前要备好"神福"祭祀。何为神福?鱼、肉、茶、酒和新鲜水果。造船以椿木为上选,也有樟、楮、杉、枣等其他材质,但都要配上一方椿木以示祈福。寺庙、道观周围的"神树",是吃香火长成的,无论材质多好,都不会砍伐造船,以防"船翻人亡",这是忌讳,也是敬畏。

师傅去世有些年了,他却还记得那间堆满刨木花的敞亮大房子,木头的芬芳令人迷醉。木头砍回后,需要另择吉日正式开工。掌墨师才是造船的大师傅,各种用料的长宽厚度皆熟稔于心。开工仪式上,掌墨师手捧一册发黄的《鲁班书》置于鲁班神像案桌上,燃烛焚香插入香炉,伏地三叩首,然后啪地拍响量木用的"界尺",大声唱道:"开山子一向天门开,请得先师鲁班下凡来。"木匠的器具我也认得不少,他说的"开山子"就是斧头。方言来自它最早的象征和功用。

仪式结束后,船东家的宴席就通知可以开始了,所有造船工匠被请上桌喝酒吃肉。但第一杯酒先敬上座的掌墨师,他喝完众工匠才可举杯畅饮。热闹的宴席过后,屋子里就安静下来。那些日子,只有清脆的刨木声、叮叮当当的敲打声灌入耳中,东家进来递茶送水也都是小心翼翼。直到船体合成,要搭台唱戏以庆贺的时候,屋子里外又喧闹起来。戏班子如约而至,舞台就在屋门前的一棵大树底下,周边屋场的人跑来看新奇。新船通体雪白,木头"活"成了另一种生命形式,且有了优美柔韧的弧线,健壮弹性的肌肤。船壳在锁上最后一块榫木后,掌墨师要行"关头"仪式。他给船头披红戴彩,一边唱"赞词",一边给船两侧各钉四口钉子:"钉头口,添人添口;钉二口,荣华富贵;钉三口,清吉平安;钉四口,四季发财。"话音一落,下手师傅已拎刀割开雄鸡的喉咙,血像一条红线,射在船头,鸡被投掷到舱内,掌墨师又唱道:"雄鸡进舱,快卸快装。"

新船下水,又有新的仪式。下水前一日,船舱两侧要贴上一副对联,"九曲三弯随舵转,五湖四海任船行""船到江心牢把舵,箭安弦上慢开弓",也有简单如"山不碍路,水不碍船""看风使舵,顺水推舟"。船头船尾船舱内灯烛燃照,称为"亮墩",这时还有个小祭祀,对象是有"摇钱树"之称的桅杆以及舵和橹。船东家格外看重这些船上的事物。

他没等到师傅成为掌墨师就离开了。年轻的他看到过一条船的诞生,多少年过去,他还记得那些激动的细节、场景。偶然之机他买下了师傅亲手造的一条已废弃的木船。许多事情早已烟消云散,记忆却如此神奇地跟着他。

3

十多年前,我跟一位专注地方文化的写作者拜访过民间造船师傅老熊。水运所退休的老熊住在北门渡口的旧家属区,出门跨过马路,就是洞庭湖,朝晖夕阴,风晴雨雪,他是最熟悉这湖水的一员。几年后,他和另一位朋友合作造了一条风网船,花了两万块钱退休工资,最后捐给了市博物馆。

熊师傅造过多少条船，他记不清了。造船的那些仪式过程却钉在脑子里，拔不出来也消失不了。他的父辈祖辈都是渔民，干的是脑袋拴在裤腰带上的险事。他从小就在船上摸爬滚打，一根红绳子系在腰上，红绳子限制了他的自由，也保护了他的安全。有人在背后喊过他"船拐子"，他听出不敬，却也没什么不悦，如同他照样喊着岸上卖苦力的人"箩脚子"。

湖上有多少种船？他滔滔不绝能说出二十余种，岳州铲子因其船头形似方铲而得名，大的吨位有57吨，小的也有18吨，是洞庭湖里的巨无霸。尾巴通杆，艏艉有些尖翘，一般不去浪大漩急的长江。采杆长船，配上一副桨叶，只为在浅水行船。小驳船头方尾翘，一叶风帆两支摇橹。倒扒子头尾圆尖，前船身平长，艉部的舵舱像个扒子而得名。乌缸子是外来的，船体前后窄中间宽，桅长帆大，船板薄，浮力大，因其船体乌黑发亮得名。还有道林船、驳船、麻阳船、摇戈古、厢壳子，还有"大跃进"时，有人拍脑袋造了一艘八张帆的船，终究没在湖上"八面威风"起来。

老熊的祖父拥有的第一条风网船，帆是白棉布，用榖皮染色，防腐经用，一张开风就鼓满了帆。船是选在正月初三开船的，鞭炮齐鸣，敬奉水神，起锚上移，寓意生活向上。一家人跟随一条船去往下一个地方。是漂泊、流浪，也是生活、邂逅上天的美意。很多的船家要等到过了正月十一日"船爷爷"生日出行，船头系上一朵大红绸，不动渔具，全船休息一日，祈福一年平安顺遂。

祭祀洞庭王爷才是这一天的重头戏。船上香烛点燃，船东家宰杀一只大红冠雄鸡，一边从船头走到船尾，鸡血滴于船板以示辟邪，一边念道："神灵保佑，开船清吉太平。"这时候，人员上船要搭跳板从船腰上船,不能直接上船头。特别忌讳妇女从船头走过,也不能坐在船头,如果走了、坐了,要请师公子来"退煞",那又是一套烦琐的仪式。

过去的日常生活,在今天看来特别的繁文缛节。再宽大的水面,到了小小的船上,就有了很多禁忌。老熊从小耳濡目染,听老人讲过许多俗称"口风""撞口话"的说法。

禁忌是从语言开始的。上了船,就要守船上的规矩。"八大忌语"是首先要记住的,"龙、虎、鬼、梦、翻、滚、倒、沉",这些字眼出现在船上是犯忌。船民中姓"龙"的改称佘(蛇),或叫"扭河里";姓"陈""程"的,都改叫"浮",连地名城陵矶也改称了"浮陵矶";船主称"东家",而不叫"老板",老板含有陈旧易烂之意。船上说动词的时候多,有的要与日常叫法不同,"翻身"要叫"转身","滚水"称"开水","打牙祭"叫"开牙祭"。船上用具用法也讲究,碗、碟不能反着放,只能正面仰放;每天晨起做事须谨慎,打破锅碗、摔断用具会视为不吉利;饭桌上第一筷子要夹荤菜,且不许说话,这得鼓圆眼睛看清楚,无论夹到肉还是骨头都得吃下肚,是不能吐掉的,第二筷子后,才可说话和吐弃不食之物。

船在水上的路是船路,船路也是有规矩的。那时不论大小船只,过洞庭湖时,经鹿角、君山、南岳坡,都要祭祀洞庭王爷。老熊小时候看到大船上的船工司锣祭祀,船东家点燃香烛纸钱、鸣炮敬酒,司锣工先敲一长声,接着连敲四长声,船东家先叩一响头,接着长跪念道:"有请洞庭王爷,开船不遇风暴,不撞险滩,保佑我船一路平安!"锣声停下,祈祷结束,起锚行进。小船是不打锣的,但燃纸钱、点香烛、跪拜祈祷的过程不能省。后来有的礼祭简化,小礼一挂短鞭、一块小肉、一杯酒,大礼一挂长鞭,杀猪宰羊。小礼是求赐平安,大礼是"还愿"神灵。

行船中的餐聚，船东家与船工同桌，喝酒、夹菜、吃饭也各有讲究。杀了一只鸡，却不是人人想吃什么就吃什么。象征财喜的鸡菌子是船东家吃的；象征抬头顺风的鸡头是撑头篙师傅吃的；吃鸡屁股的舵工师傅，表示能掌好舵。头一碗饭只能装一大瓢中间的饭，不能装锅巴，第二碗则可随便了。碗叫"赚钱"，筷子叫"拿篙子"，调羹叫"拿鸡婆"，饭瓢子叫"拿抓巴"。

　　山里人对山歌，水上人唱水路歌。船工、渔民多会说船谚，唱船谣。渔民挂嘴边的船谚，有驾船摆渡的经验，"三桨当不得一篙，三篙当不得一橹，三橹当不得扯帆""船到弯处必转舵，船到桥头自然直"，也有水上民间文化的集成，"单丝不搓成线，一人难撑两条船""浪再高在船底，山再高在脚底"。唱的则有渔歌、情歌、防风斗浪歌，但不能唱"牧羊调"，这个禁忌缘自流传甚广的《柳毅传书》神话，洞庭龙王之女下嫁受虐成了牧羊女，认为唱了"牧羊调"是大不敬，会使洞庭王爷发怒。

　　有一年夏天，太阳顶在头上晒，但到了傍晚，湖风一吹，热气迅速散去。落霞，湖水，长天，闭眼睁眼之间，颜色光泽形态，仿佛三棱镜有了万千变化。我在老君山水域的一条罾船上吃饭，渔家大嫂做了小龙虾、活水煮鱼，最后都抓一把紫苏连秆带叶丢进去。小龙虾是紫红的，颜色深，剥开的肉紧实。湖里的野生出产与河汊、养殖的味道差异很大。邻船上的一对中年兄弟过来陪酒，喝过几杯，船东家让他们唱几句。

　　船谣渔歌讲的是水上的情感生活，但在时代变化中这些歌谣多数失传，能留下的都成了"文化遗产"。中年兄弟看到我带头热切鼓掌，又觉得有些不好意思。弟弟薄嘴唇，桌上话多，伶牙俐齿的模样，这下也只顾埋头扒饭了。挨了一小会儿，弟弟外肘顶了顶哥哥的腰，说你唱一段岳阳《水路歌》。

　　长沙开船到母山，霞凝靖港丁字湾。借问铜官弯不弯？青竹云田磊石山。鹿角城陵矶下水，鸭栏芽铺石头滩。嘉鱼牌洲金口驿，黄鹤楼中吹玉笛。汉口开船往青山，借问阳罗弯不弯？阳罗不弯朝直走，团风把住双江口。双江口，口双江，好似杭州对武昌。水沙巴河兰溪堰，道士湖中水茫茫。

《水路歌》其实有一百多行，内容说的是水在湖南境内流经之地，一直流到崇明岛出海口的地理人文。哥哥嘴里的唱词，起音低尾音翘，韵味很足，就像一条欢快的河流。唱完他回肘顶了顶弟弟，意思是轮到你了。

　　弟弟抹了抹一张油嘴，拿腔拿调唱道："久闻妹妹一枝花，日织绫罗夜纺纱；一日织得三丈布，哪个不想妹成家。"

　　渔家大嫂带头扑哧笑了起来。我听着唱词中熟悉的地名，想着属于渔民的生活情趣，看着夕阳一点点浸没水中，湖面浮光跃金，静影沉璧，风跑动起来，洞庭湖摇晃着身体，变成了天地间的一条大鱼，一直游到夜色深沉。

　　禁渔后的湖上没有了船，水上生活成了口头记忆。没有进行书写的记忆会漂泊，会靠岸，也会相见。站在干涸之上，也许，我要确信，因为一场大雨抵临，四季轮回，水会归来，大湖会归来。原址保护的铁方佛依旧沉没在水中，木船在湖上销声匿迹，但升级换代的现代船舶仍在波澜不惊中轰隆航行。

（原载《十月》2023年第2期）

我的苏海图

刘惠春

一

苏海图,一个简单的地名,曾经是阿拉善和硕特部的一部分,这个名字也是老早前就有的,带着蒙古语的诗意。汉语意为"长红柳的地方"。

从我出生起,就没有见过苏海图的红柳。

那些从异乡来的人给苏海图起了个响亮的名字:三矿。第三个建成的煤矿,名字如此潦草,如同它潦草地接纳了每一个来到这里的人。

该如何说起这一切,荒凉的沙漠边,一小片聚居区,一群背井离乡的人,被阳光照着,被风沙吹着,被黑暗围着,孤独地到来,孤独地离去,直到尸骨上长出蒿子,直到过往的一切全都消失。

二

苏海图连一个镇子都算不上，它只是这座城市最北边的一个煤矿，再往北就是绵延起伏的乌兰布和沙漠。

向东是黄河，几十年前，黄河附近的荒滩全都开辟成大片的农场。农场是兵团建制，用"连队"来称呼，有农民，有知青，还有军垦战士。黄河再往东就是另一个叫海勃湾的地方了。没有公路桥没有轮渡的年代，黄河铁路桥是两地之间唯一的交通要道。人们要乘坐火车才能往来于黄河两岸，火车一天只有一趟，很多时候要用一天的时间来等这过河的几分钟。到了冬天，黄河结了冰，人们就能够直接从冰上过了，当然那些年的冬天很冷，冰层也厚。

西边是宽广而荒凉的阿拉善草原，说是草原，其实就是一片荒原，沙地上长着各种各样稀疏的沙生草木。天气好的时候，天空与荒原之间，会看见一道小小的蓝色间隙，那是贺兰山。常常会有一朵白云落在贺兰山顶，飘带一样，让人对贺兰山多了几分幻想。更多的时候，黄色的尘沙从山脚下奔腾而来，瞬间，整个苏海图就淹没在一片昏黄之中。荒原深处住着七八户牧民，养着十几只骆驼、几十只羊。牧民们常年待在荒原里，深居简出，绝少和苏海图人来往。偶尔到矿上来，不过是买些米面和纸烟等日常用品，还买一些煤，所有的物品都放在骆驼背上，一人一驼慢慢走回去。孩子们好奇地围着看骆驼，用石头向它投掷，骆驼不躲闪，抬起头看着那些孩子。牧民淳朴，并不撵这些骚扰骆驼的孩子们，但也从不搭话，做完自己的事，很快地走了，像另一个世界的居民。

南边有一条公路，这条公路是苏海图人通往外界的唯一出口，一路向南而去,尽头是包兰铁路线上的三道坎火车站,所以,这条路就叫苏三公路。偌大的荒原上,苏三公路仿佛一支火苗微弱的蜡烛,矿区人家的房子大都盖在公路两边,紧紧地依着这点热气过活。人们卖各种东西,也喜欢站在公路边,地上随便铺一块塑料布,上面堆满农场里种的各种蔬菜,或者锅碗瓢盆等日用品。每天,都会有很多拉煤的大卡车在这条路上呼啸着飞驰而过,烟尘四起。路两边的房子承接着漫天而落的煤灰,一年比一年黑。不只房屋,苏三公路上的煤灰熏黑了所有的事物,包括一个正在路上走的人。

苏海图还有一条向南而去的铁路,是苏海图煤矿的运煤专线。火车开进来时的汽笛声响亮而持久,整个苏海图的人都能听见。尤其夜里,人们总会被尖厉的鸣笛声惊醒。这些汽笛声,它们叫得真孤独啊,哀鸣一样的声音,仿佛拧着身子,不顾一切向外冲,要从偌大的荒原之地奔逃出去。那些半夜惊醒的人们,总要愣怔一会儿,才会重新入睡,继续被遗弃在这与世隔绝的荒原上。有的人在黑暗里睁着眼睛,无法入眠,听着火车巨大的吼叫,一声一声远去,像是把人身体里的一些什么也带走了。

苏海图还有什么呢?

一无所有的荒原上,只有那种垂直之物才能打破荒原的单调和乏味,比如洗煤厂的大圆罐子、焦化厂冒着火星的烟囱、矸石山、电线杆子、更远的山上、走下来的一个人。还有一些粗笨的、结实的事物,水泥砌的百货商店、粮油门市部、大礼堂……我小时候总以为它们都是耐久的,一辈子都会在的,像苏海图天空上的云,大朵大朵地飘着,像荒原上的草,年年都会绿着。

三

苏海图最不缺少的就是沙子，它们刮过路面，飞进你的眼睛，拍打你的脸，落在你正在吃的任何一样东西上，然后，在每户人家门口堆积。

生活在苏海图的人，一年四季，大多数时间都活在风里。尤其是春天，无论你从哪个方向突围，都是顶风。空气里弥漫着生冷的机器的味道、呛人的煤灰味道、令人窒息的沙子味道。沙暴起时，妖魔出洞一般，无处不在的煤面、沙子和大风共谋，像压顶的乌云，把太阳夺了去，人们就在半昏半黑里摸索着前行，低垂的眼睛看见的都是高低不平的路面，煤和灰堆。大风里，小小的土坯房像飘摇的孤舟，动荡着起伏着，听天由命。房梁上的灰尘一阵一阵抖落下来，平日窜来窜去的猫狗，这时都变安静了，它们也在祈祷，这场沙暴快快离去。孩子们站在窗前，不说话，咀嚼着满嘴沙粒，惊恐地看着外面昏黄的天空，生怕半空中伸出一只手来，把谁捉了去。有一回，邻居家的小女儿就在沙暴中丢失了，所有的人都出去找。最后，还是荒原深处的牧民们在一个沙丘旁边发现了她，给送了回来。女孩子只记得风里有大手推着她，那肯定就是妖怪的手。

雨，一年里，只下那么几次，冲洗着满世界的黑煤面，孩子们在渗出煤丘的黑水沟里玩耍，任由黑水四溅。就是那么一点点雨，荒原上的草木就都绿了，还有鸟儿飞来飞去。水坑里，居然还能看见小蝌蚪呢，它们和雨水一同从天上掉下来的吧。夏天的雨水，会在荒原上冲出一道壮观的山水沟，向着东边的黄河一路奔涌而去。苏海图的人们都会跑到大沟边看山水，像看风景一样。不知道那些山水，最后流到黄河了没有。

到了秋天,一堆一堆分好的白菜和土豆,堆在公路边。人们忙忙碌碌地用小推车往家里搬,然后贮存在菜窖里。秋天的天空特别蓝,像一块透明的大玻璃,带着一种压迫感,让人喘不过气来。坐在土墙上的孩子,看着天空一点一点压向大地,划出疼痛的边界,世界的尽头,依旧是荒原。

苏海图的冬天,夜晚总是来得很早。风照旧赶来凑热闹,在荒原上长一声短一声地嚎叫,像一头怕冷的巨兽。人们躲进土坯房里,红红的炉子上永远烧着一壶水,淡淡的水汽向四外飘散着。人们倚着这一堆炭火,做着一些零乱的梦。卜夜班的工人,靴子空洞地响在悄无人声的苏三公路上。星光暗淡,隐隐能够看见空中飘散着的煤烟,煤烟下的每一个人都睡着了,远处的机器彻夜不息地响着。

苏海图太小了,站在院墙上、房顶上,凡是高一点的地方,就可以看到四面的荒原。无边无际的荒原,向紧紧挤在一起的土坯房压过来,压过来,平日里看上去高大的土坯房,这时倒像小孩子一般,张皇而无助。

这样一个小小的地方,有着自己的医院、学校、邮局、粮油店……生产区和生活区混杂在一起,是一个自足的功能完整的小世界。偶尔一个陌生人从街上走过,第二天,大家就都知道了,那是谁家的亲戚。你认识每个人,所有的人也认识你,孩子长成了大人,还有老人们用谁谁家的孩子来称呼他。

苏海图的每一个人,在同一地方上班,在同一时间吃饭,晚上睡着了,也许梦也是一样的。每天早上,高音喇叭会准时播放各地人民广播电台联播节目,一些国家大事就在苏海图的上方响着。然后,上班的上班，上学的上学，逐渐散开的云朵，向东边飞去。

没有人能够想象出人生还有什么别的可能。

四

苏海图居住的人由工人、农民、盲流、黑户、下放的右派、知青等等组成。四处混杂而来的人，被粗暴地嫁接到这片从未有过人烟的荒原上。

一些人离去了，一些人又来了。他们不了解这里，但他们创造了这里，最后埋在了这里。

一无遮挡的荒原落日，曾让许多人落泪，他们心心念念着千里万里之外的回不去的故乡，遥远的逐渐模糊的故乡。

男人们的白天和夜晚，都亮着灯，他们的眼前是煤，耳边是机器声。死亡在苏海图是一件很简单的事，埋伏在各种事物的间隙里，矿井、火车道、漏煤眼、绞车、皮溜子、瓦斯、稀薄的氧气、火焰……都可以是死亡。

没有人知道那些黑暗中的煤岩什么时候会落下来，也没有人知道健全的肢体有一天会不会变得残缺，变成被压扁的身体，变成碎片一样的身体，变成无法拼起来的身体。一些幸存者，失去了身体的某一部分，依旧嬉笑着吹牛；也有的年轻人，从此陷入漫长的抑郁。

很难说其他健全的人没有难过，没有惊惧。他们只是脾气很坏，会狠狠地教训自己的孩子，夫妻之间也总是激烈地争吵。休息的时候，他们聚在一起喝劣质的酒，说谁谁死了，像说天气，然后醉醺醺地回家。他们把一切都放在心里，他们从来不说，爱，还有恐惧。

背着吃奶孩子的矿区家属们，站在学校门外，无聊地看小学生们做广播体操。她们实在没有什么事情可做，又不到做饭的时候，四野荒凉，只有广播体操的声音洪亮地响着。仿佛世界上只有那么一点动静，其余的，都寂静着。就是这些女人，她们也辛苦劳作，装卸煤面的时候，一个人可以装满一整节火车皮。

很多年里，他们一直就生活在这样指甲盖大小的地方，在煤里挣命，完成一个人生老病死的全过程。在他们的观念里，儿女结婚了，他们一生的任务才算是完成了。然后，就倚在墙角下面晒太阳，扳着指头数剩下的光阴。或者和几个老伙伴儿，坐在一起说说话，抱怨着身体各种各样的疼痛。越来越多的人，已不再被提起。

长年不见阳光的男人们很快变得苍老，孩子一个接一个地出生，每家都有好几个，没有人管，却也结结实实地长大了。

孩子的命运似乎也是确定的。他们对自己的期望并不高，因为身边的人对他们的期望也不高，很少有人认为没能接受到高等教育有什么好羞愧的，奋斗与否似乎也没有特别大的差别，也不觉得人生因此就会沉陷下去。也许，许多人之所以对生活并没有更高的期待，是因为没有见过更好的生活。

大多数的男孩子初中毕业便啸聚街头，到了就业的时候，总会有一份工作在等待，尽管这份工作不尽如人意。然后娶一个同样在矿上上班的女工，然后安分下来，像他们的父亲一样过完这简单的一生。这样的命运令人麻木，但也是安全的。

这些人短暂的一生，和一个被生活忽略的人没什么两样。人生的舞台不是他们的，他们甚至不是观众，他们是荒原上面的草木，是荒原下面的煤，是一切没有声音的东西。

一炉燃烧的煤，燃尽之后，成为一地无人收拾的灰烬。

五

在苏海图,什么都是敞开的,荒原、人家、孩子的心,豁啦啦地亮在烈日下。不觉得委屈,也不喜欢矫情,像荒原上的草木,挣着命活,安着心活,乐天地活。

苏海图收留着每一个吃不上饭的异乡人,源源不断的人来到这里,简直像是凭空冒出来的一般,不断涌入又不断流出。生命在这里并不那么珍贵,不过是一片驻留过的云朵,渐渐飘远了。天空中从来不缺少云朵,来的,去的。

都说这里养穷人,最后留下来的都是穷人。

阔大陌生的荒原上,老乡就是最亲近的人。他们喜欢把房子建在一起,几户,十几户,于是就有了称谓,河北大院、河南大院、山东大院……黄昏的时候,家家做好了饭,端着自家的碗,凑到另一户热络的人家,呱啦呱啦的乡音,几个人就是一个亲热的故乡。

男人们谈论工作,谁谁工伤了,谁谁调回老家了。女人的话题都是烟火日常,菜又涨了一毛,谁跟别人跑了,每一天都要把熟悉的人和所有的事过上一遍。每一户人家都是摊开来过的,没有隐私,没有秘密,一览无余,谁家的事情都是话题,谁家的底都会被翻腾好几遍。彼此因为过于了解,也无法装扮,昨天被家里男人打得青肿的一张脸,今天照旧坐在麻将桌边,有人调笑,也不过笑着骂回去,手里的麻将兀自不停。甚至在男女情事上,闲话里也没有太多的道德判断,只是不带恶意地说几句,甚至带有某种适度的宽容。大家拥有的都一样少,都是这世上浮游的人,都是这么活着的,谁笑话谁,谁难为谁呢?

肉吃进肚子里,再大的愁也过去了,没有人觉得孤单,大家一起烟火腾腾地活着。

在浩大的荒凉里，生多么单薄，一点点快乐都显得非常稀罕。人们热热闹闹地过着各种年节，七月十五蒸面人，中秋做月饼，过年炸油糕、丸子。家里总会挤满了一群人，有的是来帮忙的，有的只是消磨时间来说话的，还有的人一言不发，就站在边上看。最红火的是过大年，踩高跷、扭秧歌、闹元宵，会红火热闹很多天。

每年的物资交流会则是另一种热闹，整个一条街全是人，买东西的人、卖东西的人、什么都不买只看热闹的人。每个人看的都是不同的东西，每个人都为他们看到的东西兴高采烈，盛大缤纷的万花筒。交流会是苏海图人对自己一年劳碌的最大犒赏，使劲地买，用心地吃，把攒了一年的好吃好看好玩的全都来一遍，把憋了一年的乐子和欢劲儿，全都撒了出去。

再说说人们的怀念吧。人留在了苏海图，但心还记挂着故乡。清明，会选一个十字路口，给远在千里之外的祖宗们烧纸，那些纸钱飘飘荡荡，一路朝着故乡奔去。

六

我相信，没有比苏海图更孤寂的地方了。

苏海图出生的孩子，看到最多的事物除了煤，目之所及，就是荒原了。

黑不是苏海图唯一的颜色，还有黄色的沙漠和土黄色的沙丘，开黄色花的沙冬青，烈日下的沙蜥蜴、土坯房，和一些满身沙粒的孩子。

十来岁时，站在荒原边的我，就已经发现自己内心里充满着莫名的忧伤。荒原上笔直的烟深入到天的最蓝处，把我的心也带到那里，让我的心涨得疼极了，却不明白这种疼从何而来。那个年龄不会使用词语，不会表达，但我就是能够感受到那种疼。荒原提供了我最初的审美体验，那种美，不可把握，足以让回忆放慢速度。

荒原上生长的事物都是干燥的，生硬的，它的煤烟、寒冷和沙尘暴。但孩子们依然能够找得到荒原里动人的细节，能够辨认出瞬间消失的一个鸟影、一丝微风。每一朵花都有着荒原气质，尖尖的叶子，散布着银白色的光芒，尖锐而有力量。荒原因为挖煤裂出很多长而深的缝隙，像巨大的伤口。孩子们什么都不怕，在这些缝隙边跳来跳去，或者随便待在一棵沙蒿边，听风的声音、云的声音、草棵里虫子的声音。

荒原明亮的光线，到了黄昏就渐渐弱了下去，沙漠、荒草，都散发着异样的光芒，仿佛自身隐藏着某种神秘的火焰。孩子们的嬉闹声、欢笑声在空中盘旋，金色的黄昏、金色的天空、金色的笑声。我们在这里发现了世界、远方，自由地想象，自由地遗忘。

我相信，一个人如果在这样的环境中长大，生命底色一定会是宽阔的、豁达的。大风、云朵和沙漠能够在潜移默化中增加一个人的内心格局，让生命变得不再单薄。

荒原帮我抵御了我生命里属于黑暗的那一部分，那个灵魂荒凉的自己。我感谢荒原。许多年来，我都是这样一个人，与他人同在，却仍然只是自己。这就是荒原教给我的，自身虽然是荒凉的，但仍可以容纳一切，比如荒原的坦荡、云朵的开阔、骄阳的灼热、风沙的坚硬，都在我的生命里。

尽管我知道，没有一个地方会像苏海图一样，在我心里，刻下这样深的印记。只要转个身，就会看见它，孤零零地立在往事之中，向我张望，仿佛我老去的母亲。

但是我没有转身。

我离开了。

七

当我重新回来,苏海图消失了。

站在宏观角度来看,苏海图只是一个以煤为中心的能源地带,所以,它的消失是必然,因为煤挖光了。

人们搬迁到干净整洁的小区,过上了从前都不敢想象的生活,人们都欢喜着这样的新,一个新的创世纪。

可是,为什么我的心却如此疼痛?

厂矿的遗迹遍布整个地区,从前的一切都废弃了,一些人在拆卸高高的洗煤厂的圆罐子。看不见草木,看不见沙丘,更无法看到奔跑的"沙和尚",当然,还有那些浑身上下挂着沙粒的孩子。

土坯房淹没在杂芜的蒿草之中。那些蒿子蓬勃生长,放纵,热切,长得那样高,竟然覆盖在屋瓦之上。窗户上没有了玻璃,探头进去,地面上的砖全都被人撬走了,一层厚厚的土上散落着枯草,曾经亮丽的腰墙画上挂满灰尘和蛛网。

关于消失,有什么比一片废墟更让人惊心动魄。让人不敢相信,仅仅是须臾之前,那些熟悉的面孔还走在路上,密密挤在一起的房屋还冒着炊烟。不过五十年,曾经那样的烟火人间,已是如此遥远。那么多的异乡人,那些烟火沸腾,那些生老病死,所有的时间和事物都停了下来,空无一物。

苏海图恢复到从前荒凉的状态。

然而,一切怎么可能是从前?

我无法定义，苏海图是被遗弃还是丧失。它变成了一个没有意义的地名，一个消失的角落。最美好的一部分早已灰飞烟灭，最根本的部分也仅仅被不多的人深深封存在记忆里。

　　苏海图处处弥漫着的说不清道不明的味道，其实就是一种贫穷以及粗鄙的味道，这种味道附在人的身上，很难清除，让我走到哪里，都会感觉到它的伤害。我曾经没完没了地抱怨这一切，迫不及待地想要离开它。

　　有一天，苏海图突然消失了，我也终于失去了那个可供抱怨的对象。清晨的矿区广播、正午的云朵、黄昏时金色的落日、夜晚的火车汽笛，这所有的一切，沉没在时间之下。

　　苏海图不在了，我的归途在哪里？

（原载《民族文学》2023年第5期）

谨以此文,纪念《四个春天》中的那位父亲

陆庆屹

1

二十多年前的一个下午,已经记不清是春天还是夏天,只记得紫红色的薄窗帘垂在一扇窗边,呼呼地扑动着。父亲用右手托着腮,和我一起坐在电脑前,看我写的那些诗,坐了一个下午。他几乎不说话,偶尔提出疑问,然后静静地听我解释。

"为什么要 —— 从孤独开始 从自然延伸"
"为什么说 —— 爷爷的祖宗 比我祖宗老"

父亲微微眯着眼睛,淡淡的疑惑和释然交替着在他脸上出现。怎么看,都像带着微笑。他的声音很小,我的声音也很小。时不时有叫卖声在楼下空旷的街上经过。我和父亲从未谈过心,那个下午,似

乎是我们第一次试图用心灵去抵达对方的时刻，回忆起来，我内心是非常庄重的。我认真地解释那些幼稚而严肃的诗歌，并将我在写下每一句诗的时候，是怎么思考的，顺便也将与诗同步的生活状况告诉他，引得他叹息连连。

　　痛苦是通往灵魂深处的一条线索。

当看到这一句的时候，他脸上出现了难过的神色，问我是否真的痛苦到灵魂深处的程度。我和他由此讨论起灵魂及人生的痛苦这些抽象的话题，这是我始料不及而且从未奢望过能出现的状况，它就这么轻松自然地发生了。

有些激烈的解释，我怕他伤心，就说是因为画了一幅画或做过一个梦，敷衍过去。他好像能看穿我的谎话，每到这种时候，他就意味深长地瞟我一眼，也不说什么，微微笑一笑。手依然托着腮。

这些诗，都是我在十多年的放逐状态下写的。父亲想从中了解，在我们分离的那些漫长岁月里我的生活方式与状况，思想的变化过程。他想紧紧地拥抱我的心，在那个下午，所有的分歧和过往的裂痕，都被抹平了，我们会继续对世界有不同看法，但那些分歧已经不再因此影响到我们的关系，而且会因为可以深入讨论而让我们更紧密。

他终于了解且接受了我的生活，并且认可了我的所思所想，不再为我的未来担忧。天要黑时，他问饿不饿，我说不饿，他指了指屏幕，说那再看一会儿。

2

我和父亲都属牛，他36岁那一年我出生了，1997年他从独山师范退休的时候，我24岁，远在北京迷茫地漂泊着。那一年，父母做出了一个巨大的决定。当时师范决定集资建楼，每家出三万元，一两年就能得到一套三室一厅的楼房。当时的三万元，在独山是个非常巨大的数字，父母没有参与，他们有更宏大的目标，要盖一座属于自己的房子。母亲在给我们的信里说，以后你们三姐弟回家，都可以有自己的房间睡觉，不用再跟其他老师借宿了。

我们得知这个决定的时候很震惊，因为那要花费二十来万，远远超出了集资房的费用。不过父母的豪气从来都很让人钦佩，我们姐弟当然会毫不犹豫地支持，可惜当时我能养活自己就不错了，只能够精神上支持。哥的存款也少得可怜，好在姐工作出色，有几万块的积蓄，哥姐把积蓄交给了父母，先把迎春巷那块看中的地买下来。接着父母又想尽办法筹到启动的费用，买了材料、找人开工，然后继续筹款，边筹边建。

一年之后，我们家终于拥有了一栋两层的大房子，房子的正中央还留出了一个四方的天井，可以仰望天空。母亲说这是自己的天地，在这里面，玩什么乐器都影响不到别家，就算邀朋友来唱歌跳舞，都随时，自由自在，这才是真正属于自己的家。

几乎每天早上，父亲都要巡视这倾注了他们一生心血的杰作，楼上楼下，井台栏杆都擦得干干净净，打开每个房间的窗户通风透气，天黑前再关上。他觉得这所房子称得上完美，虽然它看上去还很粗糙，但他从来不去挑它的毛病，甚至会把一些小问题当作特别之处，去替它解释。他很少出门，喜欢享受待在家里的安详，时常打量着房子的某一处，笑眯眯地发起呆来。有一次午饭后，他站在天井里沉思了半晌，伸手去抚摸墙面，像欣赏艺术品一样，爱不释手地摩挲着。母亲躲在厨房里，忍住笑偷偷看他，悄声跟我说："你看你爸，最好玩了喂，呆的呀……"她使劲憋住笑，满脸通红，五官全挤到了一起，半天睁不开眼，最后憋得咳嗽起来。

喜悦总是建筑在艰辛之上的，巨大的债务让日常生活更加拮据，但是父母的精神一如既往地旺健，脸上时常洋溢着骄傲和满足的神情。"总有一天会还清的。"他们说。

第二年，师范领导决定拆掉学校的临街围墙，盖一排小商铺，出租创收。为了尽早还完债，父亲想去租一间来修理家电，但母亲担心会被人笑话，退休老师还想着赚钱，那时候这种事情说出去，还是挺羞耻的。但父亲没有什么顾虑，他说，我这一手技术，浪费在手里也很可惜啊。

他很快去交了一个月八十元的租金，又打印了一块蓝地白字的招牌，挂在门楣上方，摆上一张桌子，一天之内就把这些事情办好了。就这样夹在一家米粉店和一家发廊中间，开始了新的事业。父亲教了四十年物理，平时总在帮人修电器，所以专业优势突出，修得又快又好，人又耐心和气收费低，因此全县的坏电器都找来了，小铺里从墙角到桌面，堆满了大大小小的电视和录音机，还有些古董似的小收音机。有七八个师范学生前来拜师学艺，因此店里总有三四个人，父亲工作时仿佛仍在教室里讲课一样，不那么孤单了，每天都神采奕奕的。

那年秋天，我在北京无所事事，看不到什么未来。刚进十一月，就拖着一箱子书回家过年了，天天窝在给我那间朝西的二楼小屋里看书。父母给了我最大的自由，从不打扰我。每天早上我都躺在床上，细细倾听父母的动静。总是八点不到,父亲吃完早餐就出门了。母亲在家做些针线活,同时负责烧饭,饭菜快好的时候,她就在天井里喊我:"庆屹——"她叫我的时候,尾音总是拖得很长:"——去喊你爸回家吃饭。"一天两次,午饭和晚饭。

从家里到修理铺大概只有三百米距离。我出门点上一支烟,一般烟没抽完,路就走完了,我会提前把烟扔掉。虽然爸妈知道我抽烟,但我不愿意当他们面抽,不知道为什么,可能觉得有些不敬。到了修理铺,通常要等上一会儿父亲才能走开,总有人满眼期待地守在旁边。那时的人很依赖电视来打发时间,为此父亲总是一刻不停地工作着。我跟父亲打完招呼,就无所事事站到门槛外面,不时闻到电烙铁焊接的松香味飘出来。回家的路上,父亲会跟我说说当天的成绩,此外我们很少有其他的对话。我每天两次往返在这条路上,父亲每天四次往返在这条路上,日子就这样一成不变地流逝着,我们也很沉醉在这简单而温情的生活里。

3

不过,再平静的生活,也总在缓慢发生变化的。父母虽然不说,但对我的未来还是很担忧。有一天叫父亲回家吃饭的路上,他沉默了一会儿,然后小心地说,要是你在北京实在混不下去了,不如回来跟我学学修理电器,会一门手艺总不至于饿肚皮。当时我本能地摇摇头,笑了笑。他欲言又止,也陪我笑了笑。我看着他温和的眼睛,心里充满了感激,之后我们一路心照不宣地沉默着。后来他又跟我提过一次,我仍然不置可否地笑笑,从此他没有再提起。

进入十二月后一直是阴雨天,有一天放晴了,阳光格外刺眼。回家的路上,太阳正晒在头顶,脚下的影子缩成了一小团。我和往常一样,阴郁地走在父亲身后,看着他清瘦的背影,心里想,他哪来那么旺盛的精力和活力?

我们穿过一条短巷,横跨国道走上了影山路的小坡,这时从侧面吹来一阵小风,父亲的头发被吹立了起来,就像一蓬乱草,一颤一颤在风里飘动。他怎么增添那么多白头发了?我使劲看了看,顿时一阵心慌,我突然意识到——父亲真的老了——眼泪猛地涌到了我眼眶里,不停地往下落。我不敢相信,又忍不住盯住他的白发,模糊的泪花里浮现出一些他以往的照片,十年前,哪怕是两三年前的照片里,父亲还很风华正茂呢,一头黑发,明亮的眼睛里总是充满着光。怎么回事?我感觉心脏好像被重击了几下似的,收缩了起来,脑子嗡嗡作响,恍惚中没听见他又跟我说了些什么。

要拐上迎春巷的时候,父亲突然回头问我:"饿不饿?"声音里带着他惯常的那种歉意。我慌忙弯下腰,假装系鞋带,不想让他看到我的眼泪。我支吾着说,爸先走吧,我马上来。他站在那里说,不用,一起。我只好把两只鞋带都解开了,真的重新勒紧系好,顺便用衣领擦拭眼眶,心里希望这期间里父亲没有在看我——往后的日子里,很多次我想问他那天有没有看到我哭,但总是临要开口又退缩了——现在,这已经成了一个永远的秘密。

站起来后,我用手背揉着眼睛,假装进了东西,父亲没有问什么,转身往前走去,我仍旧止不住泪地跟在他后面。这样的情景,在很多年前也曾发生过一次,只不过那次我们是走在七八公里外的田野里。

那时我十四岁,正是最叛逆的时期。暑假时因为觉得受了委屈,愤然离家,走了将近两小时,边走边访,找到了一个农村的同学明江家,他们那个寨子的名字很好听,叫浪莲。明江看到我很惊喜,因为上学时，他好几次说要带我去他家玩，都未成行，大家初三毕业后，都不知道还能再见几次，没想到我自己找来了。明江兴奋地带我去竹林里挖做烟斗杆的竹根，又带我去小溪里捉虾子螃蟹。回家后，他又去借来村里唯一的录音机，大声放着邓丽君的歌，一家老少坐在堂屋里笑眯眯地打量着我，听得如痴如醉。农村的晚饭很早就吃完了，明江说，你运气真好，石牛坡今晚放电影，先泡个澡我带你去看。

我们拿上肥皂，顺着屋后的溪流走到了山脚下，找到一汪池塘。我们平躺在清凉的水里，枕在岸边的泥草上，看着满天白云慢慢变成了火红色，天空像燃烧了一样，又逐渐黯淡下去。整个下午，只有这一刻，我心里似乎才安定了下来，黑暗给了我隐藏的空间，破罐破摔的戾气平息了，接下来该怎么办的念头又开始困扰我。后来，那场露天电影放了什么，我已经想不起来了，只记得自己一整晚忧心忡忡的心情。

夜里躺在木板床上，我仍然被复杂的惶惑折磨着，闻着从楼下钻上来的牛粪味，翻来覆去睡不着。明江问怎么回事，我老实说离家出走了，他哈哈一笑，划亮一根火柴点燃蜡烛，下楼去他爸口袋里偷来两支烟。他给我点燃烟，爬到了另一张床上，吹熄了蜡烛。我们两个把头探出蚊帐，沉默地抽着烟，两颗红色的烟头在黑暗里明灭着。也不知道过了多久，明江传来了细微的鼾声。

第二天很早，蚊帐突然被掀开了，我迷迷糊糊地骂了一声：滚开。然后听见明江吃吃的笑声，我睁开眼一看，吓了一大跳，父亲两手撑开蚊帐站在床前，明江捂着嘴站在他身后。我以为是幻觉，立刻坐起身，定睛看着他，脑子里飞转起来。他怎么找来的？我没有跟任何人说去了哪里啊，路上好像也没有碰见哪个熟人，这怎么可能。我呆呆地盯着父亲。他两眼通红，脸上的胡茬使他显得很憔悴。他露出痛心的微笑看着我。"起来，回家吧。"他的语气和往常一样，既没有怪责，也没有询问，却有种让人无法反抗的力量。

明江一家要留我们吃早餐，父亲谢绝了。"他妈在家等着呢。"他指指我说。浪莲村被包围在一望无际的稻田中央，我和父亲小心翼翼地走在一尺来宽的田埂上。墨绿色的水稻高到了我胸口，像两面绿色的矮墙夹着我们。我时不时回头，眼光越过稻叶尖去看浪莲，它一次比一次变得更小。夏天蓬松的云填满了整个天空，大地铺上了各种深绿色，我和爸都穿着白衬衣，仿佛天地间只剩下了我们两人，相伴着踽踽前行。

我一路在想，独山的寨子那么多，离家又这么远，父亲又不认识我那些同学，他是怎么找到我的？需要辗转多少家去打听啊。那时候天还没有大亮，很显然父亲一夜没睡，不知道这一夜他跑了多少地方，走了多少路程，敲了多少家的门……我不敢想象他在县城大街小巷里奔波的样子，他那心急如焚的神情在我心里灼烧着。我跟在父亲身后几步远的地方，凝视着他的背影，他薄薄的白衬衣敞开着，在身体两侧飘飘地拂着稻叶，消瘦的身体显得特别单薄，蓬乱的头发堆在头顶。我看着看着，眼泪就忍不住流了下来——此刻想起来，那一年的父亲正好是我现在的岁数，那时候他已经养育了三个儿女，负担起了一个家庭的重担。而我呢，内心还在不知年月地飘荡着……

4

现在父亲不在了，我时常沉陷在他给我的回忆里，很多往事一遍一遍地在脑海里流淌而过，很多细节让父亲在我记忆里愈发地深刻起来。我想，他和母亲应该是整个独山最开明的父母了，对我们姐弟三人成年后的所有选择从不干涉。那时候家里已经安装了电话，他们总在跟我们通话结束前说，知道你们工作都好好的，我们就放心了。

1999年，我辞掉编辑工作，回到了贵州，决定要去当个矿工，父母惊讶的同时，也只是问我想好了没有，得到肯定的回答后，只是叮嘱我一定要注意安全。在矿上待了几个月，临近元旦前，我从矿山回家休息几天，却赶上了家里遭遇过最严重的一次火灾。那天妈去乡下吃酒，我躺在床上，听着她出去时反锁门的声音，翻过身又睡了过去。等再醒来，已经临近中午，迷迷糊糊从门框上的天窗看到了滚滚浓烟，我吃了一惊，连忙跳下床打开门，只见父母卧室的天窗里冒出来大股大股的浓烟。我吓得头皮发麻，连忙拨打119，然而电话一点声音也没有，大概是主线被烧断了。我套上衣裤，想去找邻居家借电话，却忘了外面铁门被反锁，从里面打不开。我朝门外大喊大叫，可这是一条新街，没有几户人家，我绝望得差点哭出来。没办法，只能靠自己了。

幸亏家里有一口井，蓄了一大池子的水。我没时间多想，拎着一铁皮桶的水奔上楼，一脚把门踹开，"嗡"的一声，一条火舌卷着黑烟扑了出来，燎得脸一阵灼痛，我连忙弓矮身子避开火焰，埋着头往里冲了两步，把桶里的水使劲往黑压压的火焰上泼去，又退出来飞奔下楼打水。这样上下几十趟，池子里的水干了，好在房间里的明火也几乎都扑灭了，只剩下房间深处有几撮火星子在闪烁。

泼完最后一桶水，我瘫坐在门口，泡着从房间里漫出来的黑水，茫然地瞪着不断往外涌的黑烟。房间里的滚滚热浪烤着脸，噼里啪啦的断裂声，还有瓷地板的崩裂声不时响起。这时我才想起来，家里只有这个房间是上锁的，所有珍贵的、值钱的东西都放在了里面，我们的照片、信件、摄像机、录像带，妈收集多年的背带图案纹样，爸的乐器，全在里面。我看着黑洞洞的房间，号啕大哭起来。可我已经没力气了，眉毛和头发也被燎得火辣辣的。我摸了摸被烧出裂纹的墙壁，还很烫手。

这么坐了一会儿，听见有急急忙忙开锁的声音，大概是父亲回来。我收住抽泣，扶着栏杆站起来，一片惊诧声中，杂乱的脚步声上了楼梯。父亲在最前面奔过来，眼睛瞪出了血丝，身体不知所措地颤抖着。我第一次见到他眼睛里出现惊恐的神色。

我安慰他说，已经快熄完了。他扶住我晃了一眼，挥手扇着黑烟，往房间里探视，说要打开对面的窗户，烟才能放出去，说着就要往里冲。我连忙把他抱住，用已经湿透的衣服包住头，冲了进去。热浪顿时堵住了我的呼吸，脑子瞬间感觉变得迟钝了。我奔到窗边，看见玻璃都已经被烧裂了。我也不管烫不烫手，抓住窗框使劲一拉。猛地，一股热气裹着黑烟，越过我的后背和头顶蹿了出去，同时窗外隐隐有一丝清凉透了进来。我迅速跑出房间，父亲焦急地扶住我，带着哭腔说："你眉毛……烧没了，还有头发……"我摇摇头说没事。

他跑下楼去，从井里打水上来，同来的几个街坊帮忙拎水上楼，把最后的暗火也浇灭了。大家挨个看了看房间，都摇摇头，发出唉唉的叹息。他们走到天井里，低声讨论起火原因，一致认为是电热毯导致的，父亲听着，露出了痛苦的表情，喃喃地不说话。街坊们看着他，默契地停下讨论，安慰了我们几句，陆续离开了。

房间里的烟渐渐散去，里面变得漆黑一团。父亲不忍心多看，别过脸去。他扶着栏杆，环顾了左右，长叹一声说："才盖了不到两年……"他声音很小，像是自言自语一样："幸亏你在家，要不然……都烧坏了……"我把手搭在他的手背上，晃了晃。他转过头来看着我，愁眉苦脸中，挤出一丝既像感激又像鼓励的微笑。

半个小时过后,房间里温度降下来了,我们两个踩着黑水进去收拾残局。靠门边的大衣柜烧了一半,我拉开变成了炭的柜门,抽屉里珍藏了好多年的照片已经烧掉了一大半。父亲把竖放在衣柜顶部的小提琴取下来,琴盒已经朽脆了,他轻轻打开盒子,小心地把琴取出来,琴面还好,他高兴地哈了一声,吹了吹灰,可翻过来一看,背板大半已经炭化了。父亲心痛地摸了摸,手指就黑了,他说拿下去擦一擦。我应了一声,茫然地转着圈,踱着步,打量房间的每个角落。昨天墙壁还白生生的,一转眼就变成了黑煤窑一般,我心里异常忐忑,害怕母亲回来看到了会多伤心。

正当恍恍惚惚中,突然听到嗡嗡的琴声传来,我一愣,连忙跑到门口往下看。只见父亲端端正正坐在井台边,轻轻低头调整了一下体态,右手轻摆弓子,试了试音,接着开始了郑重的演奏,随着他两手的舞动,残破的声音在天井四壁里回旋。是那首《沉思》,父亲最喜欢的曲子。我浑身鸡皮疙瘩冒了出来,仿佛被电击了一样,魂魄都飞了起来,心中又悲又喜。我静静地端详着父亲,默默感受着从他手指间传递出来的心绪,听了很久。在这种时候,也许只有音乐才能给他莫大的抚慰吧。

音乐,可能天生就流淌在我们一家人的血液里。在更早以前的很长一段时间里,音乐也是唯一能安抚我的东西。我上高一时,因为学校里的烦心事,一气之下离家出走,从此没有再读书。那时候我迷惘极了,不知道自己能干什么。只有听着音乐,沉溺在轻飘飘的世界里,忘掉现实,似乎才能看到一丝隐隐约约的希望。每天夜里,我用单卡录音机小声地听着音乐到凌晨四五点,边听边写自悲自怜的日记,字里行间充满了灰暗的字眼。

偶尔父亲起夜时,看见我房间还亮着灯,他敲门进来,提醒我早点睡觉,他的说话声和动作都很轻,怕吵醒了母亲。有时候他看我沉醉在音乐里的样子,有点不忍心,就跟我一起听两首,然后露出抱歉的笑容说,还是喜欢老歌,这些新的歌听不懂。我说听进去就爱听了。

他说:"嗯,其实人都喜欢听自己习惯的音乐,什么音乐听久了都能听,就像穿惯的衣服,脱不下来了,一脱下来心里就觉得空荡荡的。"

那时候是冬天,贵州的冬夜非常阴冷,父亲穿着薄薄的内衣,拖鞋的橡胶底也很冷,他缓慢地原地踏步着跟我说话,他一说起音乐来就很忘我,总是等我劝他快回去睡觉,他才醒过来,又叮嘱一遍我早点睡,然后轻轻提起门,打开走出去,回头朝我微微一笑,再合上门。我仔细听着,但几乎听不到他发出的脚步声。

像这样的对话,都是因为有音乐的缘故,其他方面,我们交流很少。也许是从我有了稳定的工作之后,我们父子之间的界限逐渐变得模糊了,更多像是朋友一样,随意地相处着,几乎到了无话不说的地步。

5

过了2000年,我决定离开矿山,回到了北京,打算重整旗鼓继续找工作。为了省房租,我再次厚着脸皮去投靠哥。那时他在香山脚下的正蓝旗租了一个二十多平方米的小屋。正蓝旗最早叫黄叶村,离曹雪芹故居一百来米,紧挨着植物园的北门。每天黄昏后,村民可以进出植物园散步,不用买门票。是住在这里的一个福利。

哥很有整理收纳东西的天赋,狭小的屋子里居然放下了两架钢琴、一张大床、两张沙发、几张桌子,并且安排得井井有条,不过看上去,也已经达到了这屋子容量的极限。这屋子有个缺点,光线很不好,也不通风，因此房间常年阴暗潮湿，仿佛洞窟一般。好在哥是极温和的人，对我的到来没有任何意见。我像十几年前刚到北京时一样，又跟他住到了一起，睡在其中一张沙发上。

我和哥的生活规律不太一样。他每周有四天骑自行车进城去上钢琴课，其中一天要骑上一百八十公里左右的路程，在北京城的东南西角画一个巨大的三角形。他精力实在太旺盛了，有时在教课中间，还要抽空去跟朋友打两个小时网球。

我就职的广告公司在安定门，每天通勤将近五个小时。公司几乎天天加班，所以每天我回到住处，差不多都在十一点半左右，进屋就洗洗睡了，因为早上五点半还要起床赶车。只要迟到一天，那个月的全勤奖就会被扣掉。在这种高强度的节奏里，我根本没有精力再去收拾房间了。因此房子的乱是从堆在我枕头边的书开始的，很快就像病毒一样传染到房间的各个角落。一年后，这个洞窟一样的房间就变成了猪窝。朋友来了没有地方坐，下脚都要看看会不会踩到东西。

我和哥都很清楚，生活已经陷入了低谷。但我们好像也都在故意测试自己的忍耐限度似的，依旧坦然地窝在这里。我隐隐觉得，总有一天我会摆脱这样的局面。而哥呢，只要摆脱了我，生活自然就会回到整洁有序状态。他有足够的耐心去等待我的成长，我也在认真地工作中，暗暗期盼着那一天的到来。

然而那一天还在遥遥无期的阶段，父亲先来了。他去沈阳帮姐带了九个月的孩子，要在北京转车回独山，顺便来和我们待几天。

听着电话，我头皮发麻，环顾一圈这个已经无可救药的房间，不知道父亲看见了，会是怎样的心情——记得在老家，每当父母提起两个儿子都在北京时，别人都羡慕地竖起大拇指。谁能想到，这两个让别人羡慕的儿子，竟然会住在如此难以启齿的黑窝里——我们尽力收拾了一下，勉强腾出另一张沙发。第二天，我请了一天假，带着惶恐不安的心情去车站接父亲，一路忐忑地等待着他进门时的反应。

车开进村子，父亲饶有兴致地左右张望，他听我们说离曹雪芹故居很近，表现出少有的兴奋，说，那要去好好逛一下，看看《红楼梦》是在哪里写出来的。

终于，我担心的一刻就要到来了。我低下头推开门，示意父亲先进去，他站在门口愣了愣，随即笑了出来，"怎么比我们家还乱，哈哈。"

他往里走了几步，谨慎地绕过桌子，蹭步走到自己要睡的沙发边，按了按，缓缓坐下来，掂了掂。"还舒服嘞。"然后平躺下来，辗转调整了几下身体。"哎，这边好安静啊，最适合睡觉。"

我悬起的心一点点放了下来。哥问他累不累，要不先睡一觉。父亲摇摇头，说，去看曹雪芹故居吧。

过了几天，我下班回去时，天光还微亮，但屋里是黑的，哥大概是去上课还没回来，父亲也不在。我看见键盘上放着一张信笺，写着几行字，是父亲洒脱的字迹，我连忙拿起来，上面写着：

松、屹：爸出去走走，饭菜做好了，在锅里，热一热就可以吃。

落款还有一个"爸"字。

拿着字条，我心里一阵酸楚，突然才意识到，父亲独自在这黑屋子里是多么寂寞。说是来看两个孩子，可我们却没有用心陪伴他……我长吸一口气，狠狠地呼了出去，胸口闷闷的，捯不过气来。我把信笺细细叠好，放进钱包里，脑子空空地坐在床边。过了一会儿，看见枕头上，那本梁实秋的《雅舍小品》半开着，应该是父亲这两天正在读的。我连忙抄起书，顺着父亲折过的痕迹，草草地翻阅起来。

过了不久，父亲回来了，看见我手里的书，笑笑地说："这本还好看嘞。"我说我也很喜欢。他赞同地笑了笑，挺直腰，两手背到身后扩了扩胸，说："我计划后天走。"

我脑子嗡了一下，一直处于发蒙的状态，不知道接什么话。我想象着他一个人去问路、找车站和售票点的情景，心里很愧疚。我们又沉默了一会儿。父亲打破了沉寂，平静地说："爸在这里，什么也帮不了你们，还影响你们工作。后天是星期六，正好你可以送爸。"

第二天我跟公司请了假，和哥陪着父亲在植物园里转了一大圈，本来还想去颐和园的，但时间来不及了，父亲说，不怕，下次再去。

晚上，我请父亲到青龙桥一家新开的餐厅吃饭，这家我每天都会路过，看里面的客人总是很多，味道应该不错。

点菜时，我问父亲想吃什么，他说，来点没吃过的吧。于是我们要了一份生鱼片。端上来时，父亲哇的一声，好漂亮……随即又咧咧嘴说："吃生的啊？"

"是啊。"我和哥异口同声回答，催他夹起一片，教他蘸了蘸芥末酱油，又警告他要做好心理准备，将会享受到无法形容的难受。

父亲哼了一声："我就不信了。"说着把鱼片递进嘴里嚼起来。不到两秒钟，他的脸就挤成了一团，眼泪瞬间就飙了出来。我和哥哈哈大笑。等他恢复了常态，看上去脸腮的肌肉还是紧张的。

"怎么样？"我和哥期待地望着父亲，他平静了一下，坚定地说："我还想再试试。"

"好！"

很自然地，我们三人一个接一个地都现出了同样痛苦的表情，直到那盘鱼片全被吃光。那个晚上，是我们在外面吃饭时，最欢乐的一次。后来我每次经过那个餐厅,总会想象着我们坐在里面的场景,想起那盘生鱼片,想起父亲强忍住眼泪的笑脸。

6

此后的十几年里,父母没有再到过北京来看我们。后来我逐渐有了些积蓄,还成了一个自由职业者,回家就方便多了,每年回去三四次,每次一两个月。我和父母的空间距离,又重新拉近了。

2007年,我买了一个入门级的单反相机,从此世间的一切在我的眼里有了新的质感,我每天相机不离手,恨不得睡觉都抱在怀里。两个月后我回到贵州,不分昼夜地拍摄起来,经常为了拍朝霞,半夜两三点就出门,独自去爬野山。父母让我注意身体,要适当睡觉,我都听不进去,痴迷得不管不顾的,偶尔才会怀疑这么瞎拍是否有意义。

每次我拍完回家,父母都要第一时间看我拍了什么,我忍住疲乏把照片拷到电脑里,我们三个就凑在屏幕前一张张地浏览起来。父母经常发出啧啧的赞叹声,惊讶于自己生活了一辈子的这个地方,居然会有另外一番景象。我们热烈地讨论着,时常耽误了吃饭,好在我们一家人对吃饭都不怎么在意。看着他们投入的样子,我觉得一切都值了,这就是我拍照的意义。

2013年的春节,大年初一,因为各种原因,就父亲、我和哥三人在家。那天很晴朗,午饭后,我说想去爬城东那座最高的山,拍几张县城的全景。爸和哥几乎同样的反应,走,一起去。

路上阳光时有时无,天上布满了松散的絮云,温度也很怡人,不冷不热,这在贵州的冬季是很少见的。我们一路说说笑笑,走走停停,往深山里走去。父亲拿着哥送他的卡片机,一路赞叹一路拍,他说,怪了，有了相机之后，看这些枯枝杂草都变得漂亮起来了。

往东走十几分钟就是一条延绵百里的山谷，叫拉垄沟，谷里溪水潺潺，是我们常去游玩的地方。那座高山爸妈都没有去过，春节里也没人逛山，我们只能凭感觉找路，速度很慢，有几次明显走错了，不得不又折回来重新校准方向。

我背着二十多斤的相机包，手拿一个三脚架，父亲总想帮我背相机包，哥说，帮他背，还有我呢，怎么也轮不到爸啊。说着我们三人哈哈大笑起来，笑声在空旷的山林里回荡。

没想到那座山会那么遥远。阳光慢慢变黄了，斜斜地穿过疏密交织的枝条，洒在我们淌满了汗水的脸上。在没完没了的密林杂草中，我们翻过了一座又一座的山峦，将近六点才登到山顶，那时太阳已经很低了，金色的夕阳洒在起伏的丘陵和田野上，拉出了一道道凌厉的影子。零星的山丘和独山城在这样壮阔的景象里，显得微小而精致，安详地坐落在群山之间。我们穿过的那道深谷，黑沉沉地横亘过大地，延伸到天边染透了霞光的迷雾里。我们找不出合适的语言来形容心里奔涌的情绪，只能一声声叹息着。

我和哥赶紧找到视野开阔的地方，支稳三脚架，忙不迭地按着快门。我们拍了一圈之后，太阳落到了山后面，整个世界都变成了灰蒙蒙的蓝色，独山城的灯火犹如海市蜃楼一般，在蓝色的深处闪烁着。父亲说，我们和独山来一张合影吧。这下我才想起来应该早一点，趁有光的时候拍啊。摆弄了半天，勉强拍了两张还能看的，父亲满意地说太棒了，不知道是真的觉得棒，还是在鼓励我。这时天已经完全黑了下来，远处的灯光更迷离了。我们三个恋恋不舍又看了一会儿，才狠下心来往回走，心里既很满足，又有点失落。

下山也没有路，我们懵懵懂懂朝着灯火方向摸索，一个多小时后，终于出了山谷,到了城边,能听到远远的鞭炮声。我们放下心来,边走边仰望锃亮的星星,又是一番感慨。我那时候刚掌握了拍星星的技巧,很上瘾,就提出来拍几张星轨。父亲也很好奇什么是星轨,站在一旁看我摆弄快门线。看我按过快门后半天不动,他问怎么了,我说拍一张星轨至少要半小时。他发出一声低低的惊呼,摇摇头笑了起来。过了一会儿,他看看表,说:"都快九点了,我先回家做饭等你们吧。早点回家。"我和哥说好。父亲踌躇了片刻,问我要不要他帮背相机包回家,我连忙说不用不用,他又笑笑,转过身去。我看着他的身影朝着隐隐的天光慢慢小去,心里感到一阵酸楚。

我们往回走时,已经十一点多了,城里的鞭炮声越来越响亮。走进巷子里,街坊邻居带着孩子在路边放烟花炮竹,东一簇西一簇的火光照亮了他们欢笑的脸。我们在忽明忽暗中快步走到家门口,轻轻推开门,听到零星的鞭炮声从天井上方坠下来,在四壁回荡出微弱的嗡嗡声。我透过黑黢黢的天井朝对面的厨房看去,父亲像往常一样,沉静地坐在橘黄色的灯光下,脸上的神情安宁而柔和。他听见声响,抬头看见我们,脸上绽出了和蔼的微笑,站起身朝我们迎出来:"回来啦,星轨拍得怎么样?"我和哥不由莞尔笑起来,打开了相机显示屏给他看。父亲露出不可思议的表情,喃喃道,神奇,好神奇。"来,先吃饭。"我问他怎么不先吃,他笑眯眯地说:"一起吃热闹嘛。"我放下相机包,看见桌子上已经摆好了三副碗筷,铁炉上的火锅正虚虚地冒着几丝水汽。

7

父母亲从来不干涉我们的道路,任由我们自然发展,但他们的天真和好奇心,一直对我们的选择有着巨大的影响。他们很豁达,从来没有对生活说过一句抱怨的话，总是笑眯眯的，对我们的兴趣始终充满了好奇和热情，我因此才会在视觉影像上越走越远。

2017年，我用将近两年的时间，把拍摄父母的视频剪成了一部纪录片《四个春天》。首映的那天，我回贵州接他们到北京来看，我就想让他们在影院里，看看银幕里的自己有多可爱，多可贵。映后环节，主持人让父亲说两句，他那时候已经有些衰老了，他站起来，迟缓地摘下帽子对前后的观众各鞠了一个躬，说："我今天在银幕上看到我自己了，我想这部片子是献给我们老人的吧。"他顿了顿，继续说，"我感谢我的儿子。"当时我在台上泣不成声。我从来没有给他们买过什么礼物，但那一刻，我终于给他们献上了一份礼物。他们终于看到了我在坚持着什么，也终于可以对我放心了。

然而我的长大来得太晚了，父母以肉眼可见的速度衰老着，行动反应迟缓了很多，他们依然努力让嘴角带着一丝笑意，把忧伤哀愁都藏在那笑容里。但他们的神色已经有了明显的变化，以往每次的笑都来得爽朗干脆，而现在的笑容，总混杂着淡淡的哀伤。说话的尾音里，总是带着一丝叹息。

他们就在我偶尔的注视下，缓慢地老了。我有时静静地凝视着他们，不甘心地想，为什么时间会让这么美好的人老去，为什么不能让他们永远快乐幸福地互相陪伴下去。更让我害怕的是，我知道总有一天会失去他们，那时我会是怎样的反应，我不敢想象，此后的人生将会笼罩着怎样的阴云，这些念头时常缠绕着我。

年初，父亲在我眼前平静地走了，我伏在他身上痛哭了一场。此前所担忧的一切，变成了明确而残酷的答案。此后很长时间里，我不时怀疑着人生的意义。但每次回忆起父亲的音容笑貌，想起他那些让我敬佩且亲近的特质，似乎又能从中得到一些坚定的力量。每当沉浸在回忆里的时候，浩瀚的往事就如春雨过后的原野，不断有新芽生长出来，慢慢把整个大地铺满，重新描摹出生命中已逝去的那些时光，摇曳着安宁的绿意，去抚慰那些未来需要面对的日和夜。

我虽然天性自由自在，但每每追忆起漫长的岁月时，总会看到一些隐形的规则，以命运的形式出现在生命轨迹里。随着年岁的增长，我渐渐发现，自己越来越趋近父母生命的本质，在试图延续他们没有说出的那些愿望，仿佛是在茫茫迷雾中，朝着一盏稳固的灯靠近。

（原载《人物》2023年第6期）

时光碎片

连金娟

1

腊月,临潭的街道被年的气氛充斥得满满当当。那些常年在藏区做生意的回族男性都回来了。他们热络地在人海里向亲朋好友打着招呼,他们在置办年货的人群里寻找着自己一年未见的"联手"。那些身着绸缎,头戴艳丽头纱,打扮精致的回族女子步履轻快地从人海里穿过。她们的脸上笼罩着一层淡淡的光晕,是一种幸福的喜色。对她们而言,她们的男人们终于回来了,带着一家人的希冀、带着一年三百六十天的期盼,没有什么比这更好的事情了。她们衣服的颜色变得更加明快起来,头纱质地选最好的材质。手上的戒指明晃晃地在不经意间昭示着心底的甜蜜和男人们一年在外的收成。

人群中头戴皮帽,身着藏袍的藏族女子,目光如炬。她们身着艳丽的藏袍,银制的腰带在阳光下闪烁着金属的光芒。胸前的珊瑚项链映衬着艳丽光滑的藏衣,色彩明快浓郁。她们俯身在琳琅满目的摊位前挑着自己所需的物品,身姿庄重而美丽。有身材健壮的藏族男子,牵着马,马口喷出一团团的白气,热腾腾朝空中飘去。男人们大多无心眷恋身边诱人的物品,转一圈,最终将马拴到了县城朋友家门口,然后阔气地从马背的褡裢上卸下自己带来的礼物。

最热闹的地方是处于街道中心的十字路口,临潭人习惯叫西门口。在西门口靠西的商铺台阶上,一大群人正在兴致勃勃地讨论去年拔河的盛况,议论拔赢那一方庄稼的长势。听老人们说,拔河拔赢的一方庄稼会长得出奇好。他们也讨论着今年绳的长度,也有人开心地说着去年拔河时见到的"联手"。

"今年的绳据说要比去年长上几十米呢。"人群里一位头戴无檐白帽的年轻人兴奋地说。

"我怎么没有听说,大庙里管会事的王家阿爷可是我一辈子的老联手,有这样的变动他会不告诉我?"旁边一位身着灰色长衫,白发徐徐的老人胸有成竹地说。

"听说去年两股合成的粗麻绳扯断了四次,今年要用油丝绳。"一位个子高大、光头的中年男子饶有兴致地说。

"去年来得迟了,头两晚上的第一局都没赶上,今年我就住穆萨家,好好扯上几局,把去年输的赶回来。"人群里身体强壮,脸膛发红,穿着一袭白羊皮藏袍的男子不紧不慢地说道。

小时候总觉得年在他们这样热烈愉快的讨论中变得无比浓稠。而从正月初十开始,住在县城的我家也成了城外亲戚们歇脚喝茶的中转站。这中间包括父亲的藏族好友,母亲娘家的藏族亲戚,也有父亲一年未见面的回族"联手"。大家闹哄哄地挤在家里的客厅里,炉火上的大茶不停地沸煮着,茶香飘得满屋都是。

从正月十三的晚上开始，拔河的人从四面八方拥进了县城。平常冷清的高原小县城一下子变得拥挤起来。

正月十四，最后一丝太阳从西峰山上暗淡了去。管事的人早早联系了两辆卡车。两辆卡车上分别装着粗重的油丝绳，车子以西门的十字街为中心向两边街道拉去。绳子是用两股很粗的钢丝绳拧在一起，绳长约有1800米，重约8吨左右。

华灯初上，小小的县城早已人山人海。人们按各自居住地迅速分成两边，以绳中间挽起的龙头为记号，绳两边不分民族乌压压地挤满了人，一声震耳欲聋的炮声响起，角逐开始。

街道两边的屋顶上，商铺的台阶上，每层楼的阳台上都站满了观看的人。人挨着人，人挤着人，人群都沉浸在狂欢的喜悦中。

人群中只见那绳如出水蛟龙，忽上忽下，人群角逐的走势或静或动。小城的上空呐喊声，哨子声，礼炮声，人们的欢呼声融为一体，这一刻临潭的群山也为之震动，恨不能从四面八方汇聚了过来一观盛事，大河也恨不能立马解封，唱起澎湃的歌谣为参赛的人群鼓舞呐喊。

一根绳，一条心。此刻的临潭人忘记了一年的艰辛，忘记了疲惫，忘记了忧愁，忘记了往日的烦恼。呐喊着，奋力着，团结着向各自的方向奋力拼搏。

一局结束，一局又在人群的欢呼中开始，每晚三局，三晚九局。生活在临潭的人将幸福的期盼，将血脉相连的情谊都扯进了一声声的呐喊里。

十六晚上最后一局扯绳结束了，年也完美地画上了句号，沸腾了整整三晚的县城终于安静了下来。而临潭人的血液里，那根血脉相连的绳却一直在挥舞不停，从未停歇。

2

记不得是哪一年了,窗外的雪又急又紧。雪打着窗户外的塑料布发出"嘶嘶"的声响。大铁炉上的铜壶"咕嘟咕嘟"熬煮着大茶。木地板刚拖洗过,上面的潮气直往脸上涌,那些潮气与茶壶里的水蒸气一直跑到玻璃窗上,湿淋淋的像被雨冲过一样。太爷爷背靠弹簧沙发坐着,他穿一身灰色的中山装,映衬着银色的山羊胡,整个人显得精神矍铄。

天刚擦黑,家里人裹了大衣匆匆出门观看拔河比赛。他们边出门,边讨论着今年的输赢。一股雪气顺着掀起的棉门帘溜进屋。街上闹哄哄的,偶尔有骡马的嘶鸣声传进来。

太爷爷已经八十岁了,他过了爱热闹的年纪,而我因为年纪太小,家里人觉得带我出门是极不方便与安全的。

火炉很旺。太爷爷摸摸我发红的脸蛋,嘴角露出一抹祥和淡定的笑容。在我眼里,太爷爷很是沉默寡言,平常难得听他说上几句话。但那天他却显得很健谈。他问我会不会打算盘,我摇摇头,拿过爷爷书桌上的算盘放到茶几上。太爷爷说算盘是老祖宗留给我们最简便的计算工具,作为江淮人的后辈一定得学会它。他说着先让我弄清了算盘上的"个位""十位""百位"位置,讲了算盘具体操作方法。为了提起我学算盘的兴趣,一辈子在银行工作的他,边念口诀边快速地拨起了算盘珠子。他一口气打了很多,气息吹拂着银色的胡须起伏不定。

"算啦,一时是学不会的。"太爷爷说着摸了一下胡须,背靠着沙发闭目养神起来。少顷,他又说,在铁城正月十五是要去庙里祭拜龙神的。他说铁城的龙神是明朝开国大将军赵德胜。他擅长水上作战。

"水上作战,是什么意思?"

"就是几百条船连在一起。"

"洮河能放得下那么多船吗?"

"跟小娃娃说不清了。"太爷爷说着咳嗽了起来,拿起茶盅咽下一口茶水。雪下得更大了,扑打在窗棂上像抖擞的沙子声。

门外传来"咚咚"的敲门声。棉门帘被掀起,伴着冷气进来的是一位年纪与太爷爷相仿的老人。他头戴一顶黑色绸毡帽,手执拐杖。黑呢大衣上落满了厚厚一层雪。

他推门而入时,太爷爷眼里布满了光。他站起身,吆喝我赶忙去给客人找茶杯。

"老联手,几年不见了。"老人的手热切地和太爷爷握在一起。他们握了再握,久久不愿放手。

老人是西寺里的学董。他和太爷爷相识于少年,是正月十五拔河时候认识的。他们说那年旧城下了很大的雪,他们两个拔完河,在老人的家里就着雪花聊了一晚上。太爷爷说铁城的路太难走了,他以后有钱了一定要修一条好路让乡亲们通过。老人说,回族的孩子读书太少,他以后当了学董一定要动员寺里的孩子多读书。少年的梦想虽长不过七尺,可总是心胸万丈。

太爷爷带领家人修路的事迹上了报纸,老人特地从旧城邮局打来电话。

"快来接电话,说是你回族亲戚打来的。"邮局工作人员站在大门口喊道。

家里人都笑了,大家都知道那位回族亲戚指的是谁。太爷爷更是高兴，他去邮局，隔着话筒向他的朋友传递着喜悦。

"我将河边的马路修得既平整又宽阔，从兰州来的记者都采访了我。"太爷爷说着，眼里亮闪闪的。

"听说你也当了学童。过完年我去看你啊。""一定要去看看，一定要去。一不小心怎么就都老了。"太爷爷挂完电话，心里充满了不解。曾经年少立下的誓言都实现了，可时间都去哪儿了。他分明听到电话那头的声音多了一分孱弱。

难熬的冬天过去了。太爷爷听说西寺正在维修大殿。他拄着拐杖，带着我去西寺找他的"联手"。当看着从屋檐下的泥坑走出来的老人，一瘸一拐地朝我们走来时。太爷爷的胡须动了动，"老了，都老了。那年拔河他是多精神的一个小伙。"太爷爷显得无比惆怅。

天空下起了雨夹雪，雪片在空中疯狂地打转。他们互相搀扶着去厢房喝起了茶。他们谈论了什么，我已经细想不起来。后来读韩愈的诗句"少年乐新知，衰暮思故友"，脑海中总会浮现出雨雪中他们相搀远去的背影。

太爷爷将炉火添得更旺。他为老人沏了滚烫的茶水。头顶的瓦斯灯，昏昏的。他们边喝茶边聊起陈年的往事，雪白的胡须随着嘴唇一抖一抖地在舞蹈。谈到高兴处，他们大笑起来，突出的额骨，打满褶皱的前额下一双眼睛里有了少年的光泽。

他们聊曾经硝烟弥漫、无比惨烈的旧城保卫战，聊青藏路上孤寂死去的洮商，聊那年跟着牛帮一起来的年轻女人。聊拔河的时候，他们将绳背在肩膀上，四股的麻绳将他们的肩膀都磨出了血丝，但心里的那份畅快至今难忘。

凌晨的钟声响起，爆竹声和烟花将窗外的夜燃得沸腾。拔河结束了，街上纷纷的都是人声。老人拄着拐杖起身作别。太爷爷相送至门外。

门外雪停了,只有风在狂吼。

3

那天在车站遇到他,干净温顺的男子。穿白色的T恤,洗得发白的牛仔裤。

"你也要坐这趟火车吗?"说话间一列火车从我们身边呼啸而过,带起的气流将我的头发吹得纷乱。

走进车厢,里面的人已经撑满。泡面与汗液的味道纠缠在空气中不愿意散去。我们从一个车厢走到另一个车厢,终于在靠餐厅的那个车厢找到了一个座位。

火车开始启动,车窗外的景色快速地向后退去。他坐在我面前的座位上,神情镇定。

"我们是认识的,那年一起培训国导考试,我记得你的解说词很出彩,你讲解的是一个叫洮州的地方,还有万人拔河比赛。洮州是你的故乡吗?"他问我。我在脑海里使劲搜索我在培训中心见到的每个人,无奈没有任何的线索。

"嗯,我的故乡是在洮州。它位于甘肃省南部,甘南藏族自治州东北边缘。"尴尬之余我连导游词都用上了。

他轻轻地笑了笑。说自己的故乡是在云南,那里有湿漉漉的石板路,空气中有桂花和金银花的气息。不知道为什么,在移动的火车上,看着车窗外他乡的景色,那些故乡的味道会顺着鼻孔爬进来。

窗外的夜黑透了,偶尔有点点灯光闪过。黑夜行舟,天地盛满了寂寞,乡愁第一次漫上我的心坎儿。每个人对故乡的记忆是不一样的,有的孩子记得母亲是因为母亲特有的气息，有的是声音。我想起故乡是陶罐的破碎声，是洪和城上士兵的夯土声，是旧城界面上茶马互市的讨价还价声，是正月十五声震山河的拔河声，是月夜下响起的金戈铁马声。

倚着车窗，我向他缓缓说起关于洮州的点点滴滴。说起小时候如何期盼过年，期盼拔河。向他描绘拔河时所用的绳长、重量、人数的多少。火车行驶时的光影打在他脸上明明灭灭，我已看不清他的表情，他像躲在了大海的深处。车窗外一闪一闪的黑夜，像极了月下波光点点的大海。而我正在对深黑的大海描绘那个叫洮州的高原城池。城池里有烽火狼烟，有哥舒翰、沐英、侯显、有孤傲的土司，有如水的丝绸，有智慧豁达的商人。正月十五，皎洁的月光中，他们从城池的各个角落跑出来，他们涌向街心那条发光的巨绳，埋藏在血液里的某些符号被唤醒，他们也要开始扯上一局，证明他们都曾热烈地活过，而高原上最美的城池也一同存在过。

窗外寂寥的天空繁星点点，远处的山朦胧深沉。火车行驶时发出的"咔嚓咔嚓"声吞掉车窗外一个又一个村庄，也席卷掉我的说话声。

天光微微亮起，车子已经驶进了成都平原。对面的男子背靠着座椅睡了过去。火车到了成都，我背了行囊悄然下车。

很多年后，在冶力关举办的拔河节上，一个脸庞晒得微黑的男子在人海里向我打招呼。

"嗨，好久不见。我来参加你们的拔河比赛。"他说着，露出一口洁白的牙齿。

"还记得那次夜行的火车吗？在成都我睡过去了，醒来发现你已经下车了。"

"记得，记得。"阳光洒在冶力关广场上，拔河的哨声与呐喊声飘荡在空中。

"比赛开始了。"他说着,消失在涌动的人海中。

一阵风吹过,一切像是一场幻象。

(选自2023年7月24日中国作家网)

孙犁名作及插图背后的故事

刘运峰

2023年5月11日，是著名作家孙犁诞辰110周年纪念日。我们今天的讲座就以孙犁的几部代表性作品《铁木前传》《风云初记》《白洋淀纪事》为中心展开，同时介绍名家为这几部作品所配插图的故事。

看似寻常最奇崛

孙犁的创作生涯长达六十年，但是他的作品数量并不是很多。

《铁木前传》是孙犁投入精力最多的一部小说。他平生唯一的一部长篇小说也是部头最大的作品《风云初记》，从动笔到基本完成，用了将近四年的时间，篇幅为二十七万字；而《铁木前传》只有四万五千字，其写作过程却超过了三年。

1949年1月15日，天津回到了人民手中，孙犁随解放大军来到天津日报社，成了一名副刊编辑。孙犁对城市生活是陌生的，他有许多不适应。尤其是进城之后的"人和人的关系,因为地位,或因为别的,发生了在艰难环境中意想不到的变化"。孙犁想起了过去的朋友,想到了童年时期的经历。晚年的孙犁,曾在一首《题照》诗中描述了自己当时的心情和处境:"曾随家乡水,九曲入津门。海河风浪险,几度梦惊魂。故乡夜月明,天津昼日昏。乌鹊避地走,不得故乡音。"他创作的源泉在农村,擅长的是农村题材的小说和散文。"羁鸟恋旧林,池鱼思故渊。"1952年初冬,他向报社请了长假,来到了河北省安国县的农村。

安国,古称祁州,为药材集散之地,是北方有名的"药都",也是孙犁的第二故乡。在他十一岁的时候,就随父亲来到安国县城,考入高级小学,度过了两年的时光。那里的风土人情,给孙犁留下了深刻的印象。孙犁到安国的第一站是县城北部五十里的于村,之后又到了县城南部十二里的长仕村。在这两个村庄,孙犁遇到了他童年时期熟悉的老一代人,结识了正在成长起来的新一代年轻人。

大约半年之后,孙犁回到天津,他除了写作《风云初记》第三集之外,还根据下乡的所见所闻写了《杨国元》《访旧》《婚俗》《家庭》《齐满花》等散文,以"农村人物速写"为题,陆续发表在《天津日报》,这可以说是孙犁为写作《铁木前传》所做的前期准备。

1953年夏天,孙犁开始了《铁木前传》的写作。小说从童年时期对铁匠和木匠的印象写起,逐渐深入到社会生活的变迁所引起的人际关系的变化,年轻的一代在面对新社会、新生活所做出的选择。尽管孙犁在创作上已趋于成熟,而且《村歌》《风云初记》的发表给孙犁带来了很高的声誉,他的写作条件也有了明显的改善,但是,这部小说却写得异常艰难,几乎倾注了他的全部身心。

关于《铁木前传》的创作,孙犁在致评论家阎纲的信中说:"这本书,从表面看,是我一九五三年下乡的产物。其实不然,它是我有关童年的回忆，也是我当时思想感情的体现。"正因为倾注了自己的全部身心，小说中的每个字、每句话，都是用"纸的砧，心的锤"反复打造出来的。孙犁自己曾说，这部小说他是可以通篇背诵下来的。1956年3月29日，因过于劳累，孙犁在午休后去卫生间时突然晕倒，将左腮磕破。妻子、孩子闻声赶来，赶紧把满脸是血的他送去医院，脸颊缝合了数针，所幸没有大碍。但从此之后，孙犁不得不暂时放下手中的笔，以致"十年废于疾病"。

尽管孙犁为写作《铁木前传》付出了沉重的代价，但发表却并不顺利，几经辗转，孙犁将《铁木前传》给了《人民文学》，当时担任《人民文学》主编的秦兆阳一口气读完，击节赞赏，决定在1956年第12期作为头条发表。

《铁木前传》的发表，标志着孙犁创作风格的成熟，受到了文坛的瞩目和评论家的关注。小说并没有涉及轰轰烈烈的大事件，也没有描写叱咤风云的大人物，写的只是冀中农村的凡人琐事，正是通过这些有血有肉的小人物，折射出了新旧交替的社会大背景。孙犁笔下的这些人物，有的倔强如铁匠傅老刚，有的精明如木匠黎老东，有的勤劳如九儿，有的懒散如六儿，有的张扬如小满儿，有的本分如四儿，但是，孙犁并没有给这些人物贴上标签，而是按照事物自然发展的脉络来塑造人物形象，这些人就如同在我们身边，真实而亲切。可以说，这是孙犁对鲁迅先生所倡导的现实主义文学传统的继承。

《风云初记》多波折

《风云初记》是孙犁描写抗日战争的一部长篇小说，也是孙犁平生唯一的一部长篇小说。尽管只有一部，却是中国现代文学史上的经典之作，也是孙犁的不朽之作。

《风云初记》的创作念头产生于1949年秋冬之际，此前，孙犁已经因发表《荷花淀》《芦花荡》《村歌》等小说而享誉文坛。但是，此时的孙犁尚没有长篇作品问世。

1949年10月25日，孙犁在致挚友康濯的信中说："我起了一个念头——想写一部关于抗日战争的小长篇。"11月9日的信中又说："关于那个小长篇，如果写就有两个，一平分，一抗日也。"可见，按照孙犁最初的设想，这部长篇小说将要围绕两个主题展开，一是土地改革，一是抗日战争。但是，当时孙犁尚缺乏驾驭长篇小说的经验，因此在1950年7月15日致康濯的信中又改变了主意："弟之小长篇，颇费思索，恐力所不逮，又要截长补短，近拟分部写，第一部拟题为《风云初记》。"

题目确定之后，孙犁便进入了创作状态。

这部《风云初记》是在条件简陋的环境中创作的。孙犁在《天津日报》工作的老同事李夫描述了当时的场景："孙犁住在多伦道编辑部后二楼一间木廊陋室里。此房东、西、南三面有窗，玻璃门朝西开，冬天灌风，夏日西晒溽热难忍。他就在这间简陋斗室，创作了著名的抗日小说《风云初记》和其他若干名篇……"与孙犁一起编辑《天津日报》副刊的李牧歌也说："孙犁的长篇《风云初记》是在多伦道五十五号大院报社旧址楼上一间破旧的小房子里诞生的。房里只有一张旧条桌，一把木椅子。""往往一个上午，他只能写出两千字来。经常写完了，午饭也不想吃了。他边写边在《天津日报·文艺周刊》上连载。"

但这部长篇写得并不顺利。一是孙犁需要不断到工厂、农村，完成报社的采访任务，回到报社便赶写急就章式的通讯，紧张疲惫而不能集中精力搞创作；二是缺乏足够的写长篇小说的信心。1950年8月

23日,他在给康濯的信中说:"长篇只开头,然已不知不觉写到哪里去了。你说我还能写长篇不能? 我是没有信心的。只好等秋凉以后再集中了。"庆幸的是,孙犁没有打退堂鼓,而是坚持写了下去。

1950年9月22日,《风云初记》第一集开始在《天津日报》连载,至1951年3月18日刊发完毕,共二十八节。第一集完成之后,孙犁仍然有过犹豫,认为自己缺乏创作激情,担心小说的线索和情节过于散漫,失去中心,将来不好收拾。好在这一顾虑很快打消,1951年4月15日,第二集开始连载,至9月9日刊发完毕,共二十节。

1954年5月,孙犁基本完成了第三集的写作,但发表的过程却经历了许多曲折,其主要原因是当时报社的一位负责人认为小说连载占的篇幅太大,应该给投稿作者多留些版面,这对自尊而敏感的孙犁产生了一些压力。1953年7月,《天津日报》在刊发了其中的第一至第五节后,孙犁主动中止了连载。随后,又将其余的部分分别发表于《人民文学》《新港》等。第三集的篇幅并不大,但从完成到最终与读者见面,却用去了九年的时光。

1951年10月,《风云初记》第一集由人民文学出版社出版,为"文艺建设丛书"中的一种,其中收入林浦插图十四幅;1953年4月,《风云初记》第二集由人民文学出版社出版,收入林浦插图十六幅;1963年3月,《风云初记》第一、二、三集合订本由作家出版社出版,随后,又于同年6月出版了第三集的单行本,未收插图。

按照孙犁的习惯和常理,《风云初记》各集的单行本和三集的合订本,应该有一篇前言冠其首,最起码也要有一篇后记殿其后,可惜的是,全都没有,只是在作为小说结尾的第九十节,作者在向读者交代了李佩钟的结局并发表了一段议论之后,最后注明"一至六十节写于一九五〇年七月至一九五二年七月 六十一至九十节写于一九五三年五月至一九五四年五月 一九六二年春季，病稍愈，编排章节并重写尾声"。1963年9月，外文出版社准备出版《风云初记》的外文版，病中的孙犁才应编辑之请，写下了一篇序言，谈到了创作这部长篇小说的初衷：

> 当我的家乡，遭遇到外敌侵略的时刻，我更清楚地看到了中华民族的高贵品质。在八年的抗日战争里，我更深刻地了解到中国农民勤劳、勇敢的性格。他们是献身给神圣的抗日战争的，他们是机智、乐观的。就是在最困难的时候，在最危险的时候，他们也没有低下头来。他们是充满胜利的信心的。这种信心，在战争岁月里，可以说是与日俱增的。
>
> 伟大的抗日战争，不只是民族的觉醒和奋起，而且是广泛、深刻地传播了新的思想，建立了新的文化。
>
> 在这个历程里，我更加热爱着我的家乡，这里的人民，这里的新的伦理道德，风俗习惯，甚至一草一木。所有这一切都在艰苦的战争里，经受了考验，而毫无愧色地表现了它们是不可战胜的。
>
> 所有这一切，都深刻地留在我的印象里，和我的思想、情感融合起来，成为一体。

孙犁特别提到，小说的前二十章的情节是自然形成的，完全是生活的再现，是家乡人民生活和情绪的真实记录。虽然是小说，但很少有虚构的成分，是生活中的诸多印象，通过交流、组织，构成了小说的情节。的确如此。无论是小说中的人物，还是故事情节，还是主要线索，甚至社会环境和自然风貌，都来自孙犁的生活经历，都有所依据和凭借。如五龙堂和子午镇，就可以对应作者家乡的北郝村（该村有五龙堂庙）和子文镇。小说中的人物，在生活中也大都可以找到原型。变吉哥就有作者自己的影子，深夜转移不幸落入荒井而牺牲的李佩钟，就是以远千里的爱人为原型的。

因此，当人们在阅读这部小说的时候，就会发现，其中没有通常战争小说中那些离奇的情节、血腥的场面，而是忠实地还原历史，通过对高四海、高庆山、吴大印、高翔、芒种、变吉哥、秋分、春儿、李佩钟等人物的塑造，形象地再现了日寇入侵、华北危急、国民党军队和政权机构望风南逃、地方反动势力相互勾结，不愿做亡国奴的冀中人民在中国共产党的领导下，武装自卫、建立政权，促进晋察冀抗日民主根据地形成的全过程。除此之外，作者还以抒情的笔调，描述了战争中的人性之美和心灵之光。它所彰显的，是冀中军民在艰苦卓绝的抗日战争中所表现出来的坚毅、质朴、勇敢、机智、乐观、积极的高贵品质和精神风貌。可以说，《风云初记》在形式上是小说，在本质上却是散文，是诗，给人以纯美的享受和精神的洗礼。因为，它不光是叙事，而是在叙事的过程中，展现着浓郁的抒情成分，孙犁是用诗的语言、诗的境界来写小说的。

《风云初记》是孙犁没有写完的作品，一是因为孙犁的生活积累所限，他不愿意凭空想象、随意捏造，去写自己不熟悉的东西；二是由于身体的原因，使得他这唯一的一部长篇小说匆匆收尾，而且停留在了一个"初"字。即便如此，这部《风云初记》也和许多优秀的作品一样，成为中国现代文学史上的一座丰碑。

《风云初记》发表和出版之后，立即引起了文艺界的重视，评论家黄秋耘以《一部诗的小说——漫谈〈风云初记〉的艺术特色》为题，称这部小说"几乎可以当作一篇带有强烈的抒情成分的诗歌来读"，认为这部小说尽管有故事情节，有人物形象，有细节描写，符合长篇小说的条件,"但是它同时又具有诗的意境,诗的气氛,诗的情调,诗的韵味。把浓郁的、令人神往的诗情和真实的人物性格的刻画结合起来,把诗歌和小说结合起来","在某种意义上,孙犁同志是采用写诗的方法来写这部小说的"。另一位评论家钟本康也认为,"孙犁同志好像是有意识地想把散文的章法、诗的意境巧妙地运用到小说中去","笔尖所触之处,无论一人一事,还是一事一物,无不诗意酣畅"。"《风云初记》的语言朴素、明净、清新,像蓝天中的星星,清泉中的砂石。读的时候,似乎觉得每个字句都如揩洗过一样,明亮剔透。这种语言渗透了作者的诗情,使之有诗一样的抒情味;而长短句的交互,整散句的错落,又构成音乐一样的旋律美,成为整部作品艺术风格的重要因素。"

关于《风云初记》的版本,除了上面提到的单行本和合订本外,1980年2月,人民文学出版社根据作家出版社1963年合订本重新排印了这部长篇小说,之后不断再版。遗憾的是,后来再版的这些版本均未收入林浦的插图。直到2022年人民文学出版社编辑出版"孙犁作品插图本"时,由责任编辑联系到林浦女儿李桦,得到了珍藏多年的插图原作,共四十六幅,同时,以其中的八幅画作作为插页,原汁原味地呈现了林浦这批珍贵画作的风采。这一做法具有双重的意义,一是尊重孙犁当年的意愿,恢复原书的本来面目;二是以此纪念孙犁和林浦之间的深厚友谊,让读者领略当年老一辈文艺工作者那种交往"其淡如水"的情谊以及"厚重如山"的风范。

信是人间有真情

《白洋淀纪事》的结集和成书,可以说是一个友情的纪念。

1949年1月15日,孙犁随解放大军由河北霸州具有"北方小漓江"

之称的胜芳进入天津。

最初几年，孙犁的创作呈"井喷"之势，他满怀激情，深入工厂、农村，热情赞美新生的天津，写下了《津门小集》中的大部分作品；他根据参加农村土改的生活经历，写出了中篇小说《村歌》；他还在简陋的环境中，完成了长篇小说《风云初记》；随后，他又写出了中国当代文学史上的经典之作——中篇小说《铁木前传》。由于在写作上的精力透支，对城市生活的不适应，加之家庭负担的沉重，孙犁患了严重的神经衰弱，他一度萎靡不振，令家人和朋友很是担忧。正如孙犁所述："一九五六年秋天，我的病显得很重，就像一个突然撒了气的皮球一样，人一点儿精神也没有，天地的颜色，在我的眼里也变暗了，感到自己就要死亡，悲观得很。其实这是长期失眠，精神衰弱到了极点的表现。家里人和同事们，都为我的身体担心，也都觉得我活不长了。康濯同志来天津看我，就很伤感地说：'我给你编个集子，还要写一篇长一些的后记。唉，恐怕你是看不到了。'"可见，《白洋淀纪事》这本书是康濯对老朋友孙犁的一种责任，一个纪念。

关于为什么要由康濯编选这本书，孙犁研究专家刘宗武先生道出了其中缘由："孙犁曾说，康濯是'我的作品的百科全书'，'是我的作品的最后鉴定人'。可见他们相知之深，交谊之厚。那时候，孙犁最初的几本小说、散文集，即由康濯参与选编。当孙犁缠绵于病榻之上，康濯承担选编《白洋淀纪事》，更是情理之中的事。"

康濯对孙犁的作品非常看重，几乎收集了孙犁作品的全部。孙犁曾说："我的很多作品，发表后就不管了，自己贪轻省，不记得书包里保存过。他都替我保存着，不管是单行本，还是登有我的作品的刊物。"因此，康濯担任这本书的编辑，也具有得天独厚的条件。

《白洋淀纪事》收录孙犁写于1939年至1950年间的五十四篇作

品，是孙犁作品的第一次大规模结集，于1958年4月出版，首印三万五千册。

由于《白洋淀纪事》文笔优美，风格独特，出版后很受欢迎。1960年5月，出版社又印刷三万八千册。1962年4月，《白洋淀纪事》又推出了第二版。1962年版与1958年版最明显的不同体现在两个方面，一是在散文部分增加了《访旧》《杨国元》《家庭》《齐满花》《婚俗》《张秋阁》六篇作品。二是增加了林锴为这部作品绘制的六幅国画插图。

《白洋淀纪事》无疑是孙犁小说、散文的荟萃，也是孙犁极为看重的一本书，1981年2月22日，孙犁应藏书家姜德明之请，在其收藏的《白洋淀纪事》精装本上题写了这样一段话："君为细心人，此集虽系创作，从中可以看到：一九四〇到一九四八年间，我的经历，我的工作，我的身影，我的心情。实是一本自传的书。"

名家插图传佳话

这三本书中的插图，是由三位名家完成的。

为《白洋淀纪事》绘制插图的是画家林锴。

林锴（1924—2006），祖籍河南，生于福建，自幼痴迷绘画，高中毕业后考入福建省师范专科学校艺术科，接受了正规的美术训练。1947年，考入国立杭州艺术专科学校（中国美术学院前身）国画科，得黄宾虹、潘天寿、吴茀之、诸乐三、郑午昌等先生指授，画艺大进。1950年，林锴毕业后，先在辽西的一所中学担任美术教师，后经江丰推荐，到人民美术出版社任创作室专职画家。当时人美社的创作室，可谓藏龙卧虎，高手云集，徐燕孙、刘继卣、王叔晖、任率英都是各有专长，名声显赫的大画家，林锴很快适应了新的环境，创作了大量的连环画、年画、宣传画、插图。最为人称道的，是他创作的连环画《妇女主任》《三岔口》《甲午海战》《夺印》等。他的人物画，能够抓住人物的性格特征，造型准确，形象生动，令人叹服。也正是因为如此，中国青年出版社请林锴为《白洋淀纪事》绘制插图。

林锴通过仔细阅读孙犁的作品，体会作品中人物的性格、生活场景，分别为《吴召儿》《采蒲台》《芦花荡》《诉苦翻心》《新安游记》《一天的工作》六篇作品各自绘制了插图。这些插图均为国画体裁，构图饱满，虚实相间，既有人物，又有风景，线条厚重婉转，色彩清新明丽，具有浓郁的水乡特色和山地气息，是用传统笔墨描绘现代题材的成功尝试。

林锴的插图为《白洋淀纪事》这部书增了色。从此，孙犁和他的作品为更多的读者所熟知。

为《风云初记》绘制插图的是林浦。

林浦（1926—2012），河北省深县人，自幼酷爱绘画。1940年1月参加抗日，1944年在《黎明报》工作时，经常为房东画像，被社长王亢之发现并给予鼓励，从此走上专业美术道路。1945年，林浦担任《冀中导报》美术编辑。1949年1月，林浦随解放大军进入天津，参与创办《天津日报》并任美术部主任。

从主客观条件来看，林浦是为《风云初记》绘制插图的不二人选。这是因为，林浦虽然年轻，但具有很好的绘画功底，在《冀中导报》时期，他就画了大量的插图，还刻了不少颇具写实风格的版画作品。到《天津日报》之后，林浦发表了大量的速写、漫画和宣传画作品，可以说，他具有很强的造型能力，善于捕捉人物的动作和神态；更为重要的是，林浦和孙犁既是冀中老乡，又是《冀中导报》《天津日报》的同事，有共同的生活和战斗经历，熟悉孙犁笔下的人物形象和生活场景。

另外，林浦对孙犁本人也很了解，熟悉他的创作风格。他在晚年接受采访时说："他请我为他的小说做插图，我非常高兴，因为他所描写的农村人物，那种从农村土地上散发出来的土坷垃气息，那种朴实的庄稼汉情怀，我是非常熟悉的。"多年之后，林浦还清晰地记得他和孙犁合作的情景：他和孙犁住在同一个院子里，偶尔在散步时相遇，孙犁常常会微笑着问他："咱的插图画得怎么样了？""画着呢。""那就好。"尽管没有太多的语言交流，但一切尽在不言中。因此，当《风云初记》出版单行本时，孙犁特意提出书中的插图也要用报纸上林浦所作的插图。1973年，孙犁见到林浦，依然用二十年前的口吻说："咱们小说的插图很有'土坷垃味道'啊。"

林浦的插图以速写式的笔触，将孙犁笔下的形象一一还原出来，周边的环境，人物的装束、动作、表情，朴实而不失生动，自然而颇为传神。

为《铁木前传》绘制插图的是张德育。

张德育（1931—2010），河南南阳人，1949年参加中国人民解放军，1955年入中央美术学院学习，1958年毕业后分配到百花文艺出版社担任美术编辑。张德育受过正规的专业训练，以人物画见长，此前，他已经为冯德英的长篇小说《苦菜花》画过插图，深受好评。张德育刚到出版社，在翻看出版社的样书时读到了《铁木前传》，他立即被吸引住，一口气读完，觉得这样的好书一定要有好的插图。张德育找到社长林呐，建议重新出版《铁木前传》，并主动请缨，要求下农村体验生活、收集形象，为小说画插图。出版社经过研究，同意了他的想法。张德育在冀中农村经过一个月的生活体验之后，回到单位专心致志地进行插图的绘制，尽管只有四幅，却用去了两个月的时间。1959年7月，百花文艺出版社推出了新版的《铁木前传》，印数达一万九千一百册。"文革"之后又多次重印,均保留了这四幅插图。

对于张德育的插图,孙犁非常满意。多年之后,张德育对孙犁的小女儿孙晓玲讲述了当年随林呐拜访孙犁的情景:

在多伦道大院那个带阳台的屋子里,我第一次见到自己崇敬的作家,他不像想象中的作家那样威严,倒像是个农村的教师。他说话不像他用文字表达情感那样自如,但平易近人。孙犁先生见到我,便招呼老伴:"德育来了,画《铁木前传》的,你来看看。"你母亲从厨房走出来,笑着对我说:"你见过小满儿吧!"她是个很朴实的农村妇女,可说话挺有意思。我对她说:"大娘,您没想到吧?!我这个岁数不可能见过小满儿。我画的只是我心里的一种感情表达。"你母亲认定我见过原型,这也从一方面说明我画得的确像小满儿。我对你母亲说,不是我画得好,而是孙犁先生对现实生活挖掘得深刻,写得生动,文字表达又是那么优秀……我被感动了,被他带进了那个环境,与他笔下人物的情感融为了一体。

《铁木前传》书中的插图给著名作家、中国作家协会主席铁凝留下了深刻印象,她在《怀念插图》一文中写道:"当时除了被孙犁先生的叙述所打动,给我留下深刻印象的便是画家张德育为《铁木前传》所作的几幅插图。其中那幅小满儿坐在炕上一手托碗喝水的插图,尤其让我难忘。""小满儿是《铁木前传》里的一个重要女性,我一直觉得她是孙犁先生笔下最富人性光彩的女性形象。单用艳丽、风骚不能概括她,单用狡黠、虚荣不能概括她,单用热烈、纯真更不能概括她,因为她似乎是上述这种种形容词的混合体,而作家在表现她时也是用了十分复杂的混合情感。画中的小满儿,在深夜来到住在她家的干部屋里,倚坐在炕上毫不扭捏地让干部给她倒一碗水。深夜的男女单独相处,村人对她的种种传闻,使干部对她心生警惕。然而她落落大方地与干部闲聊,探讨怎样才能了解人的内心。这时她的眼光甚至是纯净的,没有挑逗的意味,虽然在这个晚上她美艳无比,头上那方印着牡丹花的手巾,那朵恰巧对在额前的牡丹花给整个的她笼罩上一层神秘而又孤傲的色彩,使人想到,在轻佻和随便的背后,这女人的情感深处也有着诸多的艰难和痛苦。"铁凝还写道:"张德育先生颇具深意地选择并刻画出孙犁先生赋予小满儿的一言难尽的深意,他作于上世纪五十年代的这幅插图的艺术价值并不亚于孙犁先生这部小说本身。我一向觉得,中国画和油画相比,后者在表现人物深度上显然远远优于前者。但张德育先生的插图,用着看似简单的中国笔墨,准确、传神地表现出一个文学人物的血肉和她洋溢着别样魅力的复杂性格,实在让人敬佩。中国至今无人超越张德育这几帧国画插图的高度,他自己也未能再作超越。"

(原载2023年8月12日《光明日报·光明讲坛》)

幸福的玉米

谭成举

一

室内炉火暖暖。大哥却不烤火，刚吃完晚饭，连碗筷也不忙洗，就急着走向室外的院坝里。

他望望天，天上的云层很厚、很重，快要掉落地上似的，明显感觉到了云的重压；他又望望四野，群山瘦弱，早已失去了夏秋时节的丰腴，田地里的农作物早已归仓了，只有耐寒的蔬菜在努力作着抗争，艰难而倔强地伸展着它们的叶片；他再张开耳朵、伸出手去，听听风声、探探空气的流动，风嘶鸣着，合着气流推搡着他的手、刺扎着他的脸、咬扯着他的耳，凶狠地向他发起着攻击，让他不由得一阵哆嗦。不过，他丝毫没有畏缩和不快，反倒脸上爬满了喜悦，连声说："好呀好呀……"

我也跟了去，随着他看，随着他去张耳伸手，随着他去一起哆嗦，但却一脸茫然。我说，你这是搞么子呢？他只是笑笑，后又摇了摇头，说，你呀，还是脱离了农家本色……

我就更加地莫名其妙了。

大哥回到屋里，并不围炉而坐，而是走向屋角，将他的镰刀和锄头翻找了出来。其后又去搬来磨刀石，舀来半盆水，这时他才坐于炉火旁，专心地打磨起他的刀和锄来，根本无视我这个利用双休日赶百余里路专程来看望他的小兄弟。

我说，这么冷的天，你整这些搞么子？莫非你要去准备年火蔸吗？

我知道，大哥是个守旧的人，尽管他是只身一人，但在年夜饭后，他仍然会在火坑里烧起大树蔸，也就是老家人称的"年火蔸"，遵从大火守岁的习俗。他一直坚信那熊熊燃烧的大火象征着来年红红火火的日子。自然，这个年火蔸就得趁早准备，还要放干了，这样火才烧得旺，来年的日子也才旺。

大哥说，年火蔸我早就准备好了的呢。上春吹大风的时候，把屋后一棵被虫蛀蚀过的大树吹断了，树干我拿来做了修这栋新屋的材料，枝丫我拿来做了柴火，树蔸我留在那里的，做年火蔸，万事有余了，现在都干得差不多了呢！

我说，不是去挖年火蔸，这冷天冷时的，你去整那刀子和锄头搞么子呢？

大哥说，你是出门得久了，忘了农时呢！看这样子，明天八成是个好天气，我得赶紧将刀子和锄头整好起，明天去捡土挖土，为明年秧苞谷做准备。

大哥说的这个捡土挖土我没忘，以前没少干过，记忆深刻，只是这二三十年在城市里打拼，早已与土地、与这些农活儿失去了亲近。所谓捡土，就是将土地上的农作物的秸秆、叶片之属，还有杂草，借助镰刀来予以清除；而挖土就是翻土、松土，也就是按传统的做法用锄头将土来个翻转并将土挖松整细，让土的表层埋下去，让其下层翻上来，目的是将表层上没捡拾干净的附着物埋下去让其腐烂，而将其下层翻起来日晒霜冻，减少来年的病虫害，也让土质更松散细腻。他所说的苞谷，就是玉米，我们老家都是叫玉米为苞谷的。老家人凡能动得了的，都出门打工去了，大哥六十多了，年岁大了，出不了门，打不了工，也种不了多少地，他就流转和赠送给了外来种百合的人大部分，自己却仍然留下少许种蔬菜、种玉米，自己吃、喂鸡、喂猪，也卖一些。他说，他一辈子与土地打交道，打出感情来了，舍不得全部给了别人，自己还得留下一些养养手，留住那份情。因为留下的土地少，他也懒得请别人来机耕了，就自己坚持用传统的方式挖，按他的说法是，用锄头挖出来的地是熟地，也比农机整得更仔细、更到位，更利于秧出来的苞谷很好地生长。他所说的秧苞谷，就是种苞谷。

我就有些惊讶，对大哥说，你是糊涂了呢还是闲得没事搞了哟，秧苞谷要等到明年的农历二月份，还差几个月呢，你忙么子呢？

大哥说，看你又搞忘记哒呢！现在将土挖头道，放到那里，等霜一打、雪一凌，那土才泡（松软）、才细、才肥呢！也无虫害！到二月时又来挖一道，那时种起苞谷来，苞谷那简直是舒坦惨了！

我说，不就种几个苞谷吗？哪用得着这么费心费力去搞？

大哥皱了下眉头，有些不高兴了，说，你呀……你呀……唉！你要晓得，那苞谷也是通人性的，你只有好好对待它们，它们才好好回报你，你若糊弄它们，它们也定会糊弄你的！

我一时也就不再说什么。

大哥磨好刀、整好锄，将刀把与刀、锄把与锄的接合部喂好水，又不放心地再次用拇指肚试试刀口和锄头的锋利程度，觉着满意了，这才停下来，专心地看着电视。

见此，我心想，大哥总算不再折腾了，也就静下心来陪他看电视。

可没看多久，大哥就将眼睛离开了电视，转向我问，老幺，你那手机里有天气预报没？你给看看今天夜些家是不是要降温要下凌？我知道，大哥年纪大了，智能机用不来，只得用老人机，他的老人机里面是没有天气预报的。

原来大哥看电视是在等天气预报呀。

我调出天气预报，说，今晚还真要降温、下凌。又说，这降温、下凌有么子好的？冷死了，出门也搞不好就搭跟头……

我话还没说完，大哥就接了话有点冷气地说，你是公家人，根本不懂得我们农民的心思，不懂得我们农民要的是么子！

我一下子被大哥的话呛得如鲠在喉。

大哥知道结果后，就坐立不安了，不住地叹气，似自言自语又似对我说，我就讲明天一定是个好天气哟！我嘟么不早点看天气预报呢？要是今天把土就挖出来了，今天夜些家一凌，那该多好呀！唉！可惜了可惜了……

我见大哥那样子，忍不住说，你着么子急哟，明天还继续下凌的，你明天挖也不迟呀。

大哥说，讲是这么讲，地要是早一天挖还是要好一些的。

大哥不再说什么，也不看电视了，就轻轻叹着气，早早地去睡了，他八成是为明天早起去翻地储备能量去了吧？

我也就再懒得理会大哥的这些事，不断换台找有刺激的电视剧打发漫漫长夜。

我睡得很晚，第二天起来，天地果就被封冻了起来，地上起了不少马牙凌，风呜呜狂叫，咬得人露在衣裤外面的部分刀割一般痛。

却不见了大哥。

我这时却不知怎地突然理解起大哥来，并心生感佩。

我就很想去见见大哥和他的土地，那能为大哥长出幸福的玉米，能给他带来幸福的土地。可我终究要为了生计而赶回城里去上班。

一路上，我的脑海中多次影像出大哥和他的土地、他的玉米：大哥在寒冷中挥汗如雨地侍弄着他的土地，开启着他的幸福；土地在大哥的银锄下不断地翻覆，发出极舒坦极幸福的哼哼；玉米种子在肥沃的土地怀抱中幸福地孕育出新的生命，发芽，冒头，拔节，结坨；玉米坨蔫须，爆壳，玉米粒露出金灿灿的笑脸，发出只有农人才能听出的快乐幸福的歌唱……

二

腊月二十七，我带着家人回了趟老家。这次是按了老家的习俗，为已逝十余年的父母"送亮"，也就是上坟，祭祀父母，顺便也给大哥送点年货。这是我每年坚持必做的"功课"。

大哥正在专注地捣鼓一个奇怪的铁东西，有圆筒，有支柱，有拉手。圆筒上还有铁盖，铁盖中央伸出有食指粗、半指长的铁杆，朝着圆筒内，铁盖能用拉手拉起。他细心地将那东西上的锈迹用抹布擦去，又在一些要相互摩擦的地方涂上润滑油，还将铁盖拉起放下，拉起放下，运作了几遍，试试好不好用。他搞得丁零当啷响，连我们的到来也没察觉。

我说，你搞这个东西搞么子呢？

他明显一惊，这才抬起头望我，说，这个是做营养坨的，开年了秧苞谷得全靠它！它是我的宝贝，也是苞谷们的宝贝！

哦。营养坨我知道的，据说就是将农家肥与泥土按一定比例搅拌在一起，做成煤球样的圆柱体，将庄稼或蔬菜的种子放入其中，让其生根发芽，长到一定程度后再移栽至地里。在营养坨中生长出来的庄稼或者蔬菜的苗，由于营养适当，长得壮实，移栽时又与营养坨一同植入地里，这样在地里生长快，成活率也高，在老家，农人们都喜欢这样来育苗。我见过营养坨，却没见过做营养坨的器具。原来这个东西就是做营养坨的宝贝呀！

不过，我仍说，时间还差得远呢，哪用得嘟么早就准备。

大哥笑笑说，凡事赶早不赶迟，早点好。

送完"亮"，祭拜完父母，我原本以为大哥会与我们一同回到他的家，不想大哥却说，你们不是外人，你们各人回屋去，我得顺路去对门山上的苞谷地里打打望！

唉！这个大哥哟，他心目中只有土地、只有玉米！他也真是不把我们当外人了！

时近年关，我们也没多余时间在老家停留。俗话说，"麻雀都有个三十夜"，我们自然也得去采购点年货。我们就不等大哥回来了，我们得赶回城里去。

我想，有了这样痴迷土地、痴迷玉米的大哥，他栽种出来的玉米不舒坦幸福得哼哼那才怪呢！

每天我都有忙不完的事，这样时间不知不觉间就到了农历的二月下旬。

这天，我突然就想起这二月末，该是大哥育苗玉米的时候了，我得找个时间去看看，重温农事，也看望下大哥。

大哥回家很晚。天已黑尽，差不多八点钟了，我给他打电话，他说，还有一点苞谷种子没摆完，得摆完了才能回家。他让我将晚饭弄好，他回来好吃现成的。他说他累得不愿回来做饭了。

我心里说，你这么痴迷你那土地你那苞谷，不累才怪呢！

我就只得一边等他回来，一边做真正称得上"晚"饭的晚饭。

等我将饭做好了，他还是没回来。我也等不及了，就自个儿先吃。我知道，就是等他也没用，他认定不该回来时，你再怎么催也是催不回他的。

过了九点钟，他总算回来了，一路哼着山歌。他一身的疲惫，不过却有满足感幸福感溢于脸上。

我说，你"有好多羊子赶不上坡"？非要弄到这个时候？早点回来，明天再去摆不行吗？

大哥说，你外行了不是？这个还非得当天摆完不可！不是一天摆的就出苗不整齐不匀称，到时苞谷的成熟期也不一样。你几十年不务农事，这些你都忘记干净了！

我就有点不好意思起来，就不好再说什么。

大哥吃完晚饭，将碗筷一放，也不看电视，点燃一支烟，一边悠闲而幸福地吸着，一边快乐地哼哼着走向内室。

不知他又要去搞什么了。我只得不情愿地将碗洗了。

大哥从内室走出来时，一手拿着一张筛子，一手抱着一个袋子，像抱着个幺儿一样，小心而又快乐着。

我说，你抱那个是么子？

大哥说，种子，苞谷种子，今天没摆够，还差点，明天接着摆。今年我买的种子不大好，有一些不壮实，我怕发不出芽来，就是发出芽了，也怕今后长出的苗结不出大个的坨来，我得选一选。

大哥就坐下来，一边烤着火，一边将那袋中的玉米种子倒入筛子中。他一脸凝重，神情专注，早已忘了我的存在。他先是用筛子筛，左右筛，团着筛，那些种子在筛子中或左右翻滚，或画着圆圈旋转，种子与种子之间、种子与筛子之间，摩擦出极具节奏的"沙沙"声，一如美妙的器乐演奏，又如快乐幸福的哼哼，让大哥陶醉，让我也陶醉，牵引着我的记忆飞向儿时母亲筛米时的温馨氛围。

随着筛子的晃动，就有一层稀稀的玉米的皮屑撒落地上，而筛子之中，那些籽粒饱满的种子沉寂于下，瘪劣的种子浮现于上，且居于中心，两相分明，少了大哥选种的时间，也给大哥分离不合格种子带来了便利。这样处理一遍后，大哥将留下来的种子又来一次细细拣选。他将筛子用左手斜斜地端了，让筛子的下端边沿搁于膝盖之上，聚种子于筛子的上端，右手几个手指微微弯曲并张开，少量地将种子往下扒拉，那些种子就开始"哗哗"往下滚落，沉重、壮实的，就滚至筛子的下端边沿，而其他的就在中途停留了。这样不停地扒拉，不停地筛选，劣质种子一颗也没有逃脱。选种完毕，大哥像指挥了一场战役的大将军，终于长舒了一口气，又回归到了满脸笑意。顺着光亮，我这时见他的额头之上竟然有了微微的细汗。

我以为，选完种，大哥该停歇下来，陪我聊聊天了，哪知他却又去找来一个木盆子，倒上热水瓶中的热水，再掺上一瓢冷水，用手指试了试，觉得还是有点温度过高，又添冷水，再用手指去试，不想温度却低了点，他则又去加热水，这样反复几次，他觉得达到了合适的水温，这才将选好的玉米种子轻轻倒入木盆中，用手轻柔地搅动，后又用拇指与食指的指腹对每一粒种子给予轻柔的抚摸，如给每一颗种子沐浴一般。

我说，你这是搞么子呢？

大哥说，浸种。

我知道，浸过的种子发芽快些，等它们发出芽来后，再放到营养坨中，让每颗种子都可靠地生出苗来。等苗长到两至三片叶时，再移栽到土里，它们就可以齐齐展展地长高长大，结出坨来了！

我说，你这个搞法太麻烦了！以前搞集体时不是将种子直接秧到土里就行了吗？反正你那点地又没多大搞头！

大哥说，你那是老黄历了，你想，以前那种种法，成活率能有多少？一根苞谷秆上能结几个坨？那一个坨能有多大？能长出多少苞谷籽来？而现在呢？大不一样了吧？！我就开启我的记忆，现在地里的玉米还真和以前的大不一样，以前的玉米苗长得高低不一，还瘦弱，结出的坨最多也就两个，还有不少是不可靠的，空有个，不结籽，而现在的苗长得一般齐整，一般壮实，每根都能结上两个坨，而且个个肥大，籽粒饱满，亩产据说是原来的两三倍。

大哥又说，你别嫌地少，地少更要当回事来侍弄！侍弄苞谷，你得像侍弄人一样，你得付出辛劳，你得付出真心，这样，它们也才用大颗大颗的苞谷籽来真情回报你！

我想也是。大哥尽管读书不多，可他用他的真切体验，还真诠释出了农事中的不少真理。

换了几次温水后，大哥见夜深了，便去歇息，临睡前，他又将那温水滗去，将已经泡得有些发胀的玉米种子轻轻倒入一木碗中，这才抱着木碗和木碗中的种子去睡了。他说，他要将种子放在身边，接受他的体温，让种子知热知暖，后才死力地长出个大籽满的苞谷坨来。

我一时感动起来。

这一夜，我做了个梦，梦见大哥的木碗变成了煤球样的营养坨，玉米种子在营养坨中如电视中常见的动画演示的一样，先是冒出两苗嫩芽，一会儿就长成了差不多一人高的玉米秆，那玉米秆又遍地繁殖，将大哥的床、大哥的房子都变成了玉米地，到处一片墨绿。大哥置身于墨绿之中,亲吻这根,又亲吻那根,亲吻个没完。凡他亲吻过的地方,都结出了一个个肥大壮实的玉米坨来,玉米坨还个个张开了嘴,露出了可人的笑意。大哥见了满目的玉米,孩子似的,跳跃着,欢呼着,得意而幸福满满;玉米见了孩子似的大哥,竟舞蹈了起来,歌唱起来,也是温馨有加、舒坦有加、幸福满满!

我一时大受感染,幸福得在梦中笑醒了过来!

三

我没有时间帮大哥做营养坨,更没时间帮他将玉米种子植入营养坨这个种子们喜欢的温床,因为我临时接到电话,要我赶回单位处理一件紧急的事情,但我想象得出大哥是何其认真、细致、温情而快乐地一步步操作着他的播种,玉米种子们是何其如婴儿般任大哥温馨地抚弄。

他一定满怀幸福!玉米种子们也一定满怀幸福!

当我再次回到老家看望大哥时,已是一个月后,玉米苗快乐生长到已快要封土的时候了。

大哥正在薅草,并快乐地哼着山歌。说是薅草,其实不仅仅是将玉米地里的杂草除去,更重要的是将地锄松,并适量上一点化肥,也就是碳铵,以之来催苗。因为经过一个多月玉米苗的尽情吮吸,营养坨里的营养几乎已经耗尽,在这正是玉米苗长高、长粗,正是疯狂拔节的时候,是急需要营养的跟进的。

大哥见到我的到来,十分高兴。他说,真是瞌睡来了遇到枕头,你来得太是时候了!

我一时糊涂,问,啷么了?

大哥说，我正愁没帮手呢！你看，我一个人今天是无法将这块地薅完的，你来了，我就能轻轻松松地薅完了！

原来大哥不是把我看成是来看望他的，而是当成是来给他帮工的了！唉！我这个大哥呀！我也真是服了他了！

我说，你这点苞谷薅不完明天再薅吧，你看天都在开始打麻擦了，你就明天再来薅也不迟！我们还是早点回去弄夜饭吃算了……

我还没说完，大哥就有些不快了，便抢了话头说，那啷么行？你要晓得，今天薅完的和明天薅完的可大不一样。今天薅完的，草被薅断了根，再不会同苞谷争水分、抢肥料吃了，苞谷苗一个晚上就能多长卡把高，自然，到时也会先结坨、先成熟的！

大哥说的"卡把高"，就是拇指与食指张开，伸直成一条线的高度。

原来是这样。那就权当这次我是来做帮工的吧！

好在薅苞谷难不倒我，毕竟我在外出读书乃至后来进城前，一直没有间断过农忙时节帮父母干农活儿，我那时也还算做农活儿的一把好手。

只有一把薅锄，返回大哥家去取也耗费时间，我便让大哥轻松轻松，让他给玉米上肥，而我则脱掉外衣，接过他的薅锄除草、松土、给玉米蒙蔸。

大哥见我脱了外衣，只穿个背心，忙提醒我说，快把衣服穿起，现在的苞谷叶子变硬了，两边的锯齿是要咬人的。它们被太阳晒过，有毒，要是被它们咬了，皮肤不仅要起血印子，还要起疱，到时恶痒恶疼的，那滋味可不好受。

那滋味我以往没少尝试过，大哥这么一说，自然让我记忆犹新，但我还是说，我现在是老胳膊老腿的，又皮糙肉厚，它们奈何不了我！

大哥说，你不信就算了，到时有你受的。

我心想，再尝试一下那种滋味也不错，权当拾捡丢失了三十余年的感觉吧！就说，你就放心吧，没事的！

大哥就在前面给接近玉米蔸的地方丢上碳铵，我则在后面挥锄跟进。土是砂质土，锄头一与砂土接触，便发出"沙沙"的脆响，极具乐感，让我重拾荒废了几十年的技艺，留在我身后的是不断幻化出的新颜和玉米叶在清风吹拂下发出的"唰唰"的快乐的吟唱。说来真怪，以前在玉米地里劳作，感觉到的是劳累、是苦楚，而现在感觉到的却是快感，是成就感，是幸福感！

月已东升，鸟已归巢，只有蟋蟀还不忘卖弄它们的歌喉。

我很兴奋，大哥也很兴奋，玉米好像更兴奋！

大哥说，我请人在手机上查了天气预报了，明天白天晴天，晚上有雨。这真是老天帮忙，明天再晒一个太阳，那些薅过的草都晒死了，晚上再来一波雨，那时，这些苞谷就能够尽情地吃喝了！它们吃饱喝足了，不乖乖地疯长那才怪呢！

我说，那看来，我今天也是赶到火口上了，给你帮了大忙，到时苞谷吃得了，可别忘了喊我回来打几个嫩苞谷尝尝新。

大哥说，那还用讲？！品尝自己劳动出来的东西最香甜了呢！味道就是不同！

晚上，我那被玉米叶划拉过的地方，就恶痒恶疼起来，不过，我却疼痒得很舒服。

四

端午节时，我回到老家给大哥送粽子。大哥又不在家，打他电话，他说在给玉米薅二道草。我说，现在别人差不多都是在秧懒苞谷，自从将营养坨带苞谷栽到土里后,就都不去管它了,最多也只打点除草剂了事,你哪有必要还像以前一样去薅二道草哟!

大哥在电话里说,苞谷也是有情物呢!我对它们下足了功夫,花足了心血,它们一定会结出个大籽满的苞谷坨来回报我的,别人种的那些懒苞谷一定无法与我这些比!他还掩饰不住兴奋地说,这些苞谷好大根哟,又长得特整齐,叶片墨绿、厚实而又新鲜,精神头十足,真正是好爱人哟!你快来看看吧!

我还要赶回去值下午的班,自然是没时间去看看那些我也付出过劳动的玉米的。不过,从内心来说,我是真心想要去瞧上它们几眼的,感受一下大哥所说的它们的情感。

七月半节的时候,我原本要再去看看大哥,看看大哥的玉米的,照样因为要值班,没能成行。等到下午,大概是大哥没有见到我回去吧,他破天荒地给我打来了电话,说嫩苞谷可以吃了,今年的苞谷果然长得同前几年一样好,甚至今年还要个大籽满一些,有两拃大,有尺把长,吃着特别香甜,要我快回去尝鲜。

我自然十分想回老家一趟,却不能不遗憾。

想不到的是,第二天早上九点多钟的时候,大哥再次给我打来了电话,他说,他已经到了我家的门口,敲了半天门,没人开门,这才给我打了电话。妻子与女儿利用假期出去玩了,家中没人,大哥自然敲不开门。电话中大哥有些气喘吁吁的,而且有些急切。

我以为大哥出了什么事,也急切地说,你等等,我马上回来。

大哥说,我知道你忙,你不要回来,我就是来给你送几个嫩苞谷尝鲜的,没别的事,我马上又要走了,我得去街上买点东西,等下别错过了回家的班车,屋里还有鸡和猪等着我伺候呢!

大哥要赶上班车来给我送嫩玉米,得早上五点多钟就起来,伺候好鸡和猪后,还得走三四十分钟的路,才能赶到当地的集镇上坐班车,这是很辛苦的。为了几个嫩苞谷,他赶早大老远地到我这里来值吗?我上次也就随口这么一说,纯粹有口无心,不想他却当了真,城里什么时候买不到嫩玉米呢?不过我没说出口,怕伤了大哥的心。后来我想了想,其实我那想法是多么不懂得大哥,多么不地道,幸亏我当时没有对他说出口,要是说出口了,不仅要伤了他的心,更要愧对他对玉米的情感付出,对我的情感付出,也愧对我农家的出身、农家的本色,愧对我那次曾对玉米的付出所得来的快乐感、幸福感!

这天晚上,我没有做晚饭,而是将大哥带来的肥硕、香嫩的玉米剥去外壳,先是打茶叶汤煮了一个吃了,实在是太好吃了,没吃够,后又去楼上找来几十年没有用上过的火盆,将一把废弃了的藤椅用菜刀分解开来,点上大火,将两个玉米放入火中烧烤,寻找往昔的快乐幸福。听着嫩玉米在火中快乐地"嗞嗞"地欢叫,散发出一阵接着一阵的清香,颜色也由浅白到金黄,让我唾液直冒,一下子重回了儿时的那种期盼与幸福。

妻子和女儿回来后,我又如法炮制,给她们也烧烤了特意留下来的玉米。她们吃得是满嘴喷香,大呼过瘾,说是从来没有吃过这么好吃的玉米。

我自然又骄傲了一回,虚荣了一回,幸福了一回!

我想,在我的幸福中,在妻子和女儿的幸福中,玉米自然也是无比幸福的!

五

中秋节那天,我特意与同事调换了假日的值班,带着妻子和女儿回到了老家。

这次,大哥没有给我打电话,但我知道大哥盼望我能回去,看看他的玉米,看看他的成果,看看他的幸福!

艳阳高照。院坝里,黄灿灿的玉米粒晒了一地,正泛着夺目的金光,在阳光的抚慰下,微微地快乐地颤抖着,轻哼着,让人看了不由不精神振奋。阶檐上,大哥置身于一大堆玉米棒子中,正在将玉米棒与外壳分离。

大哥坐在地上,将玉米棒子的带把处用俩膝盖夹紧,两手的拇指与食指钳住上端的胡须处,"滋——"一声清响,玉米壳被大哥一分为二地撕裂开来,那黄黄的、胖胖的玉米身子便露了出来,大哥再一手握玉米把,一手握玉米棒,只听"啪"的一声脆响,玉米棒与玉米壳便两相分离了,他再抛出两道弧线,"嚓"的一声,那壳去了一边与它的姊妹们团聚去了,而"砰"的另一声响,则是那玉米棒子去与它的兄弟们重重地拥抱去了。

大哥见了我们,笑眯眯地说,哪么样?我的苞谷不错吧?!我说过的,我们对它们有多少付出,它们就对我们有多少回报!又说,你们这时回来,正赶到火口上,正好能体味一下收获的滋味!

听了大哥的话,我心头一震,没想到没有读过多少书的大哥竟能用上"体味"一词!我想,要是大哥没有真正"体味"到收获的甜头、收获的滋味,是绝不可能用上"体味"这个词的!

我们见了个个尺把长、掐把粗且籽粒硕大饱满的玉米,也手发痒、心发痒,忍不住加入其中,在"滋""嚓""砰"的不断更迭中,不断地去体味着、快乐着、幸福着!体味着、快乐着、幸福着大哥的快乐、大哥的幸福!体味着、快乐着、幸福着玉米的快乐、玉米的幸福!

傍晚了,我们忘了饿。玉米棒子从壳中全部剥出来后,大哥去将那晒在院坝上的玉米粒收拢一堆,用风车车去杂质。风车咿咿呀呀欢唱着,玉米粒悉悉沙沙欢唱着,大哥也用农人特有的眼神、用农人特有的笑脸、用农人特有的两角上扬的嘴唇无声地哼唱着,这是多么绝妙的一次大合唱呀!而我们一家三口则开始抹玉米,也就是将玉米粒与玉米芯脱离开来。我们不停嗅着它们的清香,摸着它们的玉润,闻着它们从手指尖"沙沙"滑落地上的快乐而幸福地哼唱,那是从未有过的绝妙的别样享受啊!

(原载《民族文学》2023年第8期)

晚饭花开了

庞余亮

1985年于我，是一个最值得记取的年份。十八岁的我，师范毕业，从扬州去了乡下做了小先生。

同时跟着我去乡下的，还有一本好书，汪曾祺的小说集《晚饭花集》。一个人的读书，就像爱上的第一个人。她会奠定我们一生的品位。这本淡绿色封面的《晚饭花集》就是我爱上的第一本书。

说句实话，这本书第一个打动我的，并不是汪曾祺先生的文笔，而是书名：晚饭花。

"晚饭花就是野茉莉。因为是在黄昏时开花，晚饭前后开得最为热闹，故又名晚饭花。"

这是汪曾祺先生一开头就告诉我的话。我想了一会儿，终于在我的头脑中找到了对应的花朵，这不是我父亲口中的"懒婆娘花"吗？父亲的意思是这花太懒了，像一个懒女人，一直睡到黄昏才起床梳头开花。

同样一朵花，两个不同的称呼，就有了不同的意味。我觉得汪曾祺的"晚饭花"真的太恰当了，"懒婆娘花"实在太粗鄙了。

这是我的秘不示人的自我教育。很多时候，一个人的成长需要这样的自我教育。文学的成长同样需要这样的自我教育。《晚饭花集》给了我很多次这样的自我教育。还有自我的暗示。

非常庆幸的是，在那所非常偏远的乡村学校，我的行囊里有一本《晚饭花集》，我们的校园因为没有绿化的经费，一位老教师给校园的各个角落遍种了晚饭花。每当放学的时候，晚饭花正好开放，在空旷的校园里，我就捧着《晚饭花集》，对着正在开放的晚饭花读书。

我的乡村学校的晚饭花是知道少年李小龙的。

我的乡村学校的晚饭花也是知道那个王玉英的。

"……李小龙每天放学，都经过王玉英家的门外。他都看见王玉英（他看了陈家的石榴，又看了"双窨香油，照庄发客"，还会看看夏家的花木）。晚饭花开得很旺盛，它们使劲地往外开，发疯一样，喊叫着，把自己开在傍晚的空气里。浓绿的，多得不得了的绿叶子；殷红的，胭脂一样的，多得不得了的红花；非常热闹，但又很凄清。没有一点声音，在浓绿浓绿的叶子和乱乱纷纷的红花之前，坐着一个王玉英。"

每个人心中都有一个最美的时光，我以为，我一生中最美的时候就是十八岁的我，在晚饭花前读《晚饭花集》的那个时光。那时候，有忧伤，有寂寞，但那忧伤是纯粹的，寂寞也是纯粹的，热爱同样是纯粹的。

我爱上了汪曾祺的文字。

我悄悄去了趟高邮。

从我的乡村学校去高邮得绕道界首，也就是高邮的那个界首镇。

我在界首镇停留一个小时，看了会儿小镇，也看了会儿大运河，大运河的水很浑浊。开始很失望，后来想通了，浑浊才是有历史的大运河啊。

到了高邮已是黄昏。但不是夏天的黄昏，是冬天的黄昏。冬天的高邮给我的印象和我老家兴化城差不多，但是高邮的面条的确好吃啊。

吃完了面条我去找我的李小龙。那时候的大淖已快成垃圾场了，竺家巷上空全是不同形状的电视天线。

我依旧闻见了晚饭花的芳香。

我的行囊里还是那本《晚饭花集》。

这本《晚饭花集》跟我走了多少个地方啊，也跟着我做过许多有关晚饭花的梦。

有了微信之后，每个夏天，我都会拍摄晚饭花。天南海北的朋友都会跟着回忆，说起了晚饭花在他们那里的名字。北京的朋友叫它"地雷花"：晚饭花的果实就像小小的地雷。山西的朋友叫它"考试花"：每当它开得最盛的时候，升学考试就要到来了。也有叫"烧汤花"和"洗澡花"的：每当晚饭花开大家就需要洗澡了。也有叫"潮来花"的，这是住在海边的朋友说的，晚饭花唤来了大海的潮汐。还有直接叫"五点半"的。当然，叫得最多的还是"胭脂花"和"紫茉莉"。

我热切回应着，同时也在回应我心中的李小龙和王玉英，当然还有那个好玩的老头汪曾祺，与我的文盲老父亲同龄的汪曾祺。

那一年，我又带着《晚饭花集》去湘西看汪曾祺的老师沈从文先生。沈从文先生故居里的人很多，像凤凰的姜糖一样，多而诡秘。我在故居买了一本《从文自传》，准备去沈从文的墓，可熟悉吊脚楼的导游并不清楚先生的墓地在什么地方。出门打听了一位当地老者，她给我们指点了方向：城东南岸。

我们立即过桥，穿越长长的小巷，出城，找到了先生的墓地，这是十二岁就离开家乡的凤凰游子的终点。在小小的半山坡上。墓碑上有十六个字："不折不从　亦慈亦让　星斗其文　赤子其人"。

令我惊奇的是，墓碑边就是一丛灿烂的晚饭花，不是我常见的红色、黄色或者紫红色，而是白色晚饭花。

我在白色晚饭花前停了很久。

我要记住这芳香的寂寞的白色的晚饭花。老师的晚饭花。先生的晚饭花。学生的晚饭花。

那个有月亮的晚上，我又来到了高邮，来到了竺家巷，敲开了汪曾祺先生家的门。汪曾祺先生的妹妹和妹夫在。他们请我们都在签名簿上写行字，我想了想，写了五个字：

"晚饭花开了。"

（原载2023年9月15日《新民晚报·夜光杯》）

万物格我记

李修文

顾随先生说，陶渊明之好，好就好在"身经"，所谓"身经"，即是自己下手，而非旁观。第一次深有触动，是在十二年前，我在一个电视剧剧组混饭，除了给导演改剧本，别的事情一概不闻不问，突然有一天，制片人布置给我一个任务，每天上山，去给我们的女主演采一束花回来，这个任务让我觉得屈辱，但也只好领受下来，并因此获得了意外的机缘：上山下山的路上，我认识了不少人，疯子，鳏夫，种苹果的人，一个找孩子找了十几年的中年妇女，时间长了，我便跟他们日渐相熟起来，跟疯子打过架，给胃快疼死的鳏夫买过药，在苹果林里采过苹果花，还给那找孩子的中年妇女重写过好几遍她的寻子板，以上种种，或许便是顾随先生所说之"自己下手"？渐渐地，当初的屈辱之感全然不见了，我也接受了这一切——我就该在这条路上，而不该在别的路上；我就该在这群人中间，而不应该在别的什么人中间。

好比韦应物，初入职场，也曾是皇帝身边的带刀侍卫，而后，安史之乱来了，皇帝跑了，房子没了，妻子也死了，还给他留下三个孩子，其中一个，尚是嗷嗷待哺的婴儿，那时，他刚写诗不久，这些诗，遍布抱怨和大惊小怪，但是早晚，他都无法再旁观他自己，他得去给自己和儿女找到下一顿饭在哪里，也正是在这条道路上，他成了一个践约之人：婴儿长大了，即是对亡妻的践约；女儿出嫁了，他也完成了自己作为一个老父亲之盼望的践约。由此，世法搬进了诗法，最终，诗歌也履行了对一个言而有信之人的践约，到了此时，他早就没再抱怨和大惊小怪了，现在，他是一个接受者，一个理解者，正所谓：贵贱虽异等，出门皆有营；又所谓：微雨夜来过，不知春草生。显然，韦应物之路，是一条充满了危险和歧念的路，任何一个岔路口，都有可能让他卸鞍下马，像后世的王阳明一样，他在这些岔路口格物致知，以全心内之法，但是，更多的时候，他也一直任由着那些危险和歧念来到自己的心上，像刀砍上身体，像船被河水覆盖，他且听之任之，舞之蹈之，以此等待世法与诗法的水落石出，是为"物格"——是啊，我格万物，万物终须格我。

身在万物格我之中，若还能自说自话，我之所凭，无非是一点力气：在一处戈壁滩上，我在修路工的工棚里住过几天，每日所见，一边是大漠烟直、朔风劲吹和偶尔出现的海市蜃楼，另外一边，则是用一瓢水洗完几十张脸的修路工，还有他们几近腐烂的饭菜，他们受伤后一连三天淌着血的脚，这两边，我都想写下来，然而，他们几乎是势不两立的，身在其中，一个我和另一个我也是势不两立的，一开始，我写下了大漠和朔风，左看右看，它们都不是船山先生王夫之所说的"知耻之诗"，于是不再写了，再跟着修路工们搬迁到下一个工棚，搬迁之日，恰好遇见龙卷风吹了一整天，行路之难，无异于西天取经，当晚，仍如顾随先生所言之"苦中得力"，我又能写了，既写了大漠、朔风和海市蜃楼，也写了那些洗脸的水、腐烂的饭菜和淌着血的脚，并由此而深信：拈花微笑也好，得月亡指也罢，它们绝非空穴来风，一一都是打苦里来，一一都是打从苦里诞生的力气中而来，没有这个力气，我既拈不了花，也指不了月。

这一点力气，也要敢于颠倒黑白：在陕西榆林城外，我曾经遇见过一个瞎子，对满天风雨视若不见，相反，他比我和身边众人都要快活得多，我问他，这是为何？他答我，他根本不与我们同在一个世上，在他的世上，是没有风雨的。却原来，这瞎子，还有更多的瞎子，为了让这辈子好过点，早就在头脑里给自己安排了一座人间，如此，他们既和我们同在，也活在独属于他们自己的世间，那么，在他们的一生中，哪一座人间是真，哪一座人间是假？显然，给他力气的，是他的异境和疯话，除了跟他一起，入异境，说梦话，我难道还有别的路可走？由此及远，我必须拿出力气来，去相信和追随更多的虚实难辨之时：黄河岸边的那座小县城，为了说清一只猴子与人结为兄弟的异事，我前去探访了实地不下四次，最后一次离开的时候，好像神迹降临，好几只猴子从黄河边的蓖麻田里奔出来，站在滩涂上，目送我在夜幕里消失；还是在黄河边上，赶夜路的时候，因为实在百无聊赖，我便朝河对岸喊话，没想到，对岸竟然有人答话，我们两个，便隔着黄河东扯西拉了一晚上，天亮之前，对方终于不再接我的话，我也渐渐看清，河对岸空无一人，满眼里只有林立的坟冢。

如此夜路，牛僧孺走过，方得《玄怪录》，蒲松龄走过，方得《聊斋志异》，只要走在这条夜路上，最终，我也必将返回我的故乡，那是"信巫鬼，重淫祀"之地，是"将腾驾兮偕逝"和"与女游兮九河，冲风起兮横波"之地，在此地，某个死去多年的人突然从地府重返了阳间，狐狸们前一晚在山上的密林中敲锣打鼓地娶亲,又或者,汉江里莫名开来一艘客船,只渡鬼,不渡人,诸如此类的轶事,每个人都能言之凿凿地说上几段,时至今日,还有不少人,当他们埋葬亲人的时候,仍要在棺木里放入一张"告地书",所谓"告地书",其实就是活着的人代替死者写给地府的介绍信和赞美诗:此人生前受苦,到了阴间,还望四方诸神多加怜爱庇佑。是的,在故乡,我获得了崭新的力气——应该像写"告地书"一样去写作,向着虚空获得实在,向着真假不分去求取上天入地的文章,更要像楚人的老祖宗屈原一样去写作:王侯与河伯同在,黎民与山鬼同在,其间,燎祭盛行,香草盛开,"一方面是深切的无望和悲哀,一方面却是不可遏制从大地上升起的赞颂。"

总归要回到"身经"二字上,总归要与"旁观"为敌,好比苏东坡,到了黄州,为了糊口,不得不求救于诸邻,帮助自己,将一片荒林垦作良田;到了儋州,烧猪肉,剥生蚝,还生怕有人得知了生蚝有至味的秘密:"恐北方君子闻之,争欲为东坡所为,求谪海南,分我此美也!"好比柳宗元,初谪永州,谈虎色变,"涉野则有蝮虺、大蜂","近水即畏射工、沙虱",然久贬之后,他便认命,"自肆山水之间",终得韩愈所说的"泛滥停蓄、深博无涯"之句;更好比杜甫,"猛虎立我前,苍崖吼时裂","黄蒿古城云不开,白狐跳梁黄狐立",虎也好,狐也罢,不是画上书里的,不是天上掉下来的,是逃亡路上亲见,是讨饭归来亲受,所以,这些字句,知冷知热,知世知耻,惟有将它们领受下来,你我才有可能,去靠近禅宗里所说的那两句话,其一:在事上见;其二:打成一片。

身在万物格我之中,若还能自说自话,我看这第一要紧,便是像陶渊明一样,在事上见。别人写田,他下田:"晨兴理荒秽,带月荷锄归。"别人借酒消愁,他却把酒当作人:"忽与一觞酒,日夕欢相持。"

在事上见，无非是挖空事里的"我"，让"我"成为事的一部分，就像韦应物，妻子刚去世，他也曾"晨起严凌霜，恸哭临素帷；驾言百里途，恻怆复何为"，到了女儿出嫁时，他不过是一个追在女儿身后千叮咛万嘱咐的老父亲："自小阙内训，事姑贻我忧；赖兹托令门，仁恤庶无尤；贫俭诚所尚，资从岂待周？"就像当初，还是在电视剧剧组里，我遇见过一个曾经红过又过气了的女演员，为了重新演上女一号，戏份极少的她终日都在认识各种投资人，又和剧组里的摄影美术服化道打得火热，对自己的重新翻红势在必得，我曾经跟她一起策划过一个故事，但是，见了许多投资人，并没能拿到一分钱的投资，有一回，在渤海里的小客船上，我劝她就此作罢，她却指着她做过乳腺癌手术的左胸告诉我："我这辈子，只剩下事了，事在，我的命就还在。"其时，我几乎觉得，在我的身边，坐着一位正在开示我的活菩萨，船外的风高浪急和雾霭四起，加上船身颠簸时她的惊呼与抱怨，甚至连同她起身，推开窗户，面向大海去呕吐，这些，共同组成了一尊活菩萨。

感谢兰州的兄长，他引领我，横穿河西走廊，来到了古长城的脚下，再指着城墙，教我去仔细辨认隐藏在墙体里的黄泥、米浆和芦苇；还有黄河岸边的至交老羊皮，他先是在黄河上唱歌给我听："姑娘不是妈妈生的，她是桃树顶上结出来的。"当我离开他，返回长居之地，他又在手机里给我唱："妈妈把你像酒杯一样高高举起，却看见你跪在敌人的脚下。"有好多回，老羊皮开着车，带着我踏足那些穷街陋巷，再一一说明，哪一首歌，是哪条街上的哪一个人写出了第一句又或唱出了第一句；更有平凉城里开电器维修铺子的小林，他告诉我，他也想写作，又问我他该怎么开始，我像语文老师那样搪塞他：你要先去观察。结果，他每天忙完活计，就带上一个本子，上街去观察，回来的时候，本子上总会多出好几页他的最新笔记，那里面，真正是，生老病死，无所不有，每每翻看，我总归要大吃一惊，等他再出门，我便追随着他，去看瓜田里的长势，去听哭丧人一边大哭一边喊出来的锦绣文章，去追着戏班子，从一个村庄，来到另一个村庄。去看，去听，去追随，岂非正是"我格万物"？渐渐地，"万物格我"开始了，最终，我要成为一条鲸鱼，吞下去什么，吐出来什么，既不是被迫接受了命令，也不是道一声妄言撒腿就跑，而是让这个"我"成为一座客厅，既迎人，也送人，坐得住高士，也容得下奸佞，诚如王国维所言："以我观物，万物皆着我之色彩。"像苏东坡，"问汝平生功业，黄州惠州儋州"之句既出，他便是山河，高高低低，他都受下了，一生的大事，所谓"让我成为我"，不过都隐藏在黄州惠州儋州的万千小事里。再如杜甫，在临死前的江上小船里，当他醒来，仍是老实人，仍在像画素描一样记下他眼前所见："水乡霾白屋，枫岸叠青岑；郁郁冬炎瘴，濛濛雨滞淫。"实在是，死到临头，这一草一木，照样令他震慑，被他视作奇迹。

再说打成一片。佛典云，所谓打成一片，即是去除情量与计较，所谓"久久纯熟，自然内外打成一片，如哑子得梦，只许自知。"可是且慢，未抵纯熟之境，就没有打成一片么？陶渊明诸诗中，我最亲切的，是那首《拟古九首》之三，其中既有萌发涌动之句，如"仲春遘时雨，始雷发东隅；众蛰各潜骇，草木纵横舒。"更有对新来的一双燕子之喃喃发问："自从分别来，门庭日荒芜；我心固匪石，君情定如何。"要我说，此诗里尚有分别心，然而，陶渊明总在写名物时计较，他要将它们计较成人，再施以情量，去握手，去问询，去添酒，这何尝不是躁动与安定共存、无我与有我共存的打成一片？是啊，所谓打成一片，总归要把自己现出来，交出去——钱谦益把自己交给了前朝覆亡之后的残山剩水，"廿年薪胆心犹在，三局楸枰算已违"，其人一生行迹，忠奸难辨，一时结党营私，一时又以为往圣继绝学自居，做前朝叛徒的是他，自甘前朝遗老的也是他，他这一辈子，跟自己斗了一辈子，可是，这岂非也是他跟现世与后世的打成一片？更有那梁简文帝萧纲，绝命诗里，他写下"终无千月命，安用九丹金"，对自己的帝王生涯真正是追悔莫及，可是，在同一首诗里，他又写下了"幽山白杨古，野路黄尘深"这样几可与"中庭生旅谷、井上生旅葵"争雄的句子，这岂非也是帝王与囚徒合体、南梁文风与《古诗十九首》合体的打成一片？

现出来，就是不怕丑。杜甫不怕丑，他年老体衰，所以照实写下"君不见夔子之国杜陵翁，牙齿半落左耳聋"；他饿得半死，便向朋友求救："百年已过半，秋至转饥寒。为问彭州牧，何时救急难？"长年杜甫之诗傍身，我总得要学他一星半点，还是承认了吧：我的十年编剧生涯，实际上是失败的，写出来的多，拍出来的少，常常是，竹篮打水一场空，常常是被这个剧组赶走，又被那个剧组开除，更多的时候，我是在借着一个做编剧的理由，为自己的百无聊赖找到安慰；好在是，借着这个理由，我把自己交了出去，交出去，其实就是不怕死：我把自己交给过戈壁滩，无处过夜，最终被放羊的老人容留，我也由此得以看清，羊是世界上最爱干净的牲畜，前头的羊脚踩过的草，后面的羊一口也不吃；我也把自己交给过青海的日月山，和兰州的兄长一起，我们乘坐的车突然打滑，只差一步便坠下悬崖，可是，当我们捡回来一条命，站在暴雪之中，也总算知悉了为什么沿路上的悬崖边会时而出现种种堆积的零食，它们其实是坠下悬崖之人的亲人们前来供奉的祭品。

说到底，还是要拿出力气来，结结实实地活下去，在活里写，在写里活，写什么人，就去眼见为实，写什么地，就去安营扎寨，当然，我还要走夜路，并且在这夜路上再三返回故乡，我也笃信，在那里，甚至在更加辽阔之地，河伯和山鬼，湘君与湘夫人，都已借尸还魂，重新活在了我们中间，而更多的时候，却也不要忘了"身经"之义，我格万物，万物终须格我，其中情状，仍如顾随先生论及陶渊明之诗时所言："其白，如日光七色，合而为白。"

（原载《扬子江文学评论》2023年第5期）

总有人持莲而来

韩松落

在月牙泉小镇,何克风老师在她的工作室门口等着我们。

她穿黑色的上衣,衣服边缘有刺绣的花朵,深朱红色的裙裤,有黑色的暗纹。身后是她工作室的大门,门上有块牌匾:何氏剪纸。她笑着迎接我们走进工作室,工作室朝北,光线幽暗,有宽大的桌子,四壁都是她的作品。

起初没想到,会有那么惊心动魄。

她跟徐晋林老师寒暄。徐晋林老师和她相识多年,还曾和她合作过一本《九色鹿——敦煌剪纸艺术》。他们的谈话亲切而自然,她先说在月牙泉小镇开设工作室的种种,在这里,除了做自己的作品之外,还可以给小镇的研学班上上课,表演剪纸。能给来自天南地北的人们讲剪纸,她很高兴。

一个孩子在工作室跑进跑出,帮她招呼客人,孩子穿得很滑板,滑板T恤,滑板帽,不像本地人。她说,那是她的小学员,从外地过来的，跟她学剪纸。她给了他一朵剪纸莲花，让他照着剪，继续跟我们说话。

因为疫情，今年没有多少人，比较冷清。她颈椎也出了点问题，血压高到165，每天昏昏沉沉。

都是寒暄的话。但听得出，她是把徐晋林老师当作可以倾诉的人，才会讲起这些事，有抱怨，有不如意。那种急切的倾诉，我非常懂，毕竟，在西北做创作的人，都要面临这样的问题，身边很少有做创作的人，也很少有人挂念这些事，有些话说不得，有些话，只能说给同道。

即便说，也不过是：今年画了什么，写了什么，演出多少场，票卖出去没有，身体好吗，要注意颈椎。都极其平淡，但这些话，只有同道才问得出来。才关心。

在许多年里，遇到能跟我问这些问题的，有一个，就要抓住一个，就像阿拉伯神话里，瓶子里的神怪，紧紧抓住把自己放出来的人。等到这样的人的机会，是要以百年计的。为什么要这么省俭？不能去有更多同道，去可以大肆讨论这些事的地方吗？也不行。荒天野地笼罩着我们，荒天野地是更大的对话。习惯了这种对话，一旦离开，只怕更加没有话要讲。荒野让人疏离，但荒野也是靠山。谁让你生在这里。

然后，话题开始变得深重了，像是打开了什么。可能从我问起墙上两幅作品开始，那是她依照榆林窟第三窟的壁画剪的《文殊变》和《普贤变》，原作是壁画，她把它们变成了剪纸，每一幅，大概有一米五长，八十厘米宽的样子。两幅剪纸，镶了很好的框子，挂在店里最醒目的位置，有镇店之宝的气势。我问她，剪这样两幅作品，得用多长时间？她说，四五年。

她就是敦煌人，祖祖辈辈在敦煌种地，种麦子，种棉花，种棉花更多。小时候受了奶奶影响，开始学习剪纸，起初，只是剪些"花花草草，结婚用的囍字，盖了新房子，房梁上的贴花"。十二岁，她第一次去了莫高窟，在那里看到了敦煌壁画，买了些莫高窟的画册，那时候，莫高窟门前卖的书，才一毛两毛。回到家里，她突然想到一件事：敦煌壁画是不是也可以剪？

当然可以。

对于觉悟了的人，上天是有惩罚的。干农活的时候，她有根手指受了伤，伤情不算严重，但卫生所的医生说，要用新方法，烤电治疗，烤了电之后，皮肤明显坏死了，只好截去手指。那是1994年7月1日。从那天开始，她有八年没有剪纸，一直到2002年，才重新拿起来。我猜，停下剪纸八年，不是因为失去手指影响了剪纸，而是因为失去手指影响了信心，就是"人间到底如何待我"的那样一份信心。

有时候，生死大事，都不足以影响这份信心，它照旧无阴影，无裂痕，照旧自顾自圆满，足够让人耿耿望向世界，有时候，一个眼神，一句话，一次失望，就足以影响这份信心。总算，到了2002年，她觉得自己又可以了。

"2005年以前都是业余爱好。"让业余爱好变成职业的，是2005年的敦煌旅游节。敦煌旅游节通常在秋天，八月的下半月，或者九月初，那年也是。她带了自己的剪纸，到敦煌旅游节摆摊卖，"大飞天才二十，龙五块。"就这样，第一天竟然卖了二百六十块钱。那之前，她"身上没装过一百块的整钱"。

有道坎卡在那里。秋天是要摘棉花的，那年摘棉花的日子，定在九月十五日，她想跟丈夫说，雇人去摘棉花，自己在旅游节摆摊，明着说，暗着说，丈夫不理她。雇人摘她家地里的棉花，需要五百块。她不想说了，她决定等攒够五百块的时候，再说雇人摘棉花的事。却没想到，五百块很快就攒下了，她又给自己定下目标，一千块，一千块就说。手里有一千块,理由更充分。

她每天晚上摆摊到凌晨一点,早上八点继续摆,六天下来,卖了九百九十块,差十块就够一千了。她终于不想忍了,对丈夫说,卖了一千,丈夫说,那就摆吧。

"从那时候开始支持。"

她听人指点,把自己的作品做成了画册,开始在街上卖画册。第一天卖册子,就卖了一千。那天,她下了馆子,"吃了臊子面,边吃边哭。"从那时开始,她赶画的时候丈夫做饭。

偶然看到《敦煌报》上有副刊,她就想,诗歌散文可以发表,剪纸应该也可以。她照着《敦煌报》上留下的电话打过去,每次打电话之前,要犹豫很久,心狂跳。终于,联系到了副刊编辑,她送去了自己的九十多幅作品,编辑的话,她到现在都记得:没想到敦煌有个你。

很快,敦煌电视台跟进,给她做了专题片,在那年大年初二的《周末话题》播出,连续播了三天。接下来是敦煌邮政局,跟她订了两千多个反弹琵琶,用在纪念封上,一个三块,"干吃净拿七千,两口子(种)一年棉花下来毛收入才两万。"

敦煌有个你。这话别人可以说说,但要一点点夯实,还是要靠她自己。群艺馆给她做展,她请了侄儿侄女来帮忙,布置场子,挂画,忙前忙后,展览如期开幕,展了一个月。那是她非常开心的一个月。

去北京参加展览,遇到许多同道,她觉得南方人的剪纸很精细,有人告诉她,她用的是木盘,要想画面精细些,得用蜡盘。她找人买蜡盘,一打听,一个蜡盘要两百块,而且没有现货。一个浙江人听到她的消息,来找她,棉衣一掀,藏着一个蜡盘。他把蜡盘送给了她。这一趟回来,她感觉"有了希望"。

一次展览上,有位领导建议她做本画册。她开始动手做画册,侄女找朋友借了一万块钱给她，她用这一万块，做了两百本画册，余出五百块，给儿子买了一把琴。册子做好，她开始张罗销售、宣传的事，接受世道迎面撞来。每件小事，每扇门，对她都是天大的难，有时候，她要在楼道里站很久，才有勇气去敲门，有时候，有人刁难她，"那感觉至今难忘，好像自己一下分了两截，上面是上面，下面是下面。"

每天回到家里，她复盘当天的每句话，不知道自己有没有说错什么，穿衣打扮是不是得体，别人说的话是不是有言外之意。那是日常的磨难，却也不亚于雷轰电击。犹如孙悟空在西牛贺洲灵台方寸山上，向须菩提祖师学长生术，祖师告诉他："此乃非常之道，夺天地之造化，侵日月之玄机。丹成之后，鬼神难容。"所以必须经历"三灾利害"："到了五百年后，天降雷灾打你，须要见性明心，预先躲避。躲得过寿与天齐，躲不过就此绝命。"再五百年后，天降火灾，再五百年，又降风灾。

她不知道自己经营的是一份"非常之道"，她只会往自己身上归因：知道了见世面的重要性。

听何老师讲自己的故事，听了两个小时，我用手机做了笔记。但当真要动笔，我还是省略了许多细节，这是人情世故，也是五百年后的再五百年。

那些古代的画师，恐怕也大致如此吧。那些来自凉州、甘州，或者更远地方的画师，都大致如此。他们在某个地方出生，在棉花地、麦子地、苜蓿围绕的屋子里长大，某一天，他们突然醒觉，像主动选择某种天赐的劫难一样，选择了要当画师、歌手或者乐师。从此一点点磨炼技艺，四处拜师学艺，从此注定一生都奔走在流散之路上，在别的村落，别的镇子，找到同道；在别的城市，别的港口，找到聆听者。在烟雾和邪笑弥漫的小酒馆，在一场纠葛即将爆发之前，收拾行李默默离开。

他们带着异乡人的面孔，穿着异乡人的衣服，抵达敦煌、龟兹、长安或者洛阳，找个地方暂时落脚，他们给旅馆画柜子，给路人画个扇面，慢慢让人认识自己，再求人把自己介绍给曹家（张家或者李家）管事的，在庙宇或者洞窟里谋得一席之地。笔是寻常的笔，颜料是寻常的颜料，洞窟的墙面是寻常的岩砾，人是寻常的人，刚刚被管事的人凶过，未完工的香火台子上还摆着吃剩的半碗凉面，但只要他们蘸了颜料，开始挥笔，一个完美世界就覆盖了眼前一切：漫天花雨，仙乐飘飘，神仙含笑聆听极乐的秘密。

一如此刻，何克风画室里，那些随意摆放的剪纸：红色的普贤文殊在天上宫阙端坐，蓝色的水月观音在月下闲坐，伎乐天在繁花中反弹琵琶，千手观音收束了她的身体，像一炬幽暗的火焰，九色鹿临水自照，旅人牵着骆驼走过沙丘。还有她最喜欢剪的小画：莲瓣一样的手，拈着莲花，托着莲花，攥着莲花，莲是污泥里诞生的奇迹，莲是洁白如初的命。九根手指，烈日下的棉田，一扇又一扇紧闭的门，呸，都算什么呢，她救得了自己，她甚至救了别人。

古人其实都是今人，今人也不过是古人。见识过一位当今的画师，莫高窟的所有秘密都不是秘密。什么莫高，什么云冈，什么五台，什么雷音，什么神仙，都是这一个个奔命的人，棉花地里的丢下锄头，麦子地里的丢下镰刀，汇聚此处，一面挨着日常的凌迟，一面画莲画佛，让你我有所寄托。

我买下一套何克风老师的《九色鹿》，还有一幅菩萨，送给了我少年时最喜欢的歌手孟庭苇。在贫瘠的少年时代，她搭救了我，安抚了我，给我搭建了一个临时天堂。后来我也知道了她的歌为什么如此恬静，她有信仰。

有了这般那般的信仰，心事就可以放下了，就可以一点一点把自己从污泥里搭救出来，甚或搭救别人。直到有一天，心事终于清空，洁白如初，千山外，斜阳外，有人持莲而来。

（选自2023年10月9日微信公众号"风流猪狗"）

进入死亡的缓慢过程

王　恺

1

看普里莫·莱维写罗马圣马蒂诺大街上行走的蚂蚁队伍，其实写二战期间的犹太人。"一条长长的蚂蚁的棕色队列，在铁轨上展开，他们相遇时脸部相触，似乎在试探他们的前程和命运。"

然后呢，然后是成群结队的死亡。"我不愿描述这些，我不愿描述这条队列，我不愿意描述任何棕色队列。"

有时候，人和动物的死亡都一样：目击他们离去，让人感伤，无计可施，万物自有他们的归处，任何干涉无用，我花了一个月的时间，目击了我们家收养了十多年的流浪猫的死亡。

收养的这只流浪猫，一养就是十四年，最终离世的时候，事实上它有多大年纪，我们也不清楚，来之时，已不知道流浪了多久。不像现在宠物店里购买的名种猫，各个都有出生名牌，随时随地可以给它过个生日——看主人高兴。

我家在一楼,有一天从外面回家,走廊里有只丑陋的小白猫,留恋不去,跟着进家门也很顺溜,就此收留于家中,活着的生物,每天在脚下盘桓,充斥着房间的热闹,杂乱和臭气,从来不觉得烦恼,尤其是到了它濒临死亡的瞬间,想起它的活蹦乱跳的过往,都是惨淡。

今春的时候,和家人去洛阳看牡丹,近年全家人出门,就会自动陷入焦虑,我们家是古旧小区的一楼,之所以住久了不想换,还是喜欢一楼有一个偌大的院落,植物动物都在院落里放肆生存。全家人一离开,满院子的花木就无人浇水,除此而外,流浪猫——如今有了名字,跟着主人姓,叫王大咪,就没有人喂食。

它有个性,虽被收养,可拒绝完全在家,需要时不时外出游荡,于是家里和院子里,都给它安置了猫窝。

日间它在家中嬉游,夜间的时候,它会爬出院落,巡视整个小区,甚至更远,这是它的神秘行程,完全不知道它的路线。看美国的动物学者给家猫戴上追踪器,有的家猫,夜间游荡三十公里,并且有电脑根据它们的行进路线绘制的线路图,夜间的奔跑的猫几乎是半个城市的主人,可动物学家还是不知道它们那么狂野的奔跑是为了什么。当然也好奇王大咪的行踪,完全不得而知。

它吊梢眼,眼角有长毛,遮掩得一半眼睛,有狐狸之姿。被收养后,日常洗澡,干净了不少,还是阴沉,有时候在窗台上晒太阳,猝不及防被我抱在手里,满眼的不甘,一缕凶光从眼角射出来,我只能和日常喂养它的我妈说,换你来抱。

全家人出门,满院子需要照料的生命,只能让粗手粗脚的钟点工阿姨来喂它。阿姨来我们家多年,王大咪还是不喜欢她,不会彻底躲,像避开别的生人一样:见有外客光临,瞬间就上院墙出门再见,见她进屋不会消失,但也就是冷漠,疏离地看着她。

以至于她每次喂猫都要拍视频给我们,表示自己尽到了责任。最近几年,喂的干猫粮基本已经不太喜欢吃,年高有德,牙齿松烂,吃干猫粮会摇头晃脑,貌似在表演杂技,看着可笑,着实可怜,只能是各种食物都上,钟点工喂的基本是最顺口的猫条,因为馋,它接受了她的饲育。

泰国进口的猫条,听说里面添加有诱猫剂,花花绿绿,分为五色包装,非常廉价的喜庆感,恍惚是过年给孩子的红包。这些年大家养猫如同养后代,各种零食层出不穷,我妈这种老人家也会在网上搜罗各种猫零食满足它,最终它最喜欢的,是此款猫条。疫情防控期间,快递不能进门,猫条的断档也是家中的焦虑源泉。钟点工阿姨喂它吃猫条的时候,王大咪基本上不离开它在院落高处的猫窝,冷淡的,骄矜的,傲慢的,仿佛吃是它给予对方的赏赐,而不是它在接受喂食。这到底是什么猫,会有这样的神态?大概源自于多年的脾性,这只猫,实在地说,脾气一点不好呢。

只有在吃东西的时候,它才勉强接受陌生人的接近。这个陌生人,还得是空间位置属于这个家范围里的陌生人,外面的食物,一概不吃。

众人皆知,猫越老越馋,我们家的王大咪,进入老年之后,越发贪馋,本也不太喜欢我的它,自从开始被我投喂猫条,也和我亲热起来,至少比和钟点工亲热,每天早上在我开窗,拿着猫条召唤躺于窗台上的它的瞬间,不会即刻离开,作势要逃走,有时候站起来伸个懒腰,表演要离开的姿态,瞬间又扭身回来,接受猫条的布施。

一定是吃完两根猫条之后,再心满意足地睡觉。疫情这两年,我和父母住得多,喂给它猫条,成了我的清晨责任,也是我妈蓄意添加给我的,为了和我亲近一些。

疫情在家极度空虚无事,吃饭成了所有家庭的大事,无论人,还是猫。

对付老去的猫,更是花样百出,早餐是猫干粮和牛奶,有时候它也吃静安面包房的杂粮小面包,饭后点心是猫条,晚餐则是软烂猫罐头,《红楼梦》里薛宝钗说的,"老年只爱软烂之物",猫也不例外。变着花样,适应它的衰龄。还能自如外出,基本在外面不会贪吃,也是年轻时候即拥有的习惯。不少流浪猫是吃了外面的毒老鼠而中毒身亡的,也有厌恶猫的人,投喂各种毒饵,这个我们倒真的不用担心,似乎它拥有一定的智力,也许是幼年流浪的经历让它清醒,知道墙里的世界,意味着舒适和安全,它每天回家定有饱餐安眠,对外面世界的食物,做到了不屑一顾。

以至于小区的喂流浪猫阿姨都要跑到家里称赞它的操守,不吃外食,像某些机灵的狗。

我直觉猫很少接受这样的赞美——其实我和母亲都有点心虚,现在流行家养宠物猫,是严格禁止外出的,可我家的一直处于这样的半放养状态。一只并不甘于被圈养的猫,它的进屋乞食,和越墙而去,是一气呵成的连贯动作,有机会和一个动物观察学者聊过,意外得知,半放养的猫,实际上比起多数宠物猫幸福许多,既能自由,又有稳定无虞的生活,是好不容易修来的猫生的福报,最终我们还是放弃了彻底圈养它。

想想看,在一百年前的平房时代,确实也没有被圈养在高楼里的猫,这种彻底不离开家门的猫,是楼宇时代的产物。

随着年纪的增长,王大咪越来越不愿意外出,如同老人,我们也逐渐不放心它的随意游荡,本来不高的院墙,它都要跳跃数次,顺着窗台,空调外机,高高的院墙,依次跳上,方能出去。这两年我妈在外旅游,每天都能收到阿姨发的王大咪奋力咀嚼猫条的视频,但还是边看边担忧，觉得它吃得少，吃得不好，会不会猝然离开？简直用老人状况代入了猫生，担心它会不会哪天吃不下，就消失了。

按照我妈从小接受的信息，没有猫会老死在家里，到了不行的时刻，家中老猫就会悄然远行，找个旷野里无人的地方，偷偷死去，大概也是猫科动物的独特习性？我姥爷是名中医，我妈的老家在东北，家里有二十多间大大小小的屋子，每间屋子里，都有猫，睁着黑亮的眼睛，窥探着屋子里走动的人。它们会在死亡即将降临的时候离开，从没有人在家里看过猫的遗体，这种不太久远的农耕文明时代的猫的生死习俗，听起来神秘而忧郁，像传说，我不敢完全相信，当然是现代人局限在自己的经验里，只接触过家里宠物猫的离世。

我一边安慰我妈，一边也在想，这一天不知道何时会出现，我们家的王大咪，是不是会就此离家出走？

等待死亡突然出现的时候，其实也无事可做的。

都知道死亡的阴影在每个人头顶盘旋，对于老年，无论人还是猫，死是达摩克利斯之剑，可是抬眼向上看有几人？我还清楚记得最近一次旅行从远方归来的场景，昔日在窗台上等着我们喂食的王大咪，对于突然出现在家里的几个人已经不太习惯，本想逃离，我们惊喜地扑向它，打开窗户，挥舞着手中五彩缤纷的猫条，知道这种掺杂着诱食剂的食物虽然不健康，但是有出众的腥味，它先是一惊，然后转头窥探，见是熟人，有点蹒跚地下来，再次接受我们的贿赂。

我完全不接受猫只有七天记忆的说法。

2

春天的时候，我一直在各地游荡，我妈在家，王大咪的食物肯定有保障，可却不见我妈发大咪围着她脚边乞食的视频，我也没在意，终于回家，我妈有点沮丧地说，大咪不吃东西了。

其实之前已经有了迹象，猫条这种可以吸溜的食物，它也是摇头晃脑地吃，尖利的大牙不知道怎么掉得只剩下一颗，知道它咀嚼困难，没想到怎么这么快就已经垂老。找熟悉的兽医询问，也没有办法，只能在食物上尽量想辙。基本上早晚吃软烂的猫罐头，偶尔间歇吃点猫条，眼下，它吃一根都有点困难了，需要尽量地诱骗，你会感觉，它是为了不拂我们的面子才勉力吃完。依然冷漠地看着院子，有时候在院墙上看着远方，身体的衰颓清晰可见，我有点日常悲哀，说不定哪天它会猝然离开？

真的有一天，王大咪艰难地爬上窗台，又晃晃悠悠上了院墙，开始还能在邻居的玻璃屋顶上看到它的耳朵尖，到了该吃饭的时候，它并没有回来，屋顶上也看不见它。我妈那天去小区的绿化丛林里各种寻找呼叫，足足去了五六次，夜间才看到它在窗台安眠，消瘦得骨架都露出来，尤其是脊梁骨，能看出一块块精巧的骨节连接，让人愈加难过，真到了告别的时刻？

有一天灵机一动，是不是口腔溃疡了？找来治疗溃疡的药物，想拌在罐头里给它吃，但是怎么哄骗都是无计可施，只要有异味，它对那盘罐头就不屑一顾。皮毛也越来越脏，毛发蓬松，本来最爱清洁的猫，屁股和尾巴那儿也像毛毡子一般黏而灰黑，家猫混成了野猫。找来特殊的梳子，费力给它清理，拿酒精纸给它擦洗，至少让它安静地离开。

又想了想，还是努力一下，不让它就这么离开，不吃药？那就掰开嘴硬塞，一把抓住在窗台上的它，奋力塞了一颗拜耳出产的猫犬口腔药，它尖锐的爪子伸出来，发出了各种哀鸣，但嘴被我捏住，暂时也吐不出，人猫搏斗长达数分钟，还是咽下去，又是窗台上的睡眠，到了下午，勉强吃了半根猫条——安慰我们自己，吃总比不吃好。

药接着喂，拜耳的药片，十片一盒，吃十天，想着这个总归吃完能见效，还没吃完呢，王大咪又有拉肚子的症状，询问兽医后，加购了专治肠胃炎药，打开瓶子一看，是早已经淘汰的人类药品红霉素，不管了，硬塞，这次量更大，一天四片，孩子吃都困难，何况一只几斤重的猫？但还是毅然决然地喂了下去，它虽然几天不曾好好吃饭，挣扎起来力气还是甚大，扭身，翻转，抓住的爪子再次挣脱，胳膊差点又被它的利爪叨破。

没有想到，起初不看好的红霉素起了大作用，去外地和朋友谈事，我妈发来视频，许久不认真吃罐头的王大咪，又乖乖吃起猫粮来，吃完了会主动诉说，一声一声地长叹息，仿佛是生命重生的喜悦，我和朋友聊着天，突然满面喜色，他都问："你怎么了？"觉得这等家庭琐事无从说起，选择回避，只是心里扬扬得意夸赞自己，啊，会给猫看病了。

要每天喂药，终于把大咪禁足于家中，害怕抗拒吃药的它某天就此不回家，这么多年来，第一次彻底不放出门的它四处寻找自己新的睡觉地方，最多的，还是桌旁的沙发，继续脱毛，散乱的，细若游丝的，有时候会飘到饭桌上，但我们也是高兴，把它救回来了。懒散地吃着，喝着，一小块虾肉，一碟浅淡的牛奶，一桶水，拉撒是问题，我们家王大咪喜欢在户外解决自己的生理问题，院子里，花坛下，经常有它的屎尿，都是我们打扫的，它不喜欢用猫砂盆——不知道是不是早年流浪生涯的影响，我们也没有强求。

房间里的屋角放了猫砂盆，看不到它去使用。有点担心它会拉在角落，没想到一大清晨，我妈兴高采烈地说，你知道吗？快去看大咪拉在厕所了。原来夜间它摇摇晃晃走进厕所,在马桶边上拉了猫屎尿。大概是对人的模仿?它离开后我还是不明所以——是流浪之前的主人教过它的?这么多年,我们其实没有完成它的厕所教育。

种种迹象表明,小白猫在来我家之前,曾经在人家待过,它会在我们打开冰箱门的时候在旁边等待,可能觉得有美味的食物;我妈吃早餐的时候,喜欢坐在矮凳上,它则在旁边依傍着,吃到它喜欢的杂粮面包,会使劲吃两口,吃饱了,迅速神隐;晚上喝酸奶,同是它喜欢的食物,连酸奶盒盖上的残留物都要舔食,显然是人类食物爱好者。曾经有过什么样的主人,不得而知,但确实给了它好的幼猫教育,它不偷食,不奸诈,只是不知道为什么离开了它。不过不用多想,现在我们是它的十四年的主人。

每天早上起来,都能看到它在厕所的排泄物。情况还是越来越糟糕,慢慢地,它拒绝吃喝,哪怕是一碟牛奶放在眼前,也不屑一顾,最爱吃的酸奶和杂粮面包,如果是我妈去喂,可能还会赏脸吃上几口,我喂的时候,只是顽固地扭过头去,询问兽医也都模糊答应,大概觉得实在是太老,换算成人类的年纪,是八十往上的老人。

我妈回忆起它的战斗经历,最早来我们家,小区院落里的流浪猫基本都臣服,连我们家的院墙都不敢上;自从进入老年,隔壁意大利人养的黑猫,居然有一次差点把它脖子咬了个洞,足足养了一个月的伤才恢复,早就不是少年英姿;迟暮之年,基本已经丧失了斗争能力,现在我们家院子里,常有来偷食的野猫,成群结队的野鸽子,咕咕咕,咕咕咕,不停地叫,视它为无物。

强硬地让它张嘴,喂它牛奶,没多久,全部呕吐了出来。大咪在家休养近十几天后,终于明白,我们快要失去它了,它开始坐卧不安,一会儿上我妈的床,一会儿上外屋的沙发,基本上躺不住,可能在哪里都不舒服,身体的痛苦让它辗转反侧,最终把它安置在屋角的大猫窝里,侧躺着,勉强平静下来,可也眼见地越来越瘦,逐渐现出"骷髅相"。突然明白,去年夏天在四川乡野的一个场景,在炎热的酷暑里,小车一直在颠簸的山道上,我们去看藏在深山里的安岳茗山寺,摇摇晃晃一个多小时,终于看到了茗山寺的北宋佛像,不知道是不是正对山谷的风口的缘故,那些直接雕刻在山石之上的硕大的雕像,很多都被风化得只剩下依稀的骨骼,花冠的形状倒还在,就像花冠直接戴于骷髅佛头之上,两个黑洞就是眼睛曾停留处。

触目惊心的一种美感。佛像的被风沙蚀刻成了一圈圈的痕迹,倒像骨骼的走向,只觉得比吴哥窟的荒郊野外爬满绿色苔痕的佛像更让人觉悟,时间流逝了,它们也逐渐不在,或者说,稀疏地在。

白天在猫窝侧躺,晚上基本还能去厕所,也不知道不吃不喝怎么还有排泄物,我们陪着它,目击生命的离去,几天睡不好,夜里恨不得默念几百遍菩萨保佑,可也知道是空虚,无尽的空虚。逝去多年的黄家驹的歌:"曾在这空间,与你相拥抱,只有唏嘘的追忆,无言落寞的落泪。"

终于,某天早晨,大咪一声长叫,默默死在自己的窝里,蜷缩如婴儿,我不忍看,还是我妈叫熟人处理安葬了。最后的几天,我们其实还动过心思,想它是不是要像之前说的一样,死在外面的悄无人迹处?也努力把它安放在院落里,没多久,它就回来了,看来还是认定了这里是自己的家。

没有什么比缠绵的死亡更让人难过的,一想到生命的欢悦,就顿时觉得,为什么还要有死这一关?但大抵有生就有死,上天造人时的玄机:恰恰有死,才能让人更感受到生之可贵。

3

　　这两年大概人到中年，死亡不再是生命里的稀缺事件，简直是日常的存在，时不时就听到传来的各种消息，我是逃避派，害怕听人说这些，可这种躲避并没有实际效果，他们就在你身边，时不时跳出来暮鼓晨钟地恐吓自己，平庸的自己。远方的死亡和我无关，但身边人的生死之事不得不去面对，甚至接手安排，十多年的同事，是个胖乎乎的姑娘，我在北京的家和她家相距不远，日常会约着喝茶吃饭，有天约着去吃三里屯吃西班牙菜，就在转角处的那里花园，需要爬上三楼，她一瘸一拐，问怎么了，说是瑜伽扭伤了筋骨。

　　结果许久还没好，正好我去附近的医院检查身体，人不多，骨科大夫还很负责，我一说腿疼就让我去做核磁共振，结果查了半天没事，至少自己心安，就推荐她也去挂号，没想到简单打发出来，说是骨头没什么事。人都是这样，不查就糊弄过去，一查就收不住，又去了以骨科著名的某医院，下午收到她语气沉重的微信："可能是骨肉瘤。"

　　朋友自己认识人多，各种医院折腾起来，很快就确诊了骨癌，两三个顶级医院都已经确定了，基本就没有误诊的可能性。只是奇怪，怎么"多发于十多岁青少年身体的疾病"，怎么到了四十岁的中年人身上发作？还要查癌病源，有可能骨癌是从别处转移来的，开始我们为了安慰她，经常开玩笑说，骨癌也不可怕，大不了就截肢之类的残酷笑话，一下子没有了落点，死亡是全方位无所不在地扑面而来，我们的身体，在哪里出现问题，完全不在我们的控制范围。

　　这时候才被普及了医学知识，查清癌症的原发病灶最重要。转移全身当然可怕，但治疗还是要从原发病灶入手，可越是大医院，各种检查越是拖沓，协和医院说要十多天才能出结果，病到这一步，也就各种怪力乱神都上了。寻求心理安慰，我推荐她去算个命，至少看看自己的健康运程，找到熟悉的善推八字的朋友，看了她八字，很沉重地说，你这个朋友，健康有大问题，尤其是这几年，很可能肾病发作，她命里几乎全是水，水多是聪明，但是水多，健康运会特别糟糕。我悲哀地想象了一下人冻结在冰河里的场景，她是农历正月出生的，按照命书，这时候的水，冷彻心肺，沾一下都冻骨头——说到聪明，也是推演得极准，她是教育发达的浙江沿海小城的高考第三名，是本地探花了。

北京的顶级医院，她都想了办法，好在平时人脉算广泛，可到了癌症这一步，就发现，再多的人脉也都虚无缥缈起来，真有能力的人大概有，但不是我们这种平民百姓可以望其项背的，距离太远。

听另外的朋友说起，大医院资源紧张，就连卸任的老领导，都因手术在走廊上等待太久而重感冒，加重病情的，何况一般的平民百姓。朋友各种求人，也就是想提前知道原发病灶，这个阶段，多耽误一天都是毛焦火辣的烦躁，谁都安慰不了，我想拿算命的朋友批的命书舒缓她的焦虑，上面写着2021年身体健康极差，2024年有所缓解。这个至少说明她能熬过眼前，就拿这个让她参详。几天之后，协和医院的检验结果出来了，病灶是肾脏，极为少见的肾癌——我们都吃惊于算命朋友推演的命书之准确，我更是拿2024年这个所谓的缓解之年当了安慰剂，觉得一定可以延缓生命，死亡至少是三年后的事情，当然这句话我没直说，不过大约她也拿这个当了安慰。

命书中还批到她的姻缘，水太多，情感不顺。她近40岁还是单身，父母在老家农村，家中情形并不好，父亲前些年也是癌症，刚在当地做过手术，她只能隐瞒着病情，不和家里任何人说，这种惨淡，也只能视而不见，没谁去主动通知她的父母。

很多时候，我们喜欢用"冥冥之中，自有天定"几个字来安慰自己及周围的人，可真有天定吗？我有点凄楚地想。平时和周围友人聊天，也经常说到某个单位的熟人怎么体检出来癌症，仓促离世；某个朋友的朋友，大病一场，做了三四个手术，家里彻底被拖进深渊里，还不仅仅是经济的问题，而是某些致命疾病像尖刀一样，在一家人的心上作祟。我的这位朋友，和我三天两头吃饭聊天，算得上密友，没想到灾难发生在她身上，自和那些"听说"是完全不同的感受。

听她接下来的安排，整体还是平静的，找了协和的好医生，按部就班，吃一种靶向药，还要往血管里注射什么，防止癌细胞顺着血管流动，听起来都觉得痛楚，虽然不能感知她的疼痛，但心里还是颤栗。我和她的朋友们也无话可安慰，说来说去，反正就是好好治疗，基本都是空洞的善意，这才觉得，到了某个阶段，语言都是多余。

她很迅速地消瘦，苍白无力，走路还是一瘸一拐，腿骨上的肿瘤应该是转移造成的，全身检查做下来，不仅仅是腿骨，肺部、肝脏都有转移的癌细胞，即使纯粹外行，到了这个阶段，也觉得祝她康复过于虚假，我和她面对面说话，也都是近于喃喃私语般的安慰，会好的吧？毕竟有靶向药，不用直接做放疗化疗。

2021年正好我从北京搬家回上海，临别也去看望病中的朋友，她已住在同学家，她的一位离婚的大学同学主动照顾她的日常。病房紧张，她一直没能住进医院，每次的靶向药治疗也是当场治疗后就离开，周围的朋友已经都很感恩，毕竟有靶向药，总不算是无药可救。她的大学同学们组成了一个小团体，有人专门定时送她去医院，有人帮她管理各项支出，还有同学陪她住，时不时看她朋友圈晒出几道菜的晚餐，来自同学的善意，确实是北京这个有着巨大情感空洞的城市里一丝暖意。

空间距离拉开，自然疏远了一层，微信联系还算密切，似乎她还是很有信心的，经常听到貌似不错的消息，比如又做了检测，某处肿瘤缩小了；最近胃口很好了，可以吃很多了啊；家里人还是不知道，没有人去北京看望她；她自己买了重疾险似乎有点帮助，可及时付出一些高昂的费用；她的公司也还算体面，允许她经常请假，反正那个阶段在家办公也是常态——其实也是家风雨中飘摇的小创业公司，记得她曾经和我说过，公司负责人有深度抑郁，经常无缘无故消失几天，很多时候无人掌握全局，需要身为小领导的她去鼓励员工。现在她大概也没有这心思了，不过这个阶段，谁还顾得上管公司的事情呢？

偌大的北京也就是这样，每天都有人去世，也都有公司消失，这是常态，甚至是久远不变的常态，本地人，外地人都服从于此，外地漂流在京城的人，死，大约更是轻易，甚至都无人纪念，不比本地居民，好歹还有个家庭墓地。

突然想到古老的张恨水小说《春明外史》，里面的男主人公是名记者杨杏园，张恨水借他混迹于京城的身份来写自己的真实见闻，我最喜欢看里面他和几个人一起吃的北京小馆，约等于民国北京饮食史，尤其记得里面有个"穆桂英炒饼"，一个蓬头胖大的妇人开了家小餐馆，当时人们称为"穆柯寨"，最擅长的一道点心，就是普通的炒饼，把饼切丝，用切碎的高丽菜，牛肉丝混合炒至微焦，略加花椒油，经典的北京风味，南方完全吃不到。

读书的时候馋，就盯着里面的饮食和八卦看，各色北京名流在里面穿梭，走马灯一样，里面有以陆小曼为原型的面白身弱的交际花，娇滴滴地在北海公园划船，和丈夫吵架，作势要往里跳；以张学良为原型的少年督办，在床上抽着大烟，双眼迷离；主角先是和烟花巷的清倌人恋爱，后来又爱上了一位家庭女教师李冬青，后者容颜端丽，冷若冰霜，一直和他兄妹相称，就是发展不成爱情，大概是张恨水虚拟的人物。

开始李冬青冷淡，后面熟悉了，经常请杨杏园去家里吃饭，两人都是客居在京，李冬青带着寡母和弱弟在京城艰难谋生，男主角更是单身一人，平时的餐食都是会馆里对付，李冬青于是变着花样给他做南方菜，一会儿在南货挑子上买点"火肉"，大约是火腿咸肉之类，一会儿买点鲫鱼红烧给他吃，说是北方馆子完全吃不到的"异味"，细水长流地吃下来，简直啰唆 —— 不过我看得津津有味，看来看去兴趣还是离不开吃。

最后几章突然繁弦急管，男主角生了重病，在京城的会馆里孤独辞世，临去世拿着李冬青送他的照片，还写了封遗书给远在家乡的老母。这时候张恨水才写到李冬青身有隐疾，不能和他成婚，最终女主角也是黯然离开北京，令人沮丧的结尾。

看的年代已经久远，真记不住女主角的准确结局了。也明知道张恨水大约写不下去，就匆匆结束了报纸连载的专栏 —— 他的小说都是急就章的连载，但男主角孤身一人客死京华的场面还是让人惊惧。也是古诗里常见的情境描绘："冠盖满京华，斯人独憔悴。"

朋友的局面，真比杨杏园还要不堪，距离小说里的年代已这么多年，可独自在京城的病人的际遇，依旧是默然等死，没有什么改变。

4

重疾之下，大概除了家人，旁的人都只是做表面文章。朋友算是运气好，有同学的照顾，还有朋友的关心，她的一位好友，也是有资源的，将全部诊断资料拿到手，在网络上约了日本著名癌症专家会诊，专家一看之下，直接断言，这个癌症的存活概率特别低，能活半年就是奇迹，这话，也没法明确和她说，反倒是和我们几个人说了，让周围的人做好准备。

  协和的医生按部就班地诊疗，靶向药的治疗效果说是需要等待，朋友的心情似乎向好，和我打听中医治疗能不能一起，幸亏我认识青城山的道士师兄，一向知道他是好中医，赶紧问他能不能治疗？怎么治疗？本来是没有把脉和深入接触病人之前，说什么都无用，但师兄碍于我的情面，还是说，癌症在中医里都是能治疗的，看看《黄帝内经》就明白。

  普通人哪里有阅读《黄帝内经》的能力？只是赶紧转告，想让她能进入中西医共同治疗的系统。北京有家医院有位传说中专给癌症病人开方的神医，据说疗效显著，也是托人好不容易挂上了号，可神医大概太忙碌了，一周要看几百位病人，并没有提供什么神奇药物，就是一些常规健脾胃药物，增进胃口。协和医院负责主治朋友的医生看了一眼，非常含蓄地说，可吃可不吃，不过为了治疗效果，最好不吃，原因是中草药里不知名的成分太多了。大医院的主治医生，话都说得含蓄，不会给肯定的回答，但也不会一竿子打死，朋友觉得这个医生态度极好，是五十出头的学术中坚力量，可想而知那种日常说话的斩钉截铁感，含蓄已是礼貌。

  纠结之中，朋友还是偷偷吃了中药，我们也都表示支持，死马当活马医呗，心里都这么悄悄地想，万一呢？万一在哪个环节，神秘的力量起作用了呢？大概周围的人谈论中医多了，尤其是我总说起青城山的道士师兄，朋友还真是起了意，中秋节的时候，独自上山一次，这时候，病情也算是稳定，肿瘤没有消失，但也没有进一步扩大，有一丝渺茫的希望。

尽管死亡就在不远处的地方，蓄势等待，但至少没有扑上来。

不知道她在山上经历了什么，挺有点高兴的暧昧劲儿。师兄是个蜀地土著，说话诚恳老实，他给朋友把脉，扎针灸，做艾灸，并且说，你的那些肿瘤就是"包块"，在我们的《黄帝内经》里面，包块都是可以化掉的，我能想象出师兄眨巴着小眼睛安慰朋友的场景，不能把话说圆了，否则太过，但是呢，又需要给她一点希望——朋友兴高采烈告诉我师兄的说法："他告诉我没什么癌症，都能化掉。"我们呢，也不忍多说。不过也对，师兄的说法还真不是空穴来风，确实中医界的很多人并不觉得癌症不可治疗。

有了这层鼓励，拿了师兄开的药方，朋友信心十足地回北京了。我有句话想说但是又不敢说，要不你就留在山上好了。可是谁说得出口？一般人不到最后关头，何至于去荒野之地，一个不知名的道观，找一位没有行医执照的道士，来治疗癌症？这是二十一世纪的中国，协和这类的大医院才是一般人心目中的神殿，已经入了殿堂，怎能轻易出来？忍住了自己的话——没想到，最终她还是上了山，不过这是后话。

我没有当过癌症病人家属，不知道病人家属那种煎熬的心态，更不知道被宣判死刑后病人家属的选择，再次见她，已经是三个月后，极冷的北京，这次见面是被她同学召唤来的，事实上，协和的主治医生已经向她的同学们宣判了她的死刑，告诉他们，朋友只能上放疗了，当然效果如何并不能预判，或直接送去临终关怀医院。"那里对病人的照顾，比我们这里更好，再说了，我们这里也没有病床。"

不清楚医生每天要向多少病人家属宣判结局，大概是他们的人生常态。从这个角度来说，医生还真是死神在人间的信使，提前预知了死亡的秘密，然后平静地，坦然地，向无数家属模样的人宣布这一消息，在他眼中，他们大概都是一样的模样吧？憔悴的，焦虑的，惊慌的，眼泪夺眶而出的，无一是平常样貌，癌症医生还真是得修炼成铁石心肠，否则光是自己的心理治疗就需要花大钱。

大概古人早已经洞悉了这一奥秘：那些寺院的雕塑，或者壁画中漫天神佛的场景里，总有蓝脸的小鬼，绿脸的妖魔，簇拥着神明，是古老的信使的塑像，平日里向人间凝视着 —— 现代的医生也是神明的打工人，需要实实在在宣布死亡消息。

临终关怀医院对于多数人，是异常恐怖的存在。同学们出于怜悯，没有向她宣布这一事实，而是继续隐瞒，也快隐瞒不住了。病情在冬季显然恶化，腿部肿瘤进一步加大，开始压迫神经，中秋节的时候还能自如上山，到了十二月的时候，已是瘫痪在床。

5

特意从上海回北京看望她，她同学联系我，说她在这种情况下始终念叨着，青城山上的道士师兄可以救命，让我去京一趟商量。几个月不去北京，把十二月底的严寒夸大了，神经质地穿了一件黑白相间的貂裘，雄赳赳气昂昂，进了那幢她租住的回迁楼，电梯间外的墙面显然是为了节约，没有用石材，全部是粉刷的白色墙面，排列满了鞋印子，黑色的，肮脏的，是不耐烦的居民们的焦虑、烦躁的具象，没人觉得这是自己的家，需要格外爱护。

北京狭长的板楼，一字排开十多间，模模糊糊确认了房门，一个面目凶狠的中年保姆拦在门口，不让我进门，对着里间嚷道，一个男的，说是你朋友，我能让他进来吗？朋友虚弱地在里面应承着，我才能进去，房间狭小，在大门处就能看到顶头的窗户，是一间一览无遗的一室户，这是她之前就租下来的房子，我没来过，没想到第一次来，就是如此局面。

她在床上侧卧，被子盖着腿，说是怕冷，北方冬天的暖气，实际已经很暖，尤其是屋子小，有种被闷在被子里的感觉，带点腥膻之气，她却如此怕寒。不由想到中医的说法，也许癌症还真是极寒之病？她说到了晚上两三点尤其冷，腿部会剧疼，忍不住就要叫阿姨起来，帮她换热水袋之类，这个拒绝我进门的保姆从前在医院做过护理工，照顾过各种病人，算是见惯不惊，有张平静中带点狠劲的脸，北方县城妇女的标准打扮，短发，眼珠有点鼓，也有点憔悴，身体再好，还是经不起这样半夜三更的折腾，拿着这份工资，也不想受这个罪，三番五次和她同学抱怨。

朋友话不多，我碰到这种情况，一向也是不知道怎么开口，只能说，你不是去过道观吗？觉得怎么样？要是放疗的话，是不是直接去道观更好一些？话说得不能太过，又不能不说明白——无论如何也不该由我向她宣布死亡的信息，在临终关怀医院和道观里选一个这种话，我说不出口。正在彷徨，照顾她的同学回来了，原来现在是同学轮流上门，这位同学我多年前也曾见过面，海南人，深而黑的眼睛，看上去像无底洞，我知道她俩关系甚好，甚至她们讨论过在这位同学的老家共同买块土地共建房子，海边的房子，植物茂密，再荒凉的海滩也会显得生机勃勃，可惜都已成梦，完全不能实现的梦。

和同学一起来的，还有同学的同事，五十多岁的中年妇女，大概稳重一些。是同学怕自己支撑不住，叫来帮忙的？也是陪伴，否则和病人独处一室，内心更烦闷。她们都在一间大学教书，和我简单分析了情况，说不要劝她去做化疗，也不能劝她去临终关怀医院，反正什么都不要过分说，都需要听她自己决定，我们三个挤在窗边的小桌子旁窃窃私语，稳重的同事每每说到让她自己定，就往床边一努嘴，也是习惯性动作。其实这么小的房间，能瞒得住什么。

我也不知道朋友听明白没有，在床上半盖着被子躺着，生命正在体内一点点地消失。都依稀知道放疗的可怕，怎么可怕，我们也说不出，医生还是不给建议，放疗效果不在他预判范围，现代医院的制度，一句不肯多说。

结果像是个空洞，悬挂在半空，我们都不敢探头去看。"还是找中医，上山？"我试探性地问。她同学很坚定地说，让她自己决定吧，山上治疗，没有止痛药怎么办？现在她已经半夜三更的开始喊疼，到了山上没有"疼痛治疗"，肯定更糟糕。其实距离青城山不远的成都华西医院也是国内一流医院，止痛药总不至于难找到，我也不反驳。大概一般人听到道观，总觉得有种茫然的恐惧感——还是未知的世界，被一片虚空的白雾笼罩着，可送到临终关怀医院等死就好？能想象出来的气氛，一群半死的躯壳，强作出来的温暖，以及，各怀心事的志愿者。

没有人能帮她做选择。"通知家里人了吗？""隐隐约约说过了，没说那么明白。也没有什么结果，大概那边也是有病人，忙得不能走开看她。"依然是空洞般的沉默。

还是等待她自己开口，小小的屋子，几位成年人围绕着她，都不能拿主意。话没有说透，她心里应该知道很多了？彻底放弃协和的放疗方案吗？虽然绝望，很多人还是会抓住放疗的机会，就像不少病人家属发的誓："只要有一丝希望，砸锅卖铁我也要救命。"直接去临终关怀医院吃止痛药，还是真的走一大段路，从北京折腾去到四川的道观？说实在的，也确实没法做决定。当然我的到来似乎是一种驱动力，往不可知的中医治疗那边推进了一步,至少听起来,比另外的选择,多一些神秘的力量感。

"我还是去青城山吧,你帮我联系下?"她虚弱地问。大家并没有松了口气的感觉,反而更紧张了,同学一连串地问,那你疼了怎么办?那里能解决吗?山上什么样子谁知道?我是完整的沉默,半天用一句话破开,好,我来联系。

窄小的一室户,卧室加起居室,并不值得留恋的脏和乱,可真的放弃,估计又有一番折腾。朋友虚弱地笑着,说,收拾收拾很快。又说,我还借了你两本书呢,要还给你。是很久以前,她去我家喝茶的时候借走的几本书,连名字我都记不住了,依稀记得有本是《廷克巴图》,写非洲一群志愿者怎么抢救当地遗留的经典文物的,多么遥远的世界啊。我赶紧说,别找了,也是急着离开这里,场面实在是难堪,不是死别,也充斥了满屋子的烦躁和绝望感。

6

回了上海,替她联系了青城山上的道士师兄,山上也有套收费看病的标准,一年的治疗费,加上药费,外加上连吃带住,也需要几十万,一般的人支付起来,还是有困难,我艰难地讨价还价,帮她把住宿费降低了不少。

最不喜欢做这种谈判,出这种头,可在这个时候,只有我来做——后来才知道,她的同学们都反对她上山治疗,最大理由还是那个,"疼痛起来怎么办?"他们就没想到过止痛片的普及程度?也许只是害怕。目击着一个人走向死亡,总归是害怕的,她自己未必没有犹豫,最后是那个帮她在日本会诊的朋友去看她的时候,狠心说出了和我一样的话，在山上，总有一丝可能性，在协和做放疗，几乎没有什么可能了。

决定下来，行动也是极快，租来的房子迅速清退，大部分东西都是同学们帮她捐掉扔掉，她从上大学开始就在北京漂泊，算下来，总有二十年的北京经历，没有想到东西并不算多。

多了，处理起来也麻烦，说白了都是身外之物。只留了少量的衣物和书籍，外加同学们集资买了一个八千块的电动轮椅，和她一起上山，说是礼物。此时她已经瘫痪在床，彻底不能行走了。从北京坐飞机到成都，再送她上山的人选，最终还是落到了她弟弟身上，不能通知父母，弟弟总要说一声——我说那我在成都机场接他们吧，之后把她送到道观里，也是逃离不掉的责任。

到了这个阶段，不少人反倒觉得有了希望，帮她去日本会诊的朋友开了大车送他们去机场，打电话和我说，我觉得这是个好办法，说不准，她在山上能恢复？反正日本专家已经宣判了死刑，我也斩钉截铁地说，太对了，事到如今就是这样最好——我们俩成了乐天派，将希望寄托于宗教场所，总比不抱希望的好，人类自古以来的"听天由命"，四个字听起来，其实也有种乐观精神。

我的飞机先到，在航站楼空等许久，她弟弟推着她出机场，坐在轮椅上的她倒是比之前精神，说实在的，除了有点憔悴，看不出有多么的重病缠身，可能我简单的人生经历中也没有见过那么多病人，又有谁见过呢？我们都是尽量对疾病、苦难视而不见的人，一头扎在享乐的世界里，让肉体安乐，以逃离一切的不可知。帮着抬轮椅，才发现，同学们捐助的这个八千块钱的轮椅实在是沉重极了，大约是质量非常好，全钢材料加电动机，超过一百斤的重量，一个人根本搬不动，

她弟弟总被她提起，倒真没见过我，是个极壮胖的水电工，我知道他结婚、盖房子、养孩子，包括孩子的教育费用，都是我朋友，也

就是他姐姐所资助，社交媒体常常出现的"扶弟魔"，朋友就是确切的原型，可在那环境里，也没有听过她埋怨，觉得都是天经地义。重病之下，都不告诉父母实情，不想让父母难过——也可见朋友的过于自抑，自抑未必不是病起的一个因缘。

果然上到道观里，轮椅的不实用成了第一个问题，师兄的道观在半山脚，高低错落处全部是石梯，即使是轻便的轮椅，用起来都成问题，何况是一百多斤的轮椅，只能她弟弟背着她，几个人簇拥着往上走，这种情况我一般是袖手旁观的，不是懒，是众人觉得我实在不像干活的人，自动把我排除在外。本来就乱哄哄的一堆人，围着她，找哪个房间合适，安排他们吃饭，讨论接下来的治疗方案，我索性一个人在空阔的大殿闲逛，临近新年，道观里清寂无人，大殿上的神像寂寥地看着我，我只能在心里默念，让神灵拯救我们这些世人的生命吧——对于人来说重大，对于神灵，也许是轻而易举的事情。

第二天一大早，道士师兄在大殿安排了拜师仪式，原来不仅是看病，还要拜师，一定要答应三年不下山，这段时间在道观修身养性，即使几年后身体好了，也要清心寡欲。

原来师兄也是严阵以待，想想也对，一个癌症已经扩散到全身的病人，谁会觉得治疗是件容易对付的事？所以有此仪式。就在神像前，朋友在轮椅上拜了师，对祖师爷发了誓，还象征性包了一个一百块的红包给师兄，我在旁边充当了摄影师，拍了张纪念照，师兄和他身边的几个小丫头站在一起，是艾灸室的两个姑娘，后面的日子里，就是她们照顾着朋友，也都是朴实的人，朋友上山前就安排妥当的保姆，一周时间不到就出逃下山，觉得山里太清静了。她戴着鲜红的帽子，木讷地坐在对面，应该是心里有期待的——要不是有这个红帽子，我都觉得这张照片是黑白的，深山里的古老道观，走投无路的世间人，仓促之间担了拯救人性命责任的出家人。亘古不变的命题。

之后我就下山了,忙自己的事,将朋友安置于此地,似乎将她寄存于一个世间之外的世界,觉得和我们距离更远起来。尽管青城山是我常去的地方,可心理上就是这么想,联系也少了,道士师兄说了,让她清心寡欲,全盘心思都放在治疗上——偶尔收到道观里艾灸室的姑娘好事发的微信,都是极为稀奇古怪的治疗,比如用麝香磨成碎末,放在肾脏上方艾灸,比如让她去道观的大阳台上晒太阳,尽量地吸收阳气,越发觉得,她进入的世界和我们无关。

春节的时候,居住在道观的人们暂时一起过,唱歌,敲钟,也有她,大家坐在炭火盆旁边,灰扑扑的老房子里,生了火盆,可还是能感受到寒气,都是大棉袍的装束。发来的视频也是极为快乐的,大声唱着《兰花草》,显然她胖了一些,精神也好,我心里一动,这条路真走对了。虽我做主将她送进了道观,内心深处也并不确定这件事的正确与否,和朋友们聊天,大家都如同听天书一样看着我,听着故事,都是都市里的普通人,生病只有医院一条路,听我说这样的处理方式,有点茫然,有点看稀奇的意思,尽管最后都说,你做得对,可谁能确定道观就能拯救生命呢,说起来,处处都有奇迹,可又有谁见过发生在身边的奇迹?

没想到,奇迹真的发生了。

也并没有多久,春节后道观里的亲朋好友们就给我发视频,说是朋友康复不少,她抛弃了轮椅,拄着拐杖,一个人在道观里缓慢地行走,身边都是荒野的光。我也惊呆了,都说中医不能让肿瘤缩小,可是不缩小腿部的肿瘤,她是压根不能走路的吧。发给我视频的道观里的朋友,大约也是觉得奇迹诞生,一边念着"太上老君保佑",一边开心地和我说这个事情,这个阶段,我简直成了中医宣传大使,身边半生不熟的朋友，都被我讲了这个奇迹——热情四溢，丧失了理性。

真的没有编故事，四五月份，她的身体日渐好转，不仅拐杖不用了，还能爬山，师兄的道观在青城山半山腰，她爬上爬下，比常人慢，但也并不为难，发来的照片都是各种在山脚下的古镇吃喝玩乐的，赏花，吃醪糟，和我们普通人一模一样，偶然心念一动，不是说不能离开道观，不许下山吗？道士师兄大概也特别得意，在微信里冲着我大声吼，下山玩一次不要紧的。

奇迹真的发生了。

7

神的存在，大概就是教育我们所有人，不要得意忘形，永远不要。上山五个月后，朋友和师兄他们就组织了一次云南旅行，师兄的解释是，朋友五个月没有离开山上，憋坏了，正好一群山上山下的弟子们都想出门，于是组织了一次自驾游，十多天的行程。

接下来，就是坏消息的发生，乐极生悲的现实体现，没多久，说是朋友刚回到山上，就开始生病。山下旅行之前，她就已经停止吃中药了，旅行中更是不能天天熬中药，索性停药，一停就是一个多月，回到山上的道观里，已经是快六月，人瞬间就肿了起来，师兄不敢和我说，当家的胡师父和我悄悄说，似乎不太好，我觉得她肚子肿，是不是有腹水排不出来？我一是不相信，觉得怎么会这么快，好不容易恢复的人，又跌入深渊？二是也确实完全不懂中医治疗癌症的玄虚。当时正好上海疫情"封城"，我自己也莫名沮丧，本身就对他们出门旅行有股说不出来的怨气，现在听到这么说，也只是追问师兄，到底如何？你要说真话。

能想象得到道士师兄的焦虑，本来即将治愈的病人，断药后复发，还是他许可下的断药，这种煎熬，比他自己生病还要令他焦灼——从高处跌落，真还不如一直在平地上，我甚至觉得，朋友要是没这么快能够行走自如，一直病恹恹在床上休养着，甚至都比当下的结果要好。毕竟她上山之后，只是简单治疗，疼痛就大为减轻，只靠吃草药就能睡得安稳，难怪师兄和我吹牛，"中医治疗疼痛是非常有效的"——至少不疼是个安慰。

不疼痛不痛苦地死去，更是安慰。我一身冷汗，突然明白，当初一心期待她能治愈，不愿意去仔细想的生死问题，其实是自己在害怕，"必然死去"这个话题被遮蔽，不也是我的妄念，能无痛苦地死，大概是我能帮她做的最大的事情。

想到当初她的同学们一句一句的疼痛治疗，更是中产阶级的妄念，是我们的障碍。

情况急转直下，艾灸室的两个姑娘，还有当家的胡师父，大约觉得通报给我是必需的工作，这几个月以来，也没有亲人上山探望过她，只能找我，这几位都是道观里的女性，日常也多话一些：一会儿她不怎么吃饭，一会儿她偷摸吃零食，又是水肿又是哭，总之一日无事已经是万事大吉。我本来就拒绝听这么详细的汇报，现在更是不想听，但也不能和她们说，你们别说了，大概我本能在逃避死亡之影，于是说，等上海解封，我会上山去看望她，看看到底怎么回事——私下也问了师兄好几次，师兄也并不确定人之生死，还是模糊回答。

大概是幸运，一直和死亡距离遥远：我们家的祖辈，在我接触到他们之前都已经去世，我没有经历过家族丧事；从小随父母生活在三线工厂，周围没有亲戚，工厂里的死亡与我无关；最直接的死亡案例，大概是初中同桌，中考前一天学校放假，他是个极黑极瘦的少年，一贯的顽皮,在唯一的一天假期中去长江游泳,也是我们那时候少有的娱乐活动,结果当天淹死——第二天中考,我前面的座位空得触目惊心;当然成年之后,总有各种黯淡的死亡消息传来,但相对比较远,包括同学群里的突兀、生猛的死者消息,最多也就是感叹几句,真年轻诸如此类。

一直逃避直面死亡,虽然定好了上山的日期,说实在的,害怕这个场面,总觉得要直接面对曾经亲密的朋友的离开,不知道如何是好,我是个笨拙、简单的人,任何圆滑的场面话,都要挣扎才能说出,事到临头,也不能不去,更何况当家的胡师父一直盯着我,问我要不要通知朋友的家人,至少她总觉得朋友会猝然离世。

刚上山,还没有去看朋友,越近心越怯,先去胡当家那里,她先是绘声绘色和我说她的一个徒弟的死亡故事,是个女徒弟,乳腺癌,也是被医院宣判了死刑,结果下定决心上山治病,治了一年多,身体好得不得了,天天和她们一起打麻将,择菜,大家都说,熬过三年你再下山。"可你们世间人哪里肯听,她也是身体太好了,被调理得,脸色红扑扑的,想念自己的儿女啊,觉得自己彻底好了,好透了,非不听,就要下山,哪里留得住。"

下山一个月,癌症复发,不到两个月的时间就离世,死之前,抓着胡师父的手,说山上的日子最快活,悔自己不听话,要求死后埋在山上,结果就埋在厨房后面的林子里。"那你说,我这个朋友是不是不该下山,还搞什么旅游?"我有点憋闷地问胡当家,胡当家点头,是的是的,说好了不下山嘛。

胡当家十几岁出家,见惯了风风雨雨,道观里也常处理生老病死的各项事务,可是她还是纠缠于我朋友的得而复失的健康。"本来好好的,我跟你说啊,我看着她下山,走路那个快啊,我们都和治病的陈师说，你搞个奇迹出来了。"随即是一连串的抱怨，说是朋友心不静，爱吃零食，道观里各种健康的蔬菜不吃，非要买各种面包、奶酪、火腿罐头，"都是垃圾"，在吃惯了朴素蔬食的胡师眼里，那些肯定不值得一吃，又说她不爱劳动，"身体好了，天天出来扫地，多好的运动，她不干，觉得那些活是下等的，不该她。"一堆话语之后，我只觉得说的这个朋友我不认识，至少不是我曾经很熟悉的朋友。

"她不是爱干活吗？"我小声询问。哪里哦，拖长了声音，四川话里有点婉转的音调，一概否定。

艾灸房的姑娘也着急和我讲故事，大概真的是某种震动在她们几个人之间，看着一个瘫痪的癌症病人好起来，自如行走，脸色也大好，然后转眼之间就衰败，像转瞬即逝的花朵，这种面对面的经验，太让人震惊。"她就是想下山，一天到晚盼着下山，本来说好了待三年，结果病好了都忘了，和我们说她要去上海做股票生意，赚多少钱之类的。还说自己以前工资多高，现在在山上没有收入，怎么办呢？我们一直劝她，不要紧的，命是自己的，先治好病再说，不听啊，好一点就下山去玩了。"

唠叨之中，有点明白朋友的心思。枯寂的山居生活，有限的客人，没有希望的等待，都让她厌恶，厌恶之上，还有恐惧——没有收入的未来，怎么办？治好了，真的留在山上打杂？各种想法犹如噩梦般缠住她，结果身体一恢复就立刻兴高采烈地去游荡，是觉得自己可以回到喧闹人间的前奏——在山上待三年的誓愿，也就轻描淡写地抛在脑后了。

在各种想法里，没有钱的恐惧，大概是最黑暗的：那是无边的黑暗。从北京繁华世界里打滚，突然去到川西的朴素道观里，未来只剩下花钱，还有什么未来？我觉得又明白了她一些，尽管上山的时候，无论我，还是她的同学，都关心过她的经济状况，也明确过，如果没有钱，可以支持，但毕竟，对于她而言，这句话像空中楼阁。

小姑娘东一句西一句地告诉我，山上替道士师兄管理病人的，是另一名来治病的病人冯姐，一个精瘦的女性，瘦得几乎变形，是严重的甲状腺疾病导致的身体崩溃，本来嫁在德国，做着贸易生意，结果被德国医生宣判了死刑，万般无奈之下回到老家，寻医问道很久后，终于碰到了道士师兄，于是一心一意学起中医来。

冯姐傲慢，至少口头上不承认道士师兄能治好自己，说是要学习医术自己给自己治病，和谁都不合群，但精明能干，没多久，师兄就拜托她管理病人，山上常住的病人还有几个，他们的住宿费，餐费，包括每天抓药的费用都是她一手掌握，道士师兄慈悲，很多山下的普通病人上山把脉治病，经常不收费用，可是冯姐一分都不放过，说是山上穷，要给山上攒钱。

道士师兄屡次说起冯姐，嘴刁心不坏，我和她也是互相早就闻名，终于有天见到，是在上山的石梯上，她正下山，居高临下看我，精瘦得不似人形，我悄悄和师兄说笑，你怎么安排一个螳螂替你打杂，师兄嘴快，传给她听，她反唇相讥，骂我熊猫，我们俩都觉得对方是动画片里的人物。

这时候才知道，冯姐在师兄答应少收我朋友的住宿费后，纠缠了许久，当面去斥责朋友也有几次，在她看来，大约是等于给朋友占了便宜，对别的病人不公，但朋友也是实在没有多余的钱，暗自生闷气，也没有和我说过，可能知道和我说了也没有用处；住宿费之外，就是每天的药费，因为是重症，难免用到一些珍贵的药：麝香，人参……结果就用多少，怎么省着用，又多了许多事情，这种事情，都让朋友吃了苦头，至少在冯姐手里过一遍药，就受了不少委屈，人生的悲哀无处不在——到生命的最后阶段,还有这么多尴尬,几乎难以逃离,尤其是对于钱财不凑手的人,冷如铁的穷困。山上的这些闲事,说起来都是鸡毛蒜皮,可生死落到了地面,不也就是这些鸡毛蒜皮?哪怕到了川西的山里,哪怕到了极其偏远的道观。

冯姐不在山上,我也不便于去对质,听到这些琐事,只觉憋闷极了,委屈极了——替朋友委屈憋闷,到了生死的阶段,居然还有这些繁杂的碎末裹缠于身。可这不就是人生的本质?当然是我不识人间烟火。

终于鼓起勇气去看她,又是一番心事了,道观里都是熟人,都让我好好鼓励她沾卜去,我还真无话可说,她在二楼阳台之上端坐,艾灸室的小姑娘在照顾她吃饭,坐在高凳上,脸瘦得变了形,从五月旅行回来,只有短短一个多月,身体就腐坏成如此,我看着她,没什么话,只能最简单地问候:还好?会好的。不要想家了,暂时把亲人缘分断掉吧。下山大概是你冲动了。以后病好了再下山玩嘛,着什么急。钱你不用担心,我和你同学们都替你准备了一些。所有的话,自己都觉得苍白乏力,几乎没有什么能安慰到人的,可是除了这些还能说什么呢?

她没有生气地看着我,死亡虽未降临,弥漫的气息已经有所感应,当家的胡师父说她腿肿,我也看不到,盛夏里,她盖着厚重的被子,大约是冷极了。对于我的话,也就是一一机械回答,她的世界,我已经进不去了,也不敢进去,那里面是深不可测的黑洞,又想起她的命书,正月里寒冷的水,不敢接触的寒冷。

会好的,会好的,我边说边往外走,仓促地撤退,是我胆小,不敢与死亡面对面,走出她的房间,正碰到那个昂贵的轮椅,落满了灰尘,嘿,我认识你,我和它打了一声招呼。当晚山上暴雨,结果停电一夜，听着山间的暴雨声，水流巨大，无法入睡，我也睡不安稳，屡次起床，就没有想到，怎么就来到这里，怎么还把朋友也送到这里，是我们此世的缘分吗？一个没有解释的命题——这是我最后一次见她，没有多久，当家师父就给我发微信，说她走了，没受苦，突然身子往后一倒，死在正在帮她灌药的师兄的怀里。

我依然不想问，任何事情都不想知道。对于她的死亡，我尽力让自己清晰地隔离，那是另一个世界的事情，各种后事怎么办，她的家人怎么残忍，以及她身后留下的不多的财产怎么处理，我都漠不关心，只是让他们尽快和她家人联系，最后知道消息时，一直没有上山看望过她的家人仓促地搬了遗体下山，就在本地火化了，骨灰还是回了老家，按照村里的规矩，没有出嫁的女儿死在外面，还不能进入村里的祖坟，就埋葬在村外的野坟里了。

另一个消息在几个月后传来，刁蛮劲儿十足的冯姐，就在朋友死后不久也去世了，死前身体肿了，不再是精瘦的模样，道观催促着她母亲把她接到成都的医院里，死得仓促，手机密码都不知道，好不容易解开了密码，发现她卡里没有一分钱。她在山上一直说自己有多少存款，平日里也是好酒好茶伺候着自己，还在道观里弄了一间房，专门做自己的小厨房，天天炖各种有机食材的汤，自己享用，也确实是养尊处优的模样。可是她的财富几乎都是吹牛的结果，反倒欠了朋友的许多钱，她在山上管理病人的账，有一半是进了她自己的私囊，也没攒下来，死的凄凉程度，和我的朋友几乎可以比拼。

（原载《上海文学》2023年第10期）

裸露的家

黄 灯

镇上的家与越南新娘聚集的村庄

张正敏急急忙忙赶到省汽车站的时候,我已经到达车站等候了她半个小时。我担心她迟到,从广州开往阳春的班次有限,如果错过,改签起来并不方便。我更担心她因为害怕迟到,过于急切,在穿越火车站通往省站的漫长地道时,因快速奔跑导致极度疲惫。

这个女孩一直在奔跑,一直在急切地摆脱生命中的某些负荷,这是正敏给我的印象。

张正敏1996年出生,在去往她家之前,通过断断续续的交往,我大致知道她的情况。2016年11月的一天,正敏敲开了我办公室的门,我看到了一张明亮而灿烂的脸,这是我和她的第一次见面。正敏来自广东F学院劳经系,和我教过的冉辛追是同一个专业。我没有给她上过课，和其他孩子的拘谨不同，初次见面，正敏大方而坦然，她向我讲明了来意：妈妈是越南人，小姨和婶婶也是越南人，她从小在越南人堆中长大，从小就感受到了外界对越南女人的成见。进到大学，她想和同学申请一个课题，研究村庄的越南妈妈。正敏说，她看过我写的东西，认定我是全校最适合指导她的人，希望我能做她的项目导师。

我想都没想，答应了她的要求。

这样，因为写作的机缘，我意外多了一个走得很近的学生。

正敏聚焦的对象是越南新娘，其中包括自己的妈妈，在我看来，她选定这一群体，本身就隐含了回望和梳理自己成长经历的隐秘动因。在正敏的描述中，我大致能勾勒出她成长的若干轨迹：一家四口，妈妈来自越南，爸爸是粤西山区的农民，哥哥初中没有毕业，她是村里越南新娘子女中唯一的大学生，也是小学班级唯一的本科生。

在我十几年的教学生涯中，也有不少学生和正敏一样，没有教过但会私下交流，但像这样，以导师的名义，通过指导课题促进交流的情况并不多见。在随后的几年里，因工作太忙，我对正敏课题的指导，大多只能见缝插针地进行，很多次，我随校车七点多到达校门口，正敏和其他成员就在门口等候，聊完以后则各自散去。尽管相处的时间不多，相比别的学生，我还是拥有更多机会了解正敏。

2017年12月1日，离期末考试还有一段时间，正敏和我难得都有空闲，在他们课题进行大半的时候，我终于找到机会去他们调研的村庄走走。出发当天，我、张正敏、课题组成员蔡礼彬，约好在省汽车站集合。随后几天，我们重走了正敏小学中学阶段就读的学校，回到了她出生和成长的村庄，见到了她关系盘根错节的越南亲人。

这次回家，对正敏而言，是一次与课题有关的实地调研，对我而言，则是负载在课题指导之上的一次特殊家访。

正敏的家，位于广东西南部阳春市的一个小镇。打开地图可以看到，阳春正处于链接珠三角地区和广阔粤西的枢纽位置。我们从省站出发，登上广州开往阳春合水车站的巴士，车子很快融入四通八达的高速路网，汇入绕城高速不久，便拐进本次行程的主体路段沈海高速，一个小时后，便来到了开春高速。

阳春以山地丘陵为主，一路的风景，和我故乡湖南汨罗非常接近。不高的山峰、散落的村庄、随处可见的田野、勤勉劳作的人群，都是我熟悉的画面。相比北方，接近冬季的阳春，并无半点萧瑟，但公路上的车流，比之珠三角，还是冷清了很多，与之相关的经济密度，随着空间的扩大，也逐渐稀疏。

两个半小时后，我们抵达了合水汽车站。去正敏家，还需要从合水镇再转一次开往陂面镇的巴士。巴士的班次排得还算稠密，每一辆车都塞得满满当当。当天刚好是周末，恰逢放学节点，车站随处可见三三两两的中学生，他们背负臃肿的行李，一看就是寄宿生，长长的队伍背后，是一颗颗等候归家的心。

多年前，正敏和他们一样，挤上这些巴士，往返合水中学和陂面镇的家。

从合水去陂面的路上，检票员走到我面前，没有要求我买票，而是提醒我注意身上佩戴的玉坠，"财不能外露，你要将它藏起来"，善意的提醒，让我倍感温暖和亲切。合水开往陂面的巴士一路向前，途经春湾镇、三坑村、云一村、白楼上村这些陌生的地名。小镇的画面一幅幅从眼前掠过，都是我熟悉的场景：密集的摩托车人群、南方常见的水果摊位、杂乱的电杆和电线、随处可见的快餐店、人气极高的集市、建材堆积的批发铺面，当然，更有标榜"雅致人生从此开始""不看＝遗憾　选择＝豪门"的房地产广告。整体而言，阳春虽然比不上珠三角繁华，但一路经过的地方，人气旺盛，并无半点萧条之感，显露出承接了珠三角外溢产业的勃勃生机。

半个小时后，我们经过碧绿的漠阳江，来到了陂面镇。

从路边下车算起，步行两分钟，便到了正敏的家。

爸爸知道正敏要回来，早早去镇上买了一只鸡，此刻正在厨房忙上忙下。刚进门，一个高高瘦瘦的身影映入眼帘，花白的头发稍显凌乱，他回转身，见到礼彬和我，腼腆地一笑，没有说一句话。正敏放下行李，走近灶台，麻利地点燃一些竹片，柴火立即燃烧起来。不到一个小时，饭菜便端上餐桌，爸爸明显松弛下来。

直到坐下来吃饭，在简陋而阔大的椭圆形餐桌旁，我才留意到正敏家房子的层高，远超一般住房。屋内几乎没有任何装修，墙壁裸露出原本的砖红色，砌得极为平整、结实。通往二层的楼梯，没有装扶手，可以看出预制板的底色，安全起见，边上稀疏地竖起了细细的钢筋和木条。房子的布局，在当下的小镇极为常见：长条形，纵深长，宽度仅五六米。因单层面积有限，正敏和哥哥的房间，都安排在二楼。整栋楼，除了正敏的房间有一扇旧门，其他房间还是毛坯状态。

整体而言，房子又高又瘦，墙面整洁、挺括，地面干净，简陋到极致。

"裸露的家"。

厨房是家里唯一能看出装修痕迹的地方。洗手台保留了原始的预制板，烧火的灶台上，贴了暗红色瓷砖。正敏曾经提起，"我妈外出了几年，觉得不妥，回来搭建了一间厨房，说是要将家里的火生起来再说。"由此推断，厨房的装修，是妈妈刻意而为。

火生起来了，妈妈走了。

妈妈走了，家里到处都是妈妈的影子。正敏和爸爸、哥哥一样，七八年来，依然被妈妈一砖一瓦垒起来的房子庇护。

这个家，妈妈再也没有回来，家里有她已经长大的两个孩子。

置身屋内，我第一次体会到"家徒四壁"的含义。当正敏告诉我，面前简陋而坚固的房子，从地基到屋顶、从砌墙到厨房的装修，全部由妈妈一个人徒手完成，我内心唯有震撼。

我突然理解眼前的女孩此前和我说过的很多事情。我也突然理解，相比男生的爽快，她在邀请我去家访时，为什么总有更多的犹疑。

是正敏的信任和坦诚，让我拥有机会，感知到她这样的孩子，其生命的底色和艰难。

第二天，按照计划，我们准备前往正敏调研的主要村庄——她出生的小水村。

小水村位于陂面镇北面，距离镇中心大约十三公里，离阳春市约六十公里，山地面积占到百分之七十，四面高山环绕，仅有一条马路与外界相通，村民大多以种植橘子、丝瓜、茄子、苦瓜等农作物为生。

正敏原来的家，位于小水村的一个偏僻角落。

陂面镇的房子，尽管极为简陋，在正敏心中，却是她命运的转折点。正是因为妈妈的坚持，十岁那年，她终于离开了偏僻的大山，来到了便捷的小镇，她上学的时间，从步行一小时的山路，变为步行五分钟的水泥地面。

整体看来，到2017年，中国乡村的公路设施，已经获得了很大改善，但从陂面镇通往小水村距离最近的机耕路，路况并未有太多改变，这是一条半山腰的环山路，旁边就是河，裂开一半的路面，让人心惊肉跳，"怕突然之间掉下去，怕被河水冲走"。狭窄的路面，稍稍宽敞一点的机动车，根本无法通行，很多次，正敏去村里调研，只能依赖哥哥的摩托车。这次重回村庄，因为人多，我们租了辆面包车，绕行隔壁镇宽敞一些的机耕路后，经过两小时山路的盘旋，终于到达小水村。

正敏家的房子，掩映在一片茂密的树丛中。从山顶往下看，因常年不住人，房子早已被缠绕的杂草和树枝吞没，到处爬满了青藤，"我家的老房子早就被树啊藤啊缠住了，房子都塌了"，面对无处下脚的路，她本能地提防随时窜出的蛇。在正敏记忆里，小水村的旧居仅有三间房，一间厨房，一间杂物房，一间卧室。卧室里放了两张床，正敏和妈妈睡一床，爸爸和哥哥睡一床。实际上，自从离开村庄，正敏几乎没有回过家，她很难相信，自己生命中的最初十年，竟然在此度过。爸爸将手扶拖拉机开往小镇后，这个比之陂面镇更为简陋的家，已没有任何值钱的东西。

尽管早已搬离，村里依然有正敏的亲人。1992年，妈妈被姐夫的家人骗到中国贩卖后，正敏的爸爸以两千八百元的价格将她带到了小水村。对于广东越南新娘，我曾从李沐光那儿了解到一些信息，带正敏做课题后，我才知道，除了台山，阳春也是越南新娘的重要聚集点。

2018年7月5日，正敏爸爸中风，妈妈远道回来照顾，在返程外出打工的途中，因没有身份证，妈妈买不到从镇上到广州的汽车票，正敏只得叫一辆顺风车将她送到学校。这样，在广东F学院，我和她妈妈见了一面，她很自然地提到当年被卖到广东的情景。

从1992年算起，正敏妈妈来中国已经二十五年，她实际出生于1975年，到中国时仅仅十七岁，但在正敏记忆中，妈妈出生于1973年。

妈妈的故乡在下龙湾的一个渔村，家里十姊妹，在越南人眼中，1990年代改革开放的邻国，不啻寻梦的天堂。她一直想去中国打工，姐夫的姐姐得知她的心愿，以此为由骗她离开家门，其实早已暗中联系好了买家。哪料在路上，两人都被同伙卖掉，最后辗转到了广东阳春的大槐农场。因年龄小，身板瘦，她在农场经受了三个月语言不通、身无分文、担惊受怕的煎熬，被正敏爸爸带回家。

阳春的小水村，比越南的故乡还要穷，"我以前从没挨过饿，但这里大米都没得吃"。习惯海鲜的胃，无论如何也难以将就木薯配稀饭。妈妈过不惯，天天都想逃跑，"但跑不掉，一个人跑，全村人都去找"，此后，家里一直派人跟踪她。直到生下正敏和弟弟，妈妈才打消了逃跑的念头，她抓住一切机会干活，甚至学会了犁田，和她同时来到中国的好几个女子，生完孩子后，借回家探亲的机会，再也没有回来。

从时间看，1990年代初期，正敏妈妈算得上小水村的第一批越南新娘。不少人生完孩子回家探亲时，会从家乡带一批姑娘过来，这样，2000年前后，小水村形成了越南新娘聚集的第二个高峰。妈妈多次偷渡回家，共带回三个姑娘，其中就有自己的小姨。小姨嫁给了邻居，其他两个，一个嫁给正敏的叔叔，还有一个嫁到了镇上。如今，正敏一家早已搬离村庄，但婶婶和小姨还居住在原来的地方。正敏从小在越南女人堆中长大，跟随妈妈知道她们的很多秘密，只不过，随着年龄的增长，她对曾经熟悉的越南话，已经没有太多印象。在做课题的过程中，正敏统计到小水村共有十六位越南新娘，知道彼此盘根错节的关系。2017年8月，正敏去当地派出所，想给妈妈弄个户口，从政府回复的消息推断，陂面镇像妈妈这样的越南女子，多达一百一十位。

按照计划，当天上午，正敏带我们去婶婶和小姨家看看。

婶婶是一个丰腴、开朗的女人，半卷的头发，染成黄色，身穿一件紫色的夹克，全身佩戴了不少饰品。婶婶是妈妈的表姐，1995年跟随妈妈来到小水村，嫁给叔叔后，生育了五个男孩。刚来中国不久，她就跟随丈夫去东莞承包了大片菜地，夫妻俩以种菜为生，随着快递业的发展，丈夫现在转行做了包装工，她则回到家中，负责照看孩子。前几年，正敏考上大学，婶婶总以为正敏会看不起她，两家的距离无形中有了疏远。没料到正敏做课题后，总是回村调研，两人的关系在密切的交流中拉近了很多，婶婶甚至早已习惯侄女带陌生人回村不定期的造访。

婶婶家的楼房并不高，一楼的客厅墙壁上，张贴了一张下龙湾的巨幅风景照。她讲一口流利的阳春话，生活习惯早已被当地人同化。和正敏妈妈很少回越南不同，婶婶每年都会偷渡回去几趟，在越南住上一段时间后，再悄悄返回小水村。婶婶的大儿子，和正敏同一年出生，小时候不幸溺水，导致不明原因的脱发，小伙子对家里人无法给他提供有效治疗耿耿于怀，他整日将自己关在房子里，躺在床上玩手机，啥事都不干。前一阵，他想买一辆电动车，找正敏爸爸借钱，没有如愿后，一直生闷气。正敏还有个堂弟，小学成绩一直很拔尖，初中无人管教后，中考只得了二百多分，正敏竭力建议叔叔将堂弟送去广州读职校，叔叔嫌麻烦，将他留在了阳春一所技校。

小姨和婶婶两家相隔只有几十米。小姨是一个体形稍胖、温婉秀气的女子。因刚刚做过宫外孕手术，她将全身包裹得严严实实，甚至戴着防风帽，装束和坐月子差不多。碰上周末，正敏的表妹，一个高高瘦瘦、秀秀气气的姑娘，恰好放假回家。小姨的话很少，看到正敏，只是很开心地笑，聊上两句，不知道说什么，便带我们去屋前的田垄挖红薯，随后又拿出家中刚刚收割的甘蔗招待客人。婶婶家的房子是一栋新修的楼房，装修虽然简陋，但家具齐全，比正敏小镇上的家，看起来更有生活气息。

放眼望去，小水村植被茂密，围绕村庄的小河，水质甘甜清冽。尽管阳春整体上属于丘陵和平原地带，但正敏出生的村庄，算得上典型的山区。可以想象，在公路没有修通以前，一个语言不通的越南女子，面对莽莽群山，确实难以逃离。

2000年以后，村里年轻男子外出打工的现象明显增多，越来越多的人搬离村庄去镇上定居，买卖越南新娘的陋习，竟然不知不觉消失。随着时间的流逝，正敏上大学后，越来越意识到，不管是身份歧视，还是留守儿童及单亲孩子的聚集，无不显示了这一历史沉疴，在经济贫困与孩子教育维度所面临的危机。

每次看到哥哥、堂弟和堂妹，很多时候，正敏会恍若梦中，她很难想象，自己竟然走出了如此闭塞的村庄，来到广州成了一名大学生。

背后的妈妈

正敏曾用两句话概括自己的求学过程，一句是"我一路从最农村的地方爬到了城市"，另一句是"我能上大学，都是因为我妈妈"。她小学二年级在小水小学读，三年级到六年级在陂面小学读，初中上的合水中学，高中到了阳春市，然后到广州上大学，历经了一个农村孩子最为常见的求学路径，其中任何一个环节出现意外，都会中断求学过程，正敏之所以能从偏僻的小水村来到广州念大学，离不开妈妈的强大支撑。

2005年以前，正敏和婶婶、小姨一样，生活在小水村。她的妈妈，也和婶婶、小姨一样，被别人称作"越南婆"。正敏年幼时，很早就留意到，平时和妈妈一起来往的面孔熟悉的越南女子，生下孩子回家探亲后，过一段时间，总会有些消失得无影无踪。她害怕失去妈妈，害怕变成村里无妈孩子中的一员，整个童年，她都在担心妈妈离开小水村，这是她无法言说的心结，也是她无法想象的噩梦。

　　正敏六岁时，妈妈坚持一定要回越南看望家人。"她走的时候，我特别害怕，我怕她不回来，我追着摩托车哭，一路跑一路哭，那个场景永生难忘，好像和妈妈生离死别一样。"庆幸的是，半个月后，妈妈说服家人回来了，同行的还有外公。

　　生下孩子放弃逃跑计划后，妈妈开始没日没夜地干活。在山村，家里的经济来源有两个，一是种橘子，二是爸爸开手扶拖拉机运木材。种橘子的收入不稳定，好几年，将成本和人工去掉，根本没有太多盈余。正敏至今记得，小小年纪就随家人去到各个山头，拖着两三百米的软管，在橘子树的杂草中喷洒农药的艰辛。在正敏六岁前，妈妈除了正常的家务劳作，一直兼做副业外出砍竹子，每天傍晚，她和哥哥最开心的事，就是在知了的叫声中，听到妈妈回家的摩托声。

　　上小学后，正敏最发愁的事，是每天往返学校。家在山脚下，学校在山顶，"每天去上学，要走一个小时的山路，说是路，其实就是上山下山、上山下山地折腾"。下雨天，泥巴和碎石混合一起，路面被雨水冲得污水横流，她必须穿小水鞋，狂风中根本撑不住伞，到学校时，一身早已透湿。正敏个子不高，"书包太重，营养不够"是她总结的原因。学校没有食堂，她必须从家里带饭菜过去，没有保温杯，气温一高，简陋的饭菜容易变馊变味，她只能挑着吃一点点。妈妈给她准备的午餐，最常见的搭配是稀饭、黄豆或者自己播种的花生，"很少吃肉，村里赶集的日期是3号、6号和9号,买一次肉,要等三天"。妈妈会喂点鸡鸭,节假日时,给孩子们改善伙食。

我们在小水村逗留了半天,见过婶婶和小姨后,正敏准备带我和礼彬去小学看看。通往小水小学的泥巴石子路,早已变成水泥机耕路,陪伴正敏两年的启蒙学校,高高矗立在山头的南面,从山脚到山坡,有一段长长的距离。一簇大红的三角梅,在学校高高的白色围墙外怒放,碧蓝的天空,让山村的小学,显得格外寂寥和安宁。正敏告诉我,她转学没多久,学校的硬件在热心人的捐助下,早已变得越来越好,但生源一年比一年少,到目前为止,学校只剩下几名学生。

放眼望去,周末的校园,看不到一个人影,一大群黄色的母鸡,在路边的杂草丛中悠闲觅食。操场上,鲜艳的五星红旗在蓝天下高高飘起,洁净的旗杆,越发衬出校园的冷清。正敏当年上课的教室还在,桌椅还在,只是随着生源的减少,房子早已废弃,窗户被粗糙的钢筋焊死,桌椅堆叠在教室角落,早已落满灰尘。从原有的教学楼规模可以推断,高峰时期,这里的学生不少于两百名。

2005年,家里的橘子获得了意外丰收,加上砍竹子的积蓄,妈妈的第一个念头,是带孩子们离开村庄。她并非意识到村庄的教育质量和镇上日益拉大的差距,离开村庄,纯粹是不忍心孩子们往返校园的艰辛:"两个孩子太可怜了,上学走那么远、那么辛苦,早上拎过去的粥、饭,到中午变馊就不能吃了。"爸爸不愿离开,父母协商不成,"妈妈一意孤行,到镇上去打听,得知有人出售老房子。她拿着身上仅有的两万块钱,东凑西借,筹够了三万多,逼着爸爸去签字买下了隔壁镇上的老瓦房"。正敏由此离开了小水小学,来到了离家五分钟的陂面小学,对她而言,这是从"最农村"的起点,向上前行的关键环节,"至今我仍旧感激妈妈当初的决定,因为她,我才能够接触到更好的学习资源,才有今天的我"。

直到今天,正敏回想起镇上求学直到初中毕业的经历,她对学习上面临的挑战始终无法说清,但围绕一个贫寒之家经济来源的窘迫细节,却让她刻骨铭心。妈妈带领全家搬到陂面镇后,正敏和哥哥上学方便了很多,但生活条件并未获得太多改善。爸爸依旧进山打理橘树,刨去成本,收成最好的年份不超过一万元。妈妈则马不停蹄地找了一家鞭炮厂,每卷一百根鞭炮,收入三块五,一个月最多能赚三百元;与此同时,她还找了两份散工:一份稍稍固定,每个月4号、7号、10号去饭店打杂;另一份则为随叫随到的建筑小工。

2012年,隔壁家的房子要重建,正敏家的墙壁与之相连,这就意味着住了七年的老房子必须拆除。面对刚刚还清的购房债务,十几万的建房款犹如天文数字,让全家人发蒙。爸爸骨子里怪罪妈妈,面对迫在眉睫的难题,他没有选择分担,竟然袖手旁观;妈妈作出了惊人决定:为了省下高昂的人工费,她根据工地积累的经验,决定亲手建房。

——2018年,我在学校和她见面的时候,曾经聊过建房子的细节。妈妈记得自己买砖、买水泥、买钢筋的任何一笔开支,记得自己跟着隔壁的砌墙师傅,学着挖地基、和水泥、一寸一寸将墙垒起的过程,"整栋房子,都是我自己做的"。她唯一的心愿,"是希望家人有一个地方住下去,有一个地方不遭风吹雨淋,其他再慢慢打算"。房子做到一半,没有钱建屋顶,她不顾体力的极限,选择外出打包装废纸,没日没夜地干了两个月,换回五千元,屋顶装好后,房子终于建成。

妈妈从来没有料到,建房过程中,爸爸始终袖手旁观,不但不分担任何事情，甚至竭力嘲讽、挖苦和打击她的付出，"让我彻底死了心"。房子完工后，妈妈离开了陂面镇，开始了远走他乡、颠沛流离的打工生活，供孩子念书，成为她房子建完后的最大心愿。

正敏曾经细数过妈妈干过的活：种橘子、上山砍木头、为纸厂砍竹子、卷鞭炮、织蚕架、去黑工厂打小工、去饭店当服务员、到工地搅拌水泥、打包废纸装车、躲在福建深山老林砍毛竹、在浙江茶场顶着烈日采茶叶，多年的足迹，遍及阳春、肇庆、福建和浙江。这所有的工作，没有一件可以持续、稳定地为妈妈提供过得去的收入，因为没有身份，散工、高强度、不确定，成为她职业的明显特征。

——我始终记得，2018年在广东F学院操场散步时，正敏妈妈和我说过的话："我生了孩子，怎么样辛苦，都会将孩子带大，去到哪里，我都不会将两个孩子扔下。"说起被卖到阳春的处境，她反反复复说得最多的就是："没办法啊，两个孩子要养大啊。"正敏说过"妈妈太拼"，妈妈的说法是"有多辛苦我都不怕"。

"熬熬熬"，成为妈妈直面生活的信念和状态。

从小水村回到陂面镇后，正敏带我们去逛了逛陂面小学，在这里，她从小学三年级念到了六年级。比之小水小学，陂面小学的规模更大，条件也要好很多，她曾经待过的教室，课桌依旧整齐，讲台上有师生留下的零散教材、教具。正敏提到，刚刚转学来镇上时，隔壁鞭炮厂的老板曾当面问她："你妈妈是越南人，你会不会很丢脸啊？"这让她尴尬，也让她意识到，哪怕从村里搬到了镇上，别人对妈妈"越南婆"身份的成见，丝毫不会改变。正敏抗议的方式是努力读书，事实上，因成绩突出，经常获奖，名字总是张榜，正敏获得了一个与妈妈有关的命名——"越南阿香的女儿"。小学毕业，正敏考上了阳春市排名最好的实验中学,因开支加大,考虑了很久,她决定放弃,"怕妈妈负担不起,我选择了一所折中的学校,回了合水中学"。同时,她向妈妈承诺:哪怕在普通初中,也尽力考上阳春市最好的高中。

高中每年的学费是一千九百六十元,每个月的生活费需要五百元,为负担这些硬性的开支,妈妈必须外出打工。爸爸对女儿念书的态度非常消极:"跟我呢,我不能保证有钱给你读书,跟你妈,你就等于把你妈妈卖了拿钱读书!"留守小水村的叔叔,也曾旁敲侧击地追问正敏的成绩,总是向她灌输,女孩子念书没什么用,希望她早日放弃高中的学业。在极大的学习压力中,正敏不但无法从父亲这边获得经济上、情感上的支撑,还要花很多心力对付这些负面情绪的干扰。更让正敏烦恼的是,初中没有毕业的哥哥,从她念高中后,得知妈妈在支持她读书,开始明目张胆地找妹妹要钱。

和正敏交往多年,她几乎很少谈及高中学业的紧张和辛苦。结束当天的走访,我和她回到房间休息,正敏突然郑重地和我说:"老师,我拿点东西给你看。"她熟练地打开一个旧柜子,拖出一个破烂的纸箱,先是拿出上面的奖状及证书,最后从底部掏出高三最后一个学期用过的"知心"牌圆珠笔,当红红的奖状、证书堆满一地,空管的圆珠笔呈扇形摆放在地面时,就如听到房子是妈妈徒手建成,这个场景让我感受到了电击般的触动。我仔细数了数:获奖证书四十一本,奖状四十九张,圆珠笔接近两百支。

在两代女性之间,妈妈徒手建起的房子,正敏无意识保留的空管圆珠笔,就是一个女孩从"最农村"的山里走向城市念大学,在世间打下的真实烙印。

从小水小学到广东F学院,只要三个小时的车程,但跨越这三个小时,却要一个母亲隐匿起来从事无数种卑微的职业,需要一个瘦弱的女孩竭尽全力优秀到无以复加的地步。

——我第一次意识到家访的意义,第一次深刻感知到,如果不抵达现场,这些湮没的场景,这些正敏永远不会提及的细节,将遮蔽在我的视线之外,而我,也将无法看到讲台背后学生成长过程中更为立体、更为完整的教育图景。

父亲与哥哥

正敏完成课题后,以家人为观照对象,写过三篇作品:《我的妈妈,是两千八百元买来的越南新娘》《忘记我名字的父亲,终于与我和解了》《无所事事的乡镇年轻人》。在她笔下,一个没有合法身份、只能躲起来四处打工的妈妈,一个封闭、古板、固执的爸爸,一个初中辍学无所事事的哥哥,构成了她生命的底色和肌理,也锚定了她艰难求学的起点。站在教师的视角,这三篇作品和我通过家访看到的情况,构成了理解正敏原生家庭的基本维度。

正敏爸爸1963年出生,当年全家凑满两千八百元,支持他从大槐农场去买一个越南新娘时,他已经是一个二十九岁的大龄青年。从年轻时的照片看,爸爸高高瘦瘦,尽管眼神胆怯,长相还算周正。爷爷去世早,爸爸兄弟几人窝在闭塞的小水村,全靠奶奶拉扯长大。除了大伯适龄结婚外,其他兄弟都是单身。

和妈妈比起来,爸爸从事的职业要简单很多。结婚后,他人生的目标,不过因循祖辈的路径:从事传统的劳作,守住村庄几间泥巴房,生儿育女,度过一生。妈妈的想法和他不同,从落到村庄的这一刻开始，她的人生目标就是逃离，在生完孩子放弃独自逃跑后，她的人生愿望，变成了通过教育带着孩子们一起逃离。2005年，妈妈执意前往小镇购买三间瓦房的举动，暗中拉开了全家人离开小水村的序幕。对妈妈而言，这是她的主动选择，对爸爸而言，离开山村去适应小镇，则成为他必须面对的人生挑战。他从来没有想到，祖祖辈辈一直生活在偏僻的山村，他人到中年后，还得顺应大势，被动融入城镇化大潮裹挟的流动性变迁之中。

在小镇定居的前两年，爸爸的生计，依然是回到村里种植橘树，但收入终究不抵支出，最后只得无奈放弃。好多年，爸爸一直没有固定职业，全靠妈妈四处打散工支撑生计。直到因建房导致两人彻底决裂、妈妈远走他乡外出打工后，爸爸才随着小镇工厂的增多，在附近找了一份工作一直干到今天。

爸爸打工的地方，位于离家几百米的一家沐浴球厂，厂房就在陂面镇的一所废旧中学内，老板是外地人，正敏说不清爸爸的具体工作。在珠三角腾笼换鸟、产业转移的过程中，一些发达地区的厂家，因阳春更便宜的电费、房租和人力成本，于2012年前后纷纷迁入，以至于小镇废旧的建筑，衍生成了一个简陋的工业区。爸爸每天上午八点上班，中午十二点回来，自己做饭吃完后，下午一点去，直到晚上七八点回来，一天工作的时间不少于十小时。工厂实行严格的两班倒，上完七天白班，再上七天夜班，天天如此，全年无休。每月的工资，从六年前的两千元，涨到了现在的三千元。

工作六年，除了艰辛劳动换得的生活费，在夜班期间的极度劳累中，爸爸失去了一根手指，到现在，他只记得自己的手指在无意识中被机器轧断、随后吞没，他从来没有想过"失去手指"被命名为"工伤"，更不懂得维权。工厂让他简单治疗后，连误工的薪水都没有补发。

正敏学习忙、年龄小，直到上大学，才从人力资源管理的专业学习中，知道爸爸的受伤工厂负有责任。只不过时过境迁，又是小镇的工厂，维权仿佛无从提起，最后只得不了了之。

正敏理解爸爸的辛劳，但也不否认对他的心结。从上高中到念大学，爸爸没有出过一分钱，让正敏难受的是，妈妈离家后，好几年时间，爸爸始终逼迫她站队，仿佛妈妈的离开，正敏洞悉其中的秘密。他不认为女儿读书是一件重要的事情，高二寒假临近过年时，哥哥经常将一些不三不四的朋友带回家，喝醉胡闹，严重影响了正敏的学业，以致她不得不去小镇的旅馆躲避，而爸爸始终一言不发，并未制止哥哥的行为。更让正敏恼火的是，高三那年，每次月考前，爸爸都会打电话过来，论调和叔叔一样，宣称女孩子不用读书。正敏考上大学后，爸爸毫不掩饰，希望女儿早日毕业，尽快挣钱将家里的房子装修好，帮助哥哥成家立业。爸爸对大学的理解和想象，依然停留在八十年代，他以为女儿只要手握大学文凭，就能解决家里的一切问题。

直到今天，正敏都无法确认爸爸是否爱自己。我在家访时，曾当面问爸爸，是否去广州看望过女儿？得到的回答是，"没有时间"。正敏不知道爸爸最远的足迹曾经去过哪里，在最近的血缘关系中，双方好像从未在同一轨道并行，"从小到大，我不能理解他的很多举动，而他可能连我的名字是哪几个字都说不清，更不知道我在哪所大学念书"。

正敏的哥哥，让我印象极为深刻。第一天到达正敏家，当天的晚餐，哥哥并未出现，直到晚上快九点，一个身材瘦削、头发吹得高高的年轻人，伴随轰轰的摩托车声音，在街灯的映照下，从进深极长的门廊一直走进饭厅。正敏前几天已告知哥哥,将会带客人回家,而他也乐意家里有陌生人来玩。事实上,在正敏做课题的这段日子,每次去小水村调研,都是哥哥主动提出,用摩托车送课题组成员进村。一进门,哥哥告诉正敏,汽车已经租好,歌厅也已经订好,准备带我们几个立即去合水镇,我这才注意到,和他同时进门的,还有镇上的另一个青年。我与礼彬答应了哥哥热情的邀请,没想到几个小时以前,我们刚刚乘坐合水镇拥挤的公交来到家里,吃过晚餐,竟然又要回去。

在乡村的公路上,年轻人将车速飙到了七八十迈,车厢弥漫着喧嚣的音乐,根本听不清说话的声音。看得出来,租车去镇上泡夜场,早已成为哥哥与同伴的基本生活方式。帝豪歌厅恰如它的名字,夸张的欧式风格混搭金光闪闪的土豪风,与正敏家徒四壁的极简风构成了鲜明对比。我们一进包间,便看到啤酒摆满了一桌,各种零食装在精巧的盘子中,嗨歌、喝酒、抽烟、甩骰子,年轻人的情绪立即被调动起来,哥哥对我说了好几句,"DJ、DJ",我不明白DJ和包间的关系,但能明显感到一股类似摇滚的气氛逐渐变得热烈。小镇上的哥哥,除了正敏笔下的叙述,显然还有另一种真实。一直玩到深夜一两点,因为正敏的坚持,哥哥答应提前将我们送回陂面镇。

对正敏而言,"借钱"是她和哥哥最深的关联。初中辍学后,哥哥一直没有好好干过活,也从未意识到自己对于家庭的责任。他行踪不定,要不突然去外面待两个月,要不突然身无分文地回到小镇。在外面打短工时,只要和老板、同事有一点点矛盾,就二话不说收拾衣服回家,连本该领取的工资都懒得理会。回到镇上,能干的活,也无非是偶尔帮小学的同学装装不锈钢门窗,或者帮忙去外面讨点债务,运气好,讨回了债,当天就会去镇上花完。

没有稳定的收入,哥哥认定的开销,却一点都不能含糊,手头紧张时,他会将目光投向正在求学的妹妹。得知妈妈打工的收入主要拿来供正敏念书,从上高中开始,哥哥更是理直气壮地找她要钱,到正敏上大学,哥哥变本加厉。大一时,哥哥借车驾驶途中出事,一筹莫展中,想到的办法,竟然是逼迫妹妹拿钱,正敏拿出仅有的生活费,很生气地交涉,"我给你这两千块,买断跟你的关系,以后别来找我!"可事情没有任何改观,考驾照,找妹妹要钱;想换手机,还是找妹妹要钱。正敏帮爸爸缓解过一次迫不得已的债务危机后,哥哥仿佛看到了妹妹的能量,每次遭到拒绝,便声嘶力竭地怂恿妹妹找别人借,"每到此时,我内心特别害怕,充满了恐惧,总感觉爸爸和哥哥,在拼命将我往下拉。"

正敏曾鼓励哥哥去外面打工,让他坚持做好一件事情。她通过朋友的关系,在宁波帮他联系了一份不错的工作,但哥哥一句话就将她怼回:"去那么远干吗,有便宜捡吗?"我后来才知道,在到达她家的第一天,正敏爽快接受哥哥的邀请去歌厅,是希望我能借此机会,不动声色劝说哥哥去外面打工。

在正敏看来,通过自己的大学老师和哥哥交流,也许效果会好一些。

多年来,面对爸爸情绪上的干扰和哥哥不断借钱的压力,正敏坦言自己像是掉进了一个无底洞,"这样下去,我以后怎么嫁得出啊?那天晚上,我想到了三点钟,我以后怎么办啊?"在切身感受到家庭持续、细密的压力后,正敏彻底理解了妈妈的选择并庆幸她的逃离。有时候,她甚至觉得,妈妈尚且有逃离的机会,而自己作为女儿和妹妹,压根没有办法躲避家庭隐匿的暗礁。

独自面对,成为她唯一的选择,依附教育所提供的通道,依仗妈妈背后坚定的支持，正敏拼命挣扎，寻找生活的裂缝，不断将自己的生命托起。

逃离生命的暗礁

对正敏的成长环境和家庭关系进行梳理后，可以看到，跨入大学前，她成长的每一步都要拼尽全力，每一步都是险棋，充满了未知的风险：如果妈妈不去镇上买房子，她就只能和其他越南妈妈生的孩子一样，读完初中去打工，落入十七八岁嫁人生子的命运；如果妈妈不离开陂面，不放弃那份只能换来三百五十元收入的卷鞭炮工作，面对每年一千九百六十元的学费和每月确定的生活费，在当时的条件下，她就不可能拥有机会读高中。

正敏的求学与妈妈背后的支持，构成了家庭的主要叙事，而爸爸和哥哥始终蜷缩家中、被动遭遇社会变迁的状态，显然是更为基本的存在，两者构成了鲜明对比，并产生了剧烈撕裂，而其中核心的张力，是教育作为一种外部力量揳入正敏的生命后，她必须直面个人的成长和家庭羁绊之间的矛盾。如果说，妈妈的支持，给了她通过教育走出去的力量和可能，那爸爸和哥哥的牵扯、妈妈"越南婆"身份让她感受到的不公，则构成了正敏成长过程中看不见的暗礁，而她主动逃离生命暗礁的行动，则让我从教育要素的层面，看到一个女孩从"最农村"的起点出发，一步步往前走的坚定勇气，更看到了正敏充沛的"个体能动性"，对原生家庭魔咒的成功破除。

哥哥将自己的不求上进，归咎于妈妈的离家出走，正敏从小目睹妈妈的努力和挣扎，认定一切事情只能"靠自己"。哥哥怪罪妈妈的离开让他没有心思做事，正敏反问："我和你同一个妈妈生的，为什么我这样子，你却成了那样子？"

正敏刚上大学时，看到小学的好几个同学，年纪轻轻便生养了几个孩子，她深切感受到了命运轮回的恐惧，忍不住审视自己的家庭："我爷爷那样子，我爸那样子，我哥又那样子，那我哥的下一代，会不会还是那样子呢？"她不敢想下去，也无法理解哥哥为何对命定的结局毫无感知，意识到哥哥缺乏摆脱现状的认知后，正敏提醒自己："一定要走出来，一定要不顾一切地往前跑。"

想起来，正敏的真正觉醒，源自妈妈越南人的身份，总是无端受到亲戚、邻居甚至陌生人的轻贱。她印象最深的一次，是搬到陂面镇没多久，隔壁一个老头总是八卦妈妈的事情，甚至当着爸爸的面煽风点火："这样的老婆要来有什么用？"爸爸没有维护妈妈，一旁的正敏怒火中烧，她冲到老头面前，指着鼻子回击："你再给我说一遍！我家怎么样，关你什么事？"老头被正敏吓住，从此不敢正眼看她。

对于爸爸的糊涂和懦弱，正敏也不是一味忍让。初中时，哥哥常在学校打架，爸爸的方法不是管教，而是不顾家庭的实际情况，让他放弃寄宿，每天花一个小时用摩托车接送，正敏对此表达了明确的不满。尽管爸爸对哥哥的宠溺从未改变，但在正敏成绩明显领先哥哥的状况下，对于妈妈外出打工供正敏念书的选择，他并不敢有任何怨言。事实上，在重男轻女的氛围中，正敏的功课，始终处于无人过问的境地，"从小学到初中、到高中，爸爸从没管过我，全靠自己悟"。在尝到优异的成绩，可以被别人称呼为"越南阿香的女儿"后，正敏觉察到"让妈妈骄傲，是一件幸福的事"，通过学习回报妈妈，成为她滋生力量的根源。

初中阶段，和其他叛逆的女孩一样，在寄宿生活中，爱的匮乏，导致正敏陷入了拍拖的漩涡。男孩父亲知道正敏妈妈来自越南后，明确对儿子发话："他们家庭这个鬼样子,如果你不跟她分手,就是最大不孝。"尽管这只是一段青涩的插曲,但成人的世故,却早早让正敏洞悉到家庭对她的羁绊,在无力改变现状的情况下,正敏坚定了一个想法:"我发誓一定要考个好大学,让他们见识一下。"

这次青春的反抗,以正敏的胜利告终,她高考的分数超过一本线,而男孩却比她低了几百分。

在答应带正敏做课题后,我才知道她进入大学内心所面临的风暴。此前,我从来没有意识到,眼前这个乐观大方的姑娘,在熬过中学阶段的种种艰难后,从踏进我办公室的那一刻起,就将对妈妈及其背后更为庞大人群的审视,当作了大学阶段自救的开端。

正敏坦言,进入大学失去高考目标的牵引后,那种因逃离生命暗礁所滋生的力量,好像突然消失,她的人生陷入了新的迷茫状态。说到底,正敏面临的挑战,和我教过的很多女生一样:入学的兴奋期一过,伴随考上大学自信的稀释,现实中洞悉到的种种真相,诸如同学之间的贫富悬殊、城乡之间的教育差异,总是很容易将她们推向无力或虚无的境地。

以往的努力,在正敏看来,不过一个无物之阵,就算能够幸运地走出村庄和小镇,能够来到广州,她依然无法掩饰以往过多防御性行为带来的伤痕。过去的日子,终究让她看清了内心的残缺,事实上,多年来,正敏一直处于无边的恐惧中:她害怕妈妈去越南探亲不回来;害怕哥哥在她求学时无休无止地要钱,害怕爸爸高三月考前总是说一些乌七八糟的事;害怕一个人在山上的橘树林中无助地拖动柴油机;害怕男朋友知道家里的真相后顶不住父母的压力提出分手;害怕家里的亲戚随时随地对妈妈的蔑视和轻贱;害怕妈妈生病让自己失去世上最珍贵的人；害怕大学同学知道家里的情况伤害脆弱的自尊；害怕大学毕业找不到好工作满足不了家人的期待；更害怕日渐衰老的父亲、无所事事的哥哥成为她一辈子的负荷和放不下的牵念。

而今，当正敏迈进大学的校门，她没有想到，当初给妈妈带来骄傲的"上大学"，意味着她需要直面另一重压力。一方面，相比妈妈的处境，正敏时常为自己的好日子感到羞愧，她可以找心仪的老师聊专业，可以随时参加同学策划的周日活动，而远在异乡的妈妈，可能正在偏僻的竹林中，过着"滚石砸脚、蜡烛照明"的原始生活；另一方面，直面现实中同窗之间的家境差异，她真切感受到一种来自资源差距所致的无奈，"他们整天想着玩，也不干正事，好像始终沉醉在爸爸妈妈疼爱的世界里，毕业后通过家人介绍，就能很顺利地找到工作，而我很认真地学习，很认真地实习，很认真地跟各种人打交道，拼死拼活地找工作，毕业之后，有可能什么都找不到"。

正敏曾经在知乎上和网友讨论过家庭的经济状况，网友的反馈，让她意外地确认了一个事实：当下社会，如果一个家庭拿不出两万块钱，简直不可思议。而在此以前，她一直认为这样的家庭是社会的常态。第一次，她隐隐约约觉得"社会给穷人的机会少"，隐隐约约觉得爸爸和哥哥的混沌、懒散、不作为，不能简单归结为不努力。她坦言大学的时光，自己看起来开朗、乐观，但内心有个角落，始终被自卑主宰，"我个子不高，没有才艺，更没有特长"，"我不愿意将老师、同学带回家中，我害怕暴露真实的自己，引来同情的目光，勾起内心的压抑和自卑"。

从小到大引以为傲的成绩，大学期间不再是丈量个人价值的唯一标尺，正敏的茫然，看似具体，但又如此虚无。

对正敏来说，她大学期间所处的精神困境，源于一名年轻人独立自主的意识增强后，对个人经验的清理、对生命来路的正视。只不过，落到她身上，聚焦到了如何直面千疮百孔的原生家庭。在中学阶段，因为有大学目标的强烈牵引，年轻人的情绪暗礁，容易处于被遮蔽的状态，实际上，据我观察，很多孩子，尤其是女孩子，尽管到了大学，但她们并未化解掉中学时代留下的暗伤，以致大学毕业后，依然背负家庭的窠臼，在沉默中走向社会。而如何找到一个巧妙的契机，剥离掉这种负面的牵扯，让"大学"成为滋养年轻人成长的坚定力量，是我一直琢磨，但并未解决的问题。

我不知道正敏做课题的动机，是源于对妈妈的同情，还是有意突围自身的困境，或者仅仅只是学业的需求。但当她推开我办公室的门，坦诚和我说起她的意思时，那双急切、充满希冀的眼睛，让我看到一个女孩主动向外寻找支持的努力。我对正敏课题组的期待，除了按照结项的要求，完成规定的调研报告，更希望她在实地考察和交流之外，写一些感性的文字，诸如非虚构作品，我知道她拥有大量的一手材料，同时也对调研对象投入了强烈的情感，写写自己的越南妈妈，已经水到渠成。

——无论如何，这次意外的邂逅，完全超出了我的预期。正敏通过与家人的重新链接，不但学会抛开个人的情绪，重新理解了爸爸和哥哥，也重新理解了背后的家庭在整个社会结构中的位置，看到了社会剧烈转型过程中，每个家庭成员正在遭受的流动性命运。

更重要的是，在和妈妈的直接交流中，正敏看到了她身处异国他乡一直被遮蔽的痛苦、辛酸和懊恼，也看到了自己在妈妈生命中"犹如重生"般的意义。负载于课题之需的母女交流，第一次，妈妈说出在茂密的竹林，自己差点被滚石砸死；第一次，妈妈说出离家出走的原因来自爸爸的轻蔑和冷漠；第一次，妈妈不再隐瞒外婆的去世是她终身的遗憾和痛苦。在一次次奔赴重庆看望妈妈的艰辛旅途中，正敏切身感受到了妈妈没有合法身份所致的无限恐惧，她从妈妈遭受的困境中，重新理解了自己的求学和她深刻的关联，理解了自己的成长给予妈妈的精神支持。

正敏由此萌生了对自我的坚定确认，一种内在的力量悄然滋生。

正是通过课题之需的调研，正敏看清了妈妈无人知晓的生命细节，在一种程式化的学术生活中，母女之间达成了真正的沟通和理解。最终，这种来自对家人的重新审视和体恤，让正敏获得了充沛的情感，并促使她拿起笔，以非虚构的方式写出了爸爸、妈妈、哥哥的生命史，在家庭成员的换位对视中，实现了对自己的真正接纳，避免了大学阶段陷入煎熬和虚空的危机。更重要的是，正敏赤诚的表达，通过新媒体的传播被很多人获悉，前面提到的三篇作品，《我的妈妈，是两千八百元买来的越南新娘》《忘记我名字的父亲，终于与我和解了》《无所事事的乡镇年轻人》，引起了很多讨论和关注，她由此感受到了书写和"看见"的神奇，感受到了坦然接纳自我的力量。

她对此深有感触："对我而言，我一直害怕自己的过去和经历会引来他人异样的眼光，我并没有意识到这种恐惧本身就是一种自我规训。我愈是想要逃离、摆脱'农二代'的身份，愈是容易与现实脱嵌，并陷入自我认同的游离状态。而赤诚地接纳自己，是人一生必经的功课。"

我无法说清这次课题对于正敏的意义，更无法说清一种接通生命经验的写作，对一个孩子成长的价值，但通过和正敏的交往及观察，我真切感受到，在大学阶段，接纳真实的自己，是一个人成长的开端，下蹲的人生姿态，有助于年轻人滋生最原初的生命力量，迸发出难得的创造力和直面生活的勇气。而写作，也许是一个孩子激活与家人关系的契机，他们也许能从个体的困境，看到更为庞大群体的命运，而这种廓大的看见，对年轻的个体而言，是增强他们抵挡人生困境的可靠方式。

——作为教师，我时刻意识到，在应试教育将孩子们架空的漫长过程中，如何引导年轻的个体落到踏实的生命境遇，如何让他们在各自的成长中获得内心的安宁，是当下考核常态化、管理表面化的教育语境中，一直无法解决的问题。我少有的写作课堂，最大的企图，也无非想通过有限的写作训练，去尽力达成这种效果，但唯有正敏，让我看到了结果，见证了包裹在写作中的生命实践所产生的可行性。

而这，也是我在教学中，格外重视非虚构写作的原因。

作为正敏大学时光的见证者和介入者，她身上所发生的变化，让我看见了一个年轻人的成长和蜕变，也激发了我很多思考：以前，我总是从原生家庭牵绊的角度，去理解他们成长的困境，更倾向于认定原生家庭对他们根深蒂固的影响，并对坚硬的现实感到无能为力，至于教育到底能否改变这种状态，我并无坚定的认知。但现在，通过正敏带给我的近距离观察，当我意识到，"上大学"事实上是他们人生最大的依仗和机会时，如何激活个体的能动性，比之简单地体恤他们的难处要更为重要。

正敏的家庭，是我接触到的学生家庭中，极为艰难的类型，但她的成长和转变，让我坚定了教育的要义，正在于给年轻人提供摆脱原生家庭负面影响的机会，并让他们在具体的契机中，滋生内在的力量和勇气。在铁一般坚硬的群体固化趋势中，个体的努力，依然是撕开命运的裂缝、摆脱原生家庭的羁绊，获得更多发展的秘密。

课题结束后，正敏进一步确信了自己对于文字的热爱，她决定通过考研，从人力资源管理专业跨向新闻传播专业。2019年，她调剂成功，顺利入读西南某大学的硕士。妈妈的命运，因为女儿勇敢而真诚的书写得以改变，来到中国三十年后，终于获得了合法身份。越南新娘这个隐匿多年的群体，也因为正敏的书写，被更多人看见。

2022年，正敏硕士毕业，和男朋友落脚南方，和我在同一个城市寻梦。

我想起家访过程中，正敏和我描述的人生梦想：买套两室一厅的小房子，养一个妈妈，养一只猫。我还想起正敏透露给我的，妈妈最大的梦想，是以合法的身份，早日回去探望日渐老去的父亲。

我相信，这些曾经的蓝图，不会仅仅停留在纸面。

（为尊重受访者意愿，文中部分人物为化名）

（节选自《我的二本学生：漫长的家访》，
原载《当代》2023年第5期）

失散的鱼会重逢

傅 菲

2月26日，午饭后，从凤凰湖野游回来，途经红山桥，我对纪荣富老师说：看看河里有没有鱼？

纪荣富老师说：你还有这样的好奇心。

我嘿嘿地笑，伏在栏杆上，看着桥下的河面。这是一座多年老桥，有四孔圆拱，距河面十余米高。我恐高，不敢直起身子，便斜伏着栏杆。栏杆长了厚厚苔藓，蚂蚁像个棺夫一样抬着死虫横着慢爬。暖阳有些猛烈，正空当照，河水白花花翻卷。其实，河水并不汹涌，且清浅，露出了砾石滩，水跃过凹形砾石，显得湍急，溅起层叠的水花。水是一层层摊下来的，冲出水窝。水窝黑黑，闪着一道道白光。

黑黑的东西拥挤着，在动，看起来，是一丛狐尾藻。狐尾藻被水荡着，像被风吹动的长裙。砾石滩把河水分出两条水道，有八丛这样的狐尾藻。我仔细看，那不是狐尾藻，而是鱼群。这么多的野生鱼，聚集在一起，还是第一次见识。估摸了一下，一个鱼群至少有三百多尾鱼。鱼翻一下身,便闪出一道白光。

鱼太多了。我惊叫了起来。

纪荣富老师俯身看另一侧河边,也惊呼:河里全是鱼,乌黑黑。

这是什么鱼?纪荣富老师问我。

不是鲩鱼,不是鲫鱼,不是鲤鱼。不知道是什么鱼。我说。

鱼是巴掌大,白腹黑脊,从体形上看,是麦鱼。我又说。

不知道什么是麦鱼。纪荣富老师说。

麦鱼是土名,学名叫圆吻鲴。还不确定是不是麦鱼。我说。

河里这么多鱼,怎么没人钓鱼、捞鱼呢?鱼是从哪里游上来的呢?一个下午,我都在心里嘀咕这个事。这截河段,我三五天就沿着河岸走一次。河滩站着高高的芦苇和白茅,岸坡上被乡人种了时蔬。大批的树鹊、乌鸫、白头鸭在桥头的乔木林夜宿。南岸有一片荒园,残瓦断砖遍地,一棵苍老的冬青在荒园中央被密密的芒草包围,倒塌的瓜架爬满了劳豆藤。入荒园处,两棵百年古樟枝丫斜倾而出,覆盖了离乡人的记忆。

第二天早晨,我去了集市的渔具店,买了一根路亚、一瓶918饵料、两盒红蚯蚓、一板小鱼钩、一个鱼篓,花费290元。沿着埠头下了桥,理了渔具,站在石块上钓鱼。鱼线抛出去,坠子缓缓下沉,鱼线顺水下滑,浮标下沉又浮上来,我滑动轮子收线。滑了三转轮子,收不动了。我抖抖鱼竿,鱼钩挂住石头了。顺了顺,绷紧鱼线拉了拉,还是收不了。水底无沙,全是石块。

砾石不是圆石,有挫裂的棱角,很容易挂钩。我走到下游,顺流收竿,猛拉一下,鱼线断了。坠是锡,圆柱状,嵌入棱角,如钉入木。我剥下衣服的拉链扣,穿在鱼线上做坠子,抛竿钓鱼。饵料是蚯蚓,抛了五竿,也没鱼吃。我又换918饵料,抛了五竿,还是没有鱼吃。鱼就在脚边，密密麻麻，可就是不吃钩。每次抛竿，都抛在激流处，是不是斗水的鱼不吃食呢？

往上游走了二十余米，把竿抛到河中间的静水处，让钩完全沉下去，不动它。钩沉了十几分钟，浮标也不动，倒立着悬浮。我把鱼竿插在地上，赤脚下水。水不冻脚。鱼在水底翻拱，拱起脏脏的泥浆水。

收了鱼竿，细细地看着游鱼。这是什么鱼？鱼怎么不吃饵料呢？在约一华里长的河段，数万尾鱼在摆尾、斗水而上。鱼是同一类鱼，体长相当。它们在河堤是孵卵还是吃食呢？

淡水鱼在草丛孵卵，在石缝孵卵，或在甲壳动物体内孵卵，不太可能在河堤孵卵，那样的话，卵会被水冲走，被鱼所食。那么它们就是在吃食。它们在拱食，翻出白白的鱼腹，闪电一样在云缝忽闪忽闪。

河叫洎水河，西出大茅山山脉东部的洎山，向西九曲而去。两岸群山绵绵，层层叠峦，陡峭壁立，形成幽深绵长的河谷。自新营镇而西，群山合围，有了开阔的盆地，河也壮阔。红山桥横跨在盆地的入口。吃了午饭，我又去河边。河水暴涨，水浪推着水浪。上游水坝，泻出数丈之高的瀑布，哗哗哗，震耳欲聋。水坝在放水。

水坝南边坝头有一栋闸房，房底下有约十米宽的泄洪道，水冲击出来，轰轰隆隆。提着渔具，我快速跑过去，抽出路亚，挂钩上饵，抛出鱼线。鱼线嘶嘶嘶，坠子落入急浪，转动轮子收线，饵标在激浪上滑动，竿头突然下弯下垂，手感很重。我抬高手腕，抖动竿头，绷紧鱼线，慢慢收线、拉紧，一条鱼身长长、鱼头尖尖的白鳞鱼跃出了水面。是一条翘嘴巴。翘嘴巴即翘嘴鲌，生活在中上水层，浪越急越搏水，吃浮游生物，吃小鱼小虾，吃蛙类昆虫，吃软体动物和动物内脏。翘嘴巴跃起，又沉下水，尾鳍扬起水花。越拉它，越沉下去。我突然打开滑轮，翘嘴巴拽着鱼钩忽溜溜跑，溜出十余米之远。我又收鱼线，慢慢收紧，绷直竿头，再打开滑轮，翘嘴巴沉下水。我拽它，回拉。

收了鱼，又放了它。它几个摆尾，消失在浪涛之中。

钓了两个多小时，收了竿，渔获八条翘嘴巴，一至四斤不等。乌黑黑的鱼群不见了。水太急太深，鱼藏在我看不见的水底。

过了三天，中午，我又去钓鱼。浅水激流。鱼在水窝挤挨着斗水。我放下了渔具，看着它们戏水。一个站在桥上看鱼的人，对我喊：鱼好多啊，你怎么不钓啊。他的声音很大，还比画着手势。

我数了九个鱼窝，一窝鱼，约有八十至一百九十余尾。桥洞下，水回旋，形成了潭，潭底黑黑一片。初春，是鱼孵卵的季节，有的鱼从大湖洄游上来，回到支流的上游，择滩择草产卵。鲩鱼、鲤鱼、鳙鱼、鳜鱼、鲫鱼等，在早春洄游，逐水草而栖，繁衍生息。鱼在洄游的时候，结群。它们是以什么方式结群呢？不得而知。天鹅以家族方式结群，黄腹角雉以种群方式结群。

一个妇人用筲箕抱来蒌蒿，在石埠上清洗。蒌蒿幼嫩，芽叶尖尖。河边、田边、菜地边，春雨催发蒌蒿幼芽，一蓬蓬一蓬蓬，伏地而生。在惊蛰前后，乡人剪了蒌蒿做青团。妇人见我一副对鱼无计可施的样子，说：筲箕给你用，可以捉好多鱼上来。

我说，看鱼，不捉鱼。筲箕确实是一种很适合捉鱼的器物。石块拦截河水，留一个出口，筲箕固定在出水口，在前面以木棍或竹梢赶鱼，鱼就落在筲箕，直接端上岸。很多日常的东西，都可以作为捉鱼的工具，如草席、竹片、塑料桶等等。

但我确实很想钓一条鱼上来，看看密集在河里的，是什么鱼。

水坝之下，有一块千余平方米的砾石滩。石滩凹凸不平，有很多槽沟。河上涨，石滩被淹没。世界上，所有的河流都一样，很少上涨。沿河面而飞的白鹭，落在石滩上歇脚。我挨着山边无可行走的小路，去石滩。

许多白鹡鸰,在石滩飞飞停停,唧唧叫。它们在找小鱼吃。石滩有三个锅状的水洼,齐腰深。昨天放闸,鱼游了上来,关闸,水急速退去,潜在石洞里的鱼来不及退水,留在了水洼。鱼闪着白腹翻动。水洼有鲫鱼、鲤鱼、马口,还有那种我尚未认知的鱼。在水坝之下,有一条长约四十米的水坑,深不见底。水底白闪闪。

把鱼篓沉在水洼。水漫漫渗入篓底,漫上来,在篓底沉一块石头,水没了篓腰,没了篓颈脖,左摆右晃,沉入了水底。我抓住篓绳,坐在石礅上晒太阳。阳光葵花黄,石滩苍白色,矮山冈的阔叶林苍郁。樟树、细裂槭、香椿、甜楮贪婪地吸着阳光,幼叶齐刷刷地长了出来。树,一刻不停地刷着山冈,一遍遍地刷,刷一遍绿一遍。绿越来越深,凝结了,酝酿出油汁汪汪的墨绿。山川的颜色是阳光和时间酿造出来的。这是大自然伟大、生动的叙事。

篓里有一条巴掌大的鱼了,我提了上来。水从篓底漏下去,水啪啦啪啦,打在洼面。水里的鱼四处乱窜。是一条圆吻鲴。圆吻鲴以尾鳍的颜色区分,分青尾、黄尾。这条是青尾。

圆吻鲴体侧扁、略长,头部尖圆而小,脊黑,吻圆钝突出,鱼鳞细白,腹部银白。在南方,圆吻鲴是常见淡水鱼。因其肉质绵实,鱼刺绵密,汤汁寡鲜,而无人食用。却深受垂钓者深爱。圆吻鲴是击水者,韧性极强,在水中挣扎,可产生体重30倍的力度,给垂钓者沉实的手感。出水面,约十分钟,圆吻鲴便会死去。它是耐氧性极低的鱼类。

这是一种特别的鱼,结群栖息于河石杂乱的河道,在0.5—1.5米深的水域活动,虽杂食,尤喜丝状硅藻、蓝藻、绿藻等藻类,以及腐殖物。红山桥下,河床就是一块巨大的砾石滩,藻类、浮游生物以及腐殖物,极其丰富。

泊水河不是一条多鱼的河。夏秋的傍晚，我常去河边散步，也看乡人钓鱼。钓上来的鱼，大多是鲫鱼、马口、黄颡、白鲦，鲤鱼和鲩鱼很少见。早春，河里有了那么多的圆吻鲴，为什么呢？

一日，河边有老人钓鱼，我看他钓鱼。他捻着饵团，鱼钩挂一下饵料，捏实捏圆，抛在深水处。我说：你这是钓鲫鱼、马口吧。

老人身材高大，腰身笔挺，鱼线抛得又直又远。他说：这里的马口有筷子长，很少有这么大的马口。

我提起他浸在水中的网兜，抖了抖。网兜里有九条马口、三条鲫鱼。马口胖乎乎，在蹦跶。我说：你怎么不钓圆吻鲴呢？

什么圆吻鲴？老人说。

就是翻白身的那种鱼。我指了指水底下的鱼群，说。

哦，青尾鱼。青尾过了清明，才咬钩。老人说。

你对这河里的鱼熟悉。你知道在什么时间钓什么鱼。我说。

我十五岁钓鱼，钓龄五十七年。老人说。

这么多青尾，是什么时间聚集在这里的？我问。

桃花开了，会下几场春雨，河里有了桃花汛。鱼闻讯。鱼比人更守节律。老人说。

你要看青尾，去泄洪口，那里有一个深潭，鱼一团一团，多得触目惊心。老人又说。钓鱼人不会多话。据说，鱼可以听懂人在说什么。2019年9月，在鄱阳，当地人这样对我说。当地人说，鄱阳湖有一个渔民，捕鱼从不带网，也不带其他渔具，他坐在船上，脸浸入湖水，在水里叽里咕噜说话，鱼就直接跳上船。这就是神秘的"喊鱼"。鱼直接喊上船。当然，我是不信的，世界上，哪有通"鱼语"的人？哪有通"人语"的鱼？但我又信了。因为世界上有非常多的东西，是常理或科学无法解释的。人类对客观世界的认知，十分有限。人类的局限性，就是客观世界的无限性。

3月11日，我从宁都回来，去红山桥，不见了鱼群。没有鱼群的河，空空荡荡。圆吻鲴在砾石之间产卵，卵一泡泡，黏附在砾石上孵化。河中的砾石滩，是它们的产房。发桃花汛的季节，正是气温在18℃—25℃的时候，与圆吻鲴繁殖的气候条件契合。它们听从了汛期的召唤，从下游的各个角落，斗水而上，来到了河坝底下。它们在无人知道的角落生活，隐身于砾石、沙砾之间，吃藻类，吃腐殖物，吃昆虫，吃鱼卵，抑制鲤鱼、鲫鱼、鲩鱼等鱼类的繁衍。

东坡先生写《惠崇春江晚景》：

竹外桃花三两枝，春江水暖鸭先知。
蒌蒿满地芦芽短，正是河豚欲上时。

植物、动物比人更敏锐地感知了自然的脉息。圆吻鲴听到了桃花缓缓飘落的声音，听到了早春的落雨声回荡在河面。它们像一群失散经年的人，日夜兼程，逐水而上。只要有河还在浩荡，它们就会重逢。

暮春多雨。暴雨落下来，我就去看河水，看河水一毫米一毫米地上涨。雨水从荒园冲下来，从峡口溪冲下来，汤汤洋洋，翻卷着柴枝、破衣服、死野兔、落叶。水浑浊。涨了五天，河水淹没了岸边的菜地，冲走浇菜的水桶、长木勺，也冲毁了芦苇上的鸟窝。日晴，我也去看河水，河水滔滔地败退，一天下来，水恢复原位。就像古罗马大厦，建起来，需要百十年，坍塌下去，只要数分钟。

洪水把鱼送往迢迢的不明之处。像另一个无从知晓的人间。

（原载《作家》2023年第9期）

魔术师和失明症观众

包倬

我们要盖一座房子。这话说了一百遍有多。白天说,夜晚说,走着说,站着说。"虫虫鸟鸟都有窝,我们家挤得像颗花生。""人要是蜗牛多好,从来不操心房子的事。"母亲在说,父亲在听。起房盖屋,男人的天职,父亲的心里万分愧疚。母亲是克制的,她只在忍无可忍时才抱怨。

我需要出去透口气。站在晒场上,视野里是散落在山间高矮不一的草房和瓦房。一个4岁的小孩心里生出自卑 —— 我们连唢呐匠都不如啊。唢呐匠住着三间草房,屋顶的麦秸每年一换。风吹日晒,那些麦秸由黄到白再到黑。我们家住山腰,唢呐匠住山脚,直线相距不过两里地。有月亮的夜晚,山坳里唢呐声大作,至于吹什么样的曲子,由他们的心情决定。那是一老一少两叔侄,老的执一支大唢呐,声音低到尘土里;小的吹小唢呐,声音高上天。

去年光景好,青黄能接。我父母忆苦思甜般地反复谈及我们的上一个故乡沟口，说如果是在那里，一年有半年的时间需要外出找粮。1984年春天，一个来自金沙江对岸的女人嫁到阿尼卡，那是一个年仅18岁的女篾匠。另一个沟口的年轻小伙在阿尼卡入赘，对象是离我家一公里外的哑女。这两个新增人口，我在一场葬礼上见过。他们和其他人一样，对我的自作聪明表现出极大的兴趣。比如要我给他们唱一段《割肝救母》或者讲一个从外婆那里听来的老变婆的故事。我拒绝了他们。我确实是个话痨并且酷爱表现，但不是谁的话都听。因为我又长大了一岁。世界不再是个抽象的概念，而是一种与我相关的具体。我认识了更多的人，去了更远一点的地方，听到了更多故事，新学会了几首传唱不知多少代的童谣。

　　1984年的阿尼卡灰扑扑。人们三三两两，散居在群山的褶皱里。人类的安家条件大同小异：水源和平地。阿尼卡90%的地面都能满足这两个条件。那时的山沟里，轻易就能刨出一个泉眼，用石板镶嵌好井口，放个土碗，供走累了的路人使用。大年初一，泉眼附近的人家怀着感恩之心，在天亮之前去"买"水。他们在井沿插三炷香，烧三张纸钱，祈祷一番，挑回两桶满当当的水，寓意新的一年心满意足。

　　父亲找到了新的水源，在离住处五百米远的一棵野李子树下。满树的李子呈红色，宝石一般，熟透后掉一地。我冒着被狼叼走的危险，去拾李子，装满衣兜和裤兜。吃下那些李子，肚子疼，牙齿酥。

　　沿着水源往下三百米，是一块开阔平地，那地是我舅舅的。父亲想要那块地，但舅舅铁齿铜牙不松口。他拒绝的理由是，自己今后也想在那里建房子。用钱买？不行。用地换？也不行。可我父亲吃了秤砣铁了心，买酒杀鸡，把话挑明，"地，我要定了。条件，随你开。只要我能做到的，当牛做马都行。"那夜我舅喝多了酒，坐在火塘边红着脸，打着嗝。我们以为是酒精让他脸红，其实不然。

"你走南闯北,见的人多。如果能够给我带个媳妇来,这地你拿去用就是了。"

父亲大喜过望。他当即拍响胸脯,应承下来。当时是夏天,那片将来会长出一院房子的土地里还种着玉米。而父亲已经迫不及待,从第二天开始就站在远处望那片地,嘴里啧啧赞叹。"好地,好地,"他说,"雄鹰展翅,将来的房子正坐落在鹰背上。"二十年后,我从云南回故乡凉山,冬天的土地一片荒凉,我站在对面的山梁看阿尼卡,确实看出了雄鹰的轮廓。

那片地里的庄稼刚成熟,父母的箩筐和镰刀已准备多时。掰玉米、砍草、犁地,这些农活几乎同步完成。一块被庄稼包围着的红土地,看起来有些突兀。但父亲每天清晨起床后的第一件事便是去到地里:面朝太阳升起的方向,把自己想象成一院房子。

"坐西向东,财运亨通。"

那段时间,我们的生活像新手驾车,顿挫感十足。猛加油门时,是父母在想象里构建未来的家,猛踩刹车,则是他们无法越过现实的障碍。

"钱从哪里来呢?"

"我会想办法的。"

我已经熟悉了他们的对话。并且我知道,一旦母亲这样问,家里的气氛就变得沉重。父亲低眉垂首,仿佛灰尘下落的速度也在加快。可是有什么办法呢?在那片土地上,关于金钱的口头禅是:土里挖不出金娃娃;粮食是用汗水换来的;钱钱钱,命相连;钱难挣,屎难吃……阿尼卡人管挣钱叫苦钱,亦可见艰辛程度。

"我明天就出门,"父亲突然高声说,像是在给自己打气,"活人还能让尿憋死?"

说到出门，母亲沉默。她大概想到了出门人的种种不易。我从那时便发现，人们经常对同一件事情，说出不同的话。比如出门：如果要鼓励一个人出门，就说"人不出门身不贵，火不烧山地不肥""好男儿志在四方"等；如果要阻止一个人出门，说的则是"在家千日好，出门时时难""七不出门八不归，逢九出门惹是非"。

当他们谈起出门时，我再次想到了去年冬天来我家的那个耍蛇人。他给了我生命中的第一支香蕉。只是如今，我已经忘记了香蕉的滋味。我从偶尔得到的糖果里拼命想，香蕉是这样的甜吗？是，又好像不是。那种甜和软，那种果肉在嘴里和舌尖嬉戏，最后愉快地进入胃里的感觉，是阿尼卡土地上生长的桃、梨、李子和核桃无法比拟的。

父亲开始推算出门的日子。他有几本因为破旧而显得神秘的书。他躺在煤油灯旁，无声翻动着书里那些发黄的绵纸，嘴里念念有词。可是，他理想中的黄道吉日一个个逃遁了。

"最好的出门日子，在一个月以后。"

他似乎为此而惭愧，但又确实碍于神祇的面子，不得不遵照那几本神秘的书的指示。

"这样也好，马上就要中秋了。"母亲说。

然而，尚不到中秋，情况就发生了变化。

那天我躺在晒场上，闭着眼睛听风。风像一匹缎子，从树上、房子、土地上掠过。风从不同的东西上吹过，声音不一样。从树上吹过像河流，从房子上吹过像哨子，从土地上吹过时，发出沉闷的嗡嗡声。然后，风中送来一道不一样的声音，嗒——嗒——嗒——嗒。什么东西戳到了地上，并且越来越响？风满世界游荡，吹过河流山川，见多识广。可惜风不会告诉我，外面的世界有什么。无数次，我的目光越过阿尼卡，被远方的雪山挡住。

万年青树下走来一个戴雷锋帽的老人。他闭着眼,手里的拐杖像根摇摆的触须,正在山路上探索。他听到前方有响动,站住了。

"有人吗?"他问。

"有。"我大声回答。

他眨眨眼,但始终没有露出眼珠。他的双眼像两枚干瘪的果子。他伸手去兜里掏,掏出一把糖果递过来。我没接。那时我已经知道,陌生人是需要警惕的,人贩子可不是什么新鲜事物。他笑笑,继续立在原地。我撒腿朝家里跑去。

"外面有个盲人。"我说。

"我们可没有什么东西给他。"母亲说。

"给他一碗冷饭吧。"父亲揭开锅,里面确实还有剩饭。

这时,我们都听到了拐杖敲击地面的声音。尚不待我们施舍他一碗饭,他已经进了家门。

"给你一碗冷饭吧,"父亲说,"你从哪里来?"

"我不是要饭的。"他说,"我从远方来。"

父亲笑笑。他喜欢那种不好好讲话的人。就像这世界需要风,春天需要花朵——总要有点什么来装点我们沉闷的生活吧!谁都知道,那时,吃饱穿暖是最大的追求。至于娱乐活动,除了相互之间开个玩笑,大概也就只剩下已婚之人夜间熄灯之后的相拥了。所以,不好好讲话,或者把话讲得出其不意,便是一种能力。时至今日,Wi-Fi 已经进入农村,但农民仍不好好讲话。这是一种本能,跟精神生活无关。

1984年,正是那句飘浮于尘土之上的话,让来自异乡的盲人暂时在我家住了下来。短视的人认为,在那个贫穷年代,家里多个人,意味着多了一份粮食损耗。但实际上,多个人意味着多个劳力,也多了一些话题。何况这个人曾经云游四海,见多识广。

"你这个人不错，目光长远。"

一个盲人夸赞别人的目光，这多少有些好笑。但他们确实一见如故。他们的共同话题是我们未知的外面的世界。一个是所见，一个是所闻。看和听，让世界变得丰富立体。

"这阿尼卡的后山上，有一种药，叫光明草，也许对你的眼睛有用。"父亲说这话时，盲人的眼睛眨动，耳朵直竖，最后，定格在脸上的是一丝浅笑。

"光明草，听名字倒像是神药。"

"八月破土，九月发芽，十月开花，冬月花落，腊月消失于山林，无影无踪。每年冬月的夜间，如果你在阿尼卡后山上看到点点亮光，别以为那是萤火虫，那是正在夜间开放的光明草。"

盲人闻之，哈哈大笑。我们在他的笑声中看着这只苍老的鸭子，不明白他到底信不信。但我那时年幼，相信一切所见所闻。别说光明草，即使有人告诉我这世界有四脚落地的人，我也会相信。这种相信，是对未知的敬重。

盲人的想法和我一样，他选择相信。他留下来，等待光明草开花。这个从天而降的盲人很快熟悉了我们那逼仄拥挤的家，并且展示出令人吃惊的生活技能。他双目失明，但全身还长着无数双眼睛。我甚至怀疑，他的每一根汗毛都能够观察世界。他一点也不像个客人，生活得理所应当。吃饭，睡觉，干活，聊天，就像在自己家一样自由随意。

父亲不再提外出的事。某个清晨他将盲人带到屋基地里，和盘托出了自己的计划。

"那就行动起来呀，"盲人说，"愚公移山的故事听过没？"

"那是神话，不是生活。"

"生活就是神话。"

父亲笑着，朝盲人竖起了大拇指。盲人也在笑，莫非他看见了大拇指？他们说干就干，当下回到家里，拿了锄头、撮箕等农具，破土动工。他们没燃放鞭炮，也没有遵照各路神仙的指示。但这是具有非凡意义的一天。开弓没有回头箭。那时候，"烂尾"这个词还没诞生。

那个秋天，我们的生活有了重心。一对夫妻带着一个盲人，每天和天光同步出现在工地上。空荡荡的田野里，响着同样空荡荡的锄头声和人声。更远处，空荡荡的村庄，炊烟和晨雾抱成团，浓雾深处偶尔传来一两声鸡鸣犬吠。至于父母正在做着的这件大事，似乎没有太多人关注。就连我舅，也只是偶尔站在远处看。

"女人呢？"某天我舅问，"你给我找的女人呢？"

"女人不是野猫，不会主动找上门来。"父亲说。

我舅的头脑在娶媳妇这件事情上表现得出奇灵敏。他说，那我给你七天时间，你去一趟癫石山，家里的活，我帮你干。

癫石山在金沙江对岸。据说每年九月初三都会举行山歌会，人潮涌动，声名远扬。父亲从阿尼卡走路到江边，坐汽划子过江，再循着歌声，凭着一张巧嘴，从癫石山带回了一对年轻男女。

世界每天都有大事发生。1984年，美国总统里根对中国进行国事访问；苏联作家肖洛霍夫逝世；许海峰为我国赢得了第一枚奥运金牌……可这些跟我们有什么关系？我们的大事是眼前的生活。父亲从癫石山带回了一对男女，我舅为此杀了一只鸡。十来个人分食一只鸡，连汤都没剩一口，但大家还是响亮地拍着肚子，舍不得擦去嘴角的油渍。

"你还真是神通广大。"盲人呵呵笑着，一副心知肚明的样子。

"我盖房子，需要人手。就这么简单。"父亲说，"至于另外那个，他喜欢魔术，刚好我也会几招。"

另外那个看似多余的男子，叫罗十八。他管我父亲叫师父。他叫得越认真，我们越想笑。父亲什么时候成了魔术师？鬼知道。成年人的世界，倒确实像个巨大的魔术。

带回来的女子叫七妹。她喜欢编篾货和唱山歌。只要她醒着，嘴和手一刻不闲，甚至，嘴和手同时开动也是常有的事。这个小个子女人当年二十岁，像一枚饱满的青果，即使无风也会自己摇晃。她嘴里哼唱着，手上动作麻利，目光天真热烈又疑虑重重。未见其人，先闻其笑。

她住在我舅家，每天到工地上来挖土。约定的工钱是每天两元钱。收工时，她用一块尖锐的石子在新墙上画一笔，很快画出了一个"正"字。一二三……她点着笔画数，然后发出一声惊呼："我有十块钱了呢。"

"是啊是啊，"我舅赶紧附和，"你攒到了钱，想买什么呢？"

"百雀羚。"

"最好再买双白网鞋。"

"那不行，"七妹说，"白色不耐脏，沾上黄泥巴洗不干净。"

她嘟着嘴，满脸遗憾。白网鞋在镇上的某个柜台里，阿尼卡没人穿得起。这种鞋子穿着干工作可以，穿着干农活就是暴殄天物。我舅第二天去镇上，站在柜台前看了半天白网鞋，最后带回来一盒百雀羚。

那是第一缕飘入我鼻孔的百雀羚。我能清晰感知到它在体内的行走路线，如春风吹过长满绿草的山坡，如细雨洒向干涸的土地，所到之处，是生命的绿和润。我相信七妹也是这种感觉。那一天，她的歌声比此前的任何一天都嘹亮。

在工地上，始终沉默的人是罗十八。他志不在女人，而是魔术。只有回到火塘边，火光升起，才能照见他神采奕奕的脸。

"师父，露一手。"他说。

"魔术不能随便玩的，否则会得罪祖师爷。"父亲脸上挂着淡淡的笑。真有祖师爷吗？这很难说。父亲大我二十四岁，谁知道他在我出生之前都经历过什么呢。据说他在癞石山玩了一套魔术，让围观者五体投地，罗十八心甘情愿跟他回阿尼卡修房子。罗十八数次要求露一手，父亲数次拒绝，我们没有灰心，反而情绪高涨，满心期待。

"等月亮圆了再说。"父亲说。

那时是月初。我家的新房也像这月亮，现出了雏形。基脚已经完成，只等往上舂土。人少，进展并不理想，每天舂不了几个墙。父亲掌槌，罗十八挑土，盲人挖土，七妹负责把土装满撮箕。母亲的任务是做饭和照顾妹妹，我负责观看。作为唯一的观众，我兴致勃勃。我才四岁，但年龄不是问题，因为有人替我用时间和双脚丈量过了世界，我只需要聆听即可。工地是我最初打望世界的窗。

世界是什么？是每一个人。你以为我在四岁那年秋冬之季，望见的只是几个劳作身影？不。我望见的是不同的世界映像。他们每个人，都带着对世界的理解，彼此投射，呼应或拒绝。只有我，场外那个小孩，像个音像存储设备一般，如实记下了他们的言行。

时间是什么？是经历。那些先我来到这世界的人，以时间去经历、面对和承受。世界是个巨大的钻石，每个人都是一个切面，都在收聚世界之光。场外那个小孩，被光晃花了眼，以至产生了恐惧和质疑。

"魔术是真的吗？"我问。

"魔术都是骗人的。"盲人答。

"你看过魔术吗？"

"我听过。"盲人答，"眼见为实，耳听也为实。"

而当我将同一个问题抛向父亲时，他呵呵笑着，"长大你就知道啦。"

一切托付时间，每个人都在期待。"不久的将来""要不了多久""过几天"……这些表示时间的词被反复提及，言者听者都满脸放光。父亲期待房屋建成。盲人希望光明草开花。舅舅希望七妹心甘情愿做他的媳妇。罗十八期望得到魔术真传。如此看来，那个慢悠悠的工地简直就是一个希望之池。

而白昼越来越短。

在那些等待天亮的夜晚，我们围着火焰升腾的火塘嗑麻籽。火有神，能驱散身心的寒意，让生活庄重起来。如果谁讲夸大之词，又恐别人不信，便说："当着这发财的火发誓。"仿佛那跃动的火光是一张张神的笑脸。七八个人围坐着，伸出枯树皮样的手掌烘烤。这些干活人的手已经皲裂，布满一条条细微的血河。对付皲裂，最好是抹凡士林。实在不行，就抹些生猪油吧。

家里突然多了几张吃饭的嘴，母亲操碎了心。她一直在一种无法向外人诉说的纠结中尽量改善伙食。肉，一个星期吃一顿，而油是不能断的，否则，那些苦力的锄头就会在地上打滚。此外，还要不定期去购买食盐和烟酒。为了能够有钱买东西，他们只好忍痛卖了年猪。猪圈空了，母亲失魂落魄。某天中午饭后，她提着猪食桶走向猪圈，走到中途才记起，猪已经卖了。她提着桶，站在原地，流下了眼泪。

在这些具体的生活之上，微尘一样飘浮着我们的希望。而微尘之上，是日月星辰。建房是件披星戴月的事，月圆是设置在我们内心的定时提醒。当滚圆的月亮笨拙地探出山头，便到了我父亲"露一手"之时。

月光下，院子里，八仙桌和凳子肃穆以待。父亲居然有一件蓝色长袍，我此前从未见过。他穿着长袍出来，像一个来自远古的巫师。他站在桌子后面，面朝东方，面朝我们这些吃惊的观众。我们这些人中，除了罗十八，没人看过他的魔术。月光下，我们的影子缩成团。没人说话。盲人站在最前面。他的嘴上叼着劣质香烟，像一支正在生火做饭的烟囱。我站在他身边，被二手烟呛得咳嗽起来，但他仅仅是抽搐了几下脸。他竭力想睁眼，但最后只能徒劳放弃。当然，我们都知道，他早已习惯了看不见的生活。

最紧张的人是罗十八。他屏息凝神，瞪大双眼，像两只显微镜同时在监视一具标本。事实也确实如此。父亲直愣愣站着，月光在他头上泛起霜花——那是几丝来自基因里的少年白。这表面的静默持续多久，我们内心的澎湃就有多久。突然，父亲右手一扬，手上多了一张白纸。他将白纸对折两次又慢慢展开，以便让我们确认他手上是一张白纸。然后，他将纸对折两次，双手一拍，展开之时，是一张一元的人民币。罗十八抢先一步走过去，摸了摸那张纸币，一脸钦佩地告诉我们，那确实是一张真钱。

"那就再变一次吧，"盲人高声说，"变一张五块的。"

父亲笑而不语。他依次对折手中的白纸，展开，对折，一拍，果真变出了一张面值五元的纸币。众人目瞪口呆，继而窃窃私语。

"好了，"我父亲说，"不属于自己的钱财，不能要。还回去吧。"

他在众目睽睽之下将那两张纸折进去，一拍，展开，白纸一张。

"好了，"他说，"今天到此结束，下次耍个更厉害的。"

"下次是啥时候？"罗十八迫不及待地问。

"等房子盖好。我会全部教给你。"

那晚躺下后，我一直在思考魔术的真假问题。父亲若是真能变出钱来，那我们为何还要受穷？对折—展开—钱，这应该是人间最快的来钱方式了。但如果魔术是假的，那我们亲眼所见的又是什么？罗十八和盲人在地铺上发出鼾声，像两列正在进站的火车。我翻来覆去睡不着，脑海里全是钞票在飞。

这一次表演，掀起的高潮久久不散。我们像是在浪潮上建房子。如果工地上缺什么东西，总会有人让"变一个出来"。这样要求了很多次，父亲真在某个不经意的时候变出了一杯酒。这是另一场魔术表演，是不经意间完成的。盲人试过，说确实是酒而不是水。

罗十八浑身是劲，挑泥上墙健步如飞。聚沙成塔，集腋成裘，我们的房子一天天长高，有了窗，有了门，有了梁。汗水冲淡了辛苦，工地荡漾着欢笑。在一个孩子眼里：起房盖屋是件多么好玩的事啊。每个大人都是一只百宝箱，不知道他们的嘴里啥时候会说出什么话来。一个故事，一个笑话，一句颇富哲理的古话，甚至那些毫不隐讳的粗话。

那段时间我也在"盖房子"。我也像模像样地选址、观朝向，规划那个独属于我的宫殿。父亲甚至扔给我一个土基模子和一个袖珍墙槌。它们成了我童年的玩具。我照着大人正在修建的房子，建了一个简装版的"家"。我像个造物主，甚至，我还捏了几个泥人，那是我的"老婆"和"孩子"。但我没给他们吹气，所以他们也没有活过来，就那么站着，迎接阿尼卡的第一场霜雪。

大人们白天建房子，晚上也没闲着。当每个人都把自己的内心掏空，再也讲不出新鲜话题时，他们把目光投向了更远的地方。更远的地方还是山。所不同的是，更远的山里是飞禽走兽的地盘。以某条路为界线，人与野兽世代提防、对峙，尽量井水不犯河水。至于飞禽，则要弱小得多。斑鸠、野鸡、白腹锦鸡，经常成为人们的盘中餐。雪天是野兔的死期，那白茫茫的世界就是它们的巨大坟场。盲人在这时显得弱小，甚至遭到了七妹的嘲笑。"走，上山撵兔子去。"她故意这么说，哈哈大笑。盲人眨着空洞的眼，想了想，说："兔子嘛，我裤裆里就有一只，而且不用你撵，晚上它会自己上门找你。"

我舅也跟着笑。我们从这笑声看出，那时七妹仍然不是我的舅妈。"怎么样？"有天我听到父亲这么问舅舅。舅舅的回答是："她像个刺猬。"成年人是难搞的，我想。他们一个个有着满身力气，反抗起来惊天动地。

相对来说，盲人是安静的。他在等待冬月，等待光明草。据父亲说，花谢后的光明草药效最佳。盲人的心里有一本日历，他比任何人都知道农历日子。甚至，我怀疑他的心里有个太阳，因为他能够八九不离十地说出时间。"现在是下午4点半。"他说。结果，罗十八看了一眼手上的电子表，说那时的准确时间是4点34分。我们问他如何知道时间，他说，感觉。

但我不知道他是否能够感觉到光明草的存在。他每天念叨一遍日子，我父亲则负责向他证明他对时间的记忆是可靠的。又过了一段时间，他的念叨变成了倒计时，以冬月初一为终点。

"放心吧，你的光明草在山上长着呢。雷打不动，风吹不散。"父亲说。

当房屋主体修建完成，他们休息了三天。猪肉已经吃完，父亲提议上山打猎，众人赞同。猎枪只有一支，没有猎狗，只能由人替代。罗十八、七妹、我舅，兴致勃勃，盲人又陷入了自卑中。只不过这一次，他要求我父亲上山时带几片光明草的叶子回来给他看看。他是个盲人，怎么看？但我父亲答应了他。一行人扛枪进入深山密林，而我只能像只小狗钻进家门前的草垛里等山里传来枪声。

他们连续进山三天，头两天皆有收获，打到了一只野兔和两只野鸡。但第三天也不算空手而归，他们带回三片草叶。盲人拿着那草叶，看、闻、摸索半晌，半信半疑地问，这药真的有效？父亲还是那句话，药医有缘人哪。

也是在那几天,七妹提出要我父亲支付工钱。因为房屋的墙体已经完成,接下来她能干的活儿已经不多了。她想去镇上买身衣服。父亲说这事简单,我舅瞬间明白过来,便使劲点头。第二天,我舅带着七妹赶着三只山羊去镇上。镇上有个牲口交易市场,山羊能立即变现,再变成其他商品。七妹走时说要给我买糖吃,但我等到天黑,他们也没回来。家里的大人们谈起七妹和我舅,表情神秘,说如果他们当晚不回来,那就是成了。

他们回来已是三天之后。七妹穿着一新,我舅也暂时换了香烟品牌。七妹满脸娇羞,进门就管我外婆叫妈了。那时人们常挂在嘴边的一个词是"新社会"。这是一种基于万恶旧社会的强烈对比。新社会,新世界,一切都和过去不同,标新立异。"新社会,恋爱自由,婚姻自由,那些繁文缛节就别讲了。"父亲适时帮腔,"我们阿尼卡啊,真不是吹牛,三年不落雨也饿不死。"于是,没有婚礼,没有鞭炮,七妹就这样成了我的舅妈。成了舅妈的七妹不再来帮我们修建房屋,因为还有成片的土地等着她。

接下来,他们要往土墙上铺檩子、椽子和瓦片了。檩子就是原木,它们齐刷刷站在山林里,等待着斧头。阿尼卡周边的山林,是原始森林。在森林里,若论年龄和辈分,随便一棵树也与老人同辈。至于那些要几人才能合围的大树,年龄已是个谜,只可供人仰望。这样的大树,起房盖屋者往往是敬而远之。老树粗壮高大的身躯透出威严,像人间巫师,可上天入地。有时候我甚至想,如果砍倒它们,流出的一定是血。

檩子和餐盘差不多粗细。椽子则是用锯子锯下更粗的树得来。瓦片自然是盖在椽子之上。这些是木匠活。可我们没有木匠。怎么办呢?

学呗。

盲人的脸上露出一丝笑容,像是在为自己终于解脱而窃喜。他已经为我家立下了汗马功劳,完全有资格坐等光明草。只有罗十八,他像个苦刑犯,离释放的日子还久。

"学吧,"父亲说,"年轻人就是要多学,艺多不压身,做一个会木工活的魔术师。"

他和天下徒弟一样,对师父百依百顺。更何况,我父亲又为他找到一门新的吃饭技艺。只不过这一次,他们不是师徒,而是师兄弟。他们共同的师父,来自阿尼卡隔壁村寨,和我们有七弯八拐的藤蔓样的亲缘关系。这样的关系脆弱得一阵风就能吹散,吹断。

说好的教学时间是三天。这时间其实仅够熟悉基本工具的使用方法,而且连工具也是借来的。锯子、刨子、墨斗、直角尺、钉锤,这些东西我此前见过。那是握在一个熟练的木匠手里。现在,它们在父亲和罗十八手里,每一样工具都在成心捣乱。要么刨子卡住,要么墨斗弹出了斜线,要么钉锤砸到手。沾亲带故的师父脾气暴躁,口头禅是"你是不是眼瞎"。他这么骂时,盲人坐一旁呵呵笑着,也不生气。

做魔术师和做木匠谁更难?答案在父亲的脸上飘扬。他确实没有做木工的天赋,因为他出故障的概率比罗十八要多。好在他擅长做师父。木工学得不咋样,倒是学会了那位亲戚的暴脾气。当然,他能吼的也只有罗十八。

三天期满,师父离去,空荡荡的工地上,吼声如浪。这声浪一次次涌来,又在风中消逝。锯子声、刨子声如泣如诉,但在我们听来,已是欢乐的合唱。

像个魔术。我父亲和罗十八居然现学现用,在争吵和吼叫中完成了房顶上的木工活。起初,他们争吵不下时,还会去请师父来评理。

后来，那师父直接让我父亲听罗十八的，并且断言后者会成为一个好木匠。

可罗十八的理想是做一个魔术师。在他的央求下，父亲又进行了一次魔术表演。这次表演的是割绳不断。一根绳子，从中间用刀割断，再用一块手帕包着，父亲轻轻吹口气，那绳子便结上了。观众无不啧啧称奇。

阿尼卡的冬天，雪隔三岔五地光顾。那些雪像刀斧手般埋伏在天上，专挑人间疏忽之时降临。雪天停工，山林里的兔子瑟瑟发抖。待雪融化，该是请光明草下山的时候了。

我父亲上山寻草那天早上，盲人说他又梦见童年时家门前的那条河，清澈见底，鱼儿成群。那是他永久储存在脑海里的清晰影像。此后，他的世界日渐朦胧。如果不是这样，他会在那条河边，成为一个依山傍水的农民。

我们看见盲人的眼里流出了泪水。我们此前一直以为他的双眼已是枯井。这似乎是个好兆头。他的嘴里哼着歌，那些来自异乡的声音听起来古怪又新奇。他手足无措的样子让我想到阿尼卡待嫁的新娘，激动、忧伤而又满怀期待。

我父亲上山的时间并不久，就像是去地里割一把成熟的韭菜。而且，那光明草长得也有几分像韭菜。连根挖回，洗净，用锅煮了，当水喝。煮的时候，空气中有丝丝苦味，想必喝起来也是这样。他连喝七天药，每次喝完就使劲眨眼，努力想要看清眼前的东西。第七天，他像上帝一样歇了工，并且给药下了定论：

"没效果。"

"看来你和它没缘哪。"

此后，盲人陷入了沉默。他默默地坐在火塘边，不时眨动着双眼，神情沮丧。他的情绪影响了我们,我们突然丢失了语言。他默默地洗脚、默默地躺在床上,盖上被子,闭上眼睛,默默地睡去,没有鼾声,默默地醒来,朝外走去,永远离开了阿尼卡。

那时我父亲和罗十八正在屋顶干活。他们居高临下地看着盲人离开,没人说一句挽留的话。我突然感到悲伤,朝他跑去。他听出了我的脚步声,站住,没有回头。我们就那么站了一会儿,他再次将自己交给了拐杖。"娃娃,回去吧。"他说,"这世上没有光明草。"

那一天,我怅然若失。我闭眼想象,群山之间的某条小道上,一根拐杖带着一个盲人,慢慢挪动。同时挪动的还有头顶的太阳。那是他的太阳,多年来一直跟他走南闯北。那是省心的太阳,不问人间要衣穿要饭吃,毫无保留地发光和发热。

就像盲人真的带走了太阳。他走后,阿尼卡的天气越来越糟。云和风在天上玩捕捉老鼠的游戏,风起云涌。风云变幻,变成了雪。我的内心涌起一个想法:这世界真有魔术存在。

这一次我们不再怕雪了,甚至也没有时间上山撵兔子。这同样像个魔术,一座散发着泥土清香的房子立在地上。只不过这一次,魔术师决定不再恢复大地原样。他让房屋成为现实,为我们遮风挡雨。雪落在新瓦上,堆积起来,新房子像童话里的宫殿。我们围着新房子,发出啧啧之声,却不知是在赞美谁。此时,别说是雪,即使是风雨雷电齐上阵,我们也不惧怕。我们有了像模像样的新家。

"房子盖好了,我也该走了,师父。"罗十八怯生生地说。

"我不留你了,"父亲说,"你还年轻,应该多去外面走走。"

传授魔术是个庄重的仪式。我和母亲被要求回避,只留父亲和罗十八在家里。所以,关于传授的具体细节,我一概不知。我只知道回到家时,罗十八红肿着双眼。他哭了?或许是沙子掉进了眼睛里。即使是哭了,那也有可能是感动,而不是伤心。我是小孩,我不知道。

但我知道他走得比盲人还要急。他们似乎一秒钟也不想在阿尼卡多待。我们回到家时,他已经在收东西。几件换洗衣物、两包香烟、几件魔术道具,被装进一个天蓝色牛仔包里。外面在刮风,但雪已经停了。他要乘夜离开,我好心的母亲挽留他,他执意要走。

"雪能照亮夜晚。"我父亲替他说了。

在他走后,我们一家人围着温暖的火塘,畅想着未来。

"魔术是真的吗?"我问。

没人回答我。

(原载《福建文学》2023年第10期)

光在遥远处波动

胡学文

1

多年前的那个下午,我和弟弟站在不足半人高的黄土墙上,努力地伸着脖子,遥望远方。那是连接祖母家与我家院子的一段墙,风剥雨蚀,容颜老旧,但仍结实如初。除了鸟雀,鸡也常常飞跳上下,迈着骄傲的步子,放肆地拉出稀湿的粪便,好像向喜鹊麻雀们宣示,这是它们的领地。鹞鹰会在村庄上空盘旋,虽然俯冲而下叼猎而去的事一年只发生一两起,但足以令鸡群心惊胆战。鸡的视力似乎不弱于鹞鹰,能看见还是一个黑点的鹞鹰,也许是第六感觉。它们咯叫着互相报警,但逃离的速度实在赶不上利箭。一只鸡被叼离,更多的鸡安然无恙,但魂飞魄散,它们更喜欢窝在院子的角落。那时节墙头空空荡荡,只有风走来走去。

我尚未读小学,弟弟小我三岁。我没打算让他站到墙头上,我看就足够了。他非要上，我说那你搬块石头来吧。目之所及，没有他搬得动的石头。我故意难他，没料他后退几步，加速奔跑，一跳一扒，噌地蹿上来，我扶他，他扯我，摇晃了一下，一高一矮同时站稳。

曾读过一篇题为《墙》的微小说，病室中靠窗的老人每天给靠墙的那位讲述窗外的景致，街道、公园、行人……靠墙的那位心生奢望，待他终于有机会把自己的病床挪至窗边，看到的只是半截光秃秃的矮墙。

我和弟弟看到的同样乏味。如血的夕阳涂抹着烟囱、房顶、屋檐、归巢的燕子，甚至炊烟也被染了，变幻着奇异的色彩。早春，小草发芽，杨柳泛绿，大地一派生机。但我和弟弟对这些没有丝毫兴趣，那图景没有唤起我们点滴遐想。我和弟弟在等母亲归来，只要她的身影闪现，站在墙头的我们可立即看见。无关思恋，只因我们饿了。早就饿了，此时双腿发软，彼此能听见肚子里的声响，像冒着大大小小的气泡，咕咕噜噜。只有母亲能喂饱我们，灭掉此起彼伏的泡泡。

我早就尝够了等待的滋味，渴盼、煎熬、欢喜，并非始于那个下午。饿了，首先想到的是母亲。有时在街角等，有时在村口盼。还不敢上房，几年后我才生出那样的胆子。

母亲回来时太阳已沉落。她在生产队干活，收工才可以往家走。天边是否彩霞飞度？我记不得了，无心观望，我和弟弟像两个瘦猴咬在母亲身后。母亲疲惫不堪，步子很急，却走不快。她的双腿或比我和弟弟的更软，但未进屋就挽起了袖子。我和弟弟从不撒谎的胃这会儿也越发放肆。我们不羞，只有怨，气泡咬肠，恨不得把那声音挂在母亲耳边，好像她前世欠了我们。

母亲为我们做的是莜面鱼，蘸咸菜叶汤。先给弟弟盛汤，后给我。母亲没拿稳勺，她或是没了力气，也可能是作为助手的我碰了她的胳膊,洒了些,母亲自责而疼惜地呀了一声。

弟弟顾不及这些,他已吃上了。第一口烫了嘴,吸溜出很响的声音,莜面鱼也掉到碗里,他再度夹起,吹了吹,迫不及待地嚼起来。在旁人看来,或显没出息,但我不这么认为,于彼时的我而言,那声音动听美妙,馋舌勾涎,胜过世间所有的音乐。即便今日,我亦觉得那是至纯至真之音。

我心里像弟弟一样急,甚至比他更急,或是性格或是年龄,抑或是别的说不清楚的原因,我在动作上没那么急切。我似乎忘记了对母亲狂轰滥炸的气泡一半是从我胃里腾空而起,我学着母亲的样子,坐稳了才去挑莜面鱼。吃饱,也把筷子平顺地放在碗口上,而不是随便一丢。

《八月之光》中的莉娜坐马车去镇上时,总是光脚踏着马车底板,而把用纸张包好的鞋子放在座位旁,等马车快进镇时才穿上。她长成大姑娘后,总要叫父亲把马车停在镇口,她步行进镇。她没告诉父亲真实的缘由。她认为这样一来,看见她的人,她走路遇到的人,都会相信她也是个住在城镇里的人。

在读福克纳这部埋伏着多条线索的小说时,我突然想起了多年前吃莜面鱼的情景。莉娜像极了彼时的我,或者说,我像极了莉娜。只不过,莉娜的舞台更广阔些。当然,她比我更纯真,因而可爱。由此说,我和她其实是没法比的,是我想多了。

2

我的三姑、四姑、老叔、老姑结婚时都赶上了国家的生育政策,各生两孩。伯父和大姑结婚早,伯父四子一女,大姑五女一子。婆媳、母女同时生育在乡村很常见。父亲、五叔、二姑年龄居中,均是三个孩子。多子女家庭,大的照看带管小的,是责任也是义务。

少年时代看过一部电影,名字记不得了,但故事雕刻在记忆深处,其中一个细节尤为深刻。父母早亡,姐姐抚养弟弟,某日经过水果摊,弟弟拿了一个苹果。回家后姐姐才发现,她很生气,举手要打,弟弟的哭声让她的手停在半空。一个苹果而已,可弟弟由此开始偷摸,长大后恶习难改,锒铛入狱。电影的主题很明确,老少都懂。

我上小学前,弟弟多半由我带。电影里的姐姐负有重任,且带且教,我只是带看。除了安全,其余无须操心。

村里有几口人畜共用的水井,村边还有一口浇灌用的百十多平方米的大井。淹死人的事发生不止一起。拉车的马不是匹匹好脾性,受了惊,横冲直撞,无法无天。生娃的母猪比狗还凶,某人被咬得皮开肉绽。孵蛋的母鸡也不好惹,专啄脸鼻。

母亲的嘱咐极其详尽,不能到井边,不能在路中央玩,等等。她说一条我记一条。我自认是靠谱的,尽职尽责。用如今的话说,我甚至层层加码。院子里有一棵杨树,弟弟要爬,我阻止他,母亲没说不准爬树,但我怕弟弟爬到半截掉下来。弟弟不听,仍要爬,我扯住他的领子拽他,他不松手,我又掰他的手,他气鼓鼓地瞪着我,泪在眼眶边打转。终究没我力气大,被我拽离。

可意外隐在日常处,猝不及防。

也是春日,阳光明媚,我和弟弟原本在院子里"打宝"。乡村的玩耍方式甚多,摔跤、射弹弓、砸阎王、骑骆驼等,凭脑更要凭力,狼吃羊、八眼枪则纯粹是智力和心理的较量,因而成人也常常对弈。街头巷尾,田间地垄,捡石为子,随便一画,阵势就摆开了,且常有围观者。纳子、打宝靠的是熟能生巧。与我年龄相仿、腿有残疾的某娃是纳子中的东邪西毒、南帝北丐，没有一个人能赢他。他不用干任何活计，常常一个人坐在家门口。某一时期身边玩伴挺多，但自从他成为高手，谁都不和他过招了，他如以前一样孤独地守在门口。与世界的竞技相比，这些玩法似乎低级了些，难登大雅，但同样有着绽放之绝美，令人痴迷。它们还是乡村特有的器物，盛放着单调、寂寞及成长的痕迹。

所谓的宝就是用厚一点的书纸横竖叠加，折成方形，重量和样式均与元宝相去甚远，宝这个称谓实在荒谬。但不知从什么年代开始，约定俗成都这么叫。后来我想明白了，在纸张奇缺的村庄，它是有资格称为宝的。打宝即用手里的宝摔打地上的宝，使后者翻转。正面打胜算渺茫，须从侧面，借助宝翅翼扇出的风力。

我是弟弟的师傅，但他学得快，在玩上他的悟性远超于我，那日打宝我是处于劣势的。眼盯着宝，耳朵也不闲着。并非有意想听什么，完全是下意识地捕捉。鸟飞过头顶，我能判断出是布谷还是燕子。车轮从院外的街道驶过，我能从驾车人的吆喝听出是牛车还是马车。至于鸡狗猪羊，那更是完全不同的乐手。

就在这习以为常、耳熟能详的声响中，我听到了另一种异响。呜呜咽咽，似乎还有嬉闹。弟弟自然也听到了，他的手在半空举着。声音来自西北方向，弟弟和我对视一眼，没等我点头，他已往院门跑去。我没有喝止他，只是叫他慢点。弟弟停了停，我追上他，结伴往越来越大的声响处跑。

是不是太啰唆太饶舌了？或许是，大约写小说落下了后遗症。但坦白地讲，我绝无渲染什么的心思，只想踩住时间的尾巴，让它走得慢些，再慢些。

我家房屋西北有片两个院落大小的水塘，在水塘边的街上，一黄一黑两狗尾尾相交，几米外围立着三个比我略高、手持短棍的孩子。我是见过这情形的，后来在文学作品中亦读过，弟弟是第一次目睹，他半张着嘴，双眼瞪得溜圆。那场面是骇人的，两只狗不能及时分开，又不能像平时那样狂吠，几近呜咽，似有哀求，但更多的是愤怒，不能扑咬，只能用狗眼恐吓着打扰它们的敌人。我瞧出三个孩子的企图，他们想把两条热恋中的狗赶进水塘。两条狗已退至塘边，再有一点点就掉进去了。没有退路的它们吠叫声高了些，锋牙毕露。

　　我紧张极了，若两狗突然分开，定会报复。弟弟比我胆大，往前迈了两步，被我拽回。那三个孩子大概也被狗的凶相镇住，迟疑间，两条狗顺着塘边东移，挪至空地。三个孩子没有放弃，跟了过去，但也没逼近。

　　弟弟还想追着看，我死死抓住他。那些身影消失后，我领着他往相反的方向走。几十米外是二队的水井，井外有墙，墙外卧着饮牲畜的长条水槽。我和弟弟绕过水井，继续向西。前行了百米左右，看到了劳作的男男女女。他们在铲土，不是一般的土，是与畜便混杂的，是乡间的肥料。弟弟先看到了母亲的身影。母亲没看到弟弟，若看见，她定会阻止。近前，弟弟突然加快速度。我没拽住他，不，根本就没拽。他满是扑向母亲的欢跃，那姿势美极了。

　　一个叫九儿的姑娘正挥舞铁锹，在那个瞬间，奔跑的弟弟经过。世界突然静止，唯有弟弟的哭声在炸裂后，一波又一波地撞击着大地。

　　我呆若木鸡。意识到弟弟出事了，但又不是确切地清楚，完完全全吓傻了。就那么看着人影的惶急和场面的杂乱，不知能做什么，该做什么。没人呵斥我，没人摇动我，好像我根本不存在。待人影稀疏，铲土的声音重又响起，我终于听到一个声音，还不快回去看看！双脚拔离地面时，闯了大祸的恐惧和不安才劈头盖脸地落下来。我不再是木头,而是枯干的稻草,在突然而起的风中飘摇。

两间房,里外站满了人,我悄无声息地从缝隙间钻过,看到坐在炕上的母亲抱着弟弟。父亲、二姨……大半是亲戚。没有我想象中的严重。村里的赤脚医生查看过了,弟弟的鼻子被铁锹削出了深沟,淌了很多血,但没有其他危险。这是不幸中的万幸,若九儿用劲儿再大些,弟弟的鼻子就保不住了。所以,我看到母亲尽管疼惜,脸上却又挂着上苍恩赐的欣喜。作为补偿,九儿从供销社买了一斤也可能是二斤糖块。彼此皆欢。

母亲没怪罪我,父亲没斥骂我,没有一个人责备我。我悬着的心一点点地落稳了,但也没人理我,我仍然是不存在的。父亲开始散发糖块,每人一粒,没有我的,他看不到我。我记得二姨剥糖纸、把糖块放进嘴里的神情和样子,她的嘴抿得紧紧的,仿佛那是一只鸽子,启唇就会从嘴巴里飞掉。再后来,父亲背着弟弟去了祖母家,母亲跟在父亲后面,她似乎仍有担心,好像弟弟随时会从父亲背上掉下来。

我仍立着。没了七嘴八舌的声音,窄小的土泥屋突然空阔。我感觉自己站在原野上。只是没有风,也没有阳光。我好像明白了,父母在用忽视惩罚我,祸的根由在我。算是从轻发落吧,但彼时,我大松一口气的同时,竟莫名地涌上委屈。不是因为忽视,而是没吃到糖块。我抽抽鼻子,嗅吸着弥漫在空气中的甜香,倚靠在炕沿。我不知该干什么,直到父母回来。

几年后,弟弟再次遭劫。我和他打闹玩耍,我跑他追。我躲在房后墙与园墙的角落,在他的脚步临近时,突然闪出,并做了推的动作。我想吓吓他,仅此而已。弟弟跑得猛,我的双拳正好杵及他的嘴口。他嗷叫一声,捂住嘴巴,但捂不住血液,手很快被染红。他的两颗门牙被我杵掉了，那真是天塌地陷的感觉。弟弟大哭着往家走时，我仍晕眩着难以迈步。后来，我蹲在地上，摸索着寻找弟弟的牙齿。沙粒、石子、柴火，我摸了个遍，可能粘着弟弟带血的唾液，触手之处皆潮乎乎的。没有弟弟的牙齿，往家移步时，忐忑的我生出一丝幻想，也许牙齿完完整整地长在弟弟的嘴巴里。立于屋门口，幻想顿时被击碎，虽然弟弟不再哭了，但他的嘴巴没合着，正中的豁口对向我，无形的炮弹飞射而出。

如果上次是从犯，此次我毫无疑问是元凶。但我没有等来相应的责罚。弟弟虽已换过乳牙，但仍有再生的可能。这是父母从他处得来的经验。我还知道，被我杵掉的牙被弟弟攥在手里。我并没因免于处罚而轻松，很长一段时间，心里敲着小鼓，直到弟弟龈间冒白。

母亲头发苍白、步履蹒跚时，我陪母亲回了一趟村庄。房屋仍在原址立着，只是矮驼了许多。院墙、园墙坍塌多年，已无痕迹，遍地杂草。拐角不存，那一幕却未被青蒿掩去，我盯视良久，心潮翻涌。

赘述此文，我猛然想及弟弟成家所建房屋，早先是场院，再早是队里积肥的地方。弟弟的鼻子就是在那儿被劈伤的，成年后疤痕仍然凸显。我无法描述自己的杂念，狼奔豕突，摧花折木。

3

我的名字含文，弟弟的名字带武，即便在乡间，亦很大众。任何人的名字都有寄寓，并不能说明什么。村庄里好几对兄弟以文武命名。我和弟弟有别，更多是性格上的不同。我内向沉静，弟弟外向急躁。我坐得住，而弟弟屁股总是不稳。贪玩的时候还没什么，上学就惨了。

弟弟惹父亲生气多于我，大半的原因和读书有关。如果他确实愚钝，被判定不是那块料，父母也不会强求他。可生活中他是灵泼的，如鱼在水。数学次次不及格，打牌算得比谁都快，且准确无误。他是打宝常胜将军，所获与人交换作业本，然后卖了作业本买糖。村里家风各异，某娃用刀刺伤兄长，其父夸其有出息，可成大器。同宗之间锹劈镰砍，头破血流的事时有发生，并不为怪。如果生在那样的家庭，弟弟或被赞赏甚至被炫耀。但在我家，弟弟所为乃是劣迹昭昭，斥责在所难免。彼时我毫无疑问认为父母是对的，就是现在我也不认为那是错的。只是想，如果评判的标准更多些，虽不能水丰草茂，但定多几分色彩。

我没有叛逆期，不但没有，我把身上可能成为刺的凸起拔得干干净净。乖顺、听话，还有与此相关联的胆怯、温弱。我自小怕狗，被狗追过几次后，就更怕。在乡村怕狗，如铁链拴脚。好在不是每条狗都那么凶，尤其街上窜来窜去公然欢爱的狗，基本没有攻击性，凶的是看家护院那些。俗语说惹不起躲得起，这句话只有一半正确，相当多的时候，必须面对。父母常指派我借东西，筛子、簸箕、箩筐……还有补袜子用的木楦，做鞋用的鞋样，一借一还，至少两次。有一年冬天，我连跑七家，才要回属于我家被借来借去的饸饹床。借还东西，我极发愁，但从未拗违。起先我总是带根棍子，狗见到棍往往吠叫更凶，但有防身器物，它们亦不敢轻易扑上来。随后主人露面，对峙不再。后来，我用另外的方式，提前掰一块馒头或几个莜面窝窝，待狗近前便丢过去。虽不足以饱腹，但它们能觉出我是友善的，会放我通行。当然，并非次次灵验，有的狗不吃这一套，吞了食物照样吠，那样就只能等了。

没有叛逆期，或许遗憾，但我想无关对错。一花一木，迎雨润露，沐光摇风，皆自然造就。

弟弟毫无疑问是有的，那时，我正读初中，多住在学校，没有亲睹，诸事多由外祖母转述。父亲早出晚归，管教弟弟的重任由母亲承担，冲突亦发生在他和母亲之间。

要说也没什么，弟弟和我也吵闹过，但不要说他动刀，连念头也未有，只是于我家而言，他越界大了。比如，他偷家里的鸡蛋换糖吃。

我也偷过，比如偷吃母亲藏在柜中的白糖。弟弟也偷吃了，先于我。我一眼就看穿了，他不停地舔嘴唇，好像甜味有根，舔舔就会长出来。我偷吃完，要用勺子把糖罐搅一搅，以伪造现场。而弟弟不同，舀挖的痕迹清晰地留存。慌张，或也不在乎。其实伪装与否，母亲都会发现的，她不揭穿而已。

一勺糖和两颗鸡蛋没有本质的不同，且都是自家行为，但在母亲看来，后者程度远甚于前者。

鸡蛋我也偷过的，此案甚曲。我的一位表哥从家里偷了八颗鸡蛋，他心眼儿多，没亲自去供销社，也没派自己的弟弟，而是叫我去，我按他的吩咐把卖鸡蛋的钱悉数买了蜜枣。当我把用纸包的蜜枣交给等在门外的他时，他抓出一粒给我，作为赏谢，便转身往供销社后的林带走。那是我第一次吃蜜枣，感觉骨头里都渗了蜜，不由自主地尾随。表哥停住，我眼巴巴地望着他。他又给我一粒，叫我不要再跟，然后又嘱我绝对不能告诉二姨。我郑重地点头，同时有了同谋的不安。亦感惊骇和困惑，表哥偷八颗鸡蛋，就不怕二姨发现吗？胆大包天，还真是呢。

我替表哥守住了秘密，更重要的是二姨从未找我询问，她没察觉，抑或不当回事。我抵不过蜜枣的诱惑，从家里偷拿了一颗鸡蛋。白糖一口就吞掉了，可鸡蛋不同，需要到供销社换。那一公里的路，我走出一身大汗。心和握在手里的鸡蛋壳一样，又薄又脆，似乎一碰即碎。

走到供销社门口，我终是退缩，蛋归原地，未遂之窃。我没有表哥的胆量，更怕毁了作为好孩子的形象。

母亲训斥弟弟，不能说是错的，一个苹果可以让少年最终成为盗贼，两颗鸡蛋更有可能。那是做母亲疼爱儿女的方式。弟弟亦非大错，若生在二姨家，不值一提。但他到底是我弟弟，我家有自己的规矩。弟弟不服，母亲气极打他，他竟然还手。这是我和弟弟的又一不同。我虽老实，但亦常常闯祸，比如弄坏父亲的钻头，他要揍我，我撒腿就跑，在村外游荡或藏匿某处，待母亲来寻，我就知道父亲的气消了。

弟弟的叛逆期并不长，人生的逗号而已。沧桑覆脸，桩桩件件在母亲那里有了另一种表述。基本可概括为她做得过分，弟弟不服，与她顶撞。非词语的丰富和浩瀚，而是时间浸润，心目开阔，屑小、细碎有了不同的体积、重量和温度。

4

"娘，烙顿油饼吧，求你了，我的好娘！"

"娘，烙顿油饼吧，我馋得不行了，你瞧瞧，舌头都短了。"

"娘，行行好，你就烙一顿吧。"

我在拙作同一章节写这三句话时，刀刀见骨，痛彻心扉。然而亦有自虐的快感，并非迷恋疼痛，而是行至纵深，恍如梦中情境。

在人类历史上，饥荒与战争、瘟疫一样凄惨恐怖，如欧洲中世纪大饥荒、十九世纪中叶的爱尔兰饥荒等，尸横遍野，腥味冲天。关于这方面的记载甚多，既有史料，也有个人笔记。

与灾难中的人众相比，我与弟弟所经历的根本不值一提。二十世纪七十年代前生人,谁没尝过饥饿的滋味呢？但我并非晾晒、比拼凄惨,而是抚摸附于其上的讯息和记忆。只有把石子投掷山崖,才能听闻击落的回荡。

进入腊月,村里常飘着浓烈的香气。炸麻花、炸麻叶、炸果蛋、炸糕……坝上胡麻油色深味重,炸出的食品色泽金黄,味道浓郁,风撕难散。喜鹊、麻雀们在枝头跳荡,追逐忽来忽去的异香。一年也就那么几天,平时没几户动油锅。但秋收时节,生产队会在脱粒的场院架起油锅,炸一次油饼,作为对连夜打场者的犒赏。这是横空长出来的节日,如巨浪翻滚,格外醒目。

一大早,母亲就把喜讯告知我和弟弟,她脸上并未挂着金灿可触的笑,有那么一点,不多,她好像怀揣宝藏,显露太多,会被人抢了去。毕竟不是由她定,有着落空的担心和忐忑。但又想与我和弟弟分享,她拿捏的是希望与失望的分寸。

秋日也很漫长的,黄昏姗姗来迟。入夜,父亲和母亲均去了场院,只有我和弟弟在家。油灯下没什么可玩的,我和弟弟专心致志地等。院外偶有声响,我们竖起耳朵,努力瞪大眼睛,似乎目光能穿透黄土墙。那不是父亲或母亲的脚步,或许是树枝的摇晃,又或许是农具倒地的声响。弟弟要出去瞅瞅,我警告无效,随他站到院子里。既听不到也闻不到。夜凉如水,片刻,缩至屋中。油饼的诱惑随着夜的加深而膨大,兴奋与焦躁相伴相生。我们又听到肚子的咕噜声,家里有剩饭可充饥,但想到母亲可能已在回来的路上,忍住了。我们的胃是留给油饼的。

母亲终于回来,但并未带回油饼。她回来是告诉我们,油饼铁定要炸的,叫我们千万别睡着。她灰扑扑的脸挂着热腾腾的笑,胜利在望的样子,连头巾上的麦壳也像鞭炮炸燃后的碎屑般沾带着喜气。

母亲走后，我和弟弟继续在想象中等待。然弟弟终是没我有耐心，也没我能支撑。他困了，上下眼皮碰过几次了。往常这个时间，早已进入梦乡。他说睡一会儿，待母亲拿回油饼再叫醒他。他没脱衣服，脑袋挨枕便睡着了。

母亲带回油饼时，我已疲困至极。没有钟表，也不知是几更，我欲叫醒酣睡的弟弟，母亲制止了我，疼惜又惋惜地说，明早吃吧。生产队炸的油饼又大又厚，没完全炸熟。吃时须小心翼翼，把没有熟的面块扯掰出来，以备二次蒸食。油饼并未因夹生而失却香味，我狼吞虎咽。吃饱，美美地睡了。次日，我穿衣服，弟弟还未醒，待我刚刚下地，他突地坐起，大声问，娘送回油饼没？他还没醒透，目光是蒙眬的。我扑哧笑了。

娘，炸顿油饼吧。这是弟弟的声音。那时，我就读于师范，不交一分钱学费，每月还有三十斤饭票十元菜票，几乎每天早餐都有烧饼，那真是神仙般的日子。

我未亲闻弟弟这样讲，母亲也是许久之后才和我说的。每次见面她都要说，有时上午说了，下午又讲。仿佛那是一串念珠，她随时抚摸。念珠浸了她的体温和念想，渐渐变得温润晶莹。由悔痛自责到难解的困惑、假设的可能，直到平静、释然。若非她节俭度日，弟弟的婚房怎么盖得起来？逻辑不是我推而引导，是她在拨念珠的时光里一丁一点连接起来的。

弟弟的婚房拔地而起时，用乡村的定义，我跳出农门，吃上了"皇粮"，但我未能为父母分忧效力。婚房上檩，我回去了一趟。里里外外，亲戚们各展本事。再有几分钟就要开饭了，挂着尘土的弟弟走进屋，本欲略略休息一下，然往炕上一躺，鼾声顿起。我猛然想起和弟弟等待吃油饼的夜晚。一旁的四姑见我发怔，看着弟弟说：累透了！

5

某日清早,我在石城的公园散步,妹妹打来电话,她从未这么早打电话,我头皮怵麻,猜有大事发生了,果然她先哭出来。弟弟和弟媳打架,要离婚。我没有任何的询问、安慰,断然道,离就离了吧。妹妹的哭声戛然而止。她一定震惊和意外。弟弟的婚姻将要破裂,如天降祸,她万般担心,求助于我,我何尝不知?但那也是我真实的想法,过不下去,分开最好。我没有想于弟弟意味着什么。

"生存原来是这么回事。"这非圣贤智者之言,是一个叫克里斯默斯的人在逃亡路上的顿悟。这个约克纳帕塔法世界中的人物,遭遇坎坷。与他相比,弟弟及村庄的其他人要坦顺得多,但这并不意味着没有波折和烦忧,日常的刺更扎人。

我无意对弟弟的婚姻做界定和评判,就我的村庄而言,哪个家庭没有矛盾呢?呈露的形式不同而已。是是非非,终为烟尘。回溯过往,是因为母亲,她近十年没见过弟弟,三千多个日子,比我和弟弟等吃油饼漫长得多,她是靠回忆和讲述熬过来的。

我是母亲讲述的对象,虽然很多时候我也不耐烦,岔开或怼回,但换个时间她又说了。弟弟婚后的事多是母亲告诉我的。妹妹在那次电话后,再没提过。母亲反反复复,我慢慢明白了,这不但是往事,还是她的药。我成为忠实的听众。事件如石粒,每一次讲述都是打磨。磨砺过往的同时,也磨她自己。一切变得迥然不同。

弟弟和弟媳吵架,弟媳跑回娘家。但侄女尚未断奶,嗷嗷待哺,这就急迫了。家中唯一的自行车被我霸用,母亲和妹妹抱着侄女冒雨赶了二十余里路,但弟弟的岳母疼护女儿,拒不让母亲和妹妹进门。

她们可是抱着哭叫的侄女的。母亲和妹妹心焦嘴软,央求进门。是弟弟的岳父说了话,才得以将侄女送进去。母亲第一次讲述是怨愤的,拦她和妹妹可以,竟然阻隔侄女?第二次讲述,母亲的怨愤已淡了许多,有的只是不解。第三次,母亲连困惑也没了,讲述重点不在侄女能否及时吃奶,而是评价弟弟的岳父,那可是个好人。用术语说,她跑题了。且随着讲述次数增多,越跑越远。妹妹和侄女关系好,母亲说打小就亲,然后说那趟多半是妹妹抱着侄女的。弟弟的岳父给人看守库房,不但没拿到工资,还把自己的钱借给东家,结果年年要账。母亲感叹,他人太好了,替弟弟的岳父发愁。你弟弟不会哄媳妇,母亲说,两口子打架,儿女受罪。弟弟属狗,母亲说弟弟是鸡命,啄一口吃一口。她语气平和,没怪谁,更未怨谁,讲述只因她必须讲,那不过是盛载过往的木盆。

一棵棵繁茂的树就这样生长、伸向天空,那属于母亲,也属于弟弟。种子属于弟弟,母亲亲手栽种、浇灌。成年之后,我和弟弟各奔东西,难得见面,这些树让我得以窥知他行走的姿势和痕迹。困苦、艰辛、哀痛、伤悲、喜悦、欢乐、希望、闲言及碎语,还有无法描述的那些。谁也难以择此而舍彼,生命因此而摇曳多姿。尤其回望时,树梢波光闪闪。

(原载《十月》2023年第6期)

明月山的北麓

苏沧桑

一 红豆杉

白露。当花甲之年的严家骏坐在明月山北麓的漫天晚霞里,一次又一次回想六年前那个仲夏的午后,他独自一人躺在千年红豆杉树下,像幼时躺在祖母的身旁,竟整整熟睡了两个小时,依然在心里感叹缘分的奇妙。谁会想到呢,宜春,明月山,水口村,这片依山面水的坡地,会是他梦寐以求的桃花源,他的叶落归根处。谁会想到呢,他与这些素昧平生的山里人,会有如此深的渊源。

滥觞,缘起,一念,一瞬,皆成命运。浮沉商海几十年,从老家上海出发,地球上无数个人迹罕至的地方包括珠峰大本营,都留下过他的足迹,唯独中国地图上这一抹最苍莽的绿意揳入了他的灵魂。宜春,这座世界上唯一给月亮过节的浪漫之城、禅宗圣地、温泉之乡,以白雪皑皑的明月山、白发千丈般的云谷冰瀑、世上独一无二的富硒温泉给了他莫大震撼，站在传说中嫦娥奔月的青云崖绝壁上眺望，他想，史书上记载的"山上有石，夜如月光"的明月山在月光下会是怎样一番绝妙意境呢？

那个仲夏的晌午，明月山北麓水口古村山坡上几棵参天古树牵引着他的脚步来到了一家农家乐，两棵千年红豆杉、两棵百年樟树掩映着几间破旧的土屋，几个沉默寡言的山里人招待他吃了农家菜、喝了自酿米酒。微醺的他向主人借了一张破躺椅摆在红豆杉树下，向来睡眠质量很差的他，居然熟睡了两个小时。梦里，似有风声雨声、日影月影，似有山里人的说笑声，还有仰山寺传来的梵音阵阵。

睁开眼睛，巨大的红豆杉树冠像祖母一样温柔地俯瞰着他。云朵，群山，云雾，溪流，虫鸣，像儿时的小伙伴们环绕着他。泪水突然涌上了他的眼眶。祖父很早过世，祖母含辛茹苦，也最溺爱他这个孙子，父亲有老年慢性支气管炎，他后悔没想到早点在海南给他买一套房子。没有让祖辈父辈享受到好生活，是他一想起就会落泪的事。

此刻，心如此安宁，如月栖山谷，倦鸟归林。一个念头如月光般越来越明朗：我要留下来，建一个家园、造一个民宿，让全家人过上向往的生活，让远方的客人住下来慢下来，让当地山里人的日子跟着好起来。

先是租了坡上叔伯兄弟两栋破败不堪的土屋及宅基地。村里说，旁边土屋住的是特困特贫户，有残疾，老婆也跑掉了，一人带两个小孩很苦，一起租了吧？

他说，好。

当他说"好"的时候，不曾料到，未来六年，苦夏般的打造历程等着他，寒冬般的疫情等着他。

二　水稻田

她的泪夺眶而出，沿着她凝结了一层细密汗珠的双颊滚落。她抬起皮肤粗糙的双手，用食指飞快地将泪水往两边划去。混合着泪滴汗滴的水珠落入了傍晚金色光线里，映入了她身后绵延的金色水稻梯田，映入了一排排对着夕阳颔首肃立的金色稻穗。

这是2023年白露，我第一次走进明月山，感觉走进了人间仙境，向来以为，只有人与自然特别和谐的地方，才算真正的人间仙境。南惹村、水口村、田心村、丹溪村等二十多个唯美的古村，一座座古朴的百年老屋，一家家雅致的民宿和客栈，散落在中国地图上最深沉的绿意中。每一个生长在此或偶尔驻足于此的生命，诗意地栖息在千年银杏和红豆杉、百年樟树和桂花树下，在遍野的富硒山泉飞瀑和全世界负氧离子含量最高的云雾间，所吸所饮所食所见，皆得天独厚，堪比神仙。

当我无意中踱进明月山北麓一家叫"旧雨新知"的民宿，绕过一棵千年雄红豆杉，沿着木栈道走向另一棵千年雌红豆杉，闻到了越来越浓郁的稻香，如同闻到了家乡玉环岛向晚的炊烟。七幢高低错落的木石结构房子安静地匍匐在明月山北麓白云生处、层峦叠嶂、波光粼粼、层层梯田之间，匍匐在两棵千年红豆杉和两棵百年樟树之下，匍匐在稻香和鸟鸣蛩声里。树蛙贴在窗玻璃上傻傻地瞪着我，边牧七月、小猫可乐一声不响窝在我脚下，结满瓜果的菜地和稻田里，三只黑山羊和我抢道，水塘里两只白鸭管自扑着蜻蜓。闭上眼睛，静默两分钟，能听到由一声低低的虫鸣而逐渐恢宏的田园交响曲……无处不在的"渔、樵、耕、读"田园气息，让我瞬间感受到一种难以言表的安宁和愉悦。

旧土屋与新建筑，传统文化与新生活，原生态原材料与高端国际乡村休闲度假酒店元素相融合，老友与新朋，于此相识相聚相知，寻得自我，回归本真，这就是严家骏卖掉上海房产呕心沥血打造的宜春唯一的甲级民宿"旧雨新知"。

忽然，我听见一个柔和的声音说，为了这两棵红豆杉和两棵樟树，我们特意做了木栈道。不知为什么，我仿佛听见了家乡玉环岛邻家妹妹的声音，我问发出这个柔和声音、一身淡绿色亚麻衣裤的中年女子，你是江浙人吗？她诧异地回头看我，说是啊，老家温州苍南的。

严家骏的妻子陈乙苇，这个和她名字一样秀丽俊逸的女人、旧雨新知的女主人，刚刚从云南抢到高铁票赶回来，刚刚放下行李，于是我们相遇，于是我对同伴们说，我想留下来，看看明月山的月亮。

此时，陈乙苇领我走在他们自己种的梯田稻田里。通往山坡上彩虹瀑布的小径，是他们夫妇俩用定制的防滑石板一块一块铺上去的。曾经住在上海别墅里每天瑜伽古琴旗袍插花的"女神"，而今素面朝天、肤色黝黑、手上皮肤皲裂、一身粗布衣裤的"女汉子"，却想让都市里来的女客人们能穿着高跟鞋和旗袍走在稻田间美美地拍照。听我说出"心疼"两个字时，她瞬间泪流满面。

三年前，旧雨新知民宿终于开业，需要做一个回顾小视频。当她翻看三年来的一幅幅老照片，整整哭了一个星期。

三　老照片

每一幅老照片，都是那段呕心沥血打造历程的见证——

戴着安全帽、近视眼镜，穿着工装，书生模样的严家骏站在层层垒砌的几块巨石之上，将吊着一块巨石的钢索拉向自己，指挥着吊车驾驶员将巨石落在他脚边的另一块巨石上。民宿的设计、选材、施工，和当地的协调，他全部事必躬亲。

他裹着一床毛毯靠坐在椅子上，头发凌乱，额头和双手上有十几处擦伤和瘀血，右脚腕肿成两个那么大。工地上摔的。

他就着一碗黑乎乎的笋片烧肉吃着他自己摆在露天的煤气灶上烧的米饭。

一群骡子驮着他从苏州觅得的十二万片百年旧瓦片、他去宜春老城觅得的百年旧青砖，一步一步往山腰上挪。整整六大卡车瓦片经过三次搬运后破损了三分之二。

他背对着镜头，亲手教保洁阿姨如何擦拭竹编抽屉隔板的灰尘，后背衣服全湿了。

他将榻榻米草席的多余部分切割后，亲手用粗线将一条条包边缝好。

他和她一起摔在泥水里，哈哈大笑。连续大雨使靠山几间即将完工的房子出现漏雨和墙体塌陷。眼看近两年的心血近乎白费，她蹲在墙角默默流泪，他停下手里的活拉起她的手拍拍裤袋笑说都怪我没经验，好在我们卖了别墅，还有钱，再来。不料一不小心踩到一个水坑，她慌忙站起来扶，两人一起摔在泥水里，看着对方的傻样忍不住大笑。

美洲、欧洲、日本、泰国、云南、上海、南通、义乌等地，都留下过他们寻找老物件、游学、体验、禅修的身影。

究竟是什么样的终点，才值得一路风餐露宿？究竟是什么样的愿景，才值得年过半百的他们如此殚精竭虑？当旧雨新知像一个婴儿从无到有、成形长大，她渐渐认识了一个不一样的他，也渐渐认识了一个不一样的自己。这里仿佛注定是他们的人生道场，修炼自己，造福自己，也造福当地和他人。从此，"共生"两个字，融入了生命的每分每秒。

与自然共生。吃虫子鸟儿们吃剩的水稻、瓜果和蔬菜，与草木虫鸟兽为邻，清晨在菜地里捡到一只老了的葫芦晒干插一束野花，也是欢喜。

与山民共生。为房东们修缮房子供他们安居，高薪雇用他们和其他村民，三年疫情防控期间从未解雇一个人、少发一分钱工资；在民宿外造公厕、埋电线、建观光平台；聘请外地老师给全村的农家乐服务员上礼仪课，把不同消费需求的客人推荐给其他民宿或农家乐。很快，曾经荒凉闭塞、靠天吃饭的水口村被旧雨新知等民宿带来的旅游新业态"活化"了，雨后春笋般"长出"了近四十家各具特色的民宿客栈，老屋流转、安置就业、环境改造，为当地乡村振兴注入了新活力，水口村名闻遐迩。

与客人共生。好的客栈，就像明月山上的大碗茶，成分是竹叶、草根、黄栀子果、橘子皮、夏枯草等，既暖心，又清凉，且治愈。即使有过无数憧憬，严家骏和陈乙苇也没有想到后半辈子会在这里遇见如此多的旧雨新知、良师益友，给彼此的生活甚至人生以如此深刻的影响。特别神奇的是，这里对婚姻或亲密关系仿佛有着天然的疗愈作用。一个三十岁的广州女子独自过来散心，她男朋友抢了三次高铁票过来后，把她追了回去。一个患抑郁症的衡阳女子离家出走，她丈夫带着孩子包车追过来，待了几天，两人和好如初。一个赣州女子被丈夫气得一路开车一路哭，半夜才到这里，四个小时后，竟主动打电话喊来丈夫一起分享。无数客人的赞誉和祝福，无数寄自远方的美食和礼物，让他俩觉得，再苦再累，值。

当她坐在稻田边的平台上，轻抚她最爱的古琴曲《秋风词》，嘴角会不由自主向上弯起，层层梯田仿佛一幅金色画卷徐徐展开，稻香浓郁悠远，万物生生不息。

当然，最困难的，是与困难共生。

四 星空下

用字典里哪个象声词才能准确形容我此刻听到的声音呢？用哪个动词才能准确描述它进入我耳蜗的动态呢？

我们躺在明月山北的星空下，头顶朝着声音的来处——章小琴盘腿而坐，为我们做颂钵音疗。深沉悠远的铿锵之声仿佛在远方一声声呼唤着我的名字，而后，是雨棍奏出的雨声，而后，是海浪鼓奏出的海潮声，像长着轻盈的翅膀，靠近我，环绕我，深入我，最靠近松果体的那一声，犹如神谕。与此同时，秋蝉、蟋蟀、蝈蝈、纺织娘、树蟋、黑金钟、宝塔蛉等等，用亿万种语言在天地间编织着如水的天籁地籁，我们如仰面漂浮在虫鸣之水域里、繁星之河流里。

章小琴磨钵发出的声音如雷声从左耳滚动到右耳，低频、稳定、悠长的颂钵声深入人体内核，慑服着内心的纷扰。她苦练多年的颂钵技艺和小姑子陈乙苇的古琴插花技艺一样，都在这深山里派上了用场。此时，她的眼前又一次浮现刚才杭州家里的两个孩子和她视频时恋恋不舍道晚安的样子，眼眶又一次发热。油菜花漫山遍野时，她曾带着孩子们来此小住，瞬间迷上了这里。近几年她家的电商生意不尽如人意，而旧雨新知目前最大的困扰是团队建设和人才培养。于是，她留了下来。

子时将近，我和严家骏、陈乙苇、他们从香港回来度假怀着宝宝的女儿俐琳一起坐在露台上，等待下弦月升起。

陈乙苇喃喃地说，你看那朵白朵像什么？

我说，像牛角，又像元宝。

黑暗中传来严家骏的声音：这还是女儿第一次陪我们一起看星星呢。

我听到了他感叹里的幸福，如同几个小时前我和他们一家坐在夕阳里用晚餐时感受到的幸福。他特意下山两次去买回番茄汁给女儿做了她最爱的罗宋汤，抿嘴微笑享受着女儿惊喜的欢叫声，还叫厨房伙计拿来几个大碗，他亲手打给员工们喝。

坐在亭子里静静看远山、云雾、夕阳和晚霞，是严家骏感觉最幸福的时刻。初春清晨覆盖着一半湖水的云雾，夏日里特别好看的落日，偶尔出现的佛光，秋夜里的满月，梯田里飘来的稻香，咸鲜的西瓜，甜鲜的卷心菜，冬日红豆杉落下的红果子，邻里的说笑或鸡飞狗跳声，小伙伴们晒富硒菊花、打糍粑、烤茶的欢笑声，深沉的睡眠，都让他笃定，这就是他梦寐以求的生活，他要分享给更多人。他也深知，每一个这样的日子，都离不开"呵护"二字，人与大自然之间，人与人之间。

当他坐在红豆杉下，将目光一次次投向远山，会看到多年后白发苍苍的自己和更年轻、更富足、更彬彬有礼的山民们，会看到自己一年年种下的每一棵树都已长大，那么，从对面山上望过来的游人们，就会看到色彩更绚丽、层次更丰富的这片山林，如果还能看到山林间走着两位健步如飞的白发老人，身边雀跃着他们的小外孙和一只叫七月的边牧，就更好了。

（原载2023年11月13日《人民日报·大地》）

铅字之忆

宋曙光

对于铅字的回忆,本是尘封在记忆深处的,只是因为看到了一位作家朋友的散文,才被钩沉出来。原来我对于铅字的回想,竟也有着非同一般的情感。那位作家的散文,写出了作品变成铅字之后,一种激动与幸福的感觉,以及读者对文学报刊的尊崇,我深有同感。若再深入一层,我在一家新闻单位干过排字工种,还亲眼见到自己的一首诗歌被排成铅字发表出来,这种经历不会是人人都有的吧。

我在中学时期喜欢上了写作并尝试投稿。那时,天津人民出版社有一本期刊叫《革命接班人》,里面有几个页码的文艺作品,是专门面向中小学生的,我曾拿着自己的习作送到编辑部,接待我的负责人,至今我还记得他的名字。稍后,我受电台广播小说的启发,在废旧牛皮纸装订的草稿本上写了一篇小说,大约有两万多字,是仿照中篇小说架构完成的,内容是写一个小学女生练习体操,被体校录取后迅速成长,以骄人的成绩为国家争得了荣誉。再后来,我利用学工劳动的间隙,写出了几十首诗歌,用钢笔工工整整地抄写在雪莲纸上,装订成一册手抄本诗集,起名《火红的战旗》。

这些学生时代的写作,虽然是奔着发表去的,却最终都未能转化为铅字,刊印在出版物上,不过我早早就立下了心志,努力实现自己的写作理想。正是那本钢笔字抄写的诗集,给了我难得的机遇,班主任老师向到学校招工的新闻单位工作人员特别举荐了我,说他的这个学生喜欢写诗,并且有"作品"。后来,这中间出现了一个小插曲,我还为此被叫到学校做过一次特殊的面试,之前我不知内情,当我接到分配通知,得知自己被分到天津日报社工作,内心是怎样一种兴奋,如果我没有那样一册"诗集",班主任老师也不会那样有底气。

到天津日报社报到的日子,是一个刻印在心底的时间:一九七五年金秋十月。我穿上的确良绿军衣(当时的潮衣),骑着自行车来到位于鞍山道上的天津日报社行政楼,到人事处办理了相关手续,正式走进了这家市委机关报。经过一周时间的集中学习,我们这批共九名学生,被分到了除编辑部之外的不同车间。若干年之后,我才听说,负责我们入职学习的报社宣传科科长,曾拿着我那本所谓的"诗集",向其他学生表扬我的写作,还说我的钢笔字写得如何好。这些我当时并不知晓,随着其他三个新同事,迈进了我人生的一片新天地——报社排字车间,对外也称"排字股",对内叫"排字房"。

排字车间在办公楼的第二层,宽大明亮。一踏进车间,我立时被眼前的景象镇住了,我从没有进入过如此整齐划一的工作场所,满车间没有别的,都是铅字,简直就是一座铅字的森林啊!我愕然地看着眼前的一切,随着车间主任的引领,穿过一排排排列有序的铅字架子,就像置身于一座奇妙的宫殿,待将整个车间转过一遍,我突然心生奇幻,感觉这排字车间充满了奥秘,吸引着你用全身心去探寻,只要你有兴趣。就是那一瞬间的感觉，让我喜欢上了这里，并与铅字产生了某种亲近感，排字车间特有的气息让人闻过不忘，连同紧邻的铸字车间，不断有机器声与烟火味传送过来，这种嗅觉一直留存在我年轻的记忆里。

我对铅字的熟知，就是从这时候开始的，只是我当时还不了解《天津日报》的创办史，不知晓曾从《天津日报》走出去那么多新中国新闻史上的名人，特别是《文艺副刊》的创办者，郭小川、方纪、孙犁。想当初，我们懵懵懂懂地进到了新单位，身边的同事都统称为师傅，既有时代特征，也代表了一种尊重，正是因了这样的师傅们帮教，我们才逐渐形成了感知。

进入排字车间后，我们这四个新学徒，统一由一位李姓师傅带领。在我的印象中，这位李师傅始终热情、和蔼，说话和和气气，从未跟我们发过脾气，不知道是不是车间领导跟他有过什么交代。他身量不高，干活时就系上围裙、戴上套袖，还要架一副白框眼镜，显得有城府又有学问。是这样的，排字工人大都是识文断字的文化人，否则怎么能胜任印报、出版的工作呢！

李师傅给我们介绍车间情况，事无巨细，如数家珍，好像整个排字车间的情况都装在他脑子里。我们跟着这样的师傅学徒，感到心安和踏实。他特意领着我们站到铅字架子跟前，具体讲解排字工作的要求和要领，听着他的传授、看着他亲身示范，我们特别感动。应该说，出了学校门，我们就踏进了报社门，也即迈向了人生与社会。李师傅就是我们入门的老师，四个大小伙子每个人都比他高出一个头，围绕在他的身边，好像我们不是他的学徒，倒像是他听话的孩子一样。

初次站到铅字架子面前，我感到一头雾水。这一面墙似的铅字架子，有一人多高，上面的铅字是如何排序的？它们之间有没有规律？

我们多长时间才能够熟悉它们？李师傅看出我们面露难色，便指着铅字架子说道，你们不用紧张，车间里的这些铅字架子都是统一的，现在报纸上的文章正文，用的就是这种五号白体字，10.5磅（后来报纸多次改版，字号多有变化，目的就是为了增加容量）。还另有拼版时要用的标题字，也分字体和字号，与难检字一起在车间后面的架子上。现在，你们就尽快熟悉字盘里的字吧，争取能够早一天上岗排稿。

接下来，就看我们个人的努力了。每天一上班，我就站在铅字架子前"相面"，上下左右反复地看、念、记，恨不能只用一天时间，就把架子上铅字的位置全部记牢背熟。当然，光着急是不行的，要把心踏下来学。感觉到疲惫的时候，我就借着琢磨铅字架子解乏，发现这一个个铅字堆积起来很有分量，所以铅字架子都是呈A字形摆放，使之能够均匀受力，它们一排排整齐划一地伸向车间深处；每副铅字架子都是由十五个规整的方方木盘组成，上面六个，下面九个，中间是标点符号，有两寸宽的探出部分放置铅条及排字用的手托；木盘里排列有大小不一的竖格，铅字就根据字的标识装在里面；这样的铅字架子一溜三组，成若干趟，便于前后左右都能排字；除了常用字的铅字架子，还有黑体、楷体等的字架子，以及用于制作标题的各种字号、字体的架子，如小初号、大初号、宋体、牟体，等等，包括拼版时必用的种类繁多的铅条……每天上班八小时，我就在这铅字的海洋里遨游。

背了几天的铅字架子，基本记住了常用字的大概位置，这十五个字盘里共有一千一百六十一个铅字，它们不是按照偏旁部首排列，也不是以汉语拼音为序，而是将使用频率高的字和词，放置在字架子的上方，伸手可及，这些常用字的字格也略大，用得多，里面装的字也就多，而不常用的字就相对少些，单独放在十六个字盘的右侧，是按汉语拼音顺序排列。这样，就只能靠着死记硬背，才能记熟架子上铅字的位置。我们几个人也会互相考问，看谁能记得更多、更熟练。虽然还不能指哪打哪，但磕磕绊绊地也能记得一些字时，我就在心里编几句话当稿子，试着去拣字，致使兴趣大增。

看到我们这样用功，有一天，李师傅告诉我们说，你们可以试着排一排稿了，看看自己拣字的熟练程度、时间快慢。于是，我们学着师傅们的样子，像模像样地拿起手托，走向铅字架子。那时报纸的铅字排版都是按栏数划分，一块整版分为九栏宽，每栏十三个字，栏与栏之间有一个字的腰栏，所有预发稿件统一按两栏文发排，拼版时再根据编辑板式变化栏数。有意思的是，仅有一寸来高的铅字上面，都有一个小凹槽，排字时只需对齐了这个凹槽，就不会出现歪字、倒字的情况。排稿前，这样的常识都是要知道的。我用左手握住手托，里面放上两栏宽的铅条，食指和中指夹着稿纸，腾出右手去拣字，一般都是看一眼稿，拣几个字，看多了怕记不住，还容易有误，标点符号也不能出错。师傅们可不是这样，他们经验丰富，快手每小时可排三千多字，看稿和拣字几乎是同步进行，有的师傅甚至手里同时能捏四个单字，排字速度奇快。

初次展示身手，显得有些手忙脚乱，我举着手托、夹着稿纸，两只眼睛不够用的，一会儿低头看看稿子，一会儿又仰脸瞧瞧铅字架子，既怕看错稿、串了行，又怕拿错了铅字，遇到一时找不着的字，就在字盘上面来回睃巡，心里一起急，就更是找不到要找的字，只好去请教师傅。一张三百字的稿纸，停停顿顿地排下来，根本无法计算时间，就当是一次实战练兵吧。

慢慢地，我终于能够独立排稿了，几乎每排一篇稿件，都需要仰脖弯腰、前后转身，但即使这样，仍免不了发生稿子看花眼了、手托里排好的铅字乱了、往盘里掐活儿时铅字撒了,没办法,只好再重新排过。就这样,经过反反复复无数次的练习、操作,李师傅才点头答应,让我们上岗顶班了。每天的预发稿很多,老也排不完似的,编辑部总是喜欢多发稿,长期停用的稿件也是有的。排稿多了,质量就成了关键,排好的稿子用墨滚儿打出小样,连同原稿一起送至校对组,排字车间的楼上就是校对组,在房顶开凿出一个小方洞,安装上一副升降滑轮,将打出的初校样子装进小铁桶,上下传递起来非常便利。

稿子是排出来了,质量如何?在每份打出的小样上面,都印有排字者的姓氏,如果小样回来时变成大花脸,满是红笔画出来的差错,那是很丢颜面的。庆幸的是,我的排字速度、差错率,从一开始就都是比较好的,老师傅们拼版时,喜欢用这样的稿子,不需要怎么改错就可以直接拼版。排字师傅们的口碑,为我以后的工作赢得了赞誉。

排字车间的工作实行两班倒,白天要排预发稿和完成预拼版,夜班则主要是为了当天见报的版面,每天都在强调提早出版时间,所以夜班师傅都是个顶个儿的好技术。一九七五年的冬天,车间通知我开始上夜班了,我像领到了新任务一样兴奋,这是仅仅熟悉排字工作的两个月之后。夜班是从夜间十二点整开始,单位里没有集体宿舍,我只好十一点半从家里骑车出来,一路夜行,街道上寒风袭人,常有野猫、野狗蹿出,我从无惧色,更加快速地骑行。

我没有上夜班的经验,总是晚上睡一会儿觉再起床上班。排字车间的夜班是实打实的,待排稿、拼版工作完成,当天的几块版全部签完付印,我们还要分字,就是将排空的字架子重新填满,以便白班时工作,并将轧完纸型的铅字版拆散,标题字放回字盘里可以再用,正文用的五号字送回铸字车间回炉。此时,已经是凌晨了,天光大亮,在铅字架子之间来回穿行了一整宿,两条腿的腿肚子感到了酸胀感,好在我那时年轻，感觉不到什么疲惫。我和师傅们结伴去对过院里的食堂吃早餐，那时"铅作业"每天有四角钱的营养补贴，照例是要喝一杯牛奶。我从单位回到家里刚好八点钟，家人都去上班了，我正好睡觉。

转眼到了一九七六年。这一年，经历了一些国内大事件，这是一个应该被记住的年份。周总理、朱德、毛主席先后病逝，人们的心情无比悲伤，新闻单位肩负着繁重的宣传报道任务，排字车间是出报的重中之重，又是极敏感的工作区域，不容有任何闪失。那一时期的排字车间，师傅们仿佛都置身在无尽的哀痛之中，尽心尽力地完成好本职工作，避免出现任何纰漏。每当有了重大新闻，车间里就会及时做出部署，师傅们都是从白天就开始紧张工作，全力以赴。我记得清楚，公认的技术最好的王、郑、冯等几位师傅，每次头版的重大新闻，他们好像都轮流"主拼"，大家均以他们为中心组版，协调有序。有一次，车间接到紧急任务，赶拼一块转天见报的整版新闻，这块版需要制作通栏标题，肩题、主题、副题加起来多达好几行，这类通栏标题的字号也大，厚度起码要有多半尺，做题的难度很大。在操作台前，王姓师傅将通栏标题一丝不苟地调整好，试了试，一双手刚好能够抓起来，他稍加用力，就听咔嚓一声，便知道做好的标题已稳稳地装进了版心里，这一声重重的脆响，使大家悬空的心瞬间落了下来，关键时刻还是老师傅，还要靠过硬的技术。

后来，我经常听人称呼王姓师傅为"万能"，这其中有多少含义我说不清，但仅就技术和工作态度，我是认可这样的称呼的。我也慢慢看到了，这种铅字通栏标题，不同于锌版标题的制作，不能有一丝一毫的偏差，多一根铅条都装不进去，少一根铅条便会在版里晃荡，还有可能错位或乱行。另有一位极细心的李姓师傅，每每签好付印的铅版在上轮转机前，他都要用特制的T字形钥匙锁紧版心，然后横竖吊线般地检查，就怕影响印刷质量。

如此高超的技术能力，着实令人羡慕。车间里的每个职工，都是党报的成员，报纸上的一个标点、一个字、一篇稿，直至每块版面，都洒有排字师傅们的辛勤汗水，当然也包括我们这些新人，为此而怀有一种荣誉感。一天早晨我下了夜班，将当天的《天津日报》夹在自行车后衣架上，这天的报纸一版刊有朱德委员长逝世的重要消息，在停车等红灯时，路人纷纷向我行注目礼，似乎在问：报纸这么早就印刷出来了？

特别难忘的还有唐山大地震。地震当天我是白班，车间里的震况我没有经历，听说铅字架子震损得不多，基本没有影响后来的正常工作。震后转天我去上班，马路上已满是砖头瓦块，路面阻塞，自行车都难以骑行了。报社行政院里的楼尖顶掉了下来，深深地斜插进地面。这里曾是一所名人府邸，称作张园，现今已成为文物保护单位。报社办公楼的第五层原只是一个帽顶，起着装饰作用，地震后成了危顶，砸掉后便名副其实地成为四层楼的报馆。

排字车间里有位孙姓师傅，爱好写诗，被称为"工人诗人"。我关注他，发现他的诗就是写在废旧的新闻纸上，字体很大，每有重大活动，比如抗震救灾等，他都会写诗参与，写好后就交给来发稿的文艺组编辑。这引起了我的兴趣，也想要像他那样写诗投稿。粉碎"四人帮"后，举国欢庆。我利用晚上时间赶写了一首诗歌，用稿纸抄写出来，上班时，就送到了编辑部文艺组。当时，报社办公楼因震后有危情，编辑部便临时搬到相邻的一所中学办公，我将诗稿交给了文艺组的哪位编辑，现在已然记不得了，但那是我第一次给报纸投稿，那首诗歌是否能够发表，成了我的心病，天天惦记着文艺组发排的稿件中，会不会有我的那首诗。

没过几天,我在《文艺副刊》的预拼版里,赫然发现了自己的那首诗,我抑制住心脏的急跳,快速地读过一遍,又看了看署名,心里无比高兴。这首只有四节、十六行的小诗,如愿以铅字形式出现,其意义非同寻常。那时候,我已经关注报纸的《文艺副刊》了,排过文艺类的稿子、拼过《文艺副刊》的版面,知晓了一些经常见报作者的名字和作品,我向往这块园地。这期《文艺副刊》版很快就签付印了,然后是轧纸型、上机器印刷……我目睹了这首诗歌见报的全过程。多少年过去,那首铅排的小诗,还总是在眼前浮现,闪着铅字所特有的光晕和墨香。

冬天时,我被从排字车间抽调出来,加入报社组织的抢修队,跟随理论部一位正在等待落实政策的老编辑,去修缮一处报社职工宿舍,这种活我们都没有干过,具有一定的危险性,每天穿好工作服、戴上安全帽,登高爬梯、搬砖递灰、绑扎钢筋……后又跟随广告处一位同志,到行政院的后院去倒腾燃煤堆,今天运进,明天拉出,一直干到当年年底。

一九七七年元旦过后,我回到排字房上班。刚走进车间,车间主任就迎住我说:小宋,你去一趟人事处吧。我即刻来到了行政办公院,此时,整个院落里已经建起了若干排临建棚,我找到挂有人事处牌子的简易小房,推门进去,向一位老同志打招呼。后来我才知道,这位老同志即是人事处处长张启明,是一位资格很老的进城干部。他笑着对我说:好啊,小宋同志,你被调到文艺组工作了,现在就去那里报到吧。我当时一点思想准备都没有,有些木讷,又有些紧张,还有一些激动,但张启明同志那张和蔼的笑脸,却深深地印刻在我的脑海里。

我喜爱文学,尤爱诗歌,能够到报社文艺组工作,曾经是我的梦想。那天报到的时候，我见到了文艺组组长王干之，这位从报社编委岗位上离休的老编辑，至今仍然健在，已经是九十多岁高龄了。我当年的那首诗歌，就是由他签发的吧。那天，他介绍了文艺组的情况，让我多读书、多向老同志学习。他还特别提到了《天津日报·文艺周刊》的创办者孙犁，问我是否读过孙犁的《荷花淀》。我非常敬重这位王组长，看到他每日伏案看稿、改稿，有时也写随笔和诗歌。他是中国作家协会会员，出版有儿童小说。我还知道他曾和孙犁一起工作过，同住在报社宿舍。很多年过后，当我主持《天津日报·文艺副刊》工作后，每到春节都去看望他，还专门约请这位老主任写过怀念孙犁的文章。

这些都是后话。到文艺组报到后的当天下午，我回到了排字车间，向师傅们告别，从他们的眼神里，我看出了不舍和羡慕，我感谢这些曾经带过我的工人师傅，虽然仅有一位师傅是专门负责带我的，但工作中有了问题，无论问到哪位师傅，他们都是毫无保留地传授，让我这个学徒难忘春风。随后，我走到那副自己经常排字的架子前，抚摸着整齐的字架子，浏览着字盘上已经相当熟悉的铅字，心里不禁生起留恋的情愫。在更衣室，我取下工作服，将套袖卷起来，关上了衣橱门。遗憾的是，我没有从车间取走一个手托、一把镊子、一把字尺。我想，我没有带走任何一件物品，是想把自己对这段生活的念想留在这里吧。

我进入报社排字车间的时间不长，既没有拜师，也就没有出师一说。后来才知晓，报社是想从我们这届学生中，继续培养自己的编辑记者。上一届招工之后，就选拔出几个表现突出的苗子调进了编辑部，我们这届招工仍然如此，先分在车间，是为了让我们熟悉整个的印刷流程。可在当时，我哪里会知道报社领导的意图啊，只能无条件服从调动。

虽然调离了排字车间，但编辑工作却离不开排字工种，除了平日与排字师傅们打头碰面，拼版时还是要去排字车间的。我当了文艺编辑后，就经常拿着画好版式的小黑板去拼版。在排字车间，我对师傅们自然会有一种亲切感，有些活儿我还帮着一起干：有的文章出现顶头点，我就抢着换成对开标点；改错时，我先到铅字架子上去拿好字，尽量不让师傅来回跑；版面拼好了，我主动准备好墨滚儿和纸张打样子……每次画版式时，我尤其认真仔细，在小样上精准计算，我知道如若字数计算不准，就会给师傅带来麻烦，还会耽误拼版时间。铅字印刷时期的报纸，讲究合栏合行，差一点都不行。当年，华北五报（《天津日报》《北京日报》《河北日报》《山西日报》《内蒙古日报》）定期举办报纸质量评比，其中有一项就是用尺子量报纸版面，有对不上行的情况便会减分。后来改用计算机拼版时，年轻的操作者不再顾及什么栏的概念，想怎么走文就怎么走文，编辑也无须提前画好版式，只需告知拼版者一个大概就可以了。我对铅字的怀想，从那时候开始，就只能借助于旧报纸所散发出的油墨香了。

灾情后期，排字车间从办公楼里搬到马路对过的搪瓷厂原址，原先的排字车间还是因为地震受到了影响，从此便再也没有搬回，被我视作铅字森林的奥秘之所消失了，永远找不回那种魂牵梦萦的感觉了。我的师傅们也开始先后退休，在我的记忆里，他们都是和蔼可亲的，从来没有指责或批评过我们，他们大都有热情，有急活时都是抢着上，每当这个时候，架子之间都是穿梭的身影，师傅们排字都有自己专用的手托，最普通的是木质的，不如金属的得心应手，最讲究的是黄铜质地的。一篇急稿往往被分开来排，大家分散在各自的架区间，金属手托里同时发出有节奏的嗒嗒嗒声，那是熟练的排字师傅在排稿时的习惯动作，铅字随着拇指的带动而跳跃，在万家灯火的静夜里，很像是某种乐器在弹拨奏鸣曲,动听极了……当我回忆起这个细节的时候,耳边似又响起那熟悉的铅字声,手指也感应似的在微微点动,当年那情景真的让人动情。

排字车间给了我最初的劳动之乐,有了认真、仔细、严谨的概念。排字车间是报纸出版的第一道工序,差错有时就是从排字到校对再到付印一路下来的,如果从排字就干净无误,那么出错率就会降低很多。在那个时期,有些敏感的字词、政治术语、国家领导人的名字等,都是连铸在一起的,就为了避免出错,排字时倒也很方便,一伸手就是好几个字。报社主管的《文艺增刊》,就曾将一位名人的名字排错一个字,那期杂志被全部收回,粘贴上正确的文字后再发行出去,虽然费时费力,但避免了负面影响。错植、误植铅字都是非常危险的,白纸黑字就是证据。

排字车间与铸字车间是姊妹车间,它们的位置就如同房屋的里外间,我经常到铸字车间去,联系铸字之事。有一次,铸字工人推着一车新铸好的铅字,刚进排字车间,不知何故,沉重的手推车歪斜了一下,倾倒出了小半车的铅字。新铸好的铅字都是装在特制的木盒里,一字一盒,撒出来的新铅字堆在地上,银光闪烁,却是不能再收回去了,万一有一个半个的铅字放错了,就极容易拣错字,没办法,对生产隐患不能有丝毫的含糊,只好将撒落的铅字铲起来重新回炉。

时常会想到,战争年代条件异常艰苦,印刷出版都是刻版油印,像孙犁前辈编辑《冀中一日》时,就是将二百多篇稿子油印出版,选好一篇刻写一篇,编成了四集,约三十万字。孙犁将看稿心得写成《区村连队文学写作课本》一书,油印了一千本。孙犁说:"在那种条件下,这本小书的印刷,简直是一个奇迹,那种工秀整齐的钢板字,我认为是书法艺术的珍品,每一字的每一笔画都是勾勒三次才成功的……"

油印工作被孙犁看得如此神圣，以至于用了这样带有感情的文字来描述。从油印到铅印已是属于先进技术，但数字印刷又急速地改变了人们的认知，这是人类生活的进步。

我还忆起，在排字车间时，稿件中如遇到疑难字或异体字，便没有字模子，也就无法铸造出铅字。这样，排字车间就专门配有三位刻字师傅，两位盯夜班，一位上正常班，遇有偏僻字就请刻字师傅操刀刻字，刻刀刻出的字也是反字，这就要求熟悉字体、字形，还要刀工娴熟，特别是在夜班，不能延误拼版时间。我有时喜欢到刻字师傅的那个小工作间观摩，在灯下看师傅的刀法，心里曾揣摩：以刻字师傅的工作性质、意义，是够得上"铅字工匠"之称吧。

大约是在一九九〇年，《天津日报》终于告别了四十余年的铅与火，改铅字印刷为胶版印刷，排字车间宣告解散，那些具有纯熟技艺的老排字工人，全部解甲归田，报社成立了计算机操作的激光照排车间，将党报印刷出版提升到一个新水平。我有幸经历了铅字和数字两个印刷时期，经历了新旧交替的转型期。可遗憾的是，关于铅字的记载，文字的与图片的均告阙如。当年，我还曾建议撰写一部天津日报社社史，因为无论从哪个方面讲，《天津日报》的创办、成长及发展，都可称为中共党史的一部分，但后来终因多种原因而未能如愿，像老报人口述史这样的宝贵史料，也没有及时留存下来，甚是可惜。当今天的年轻的副刊编辑，在电脑上设计自己的文艺版面时，是否会想到他们的老同事们，曾经是与铅字打交道，提着用粉笔画好版式的小黑板，去排字车间拼版呢？

我是忘不了的，过去、现在忘不了，将来也是不会忘记的。铅字带给我的是一种缘分，记忆得那么牢靠、那么清晰，那么有烟火味。在人生的长途上，有关铅字的记忆，已经像刀刻一般刻印在了脑海里。

不久前，在报社退休群里，得悉又一位老排字师傅去世了，令人伤感。这位卢姓师傅曾任排字车间副主任，当过骑兵，双腿有些O字形，他文化程度不高，工作却很认真，行止都是军人作风，雷厉风行。有一段时间，每天下班后都要政治学习，都是他组织大家念报纸、读文件，极是负责。像他一样的老排字师傅，都是对党报的新闻事业做出过贡献的人，他们的相继离去，既是一个时代的结束，更是后辈心中永远的痛。

像铅字这样微小的物什，在我的工作经历中，实际只出现过短暂的一年多时间，今天能够重新回到眼前，确是一件幸事，别具意味。那是青春的时光，青春的年龄，青春的向往，它们在生命的记忆里，属于闪光的时间段，哪怕仅是留有一点点记忆，都是无比珍贵的。人生中，毕竟流失得太多，像这样零散、细碎的回忆，如果不是偶然间被钩沉出来，恐怕真的就会遗忘掉了。如今，这些近五十年前的记忆，哪怕是有些许的模糊、误记，也仍然让我感到热血沸腾，倘若能从中找到几组镜头，穿越回到那些画面里，无疑便是生命中最生动的色彩了。

（原载《当代》2023年第6期）

克兰河畔

巴燕·塔斯肯

行走在土地上的人

　　我被困在白桦林中的那些年,常抱怨命运对我太不公平。在这颗充满了生机的星球上,一个鲜活的生命陪伴着两个即将走到时间尽头的老人,生活在山脚下的小村庄中。他们不能陪我奔跑,不能爬树,不能让一颗大石头去照顾另一颗小石头。他们只能整天整天地坐着,是因为一生中该走的路已经走完了。

　　他们行走在土地上的日子,有时漫无目的,有时又想走出一些名堂,最后只是走出了满脸的皱纹和一根木头作拐杖。而我的时间,才刚刚开始。我比地里的水先一步走到它该去的地方,比秋天先夺走树的几片叶。万物在他们的注视下与我愈加亲近,世界从他们的言语中越变越大。我知道了树是草变的,石头是土变的,雨是云变的,蝴蝶是虫变的。

慢慢地，我陪伴着两个老人，仅靠一双小脚，便走过了村庄的不知道第几个四季。肉嘟嘟的脚掌也早已在不知不觉中长出无形的根，牢牢地扎进了脚下的土地。根使我像一棵树一样向着天空生长。树是最不孤独的，它用根握住了大地的心脏，而没有根的人只能在土地上流浪。

一个人的根可以是许多事物。汉人们有祖坟一说，几代人的栖身之地，是最后的归宿，是他们生来便拥有的根。它就在那里，或许会被遗忘，但无须去寻找。等到他们在时间中老去时，在土地上已经无路可走时，那根便会被记起。因为那是他们祖辈在世上最后的痕迹，也是他们最后会牵挂的土地。这令我羡慕。

一个游牧人的一生，是生在一片土地，却死在另一片土地的一生。我们几代人的生命好像全用来丈量一条河，从上游到下游。从爷爷到父亲，再到我，我们的根在离开了那片生养我们的土地时才被发现。它先是一朵花，或一棵草。然后是一条河，或一片林。最后无论走到哪里，都仿佛是在寻找它的影子。

千百年来，我们游牧于阿尔泰这条山脉。一个接着一个，将一座山的美景带到另一座山思念。直到爷爷这一代，我们逐渐在山脚下过上了定居的生活。那时伴我一起生长的是地里的庄稼、圈里的牲畜、屋后的白桦林。它们在许多年后成了我日思夜想的根，但当我还没意识到这一点前，我只想着逃离。

复活树

院子的一角有几棵树，其中一棵有了名字后，便在人们眼中与众不同。

长达六个月的冬季终于结束了，人们早就在期待着春天的到来。围墙外的草场渐渐露出了黑色的土地，低头了一冬天的桦树也终于抖了抖身子，伸了个懒腰。趁大地变绿之前，每年的春季，我和爷爷要照往年一样，去巡逻护着我家草场的铁丝网。

我和爷爷一人穿上了一双雨鞋，带上钳子、钉子、锤子和铁锹等一切我们认为会用上的家伙什，从院子的围墙外绕到铁丝网的外侧开始检查。铁丝网的外侧是一小块沼泽地，对牛这种动物来说，是这一片草场附近最好最近的水源。牛不像马，它们什么水都能喝得下去。所以一旦村里的牛出圈了，来到了这片草场，它们就一定会在这片小沼泽地喝水。这样一来，如果我们的铁丝网不够牢固，指不定就会遭到哪个贪吃鬼的破坏。

检查工作开始，我负责背上工具跟在爷爷身后。爷爷将每一个木桩前推后拉，查找不稳固的那一个。从院子围墙的拐角处开始，就是第一个木桩。爷爷刚上手推了两下，牢牢插入土地中的木桩瞬间从底部断裂。因为一旁就是沼泽地，土地水分饱满常年潮湿，木桩的底部被水浸泡致腐朽。看来今天的工作量十分巨大，这才第一个木桩就出现了需要更换的状况。爷爷干脆将断裂的木桩完全推倒，拿过铁锹挖了起来，将木桩深埋在土地里的一节挖了出来。下一步就是要去选择一个新的木桩作为它的替代品。

虽然诺改特村已经进入了春天，但不远处的山顶上还有大片的积雪。融化后的雪水从大大小小数不清的山沟向山谷的中心流去，最后并入克兰河。所以开春后克兰河的独奏进行到了最高潮的部分。随着激流，常有不少有趣的事物被冲到岸边。

上一个春天，我和爷爷在河边捡到了一辆被摔变了形的自行车。

爷爷打趣地说道："这自行车也太破了，都变形了，像我一样。"

诸如此类的还有：生锈的铁锹，没有轮子的手推车，破烂不堪的油桶。没有一样是有用的，但洪水过后我和爷爷还是会去河边逛，就像逛街一样，又像寻宝一样。那时我总是乐在其中。后来渐渐长大了，河岸堆积的破烂越来越多，爷爷还是在河边捡着，打捞着。

每当子女们因担心他身体而劝阻他时，爷爷就会说："我们身体里的血液，一半是母亲给的，一半是克兰河给的。"

除了那些没用的废品，我们还捡到了许多大大小小的木头。每发一次洪水，河岸便有捡不完的木柴。运气好的话还会冲来西伯利亚松树，又长又直，还结实。我和爷爷将这些木头分为两类堆放在屋后，一类是供日常消耗的木柴，一类是可以作为木桩、木板、家具的大件木材。

我们来到屋后堆起的木头旁，爷爷的目光落在了最外侧的一棵小白桦树上。那是一棵死树，前两天我和爷爷刚刚在河边发现它。爷爷抬起死树的根部拖着向铁丝网走去，我也抓住树枝龇牙咧嘴地帮他分担着重量。世上任何死物都是沉重的，看着不大的桦树我们拖得汗流浃背。拖到铁丝网旁，爷爷拿起手斧，三下五除二将死树的树枝劈了个干净，再将根部削成了圆尖顶。第一个木桩被我们牢牢地埋进了土地里。爷爷累得满头大汗，坐在一旁抽起了烟。阳光下一颗汗珠从他的额头缓缓流下，流经他额头的皱纹时消失不见，再从眉眼间生成又一颗汗珠流入脸上的皱纹。就像地里的水流过玉米地，再到葵花地。我绕着刚打好的木桩，用全身的重量踩着它根部的土，盼望着来年春天它依旧能坚守岗位。

来年的春天，又是新的世界，新的万物。旧的事物除了我们，还有那一排木桩。不对，还有一个新事物——那根木桩，那棵被爷爷砍去了树枝，缠上了铁丝网的死树。泥土和水给予它新的生命，光秃秃的树干上长出了新的绿叶。

爷爷说:"生命是如此地顽强啊。"

我们将缠在树干上的铁丝取下,在旁边竖起了新的木桩。奶奶见了死树复活,便从家中取来了阿克特克(白色的布条,萨满教遗留习俗,表达对自然万物的敬畏)系在了树干上。从那以后,那棵死而复生的白桦树便有了名字——复活树。

之后的日子里,那些树干上脆弱的绿叶变成了小树枝。院子里里外外那么多树中,它成了常常被我们提起的一棵:去把复活树旁的那几头牛赶走,钳子挂在了复活树上,复活树上多了个鸟巢……

那之后,我和爷爷每个春天巡逻铁丝网,都从抚摸复活树开始。沿着河岸走、顺着铁丝网走、扶着木桩走,爷爷的一生就是在这片土地上走来走去。走过的一段路、立起的一个木桩、说过的一句话,因这些,我们与大地万物之间有了越来越多的联系。若人是一棵树,那与这些事物联系的便是土地下的根。如果说树的死亡从根向上蔓延,那人也同样是如此。

躺在世界中心的黑白花

爷爷是个老人,但他坐在马背上时仿佛是个小伙子,腰不疼了,放牧时的声音也大了。小叔、小姑、奶奶,没人知道这是为什么,或者他们从来没有注意到这一点。而我知道。那是每一个哈萨克人血液中流淌的游牧之魂,与马背上祖先所留下的能量之间产生了共鸣。

自从跟着爷爷骑马放了几次牧,我就已经深深地痴迷上了马这种动物。骑坐在它的背上,天空仿佛不那么高了,大地也愈加辽阔了。而我身体的深处,也总有种难以用言语描述的事物在**蠢蠢欲动**。

每当爷爷提着缰绳向牛棚方向走去时，我就像个跟屁虫一样跟在他身后，生怕错过任何一次骑马的机会。爷爷骑上马将我抱坐在身前，一起去找牛。我最喜欢出远门去见识新鲜事物了。虽说只是翻过一个山头而已，但对于当时陪伴着两个老人生活在一片桦林中的我来说，外面的世界有着无法抗拒的诱惑。

爷爷是一个知识渊博的人，虽说他那时只是一个半游牧的农民，但家中却有整整两个大木箱子的书。当下午的阳光正好从西边的窗户照进来时，爷爷就坐在正对着窗户的大板床边看书，奶奶坐在另一边偶尔看看爷爷。

和爷爷出一趟远门，一路上能听到太多好玩的故事与有趣的知识。其中我最乐意听爷爷讲古代哈萨克人骑马打仗的故事，还有一些民间的神话传说。特别是古代英雄与他们的战马让我极其着迷，爷爷常说："哈萨克人有一双翅膀，一边是冬不拉，另一边则是骏马。当我们还在过着游牧生活时，一生一半的时间都在马背上。"

那天我们的一头牛夜不归宿，我跟爷爷骑着马踏上了去找牛的路。我们向平常放牧的草场出发，翻过了几个山头后，来到了一片在山顶的平原。那里的草是附近所有草场中最茂盛的。远远望去，是我们村的牛儿们在悠闲地吃草，我和爷爷挺直了腰，在牛群中寻找着我们家那头贪吃鬼的身影。

微风吹过一望无际的草场，阵阵清香接连扑面而来。不同颜色的牛，三三两两地在草场上漫步，只有一个黑白相间的奶牛仰面朝天地躺着。风吹得草地向东向西摇摆，花草们就是在这样的摇摆中坚定了方向——向着天空生长。草丛低矮的地方有几朵蒲公英、几颗胆战心惊的野草莓。奶牛的四肢在草丛中若隐若现，爷爷轻轻踢了踢马肚子向它靠近。偌大一头黑白花色的奶牛，正沉寂在大地母亲的怀抱中。

山顶上的平原像是在空中的大地，山下的村庄、静静的克兰河、远处的山城，一切尽收眼底。夏日的微风在山顶越吹越有劲，奶牛躺在了大地母亲的心脏上，身下即是世界的中心。周围的花草随着大地的心跳向着四周摇摆，一波又一波的草浪向平原的边界冲去，最后冲出边界化作一阵夏日的清风。

爷爷仔细看了看那头奶牛的花色，和它后腿上印有的"63"印记。（每个乡和村镇的牲畜几乎都会印有该乡村特有的符号或数字，以便于识别属地。"63"是诺改特村的印记。）

爷爷说："这不是那个谁他们家的黑白花吗？"

在村庄里，几乎每家每户都会给自家的牛按照其特征取个名字（当然不是真正意义上的名字，只是为了好认、好讲而取的代号）。光我们家中，我就认得几个。"高个子黑白花"是一头身材高大的黑白花奶牛，"暴躁黄"是一头脾气暴躁的黄色小公牛，"白姑娘"是一头纯白色的母牛……

我和爷爷静静地看了一会儿。

爷爷又说："唉，真是可惜了。"

我能感觉到爷爷发自内心的叹息，不止爷爷，村里每一个人见到这样的情景都会为有损失的那户人家感到心疼。

村里的人平日里没有太多大事要忙，地里的事情无非就是施肥松土再浇浇水，牲畜的事情也只是需要将它们送到草场即可。所有需要完成的工作几乎在自家院子里就完成了，而需要出门的事情更多时候不是自己的事情。村里谁家丢了头牛，在哪里落下了只羊，无论是谁，能提供帮助时都不会吝啬。

许多哈萨克人多多少少都有"自己的事不着急，别人的事最要紧"的热情。像平日里村民们都需要在日落前将草场上的牛赶回家，若有人在找牛时碰见了别人家的牛，也都会一并带回村里来。一走上村里的河道，那些牲畜便会自己找到家的方向。大家都是能帮忙就不会不管不顾，很是让人感到温暖。

蒲公英卫士

阿勒泰的春天很短暂，好像大地和树木是突然变绿的。爷爷和小叔忙着春天的生计，我跟在他们后面，偶尔帮帮倒忙。奶奶也忙着一项神圣而伟大的工作，就是保护新生的花草，保护复苏中的大地。

每年花草开始茂盛时，我们的草场上、河边、桦林中，经常会有一些城里来的菜贩子和一些老太太的身影。他们头戴着太阳帽，拉着一个带轮子的大包，沿着克兰河寻找着。他们包里装着一把小铁铲，走两步就要弯腰在地上铲些什么，然后拍掉花草根上的泥土，再装进包里。屋后的白桦林，那里是沙里福汗公园（桦林公园）的尽头，还未被商业化的一段。树荫下，桦林的土地常年保持潮湿，给羊肚菌等各类珍贵的菌类提供了最佳的生长环境。我们从不曾知道，那些长在树根、长在石头底下的奇怪植物有什么用途，更别提它们的商业价值了。我们只会为牛吃了那些奇怪植物后，会不会有什么不良反应而担心。而城里来的那些菜贩子不一样，他们知道那些是值钱的好物。于是每年春天的草场上和桦林中，就有一些"低头人"出现。他们永远低着头，永远寻找着，永远无法满足。

奶奶的保卫工作是前几年开始的。那年家里突然来了一位汉人医生，爷爷之前就有几次看见他在河边的桦林中游荡。医生来到家中，爷爷和奶奶便热情地叫他进屋喝茶。我不知道他们语言不通是怎样聊得那么开心的。那位汉人医生帮爷爷和奶奶把脉，把家中的药物都整理了一遍,并按说明书将用量用法标记在了包装盒上。他将一些过期的药物分拣出来,让爷爷都扔了。但我知道奶奶肯定将它们藏了起来。对她来讲,那些过期的药物虽然不能再服用了,但就这样丢掉也实在是太可惜了。除了这些,那医生还将装在塑料袋里的奇怪植物分给了奶奶一点。

医生说:"这个嘛,好东西。你们吃饭的时候放菜里面。"

爷爷说:"好,好,谢谢你啊。你再来的话就到家里面来哦。"

医生留下的蘑菇在窗台前放了很久,最后晒干了也没被我们吃掉。对于生活在牧区和村庄里的哈萨克人来讲,从事像医生和教师这类神圣职业的人,他们所说过的话都会被认为是最为正确的。所以那医生留下的一点蘑菇被我们视作是珍贵的药材,好像吃下去了便能延年益寿。所以婶婶每一次做饭时都要与小叔商量该不该吃了那些蘑菇,最后的结果就是等着下一顿,又下一顿。最后蘑菇都晒成了干,甚至长了虫子也一直放在窗台前。

之后的春天,到草场上捡野菜和在桦林中捡蘑菇的人越来越多了。奶奶每日坐在大板床边,从窗户往外望着。看见有人提着袋子出现在草场上时,奶奶就出门,走过院子里的一片菜地来到围墙旁。

"哎,不行,不行。"奶奶的汉语水平仅限于几个词汇。

若那人还未离开,奶奶就从院子绕出去,走到草场去向那人解释。

奶奶说:"你挖一点吃就行了嘛,全部挖走了以后就不长了。"

那人听不懂哈萨克语,但也从奶奶的语气和比画的手势中明白了什么。那人一直笑着点头,然后慢慢离开。草场的中心有一块埋在土中的大石头,奶奶顶着太阳在石头上一坐就是一上午,继续守护着那片草场。爷爷忙完地里的活儿,紧接着就是去将奶奶带回家。回来的路上两人骂骂咧咧地拌着嘴。

爷爷说:"跟你说了多少次,不要管不要管,人家爱挖什么挖什么。"

奶奶说:"凭什么不管,以前草场上蒲公英花开时一片金黄,现在全让他们挖走了。"

爷爷说:"又不是你的草场,轮不着你来操心。"

奶奶说:"大地太可怜了……"

一片广阔的草场上,两个老人一前一后地走着。爷爷背过了双手在前面说着,奶奶小心着脚下的蒲公英,在爷爷身后跟着。一直到蒲公英花开时,草场一片金黄,奶奶站在草场边上不愿意再走近一步。对她来说,哪有什么草场、土地是属于人的。我们同一朵蒲公英一样,是属于春天的,是属于大地的。

奶奶守着草场,爷爷守着奶奶。克兰河畔的春天是慢慢来的,是突然被发现的,是悄悄走的,是永远被怀念的。

荒 野

在一望无际的荒野中,大地的边缘与天相连,在尽头下弯。不管走到哪里,脚下的每一步都仿佛踏在世界的中心。这里仿佛是生命的禁地,整个世界唯一的动静是那无休止的狂风。

走出阿勒泰的群山外,尽是一片荒凉的戈壁滩。阳光本是滋养万物的存在,在这里却火辣到令万物抬不起头来。坐在马背上看,大地上除了碎石和黄土,只有一些稀疏的小草在东倒西歪地躺着,不知是死是活。但就是这样,羊儿们还是在这片荒地上走走停停地吃着些什么。

爷爷骑着马将我抱坐在身前,为了防止我在途中因睡着而摔下马,他用皮革绳穿过我的两个腋下，从胸口绕过并绑在了自己身上。马背上的布袋子里装着奶奶炸好的包尔萨克（油炸面食）和一些奶疙瘩，皮壶里灌满了她特制的干果饮品，这些是我和爷爷骑马走长途的标配。我们在羊群身后跟着，荒凉的戈壁滩上没有任何事物可以作为参照物，所以无论走多久都像是在原地踏步。只有狂风卷起的沙土砸在脸上的触觉才是最真实的。

因我们没有自己的夏牧场，年年都要将牛羊托付给叶尔兰哥哥家放养，爷爷觉得这样下去总不是个办法。恰好村里通知了新的建房政策，政府担大头，我们只需要缴纳一部分资金，便可以在自家院子里建一座红砖水泥房。那时候村里的房屋几乎都是用土砖来砌的。爷爷便想着卖两头牛，再将所有的羊也卖了。既少了麻烦，又刚好有钱能趁着政策好，在院子靠河边的一排桦树下建一座新的房子。

就这样，家中没有了羊的身影，只剩下一些牛和奶奶的几只鸡。我们将羊卖给了很遥远的一个村里，遥远到需要走出阿勒泰市，走过一片天空与大地相连的戈壁滩才能到达。

那时阿勒泰的市中心是现在老城区的街心公园一带，城市的边缘到十六军医院截止。而现在的南区一带则是平房区和一片望不到尽头的果园。爷爷本打算叫一辆大车来将羊群装走，省得要赶过去受罪。但司机要价太高了，我和爷爷便赶着羊群踏上了去往买家村里的路。

那是我第一次走出了阿勒泰的群山，脚下的土地不再一高一低，而是一片平坦。桦树这种在阿勒泰最能代表生命的植物，走出了群山后便越来越少，最后来到戈壁滩时，我才发觉已经身处于一片野草高不过鞋面的土地上。眼前空旷的大地使人感到绝望，仿佛永远也走不到尽头。回头望去，阿勒泰的群山远远地立在大地上，像一堵蓝紫色的墙。

一望无际的戈壁上，云从地面袭来，向天空升去。一路上几乎没有什么人烟，羊群在前面走着，丰满的屁股一上一下。被羊群掀起的尘土没来得及在空中飞扬，便被狂风吹向东吹向西。太阳将落山之际，狂风减弱，我和爷爷跟在羊群后面被尘土淹没。是啊，这样的地方怎么会有生命呢？怎么能长出一棵树呢？多少个日夜里，努力生长的万物被狂风改变了生长的方向。树的生命固然坚强，但在它成为一棵树之前，还是一棵小草。

　　在夏季的戈壁滩上，即使太阳落山了，天还是会亮许久。当天空还剩最后一点淡蓝的光时，我们到达了那个村庄。远远望去，一条长街的两侧是一座座颜色、大小、高低相同的房屋，这感觉太糟糕了。在我看来，生活应当是自由的，房屋的建造也应该是各式各样的。我喜欢蓝色，我就将屋外刷上蓝色的漆。我喜欢清晨的第一缕阳光，我就将房子建得大门朝阳……

　　那晚我和爷爷在买家大叔家留宿，大叔煮好了一盘手抓肉，与我们共同享用。坐在屋子里，窗外的世界已经进入黑暗，白天的一切已经是过去。在荒野中待了一天，我只觉得：再次见到人类是多么幸福啊。是的，就是这么夸张。当被万物陪伴着成长的我，来到了一无所有的荒凉世界时，一种讲不明的失落感充满了全身。

　　"在一望无际的荒野中，如果能有一棵树的存在，该是多么令人心安的啊！"我在心中呐喊。

海与草原

　　每个没见过大海的人，心中都有一片不一样的海。

　　下午的太阳朝西去，桦树的影子恰好落在河畔，那时候爷爷总是喜欢坐在花毡上抽烟。克兰河夏季的激流拍打着河岸的石头，几朵水花在空中盛开，凋谢，下落。我就坐在爷爷身旁，问着他一些奇奇怪怪的问题。那时的我对大海充满了幻想，我总是会跟爷爷边问边比画着。

我说："有这么大的鱼吗，爷爷？"

爷爷说："有。"

我说："那有这么大的鱼吗？"

爷爷说："也有。"

我指着一棵高挺的白桦树说："那有跟树一样大的鱼吗，爷爷？"

爷爷说："大海就像草原一样辽阔，一望无际。草原有草原的万物，大海有大海的万物。"

我说："那岂不是有比我们家的高个子黑白花还大的鱼？！"

爷爷笑了笑，摸了摸我的脑袋。是啊，就像草原赐予了我们宽广的心胸，或许正是因为大海的辽阔，才会有与树同大的生物吧。

在许多内地来阿勒泰游玩的客人们印象中，草原和牧民一个是仙境一个是热情。那种日出而作日落而息的生活，着实让他们羡慕。没了城市的喧嚣和人与人之间的竞争，一切都回归到了生活原始的本质。生下来，然后活下去。

爷爷在诺改特村里定居后，便不再游牧于阿尔泰山中。曾经属于我们的草原也被政府收了回去，成群的牛羊变成了老旧的二手拖拉机，变成了新房子，变成了地里的农作物。虽说爷爷已经不再是拥有草原的牧民了，但还是常会带着我去叶尔兰哥哥家的夏牧场生活一两个月。叶尔兰哥哥家的夏牧场在沿着克兰河往上的草原 —— 阿克布拉克。"阿克"一词在哈萨克语里是白色的意思。白色在哈萨克人的认知里是最为神圣的颜色，它有着圣洁、平安、祝福的意义。而"布拉克"的意思是山泉，阿克布拉克可以被译为白色的山泉。

那年我跟爷爷像往年一样骑着马，去了阿克布拉克草原。叶尔兰哥哥家的毡房依旧搭在一处山沟间，山沟两侧的山坡一边是茂密的松树林，一边是茂盛的草地。山沟间流淌着一条河，沿着河流往上，山沟渐渐宽阔，一片辽阔的草原随即映入眼帘。走近河流，巴掌大小的野鱼见到人影后成群地逃窜，在清澈的水底如一朵黑云般迅速移动。一切都没有变化，毡房外高壮的牧羊犬向着我们走来的方向吠叫，叶尔兰哥哥一家闻声走出毡房，看到我们，满眼都是期待。在这封闭的大山中，他们期待着我和爷爷带来的外面世界的消息，关于人们的消息。叶尔江是叶尔兰哥哥的弟弟，他比我要年长两岁。每年夏天搬迁到夏牧场之后，他每日唯一的期待便是等我来陪伴他枯燥的日常。

哈萨克人在互相告别时常说："如果天地允许，我们会再次平安相见的。"

草原是如此辽阔，相见是那样珍贵。那天叶尔兰哥哥宰了一只羊，在哈萨克人看来，相聚是需要庆祝的。大人们忙着宰羊聊家常时，我和叶尔江跑到了河边一座巨大的岩石下。我们迫不及待地向彼此讲述着冬天的事情，你一句我一句，谁也不愿意只当一个倾听者。一个是游牧于阿尔泰山脉的游牧男孩，一个是陪伴着两个老人生活在山下桦林中的留守男孩，我们的心中有着无尽的故事需要告诉对方。我们每讲一个各自经历的有趣故事时，都会以"当时要是你也在的话就好了"作为结束语。

下午的太阳被山沟两侧的高山挡住，叶尔江讲到了一件最令我兴奋的事情。政府开始建造一条可供汽车行驶的土路，从诺改特村到草原。这意味着我们再也不需要骑几个小时的马来叶尔兰哥哥家的夏牧场了。

开进草原的土路，弯弯曲曲，像一条绳子把草场轻轻地绑住，才不会丢失外面的世界。走走停停的车辆，载满了新鲜的事物向草原里驶来，又载满了欢乐从山里离开。

不知不觉间，无忧的放牧生活突然乏味起来。好像我和叶尔江的某些东西，也跟着那小车离开了。昨天的新鲜事就像披着羊皮的狼，今天变成了烦恼。到底带走了什么呢？绞尽脑汁也想不明白。只知道，总想一起下山去瞧一瞧。

第二年的夏天，自从驶进草原的土路建好了之后，山里便有了许多游客的身影。我和爷爷在山上待了近一个半月，再过几天就准备下山回家了。这一个半月我陪着叶尔江放牧、游泳、捉鱼，他教会了我骑马。那段时间我做了一个月真正的哈萨克人，骑坐在马背上，沿着河流在草地上奔驰。仿佛曾生活在此的祖先们的灵魂，在那一刻涌入了我的身体中。我在马背上兴奋地呐喊，有力的声音在山谷间回荡。

那天我和叶尔江又一次骑着马来到了新建的土路旁，那些日子我们亲眼目睹了土路从建造到投入使用的全过程。我们每天去那里数着经过的车辆，除了上下山的牧民外，最吸引我们的便是上山游玩的游客。根据游客们的言行举止，我们将他们分为三类人。一类是阿勒泰市里的哈萨克人，他们曾是游牧人，或父辈是游牧人。他们的特点是走到一处好风景便下车静静地望着远方，最后默默感叹一句草原的美。第一类游客很好辨认，因为我们的体内流着同样的游牧之血。而剩下两类游客分辨起来则有一点难度，因为他们都是汉人。汉人很难从长相来区分本地人和内地人，但接触多了之后我们也有了自己的办法。

"贾克斯吗（你好吗）？"我和叶尔江对视一眼：噢，他们是来自内地的游客。

"哦——巴郎，哪个地方鱼有？"这熟悉的倒装句和故意装出的蹩脚的口音，铁定是本地市里的汉人游客了。

我们总结出：往往内地的游客更喜欢用新学的少数民族语言来打招呼，并且见了我们的牲畜都会异常地兴奋。而本地的汉人游客则喜欢问许多问题："见过这样的蘑菇吗？见过那样的野菜吗？石头见过吗？鱼见过吗？"

真是讨厌极了，我和叶尔江本就不够用的汉语词汇在那一刻更是急得凑不出一句完整的话来。

比起市里的游客，我们更喜欢来自内地的游客。他们无论是穿的衣服还是使用的物品，都是那么神奇，他们的车上载满了新鲜的事物。我和叶尔江每次出门都会带许多奶疙瘩和一两瓶酸马奶，等遇到了内地的游客，我们就可以彼此交换美食和饮品。

记得有一次，我和叶尔江正在草场上放牧，一辆汽车驶下了土路，碾轧着我们的草场驶向河边。叶尔江非常生气，因为草场是游牧人赖以生存的根本。我们骑上了马向那辆车奔去。

车上下来了三个汉人姐姐，个个穿得光鲜亮丽，貌美如花。我们知道了，那是来自内地的游客，叶尔江这下有气也得憋在肚子里了。我们骑坐在马背上，向她们用蹩脚的汉语解释着：这里是我们的草场，不能开车进来，被碾轧的草场需要几个春天才能恢复。你们可以把车停在土路边，然后走过来在这边玩儿。

解释了半天，三个游客总算是听懂了我们的意思，她们道歉后将车开去了土路。自从新建了土路后这样的事情屡屡发生，但叶尔兰哥哥嘱咐过我们：如果是内地来的客人就不必对他们生气，因为他们还不知道这里的规矩，向他们解释清楚就好了。

那三个游客大包小包地向河边走来，我和叶尔江坐在马背上静静地看着她们。她们一人拿出了一块塑料布和几根铁丝，不一会儿就变成了一个小型的毡房（那时我还不知道什么是帐篷）。我和叶尔江将马拴到了河边的一棵树下，我们坐在树荫下看着她们。又是一些从未见过的新鲜事物。没过多久，两个小毡房、一个桌子和几个凳子就出现在了我们眼前。我和叶尔江正惊叹着，她们又摆了一桌子的零食和饮品。我和叶尔江示意用我们的老方法，拿奶疙瘩换她们的零食。但这次我和他都没行动，我们都害羞了。是啊，我们每天生活在天地和高山河流间，与马为伴，与狼共舞。就算有经过的游客也大都是戴着墨镜和面罩的，只能通过声音和服装颜色来分辨是男是女。三个漂亮女孩的突然出现，让我和叶尔江都害羞起来。

当我和叶尔江互相推托时，一个女孩向我们打起了招呼。

"哎，小朋友，过来。"

我和叶尔江不知所措，看着彼此害羞地笑着。那个女孩起身走到了我们前面，指着我们的马，说："这是你们的马吗？"

我说："是的。"

她说："可以让我骑一下吗？"

叶尔江害羞地推了我两下，我傻笑着不好意思说话。女孩看我和叶尔江害羞的样子笑了起来，她回头向其他两个姐姐说了几句我们听不懂的汉语（应该是南方方言），然后三个女孩都笑了起来。这让我感觉到了一丝冒犯，因为她们觉得我和叶尔江就是两个啥也不懂的小屁孩。在草原上我们常说"十五的男儿当新郎"，男孩从小被视作大人来看，所以我可不能让这三个女孩把我们当作小孩来对待。我推了推叶尔江示意他上马。我和叶尔江起身骑上了各自的马。

女孩又说："你们要走了吗？别走。"

我说："为啥？"

她说："让我骑一下你的马，我就给你好吃的。"

我看了一眼桌子上摆满的零食和饮品，咽了咽口水。我看向叶尔江时他也两个小眼睛直勾勾地盯着桌子上的零食。不行，她们居然把我当小孩来对待，我必须戏耍一下她们。

我说："你可以骑马，我不要吃的。"

她说："那给你喝饮料。"

我说："不要，你们一个留下这里，跟我一起，我就给你们骑马。天天骑。"

我是想向她们表达：你们三个留一个女孩嫁给我，我就让你们骑马。但我那仅有一年级水平的汉语愣是凑不完整这句话，不过她们好像也明白了我的意思。三个人笑得人仰马翻，叶尔江也笑着，我猜他也明白了我的意思。

笑完后，那个女孩摆出严肃的模样对我说："你对姐姐不礼貌，我要去告诉你爸爸。"

爷爷听不懂汉语，我倒是没那么害怕，反而是叶尔江吓得脸色都白了，因为叶尔兰哥哥肯定会收拾他的。我们两人对视了一眼后，立刻下马向她献殷勤。

冬天肆虐的暴雪，造就了春天万物的茂盛。草原的孤独，赐予了游牧人不灭的热情。小时候在电视上插播的天气预报中，经常能看到内蒙古大草原的风景。那里的大草原一眼望去只有蓝天和草地。而阿勒泰的草原只存在于大山中，一片草场与一片草场间隔着一片松树林，或是一座高山，常常一片草场只生活着一户人家。

我时常会想，生活在海边的渔民们，是否也会对草原有着不一样的幻想。但无论我们想象中彼此的家园有多么不同，我们的心却都因为同一种孤独而沉静。

孤独是沉默的，孤独的人是狂欢的。每当有客人来到草原时，我们总是会拿出所拥有的一切来招待客人。我们同客人大口吃肉，畅饮马奶，爷爷弹起冬不拉放声高歌。我兴奋地带着客人漫山遍野地跑，爷爷沧桑的歌声在山谷间回荡。

远方的朋友常会问道："为什么你们的歌声中总是流露着一股忧郁之情？"

他们不知道的是，草原如此大，客人走后，我们还是一如既往地生活。清晨在大雾中的松树林里游荡，日落后以满天星空为伴。大自然赐予了我们淳朴的性格，那片我们赖以生存的草原几千年来给予了我们它的所有，而我们也伴它共度了所有的孤独。

我没有体验过海边的生活，但我确信那里也住着海的子女，他们肯定也离不开那片世代养育他们的大海。在我的想象中，他们会在日落后晚霞消失之际对着大海歌唱，在海岸舞蹈着享受海风的轻抚。我好奇在那里长大的孩子会拥有一个怎样的童年。他们是否在一次次出海时拥有了前所未有的勇气，远离故乡的他们会不会像我一样，在想起高山和草原时心口堵着一种难言的痛。

二叔带来的女人

二叔常年在外，做着一些倒卖牲畜的小生意。父亲说他是兄妹七个中最有经济头脑的，也是最善于与人交际的一个。童年的记忆中，他总是突然出现，然后又突然消失一段时间。

夏日的某个下午，小姑在河边洗着衣服，克兰河的河水又比上一年少了许多。我捡起曾应该是在河中的石子，将它们一次又一次地抛向河的中心。夏天的太阳落入河中，变成了无数颗闪烁的星星，仿佛我抛出的石子沉入的不是河底，而是星辰。正当我玩得不亦乐乎时，河道不远处出现了一个熟悉的身影。二叔又突然出现了，与以往不同的是他还带着一个女人。二叔手上提着什么走在前面，那女人跟在后面。随着距离越来越近，我先是看见了女人过腰的长发在微风下轻扬，再慢慢从她撩起头发的指间看清了她的双眼。我的二婶就这样突然出现，突然地走进了家中每一个人的生活。

时间过得很快，没过多久二叔就宣布了要娶那个女人为妻。短暂的相处中，那个女人美丽的外表、细长的头发、温柔的语气，这些特点让我无时无刻不想着让她早日成为二叔的妻子。在山脚下的桦林中，她的到来，让万物的生命更加旺盛，让我日复一日的生活充满了新鲜感。所以，全家上下最兴奋的那个人自然是我。

二叔宣布完要结婚后，便带着那个女人离开了。那天奶奶站在门口目送了二叔和女人的离去，可以看出来奶奶也十分喜欢这个女人。一直到两个人离去的背影在河道上完全消失，桦林中的小屋又回到了往日的宁静，克兰河的哗哗声又缓缓响起。当我从有二婶的世界中抽离出来时才发现，好像不止我一个人发生了变化，爷爷、奶奶、小姑和小叔都多多少少在想着些什么。到底在想什么呢？我无从得知。只知道那天爷爷坐在河边的毡子上，抽了许久的烟。小叔将家里那辆老旧的拖拉机装了又拆。小姑将那女人睡过的房间打扫了一遍又一遍。只有我和奶奶偶尔在河道上张望，盼着二叔和那个女人身影的突然出现。

好像每个人都对二叔带回来的女人有不同的态度，但是谁也不愿意说出心中所想。那之后二叔又回来了几次，但都没见到女人的身影。我非常失落，奶奶也一直询问着二叔。

奶奶说："她怎么没跟你一起来？"

"她在城里上班呢，妈，过段时间再来看您。"二叔每次都是这样回答。

就当我们认为那个女人再也不会回来了,她又出现了。与上一次不同的是,只有她一个人,不见二叔的身影。河道上她艰难地拎着大包小包向前走来。微风一过,金黄的桦树叶便离开了枝头,如同成千的蝴蝶缓缓下落。时不时落在女人的长发上,再顺着发丝坠落大地。我和奶奶早早地站在了大门前,看着女人从一个小点,越走越近,越变越大。女人没有了第一次来时的羞涩,和奶奶打过招呼后提着行李径直走向了之前住过的房间。

家里好像是出了什么大事,但我不知道是好事还是坏事。只知道二叔回家的次数变多了,父亲也三天两头地回来一次,奶奶坐在大板床边没日没夜地缝着新枕套。就连在城里打工的三个姑姑也经常回来看望我们。家里终于热闹起来了,这对我来说是一件好事。我给那个女人起了新的名字——漂亮阿姨。三个姑姑回到家后的第一件事就是叫上小姑去河边,她们四姐妹躲在几棵桦树下一聊就是一下午。她们一会儿哈哈大笑,一会儿气愤地咬牙切齿,我十分好奇她们到底在聊些什么。每当我走过去想加入时,她们都会用"小孩子不能听""等长大了你就懂了""奶奶在找你"等各种理由将我支开。但我从她们在餐桌上偷看漂亮阿姨后的相互对视中,知道了姑姑们所聊的事情一定与她有关。

二叔视我如命,每次回来都会带一些小礼物给我。有时是小玩具,有时是糖果。他喜欢叫我"黄丫头",因为那时的我白白胖胖,红润的小嘴唇和黄色的头发总是让大人们误以为我是个小女孩。我对此并不排斥,那时的我就已经知道,得到与他人不同的宠溺称呼就是得到了宠爱。

每当我说"我是嘎嘎的黄丫头",二叔就会将我高高举起,逗我玩耍。("嘎嘎"是我刚咿呀学语时对二叔的称呼，后来被全家人引用。)每当他逗我玩时，我都会告诉他我有多么喜欢他带来的那个女人。

我说："你什么时候和漂亮阿姨结婚呀？"

二叔说："我们结婚了你到我们家好不好？当我的孩子。"

我说："我是爷爷的孩子，才不是你的孩子。"

二叔说："那你还说你是我的黄丫头？"

我说："说可以啊，但我还是爷爷的孩子。"

二叔躺在大板床上，将我抱在怀里亲我的额头，又用他脸上青色的络腮胡扎我的脸。这是他最常用的宠爱手段，我早已习惯于此。我用手掌推着二叔的额头，想要挣脱，却无济于事。二叔的额头是我童年记忆中最温暖的触觉，他一头羊毛卷的头发和那双将我举过头顶的大手，是我仅剩的记忆中最为清晰的。

父亲这几次回来的第一件事就是跟爷爷聊天。父亲是家中最年长的，也是爷爷心中的顶梁柱。他们两人走在桦林中可以聊一下午，回到屋里却没有那么多话要讲，好像怕谁听到似的。以前我总期待着父亲回来，因为他每一次离去我都不知道下一次相见是何时。但父亲最近三天两头地往家里跑，让我不再担心他的离开。这一切的一切都要感谢二叔带来的那个女人，我的二婶。一直到二叔结婚为止，家里总是这么热闹。虽然大家总是一副有所顾虑的样子，但来来往往的人们带来的新鲜事物让我乐在其中。姥姥、姥爷、舅舅、母亲……那些我以为要跨越半个世界才能见到的人们，都在婚礼当天齐聚一堂。以往的我们就像是暂住于克兰河畔的万物中，直到这时我才仿佛真正置身于当下的世界。

好像从我记事以来，家中就只有爷爷奶奶、小姑和小叔。桦林中除了克兰河的流水声，就只剩下桦树叶的沙沙声。小叔总是埋头做事，很少说话。小姑跟着奶奶在屋里将一些衣物缝缝补补。我只能每日跟着爷爷放牧、种地。他们好像从来没有意识到我是一个新的生命,在诺改特村的角落中我失去了与人们的交往。那时我是多么渴望能与许多人生活在一起,希望生活中能有一件新鲜事。

二叔的婚礼后,家里又恢复了以往的宁静,而我也在期待着下一次热闹的来临。这个世界的热闹有许多种,这次是狂欢着热闹,或许下次就是沉默着热闹。

二婶变了

二叔在村庄的东北边买下了一个小院子,和二婶开始了新的生活。那院子我去过几次,第一次去时,院子里只有一间较小的土坯房。石头砌的围墙有几处缺口,围墙内长满了杂草。但二叔是个能干的人,短短两年的时间里他修建了一间大房子,并配上了牛圈和一间小的储物室。围墙也比之前更高,更牢固,整个院子焕然一新。周围的邻居见到爷爷都夸二叔能干。

人与人之间的关系非常奇妙,它不像人与马或其他任何事物的关系。许多时候,每个人的心中都藏着一些话和想法。那些秘密可以告诉牛,也可以告诉一棵树,唯独不能告诉人。我起初先是从家中的大人们身上察觉到了这一点,再后来是从村民们身上。慢慢地,我可以从他们的言行举止中看出一些东西来了,却唯独看不出二婶的心中所想。她与二叔结婚后便开始变得沉默寡言,一个人的话少了也就变得难以摸透了。二婶每日坐在河边洗着什么,从早到晚。实在没什么可洗的了,她便坐在屋里开始化妆。好像就是从那时起,我从姑姑们的言语中、爷爷抽过的烟里、村民们的眼神中,知道了大家心中都有一些不能说的秘密。那些不能说的话多多少少都与二婶有关，因为她的出现到与二叔的婚礼，本身就藏有许多秘密。

关于二婶的身世、她的过往，在村民们口中越传越广，也越传越离奇。有人说她精神有点不正常，所以无法与人正常交际。也有人说她曾是个放荡的女人，迷惑了老实的二叔。他们觉得一个无所事事、只会整天洗东西的女人，配不上二叔这样能干的男人。而我只知道她是我的二婶，她给我的生活带来了许多新鲜的事物。如果谁敢在我面前谈论那些不堪入耳的传言，我保证会用石头敲他的脑袋。

没过多久，二叔和二婶有了小孩，是一个男孩。二叔赚钱更加努力了，日子也一天比一天好过了。看着堂弟一天天长大，我开心极了。等到他能够走路、能够讲话的那天，我就不会这么无聊了。

奶奶十分疼爱二婶，二婶生了孩子后，奶奶更是每天跑去二叔家里帮忙做这做那的。按理来说，这是很正常的现象。但奶奶不同于其他人，她年轻时生过大病，导致了她后来不爱与人交际的性格。听姑姑们说，奶奶曾有个小自己许多的妹妹。妹妹肤白貌美，还留着过腰的长发，是方圆十里公认的美女。比起其他亲人，奶奶与她那个妹妹关系最好，两人可以说是无话不谈，很是亲密。不料有一天妹妹不幸溺亡，奶奶伤心欲绝，久卧病床。自那以后奶奶便变得寡言少语，对任何人讲话都带着些许的攻击性。我想，或许奶奶正是在二婶身上看到了妹妹的影子，才会对她这么好吧。

奶奶每次去二叔家都会带上我，她一手提着挎包一手牵着我。挎包中装着一些布料，还有几包方糖。这是奶奶的习惯，她从来不会空着手去别人家。奶奶总是喜欢一个人自言自语，一路上她常常自己嘀咕着什么，然后开心地笑一笑。整个诺改特村里，只有我和奶奶不受那些关于二婶的流言影响。

每当有人提到二婶时，奶奶便会骄傲地说："我这个儿媳可是人中龙凤。"

但二婶总是对奶奶冷冰冰的。我和奶奶走进院子，二婶正坐在院子里洗着脚，旁边大盆小盆的装着水和一些衣物。二婶只是抬头和奶奶打个招呼，奶奶拉着我进屋里去。屋里二叔正在推着摇篮，堂弟攥着个小拳头已经进入梦乡。见到我们来，二叔慢慢起身招呼我们去另一个房间。

二叔说："您怎么又来了，妈？不是跟您说了吗，家里没什么需要帮忙的，您自己多注意身体啊。"

奶奶说："你们忙你们的，我来帮帮忙嘛。你个大男人不忙生计怎么行。"

二叔说："您要是想阿热斯（堂弟的名字）了就在家里住几天，省得天天来回跑。"

奶奶笑了笑，二叔知道奶奶不听劝的脾气，便也不再多说。二叔去院子里喊二婶来烧茶，奶奶起身让二叔不要麻烦二婶，连忙自己去烧了一壶奶茶。

我不知道二婶身上到底有着怎样的魔力，能够吸引奶奶和二叔围着她转。仅仅是因为美貌？随着时间变化，我对二婶的喜欢早已渐渐淡化。不是因为流言蜚语，而是因为她的冷漠。

夏日落叶

在新疆，太阳被云挡住的时刻，是最珍贵的。全身上下的燥热立刻由内而外得到了片刻缓解。终于不用眯着眼睛看向天空了，只有云遮住了太阳时，微风才会拂起。看着蓝天下的白云缓缓移动，白桦树的枝头落下了一片叶子。不是所有的绿叶都能等到秋天，这一点上，树叶同人一样，不是所有的人都能等到衰亡。

太阳再次照耀大地，我强行让自己从那短暂的梦幻世界中脱离了出来。因为眼下还有更重要的事情在等着我，一件关乎男人尊严的事情。我站起身拍了拍身上的尘土，虽说眼眶确实有泪花在打转，但我坚决不让那代表了自尊的液体流出我的身体。我修整了一下腰上缠绕的二叔的腰带，毅然决然地向站在面前的对手冲去。先是抓住了他的两个肩膀，顶住力气后向他腰间的腰带抓去。随着"咚"的一声，太阳又被飘来的白云遮挡住了。白桦树落下的那片叶子还在空中飘扬，旋转着，左右摇摆着，最后落在了我的脸上。绿叶落地的声音是沉重的闷音，不像枯叶那么脆。它几乎是砸在了我的脸上，那是我第一次感受到了一片叶子的重量。它就像压死骆驼的最后一根稻草一般，重重地压在了我身上，让我再也无法起身继续战斗。眼角不争气的泪水一直在流，我龇牙咧嘴地快咬碎了后槽牙。二叔走来将我抱起，拍去了我身上的尘土。

二叔说："我的黄丫头真棒！以后一定是一个摔跤的好手。"

我强忍着泪水没有开口，因为我知道一旦开口了，出来的就是宣布战败的哭声。

此时爷爷和村里的另一位老人正盘腿坐在树荫下喝着热腾腾的奶茶。

老人说："啊呀，你的孙子可以，有胆子，是一个小狼崽子。"

爷爷脸上写满了骄傲。

爷爷说："那是自然，如果跟你孙子年龄差不多的话，还指不定谁赢呢。"

老人说："是，确实有巴彦巴特尔（英雄）的胆量，这个名字没取错。"

我刚刚经历的是每年这时都要经历的一次哈萨克民间摔跤运动。每年夏天牧民们赶着牲畜准备上山时，村庄里已过上定居生活的半农半牧的村民们便会将家中的牛羊委托给牧人们。当交接完牲畜后几个老人便会坐在河畔的树荫下聊着天喝奶茶。那些年在村里，带着孙子孙女出门成了一种潮流。老人们互相攀比着，谁的孙子力气大，谁的孙女会绣花。这样一股潮流下，我成了最大的牺牲品。因为父亲晚婚，所以在村里几乎没有与我同龄的小孩。比我年纪小的还没有到能摔跤的年龄，而比我大的则是将我当玩偶一样随手乱摔。但哈萨克人的摔跤规则只有一条，那就是战胜对手。无论年龄大小，身高体重有多大差异，只要双方自愿即可比试。在这样的规则下练就了我的胆量，因为我知道村里任何一家的孩子我都摔不过。既然结果都一样，那就拼命去挣扎，让对方多使出一点力气，撑的时间多一点，爷爷就能感受到其他老人的羡慕。慢慢地村里的老人们都知道了爷爷有一个像狼崽一样的孙子，在游牧民族心中，狼代表了对勇气的最高评价。

从那里离开后，我跟着二叔去了他家。每隔几天，我就要到二叔家去一趟，去看看我的堂弟。快到家时，看见二婶依旧坐在院子里，在粉红色的塑料盆中洗着脚。旁边的大铁盆中浸泡着衣物，院子里时不时能闻到洗衣粉的味道。堂弟坐在学步车中，围着二嫂转来转去。看见我和二叔时，堂弟开心地向我们跑来，导致他奶嘴都掉到了地上。我向二婶打过招呼后，她便再没有说过话了，坐在院子中洗啊洗。她到底是踩到了什么不干净的东西？我无从得知。

二叔是个兴趣爱好很广泛的男人，他向我展示了最新收藏的刀，是一把带着美丽花纹的英吉沙经典小刀。他常说：好刀能挡住厄运。我已经习惯了，每次来二叔家都会有一些新鲜事物。上周他的牛圈里多了一匹赛马,这次院子里多了六只小狗。是六只长毛德国牧羊犬,我们称之为"黑背"。二叔说,这些可都是哈萨克人的宝物。

二叔接着又说:"哈萨克人有七宝,分别是智慧、骏马、猎鹰、猎犬、贤妻、长枪和弓箭。"

我似懂非懂地点了点头。二叔和父亲都遗传了爷爷的智慧,每当我提出一个问题时,他们总是像爷爷一样滔滔不绝讲个不停。当二叔讲得津津有味时,我偷偷记下了那把英吉沙小刀摆放的位置。

爷爷来接我前,二叔在院子里陪我和堂弟玩耍。我们一起踢足球,不得不说二叔踢球还是有两下子的。踢着踢着,时不时能做出几个漂亮的动作来。累了坐下来休息时他便开始传授我摔跤的技巧,哈萨克族摔跤对于胜负的定义是肩胛骨碰地的一方算输。他教我怎样靠惯性四两拨千斤,顺势将年龄大于我的对手摔倒在地,又教我怎样在倒地时保证肩胛骨不着地。那时的我对父亲和母亲这样的关系没有很清楚的概念,好像我从记事起就拥有了很多个父亲和母亲。那些拼凑出来的爱和陪伴,让我只知道谁是与我有血缘关系的人。但是话说回来,我心中一直惦记着那把英吉沙小刀。我与二叔一样,与爷爷一样,视刀如命。我找准时机,就像往常拿走爷爷的腰刀一样,顺走了二叔的小刀。刀把上的花纹让我爱不释手,时不时地从口袋中拿出来摸一摸,再以迅雷不及掩耳之势藏进口袋里。

阿勒泰的夏天,太阳落山了天依旧是亮着的,爷爷骑着马来二叔家接我了。因为学校即将开课,过些天我便不能常来二叔家玩了。临走前我跟二叔约定,秋天再接我回家玩。二叔还说,说不定到时候阿热斯也能开口说话了。这太令我兴奋了,全家族中,我是最希望堂弟能开口讲话的那个人了。我要将从爷爷和二叔那里听来的有趣故事都讲给他听,要教他如何做一个有勇气的男孩,要传授他在摔跤中取胜的关键……

走在回家的河道上，傍晚的微风又吹落了一片叶子。树和其他叶子都害怕知道，其实春天时那片叶子就已经注定了生命中没有秋天。而风则是给了叶子一个可以在夏天凋落的理由。

我的世界中第一个死去的人

我时常问爷爷：我从哪里来？你是我打喷嚏时，不小心从嘴里掉出来的；你是顺着克兰河漂下来，被我捡到的；你是白桦树上掉下来的。每次都会得到五花八门的答案。但好像我从来没有问过爷爷，人死后的去向。又或者，那时的我根本不曾想过人也会有死去的一天。是啊，这怎么可能。我们可是这个世界上最具智慧的存在，我们能够掌控世间万物的生死，我们创造了历史长河中最先进的文明。如果说人的生命同一棵草、一片叶子那样脆弱，那我不愿承认这个事实。但是那些死去的人们去了哪里？

爷爷说，我们生于克兰河，是河面盛开的朵朵水花。正因如此，人不同于树，我们没有根。所以每个人从出生开始，就注定了将在大地上流浪。好在脚下的土地是有能量的，万物获取能量的方式不一。我们向前，向岁月踏出的每一步都是汲取了能量的证明。同一朵绽放后的水花又落入河中一样，无论是地上长的、天上飞的，还是我们这些直立行走的，都将无一例外地把能量返还给大地。如此循环，生命才得以延续。

二叔是我的世界中第一个死去的人。忧伤且动听的挽歌，爷爷偷偷抹去的泪，冰凉的额头，这一切仿佛都在标志着二叔将能量返还给了大地。每当有村民进到屋内时，女人们便带着哭腔唱起一段挽歌。

每个人所唱的内容不一，但却丝毫感觉不到混乱。哀伤的声音一起一落，母亲的绝望、妻子的悲痛、姊妹的思念……女人的声音原本就是动听的，挽歌特有的曲调加上她们的哀号，令前来悼念的每一个人都在歌声中感到片刻的伤心欲绝。

一场车祸带走了二叔额头的温暖，一股冰凉顺着掌心在我身体的脉络中扩散开来，一直到心里。那寒意融进了每个人的血液中，只能等时间来将它慢慢稀释。我从屋内出来，院子里二叔的朋友们忙前忙后地安排着二叔的后事。我脚下迈着快步，离二叔家的小院越来越远。风声越来越大，终于逃离了女人们哀伤的歌声。我加快脚下的速度，朝着爷爷家的方向跑去。村庄依旧同往日般宁静，路上几头牛悠闲地走着，一群孩子在桥底下戏水，河道上阳光照耀着岸边的桦树。沿着河道奔跑，风随着我的速度渐强，终于从我干涸的眼眶吹出了一点水分。克兰河的哗哗声，桦树叶的沙沙声，风吹过耳边的呼呼声，这些声音中时不时也掺杂着我的声音。

家中空无一人。可恶的"白姑娘"越过了矮墙，正糟蹋着院子里的菜地，我没有时间顾得上收拾它。此刻我脑中只有一件事：取回二叔的那把英吉沙小刀，去阻止这场已经发生了的厄运。是我带走了能替他抵挡厄运的好刀，是我害死了二叔，害死了我的一个父亲。想到这里，好像身体里的某处闸门被打开，体内的水分控制不住地流失。我将小刀紧紧握在手中，向二叔家跑去。人在面对亲人的死亡时，产生的感情有许多种。悲痛是因为我们知道这个人已经不存在了，那具身体再也无法走到我们身前，看着彼此的眼睛，告诉我们说，他对我们的爱有多么地深刻。我们痛苦失去了一份爱，同时也在悲惋我们的爱从此无可寄托。

当我穿越了整个村庄，来到二叔家时，二叔已经乘着下葬的车离开。院子里没剩几个男人,女人们则是在家中送别了二叔。我对这一切还不知情。紧握着手中的小刀,我冲进屋内,将它放回原位试图阻止这一切。脑袋处于空白的状态,我静静地站在柜子前,好像在等它发挥出超自然的力量,将一切挽回。回过神,我发现屋内的哭声渐渐平息。成功了吗?冲出屋子,我看见爷爷憔悴的面容。他那原本就已经老到干涸的身体里再也流不出几滴泪来,远处又见前来悼念的人们。屋内女人们的挽歌再次响彻诺改特的天空,融进血液里的冰凉继续在身体中蔓延、肆虐。

我体内的闸门敞开,但已经没有什么水分能够继续流失了。接受了事实后,我坐在院子中,听来来往往的大人们谈论着。关于二叔,关于二婶,关于我们整个家族。我从那些人口中得知了许多我不曾知道,但却与我们息息相关的事情。这天应该是二叔婚礼后,他一生中的最后一次热闹了。人们回忆着二叔的童年,讲述着他人生中的大起大落,评论着他的婚姻……我好像在那短短的时间里也经历了他的一生。

就这样,二叔在一场沉默的热闹中,离我越来越远。往后的日子里,随着我的长大,随着我脑海中的记忆越来越多,他只会离我更远。就像夏天的风吹落的那片叶子,哪怕落地时的声音震耳欲聋,也无法改变与树永别的事实。

(原载《民族文学》2023年第12期)